Knaur.

Knaur.

Über den Autor:
Frédéric Neuwald ist 36 Jahre alt und arbeitet beim Film. GÖTTERSCHWERT ist sein erster Roman.

Frédéric Neuwald

GÖTTER SCHWERT

Mysterythriller

Aus dem Französischen
von Nora Schreiber

Knaur Taschenbuch Verlag

Die französische Originalausgabe erschien 2004
unter dem Titel »L'Ombre d'Alexandre« bei Flammarion, Paris

Besuchen Sie uns im Internet:
www.knaur.de

Deutsche Erstausgabe Dezember 2005

Redaktion: Antje Nissen
Umschlaggestaltung: ZERO Werbeagentur, München
Umschlagabbildung: FinePic, München
Satz: Ventura Publisher im Verlag
Druck und Bindung: Clausen & Bosse, Leck
Printed in Germany
ISBN-13: 978-3-426-63203-1
ISBN-10: 3-426-63203-9

2 4 5 3 1

Für Elisabeth,
Michèle
und Cristina,
die drei Frauen meines Lebens.

I

Da ist etwas, das ich mir von den Alten gemerkt habe: Bestimmte Zeichen kündigen, ohne dass man daran zweifeln sollte, einen mühsamen Tag an. Wenn Sie zum Beispiel eines Morgens verkatert aufwachen, allein in Ihrem Bett liegen und eine kleine Notiz auf dem Kopfkissen vorfinden, die lautet:

Ich geh mal schnell, ich habe einen Termin in der Agentur um acht.
Ich rufe dich heute Abend an.
Bussi, schöner Blonder.
Cathia

PS: Ich habe den Wecker ausgestellt, du sahst geschafft aus.

»Scheiße!«
Wenn der Wecker dann 10:30 Uhr anzeigt und Sie begreifen, dass Sie zwei Stunden zu spät dran sind. Und wenn dann kein einziges sauberes T-Shirt mehr im Schrank liegt und die Kaffeemaschine ein gurgelndes Geräusch von sich gibt und dabei gelbliches Wasser ausspuckt, dann sollten Sie sich definitiv mit der Idee anfreunden, dass die Götter es auf Sie abgesehen haben.
Ich dachte einen Moment lang daran, liegen zu bleiben, aber es war Dienstag, der einzige Tag der Woche, an dem ich ein wenig meine Ruhe haben konnte im Museum, da es für Besucher geschlossen war. Ich stand also auf, wetterte dabei über schlechten

Alkohol, verantwortungslose Frauen, das Aspirin, das sich niemals dort zu befinden schien, wo man es suchte, und alles, was mir in die Hände fiel oder in mein Blickfeld geriet.
Nach einer Dusche und einer Rasur mit kaltem Wasser, da der Boiler ebenfalls beschlossen hatte, den Geist aufzugeben, schlüpfte ich in mein T-Shirt vom Vortag, eine verwaschene, bis auf das Gewebe durchgescheuerte Jeans und ein altes Paar Wanderschuhe. Mein Haar knotete ich tief im Nacken zu einem Pferdeschwanz und warf aus Gewohnheit einen kritischen Blick in den Spiegel am Eingang. Frauen sagten mir oft, dass ich wie ein Schauspieler aus einem Historienfilm wirke, mit meiner Gladiatorenstatur, meinem blonden Haarschopf, meinem Grübchenlächeln und meinen grob geschnittenen Zügen. Ich musste leider feststellen, dass Ben Hur an diesem Morgen nicht besonders gut aussah. Rote Äderchen durchzogen meine Augäpfel, meine blauen Augen wirkten trüb, und die senkrechte Narbe, die mir längs über die linke Gesichtshälfte lief, hob sich mehr denn je von meiner Haut ab, die kaum gebräunt war trotz der Hitzewelle, die seit zwei Monaten wütete.
»Was sagst du dazu?«, fragte ich das Foto, das auf der Kommode am Eingang stand. Die safranfarbenen Augen schienen mir einen tadelnden Blick zuzuwerfen, und ich lächelte. »Nicht gerade umwerfend, was, Etti?«
Ich pustete über den feinen Staubfilm, der sich auf den Rahmen gelegt hatte, und spürte einen kleinen Stich im Herzen. Wann hatte ich dieses Foto noch aufgenommen? Bei unserer letzten Reise nach Delhi? Oder war es in Madras? Egal. Etti sah darauf fröhlich und heiter aus, wie immer. Sein weißes Leinenhemd bildete einen Kontrast zu seiner kastanienfarbenen Haut und den tiefschwarzen Haaren mit den fast blauen Reflexen. Seine goldenen Iris strahlten in seinem fein geschnittenen Gesicht. Für mich die Augen eines Königs. Augen, die seine Mitbürger aber nicht

sahen, da ein *dalit*, ein Unberührbarer, sie in Gegenwart der »reinen« Kasten niederzuschlagen hat.
Ich hatte nie verstanden, was ihn unwiderstehlich und in regelmäßigen Abständen dazu trieb, nach Indien zurückzukehren, wo er wieder ein nichtiges Nichts wurde, kaum mehr als ein Hund. Wobei es Hunden erlaubt war, in der Küche eine Schüssel Brunnenwasser zu saufen; Etti hingegen hatte nicht einmal das Recht, einen Fuß auf die Schwelle des Hauses zu setzen.
»Ich habe in einer anderen Existenz Böses getan«, sagte er, »es ist normal, dass ich in dieser dafür bezahle.«
Dass er sich leidenschaftlich zu seinem Glauben bekannte, obwohl der Hinduismus ihn in den Rang eines Untermenschen verwiesen hatte, blieb mir ein Rätsel. Einige seiner Reaktionen überstiegen meine Vorstellungskraft. Wenn sie mich nicht sogar amüsierten:
»Lass die Maus in Ruhe, Morgan!«
»Diese Maus ist in meiner Küche.«
»Das ist vielleicht deine Großmutter oder deine Mutter! Lass den Besen los!«
»Beim Zeus, Etti! Das ist nur eine Maus. Diese Viecher tragen einen Haufen Dreck herein!«
»Tu diesem armen Vieh etwas an, und du wirst als Käfer wiederkehren!«
Indrani (das ist der Name, den er dem Mäusefräulein gab, als er es adoptierte) beehrte uns so fast zwei Jahre lang mit ihrer munteren Gesellschaft. Niemand sollte sich einbilden, eines dieser kleinen Viecher zähmen zu können, bevor er nicht gesehen hat, wie unsere Mitbewohnerin bei Erwähnung ihres Namens herbeigelaufen kam, in die Außentasche eines Rucksacks sprang, um einen Spaziergang in den Gärten der Tuilerien einzufordern, oder die Fernbedienung der Hi-Fi-Anlage attackierte, wenn die Musik nicht nach ihrem Geschmack war. Ich gebe freiwillig zu, dass In-

drani eine außergewöhnliche Maus war, aber dass sie deswegen Gebete und ein pompöses Begräbnis – mit Kekskrümeln als Opfergabe und ihrer Einäscherung im Spülbecken auf einem Reisigbettchen – verdiente, das war mehr, als mein Ernst vertragen konnte. Etti hatte daher allein in der Küche zelebriert, während ich mich auf der Wohnzimmercouch vor Lachen krümmte. Ich sah wieder seinen gekränkten Gesichtsausdruck vor mir, als er hinausgegangen war, um die ehrwürdigen Reste in ihrer Begräbnisurne (einer Suppennudelpackung) andächtig in die Seine zu werfen.

So war er, und um nichts auf der Welt hätte ich ihn ändern wollen. Etti …

Ein schrilles Klingeln ertönte, und ich fuhr zusammen, es fehlte nicht viel, und ich hätte den Rahmen fallen lassen. Notiz für später: Telefon auswechseln.

»Hallo?«, sagte ich mit klopfendem Herzen.

»Morg? Wecke ich dich? Du solltest dich besser beeilen, wir haben eine volle Ladung Treibstoff für unseren Laden erhalten.«

»Wer hat dir meine Telefonnummer gegeben, Hans?«, fragte ich verärgert.

»Is' doch schnurz, beweg dich her, sag ich dir.«

»Was gibt es?«

Ein kindliches Kichern drang durch den Hörer, gefolgt von einigen Flüchen.

»Du wirst schon sehen!«

Seufzend legte ich auf. Was hatte dieser hirnlose Bengel schon wieder angestellt?

Mit einem Rucksack über der Schulter verließ ich meine Wohnung in der Rue de Richelieu – danke, Papa, dass du ein berühmter Asienspezialist bist und deine Bücher und Fernsehsendungen es dir ermöglicht haben, Etti und mir dieses reizende Apartment zu unserem zwanzigsten Geburtstag zu schenken – und holte bei

Madame Risoti, der Concierge des Mietshauses, meine Post ab. Es war fast elf Uhr, und der gute Duft eines vor sich hin köchelnden Ragouts drang aus der Loge. Seit ich sie kannte, das heißt seit fast fünfzehn Jahren, verbrachte die arme Frau ein Drittel ihrer Zeit mit Kochen und ein weiteres mit dem Abpassen irgendeines Handwerkers, der, davon war sie überzeugt, von der Eigentümergemeinschaft beauftragt, eines Tages kommen, Briefkästen anbringen und sie in die Arbeitslosigkeit versetzen würde. Das letzte Drittel war dem Tratschen mit Madame Fréon, der Witwe aus dem dritten Stock, gewidmet. Ich riss meine Post vor ihr auf und warf dabei Werbung und Informationsbriefe der Museen Frankreichs in den Papierkorb der Loge.

»Warten Sie, Monsieur Lafet«, piepste sie mit ihrer Kanarienvogelstimme, »Sie haben auch noch ein Paket.«

Sie wandte sich langsam von mir ab – um die Spannung zu erhöhen? – und kam dann mit einem kleinen, in Berlin abgestempelten Päckchen wieder.

»Es ist von Monsieur Lafet senior, nehme ich an«, sagte sie und rieb sich dabei ihre kleinen rosa Hände.

Sie liebte es, Papa so zu nennen, und ich selbst war an dem Tag zu ›Monsieur Lafet junior‹ befördert worden, an dem sie ›Monsieur Lafet senior‹ in den 20-Uhr-Nachrichten gesehen hatte, anlässlich der Veröffentlichung eines weiteren dicken Wälzers über Indien. An jenem Tag waren wir für Madame Risoti zu wichtigen Leuten geworden, Persönlichkeiten, die sie für würdig befand, in ihren Klatschzeitschriften an der Seite berühmter Schauspieler oder gekrönter Häupter zu posieren. Zwei Wochen später hatte ich das Spiel so weit getrieben, dass sie ernsthaft glaubte, meine Familie hätte während der Französischen Revolution ihren Namen ändern müssen, von »de La Fet« zu »Lafet«, um den Adelsverfolgungen zu entkommen. Ich hatte flüchtig ein pathetisches Szenario entworfen, wie meine Vorfahren barfuß durch den Schnee marschierten, unser Familienwappen mit ihren gefrorenen Fingern umklammert hielten, und ihr erklärt: »Wissen Sie, Madame Risoti, es war zu jener Zeit verdammt kalt im Monat Juli.« Etti hatte mir mehr als einen Monat lang vorgeworfen, die alte Klatschbase an der Nase herumgeführt zu haben, dabei wusste jeder, beim Zeus, wie sehr die liebe Risoti ihn hasste.

»Man müsste Monsieur Etti einmal sagen, dass er nicht mehr die Fenster aufmachen soll, wenn er sein pakistanisches Essen kocht. Die Nachbarn haben sich über die Gerüche beschwert. Er ist nicht mehr in seiner Heimat.«

»Ich finde den Geruch von Curry nicht unangenehm, Madame Risoti, und zum x-ten Mal: Etti ist kein Pakistani.«

»Ach wissen Sie, diese Leute sehen doch alle gleich aus.«

»Das denkt er von den Europäern auch …«

»Monsieur Lafet senior geht es gut?«, fragte sie und verfolgte mit neugierigen Blicken die Bewegungen meiner Finger. Ich antwortete nicht, sondern warf lediglich das Packpapier und die Schnur in den Papierkorb. »Es ist schön zu reisen. Mein Sohn ist letztes Jahr seiner Arbeit wegen nach New York gegangen. Er ist befördert worden, habe ich Ihnen das schon erzählt?«

»Neun oder zehn Mal diese Woche.« Der Inhalt des Päckchens, eine Art Wirrwarr aus langem rotem Fell und Fäden, roch nach Schimmel. Das war doch wieder typisch für Papa …

»Was ist das? Eine kleine Maske? Das ist afrikanisch, oder?«

Ich hielt sie ihr mit einem gewinnenden Lächeln hin.

»Sozusagen. Gefällt sie Ihnen? Ich schenke sie Ihnen.«

»Oh! Monsieur Lafet, nein. Das ist ein Geschenk von Monsieur Lafet senior. Das kann ich nicht …«

»Kommen Sie schon«, entgegnete ich charmant. »Sie beleidigen mich, wenn Sie sie ablehnen. Dieses Stück ist eine Antiquität, wissen Sie. Ich kann Ihnen versichern, dass niemand im Viertel eine

ähnliche besitzt. Jedes dieser Werke ist ein Einzelstück, und sie bringen Glück. Halten Sie bitte mal, wir werden sie am Fell über den Postfächern aufhängen. An den Haaren, meine ich.«
Entzückt zückte sie eine Reißzwecke, und ich hängte Papas Geschenk gut sichtbar im Vestibül der Loge auf.
»Monsieur Lafet«, zierte sie sich, »ich weiß nicht, was ich sagen soll. Ich bin wirklich sehr gerührt. Aus was ist sie gemacht? Man könnte es für Terrakotta halten, nicht?«
»Handwerkliche Herstellung. Geheimrezept,« fügte ich mit einem Augenzwinkern hinzu.
»Oh …«
Ich raste mit gut zwei Stunden Verspätung zum Louvre und ließ Madame Risoti mit ihrer »Antiquität« weiter in Verzückung geraten. Mir einen Schrumpfkopf als Reisesouvenir zu schenken … Das war Antoine Lafet, wie er leibte und lebte.

Es war Ende Juni, die Sonne knallte ziemlich, und ich betrat mit unverhohlener Freude die klimatisierte Atmosphäre des Louvre. Die großen freien Flure erweckten in mir stets einen merkwürdigen Eindruck von Verschwendung. Die vielen nackten Wände und breiten Gänge waren nichts als ungenutzter Raum, während ganze Sammlungen in den Kellern schlummerten … Meine Schuhsohlen knirschten auf den Fliesen, und das Geräusch meines Atems wurde durch die langen, verzweifelt leeren Korridore verstärkt. Dienstags nahm das Museum die Gestalt eines Grabes an – es roch nach bemoostem Stein, ranziger Farbe und altem Parkett. Man konnte überraschend schnell deprimiert werden, wenn man sich länger in den entvölkerten Räumen aufhielt. Ich begab mich daher rasch in die Untergeschosse, wo sich mein Büro befand. Das Leben und die Aufregung, die dort herrschten, ließen die Grabesstille der oberen Etagen schnell vergessen. In den unterirdischen Galerien rackerten sich Verlader in blauen Arbeitsanzügen ab wie die Termiten, indem sie Kisten oder Paletten hin und her schoben. Ein merkwürdiger Gestank von Naphthalin stieg mir plötzlich in die Kehle, und gelblicher Staub setzte sich auf meinem schwarzen T-Shirt ab.

»Hi, Morg!«, rief Hans mir zu.

Er trug ein kleines, mit mehreren Kaffeebechern dicht bepacktes Plastiktablett, deren Geruch für einen Augenblick den des Mottenschutzmittels überdeckten. Der junge Tollkopf war letzten Juni wie ein Blitz auf mich niedergegangen. Hans war der Enkel von Ludwig Peter, einem der besten Freunde meines Vaters und ein berühmter Hellenist, der meine Dissertation über die Militärgesellschaften im Griechenland des klassischen Zeitalters betreut hatte. Der tapfere Mann hatte es sich in den Kopf gesetzt, aus seinem unsteten Enkel, der zudem ein ziemliches Vatersöhnchen war, einen fleißigen Historiker zu machen, und mich daher gebeten, Hans einen Praktikumsplatz im Louvre zu besorgen, was ich, zu meinem großen Leidwesen, nicht ablehnen konnte. Allerdings schien sich dieser dürre Schönling von zwanzig Jahren, der überspannter war als ein kokainsüchtiger Chihuahua, nicht im Geringsten für das Altertum zu interessieren. Er dachte nur an »Skaten«, »Techno«, »Weiber« und »Stil« (den er »staaaiiil« aussprach), und sämtliche Beschäftigungen, die damit einhergingen und die im völligen Gegensatz zu denen der »has beens« standen, eine Kategorie, zu der ich nach seinen Kriterien wahrscheinlich gehörte.

Sein mageres Gerippe lief gewandt zwischen den Arbeitern hin und her, und ich nahm einen Becher vom Tablett.

»Du hast doch hoffentlich nichts verschüttet?«, fragte ich ihn und zog eine Grimasse.

»Man wirft doch keine Goldklumpen vor die Säue.«

»Perlen«, verbesserte ich ihn. »Was stinkt denn hier so?«

Er vollführte einen kleinen Tanzschritt und warf sich eine gebleichte Strähne aus der Stirn.

»Schau mal in deinem Büro nach!«
Ich hob die Augenbraue.
»In meinem Büro?«
Hans wippte lässig auf der Stelle und verzog den Mund zu einem schiefen Grinsen, das seine Grübchen noch vertiefte.
In einigen Jahren würde er bestimmt ein gut aussehender Mann sein, doch zur Stunde gebärdete er sich wie ein linkischer Teenager, der sich noch in der Entwicklung befand. Seine Arme und Beine, von bräunlichem Flaum bedeckt, waren zu lang im Vergleich zu seinem Oberkörper, der sich erst zu verbreitern begann, und seine Pausbäckchen mit dem spärlichem Bartwuchs ließen ihn noch jünger erscheinen, als er in Wirklichkeit war.
Er stellte sein Tablett auf einer Kiste ab, und ich folgte ihm in mein »B. S. D.«, wie er es nannte. Das »Büro des Spinners vom Dienst«. Damit war ich gemeint. Ich war nämlich der Leiter – und der einzige Angestellte – einer Abteilung, die ganz speziell für mich ins Leben gerufen worden war, mit dem freundlichen – nicht ganz freiwilligen – Einsatz unseres verehrten Direktors Jean de Villeneuve. Ein Drückeberger, der mehr Leichen in seinem Keller hatte als ein Ayatollah, ein skrupelloser Archäologe, ständig auf der Suche nach einem »sicheren Außenlager« für Fundstücke weit entfernt der Ausgrabungsstätten. Da ich noch nie an Skrupel erstickt bin, hatte ich den Fünfzigjährigen vor die Wahl gestellt zwischen einer vorschriftsmäßigen Anzeige wegen »Beiseiteschaffung archäologischen Materials« – etwas prosaischer ausgedrückt: In seinem Landhaus in Trouville befand sich eine prächtige Sammlung griechischer Vasen, die ein mir bekannter Schwarzhändler antiker Kunstwerke veräußerte – oder der Bildung einer Abteilung für »Einzigartige archäologische Funde«, geleitet von Ihrem Diener. Seine Liebe zur Wissenschaft und sein Respekt für die Forschung bewirkten, dass er sich sofort für die zweite Möglichkeit entschied. Edle Seele, die er war …

Seit fast anderthalb Jahren verbrachte ich daher den Großteil meiner Zeit damit, das zu studieren, was man die »Rätsel der Archäologie« nannte, indem ich die ungewöhnlichsten Entdeckungsberichte analysierte, von dem Mechanismus von Antikythera* bis zu über zweitausend Jahre alten elektrischen Batterien, die in der parthischen Stätte von Khujut Rabu** nahe bei Bagdad gefunden worden waren. Und das sind nur einige Beispiele von vielen. Ich stellte die Frucht meiner Analysen regelmäßig Internet-Usern und Wissenschaftlern auf einer Website zur Verfügung. Mit mehr als fraglichen Mitteln hatte ich von Villeneuve einen brandneuen Computer und einen Zugang zum Louvre-Server erhalten, um dort meine Daten zu sammeln.

Als ich die Tür zu meinem Büro aufstieß, wusste ich, wo der mit Myrrhe vermischte Naphthalingestank, der durch die Untergeschosse wehte und meine Kehle reizte, seinen Ursprung hatte.

»Überraschung!«, spottete Hans.

Ich knallte die Tür zu und eilte im Laufschritt zu den Büros der Direktion auf der oberen Etage. Auch dort herrschte ziemlich viel Hektik, aber ich betrat dennoch Villeneuves Büro, wobei ich ei-

* Seine Bestandteile, die auf 80 v. Chr. zurückgehen, wurden 1900 im Norden der Insel gleichen Namens gefunden. Die Experten sind sich einig darüber, dass es sich um einen sehr komplexen Mechanismus ähnlich dem einer Uhr handelt, der in der Lage ist, mit unglaublicher Präzision die Bewegungen der Himmelskörper zu beschreiben. Mit anderen Worten: Ein mehr als zweitausend Jahre alter Computer!

** 1938 von Dr. Wilhelm König untersucht, lagern diese »Batterien« (falls Plünderer sie nicht zerstört oder geraubt haben) in den Kellern des Museums von Bagdad, tragen eine blaue Patina, die charakteristisch ist für die galvanoplastische Verarbeitung von Silber. Marc Angée zufolge *(Die Unmöglichen Entdeckungen)* wurde eine Batterie nachgebaut und dabei Traubensaft als Elektrolyt verwendet. Dadurch erhielt man tatsächlich elektrischen Strom zwischen 0,5 und 1,5 Volt. Die Überreste deuten darauf hin, dass diese Batterien zur Herstellung von versilbertem Kupfer dienten, das als Silber verkauft wurde. Eine schöne Gaunerei!

gentlich sagen müsste, einen weiteren Ausstellungsraum des Museums. Denn unser lieber Direktor durchkämmte regelmäßig die Archive des Museums auf der Suche nach Gemälden alter Meister oder antiken Statuen, um sich damit zu umgeben.

»Sollten Sie meinen Arbeitsplatz mit einem Leichenschauhaus verwechselt haben?«, fragte ich mit eisiger Stimme, die Villeneuve und zwei der Konservatoren, die ihm eine Reihe Pläne und statistischer Tabellen präsentierten, erstarren ließ.

Der Herrscher des Museums zog seine dicken Augenbrauen zusammen.

»Ich bitte um Verzeihung, Lafet?«

Ich schloss die Tür und atmete tief ein.

»In diesem Moment, in dem ich mit Ihnen spreche, schimmeln in meinem Büro fünf Mumien vor sich hin. Erwarten Sie etwa von mir, dass ich in ihrer munteren Gesellschaft arbeite?«

Er rutschte tiefer in seinen Sessel und warf mir über seine aneinander gelegten Fingerspitzen einen giftigen Blick zu, während er sich auf die Zunge biss, um mich nicht an meinen Platz zu verweisen – was ihn in ernsthafte Schwierigkeiten gebracht hätte, dessen war er sich vollauf bewusst. Selbst aus der Entfernung konnte ich den delikaten Gestank riechen, den sein fetter Körper verströmte, der Klimaanlage zum Trotz. Eine gekonnte Zusammenstellung aus Schweiß, Eau de Toilette mit einer Note Bergamotte und bitteren Ausdünstungen, die der stoffliche Beweis seines korrupten Geistes sein musste.

Einer der Konservatoren, ein kleiner magerer Mann in einer flaschengrünen Leinenhose und einem hochgeschlossenen, blauweiß karierten Hemd, ersparte ihm eine Antwort. Er rückte erst seine Brille zurecht und erklärte dann mit dünner, schüchterner Stimme: »Wir haben ein paar kleine Schwierigkeiten mit der Ausstellung über die griechisch-römischen Mumien von Bahariya, Professor Lafet. Fünfundvierzig Sarkophage sind geliefert

worden, während wir nur vierunddreißig erwarteten. Ihre Abteilung besitzt einen der drei klimatisierten Räume im Untergeschoss, und da habe ich gedacht, dass …«
»Nun, da haben Sie sich getäuscht. Es kommt nicht in Frage, dass ich einen Monat lang mein Büro mit diesen fünf Einbalsamierten teile, nur weil ein einsamer Idiot in seiner Oase vierhundert Kilometer südwestlich von Kairo nicht zählen kann!«
»Seien Sie versichert, Professor Lafet«, stammelte der kleine Mann und rang die Hände, »dass wir sie so schnell wie möglich zurückschicken werden. Spätestens Anfang nächster Woche.«
Villeneuve richtete sich innerhalb der Grenzen, die ihm seine Fettmassen erlaubten, auf, legte seine Hände flach auf den Schreibtisch und begann mich mit seinem Blick zu durchbohren.
»Sie werden in den kommenden Tagen Ihr Büro nicht brauchen, Lafet.« Er holte einen blauen Ordner aus der Schublade und schob ihn über die Eichenplatte seines Schreibtisches zu mir hinüber. »Sie werden zu einer Bestandsaufnahme nach Fontainebleau fahren. Nach Barbizon, genauer gesagt.«
Ich weiß nicht mehr, was ich in diesem Augenblick für ein Gesicht machte, aber ich erinnere mich genau an die Reaktion meines Vorgesetzten. Er erbleichte, und sein dicker Hals schrumpfte einige Zentimeter tiefer in den Kragen seines Hemdes. Doch zu seiner Entlastung sei an dieser Stelle gesagt, dass es wenige Menschen gibt, die einem mörderischen Blick standhalten können, wenn er ihnen von einer Art narbengesichtigem Wikinger von einem Meter fünfundneunzig entgegengehalten wird.
»Eine … *Bestandsaufnahme*?«, knurrte ich drohend. »Ich?«
Doch als er sah, dass ich eine gebührende Distanz wahrte, räusperte sich Villeneuve geräuschvoll und versuchte, einen Anschein von Würde wiederzuerlangen.
»Sie können sich bestimmt denken, dass ich Ihnen diese Arbeit nicht ohne Grund anbiete, Lafet.«

»Ich hoffe es«, sagte ich mit einem Haifischlächeln.
»Sie haben Professor Lechausseur gut gekannt, nicht wahr?«
Ich zuckte zusammen und kämpfte gegen eine Welle von Erinnerungen an, die über mir zusammenzubrechen drohte.
»Bertrand Lechausseur? Der Latinist? Ich kenne ihn in der Tat sehr gut.«
Mein Herz begann heftig zu klopfen. Korinth … Die von Bertrand geleiteten Ausgrabungen. Meine letzte Arbeitsstätte. Wir hatten Teile der Ladung einer römischen Galeere aus dem Wasser gezogen, die auf die Epoche Neros zurückging und mit Mann und Maus zu der Zeit untergegangen war, als der Kithara spielende Kaiser mit dem Durchbruch des Kanals geliebäugelt hatte. Etti … Anderthalb Jahre schon …
Eine feste Hand legte sich auf meine Schulter, und ich fuhr zusammen.
»Bertrand ist letzte Woche gestorben, Morgan«, mischte sich der zweite Konservator mit seiner Baritonstimme ein. Ich fühlte mich, als hätte ich einen Schlag vor die Brust bekommen. »Er ist von seinem Balkon gefallen.«
Ich drehte mich verwirrt zu ihm um. François-Xavier war der Konservator der ägyptischen Sammlungen, ein diskreter und tüchtiger Mann, einer der wenigen, die ihre Arbeit ernst zu nehmen schienen und mit dem ich mich sehr gut verstand. Seine Eleganz und seine typisch britische Gelassenheit verrieten sofort seine englische Abstammung, im Gegensatz zu seinem Namen.
»Eine Unpässlichkeit?«, gelang es mir mühsam hervorzubringen.
Villeneuve ließ die Zunge gegen den Gaumen schnalzen.
»Oder ein Anschlag«, murmelte er.
Ich sprang auf.
»Bei ihm zu Hause?«
»Das behauptet der Polizeibericht. Und zur Krönung des Ganzen hatte Lechausseur mangels Erben seine Sammlung dem

Louvre vermacht. Ich frage mich wirklich, was wir damit anstellen sollen; unsere Keller quellen jetzt schon über.«
Ich spürte, wie sich der Druck von François' Hand auf meiner Schulter verstärkte, er war ebenso schockiert wie ich über den blasierten Ton des Direktors.
»Die Ausstattung Ihres Büros erneuern?«, spottete ich.
Villeneuves Wangen wurden puterrot und zitterten wie Gelee. »Oder die Ihres Landhauses vielleicht?« Nun ballte er seine dicke Faust, als wollte er etwas zwischen seinen Fingern zerdrücken – mich wahrscheinlich. »Man sollte sich keine Fantasien erlauben, die die eigenen Möglichkeiten übersteigen, Monsieur de Villeneuve.«
Ich nahm den Ordner und ließ beim Verlassen des Büros die Tür hinter mir zuknallen. Dann stieg ich die Treppe in das Untergeschoss hinab, um mich in meinem Büro einzuschließen – in Gesellschaft der Mumien, die ich in diesem Moment völlig vergessen hatte.
Ich ließ mich auf einen Stuhl fallen und füllte meine Kaffeetasse zur Hälfte mit dem Rest der Scotchflasche, die mein letzter Praktikant in der Schublade meines Schreibtischs vergessen hatte. Ich leerte die Tasse in einem Zug. Der Alkohol verbrannte mir die Kehle und strömte in meinen Magen wie heiße Lava, doch besser fühlte ich mich dadurch nicht. Kalter Schweiß rann mir über den Rücken und in die Augen. Ich wischte ihn mit zitternder Hand weg, und meine Finger strichen wie aus Versehen über die lange Narbe, die mir senkrecht über das Gesicht lief. Bertrand Lechausseur ... Noch heute hallten seine Rufe vom Rand des Kanals von Korinth in meinen Ohren nach ...

»Vorsicht! Professor Lechausseur, die Wand bricht zusammen!«
»Bringen Sie die Taucher zurück! Bei allen Göttern, holen Sie sie wieder hoch!«

»Aber Professor …«
»Morgan, was machen Sie? Sind Sie wahnsinnig? Sie könnten verschüttet werden! Morgan! Ich verbiete Ihnen zu tauchen, hören Sie mich? Ich verbiet …«
Eiskaltes Wasser, Salz in meinem Mund und das Gefühl, in Pech zu schwimmen, wie in diesen Träumen, in denen man sich bemüht zu laufen und nicht vorwärts kommt. Erleichterung beim Anblick von fünf Männern in Taucheranzügen, die zur Oberfläche aufsteigen, mir ein Zeichen geben, dass alles okay sei – dann plötzlich Nebel. Ein stiller Unterwassersandsturm, chaotische Strömungen, verursacht durch den Fall mehrerer Tonnen Marmor und Beton auf den Grund des Kanals. Panik … Angst … Wo ist oben? Wo ist unten? Die heruntergerissene Tauchermaske und der Schmerz … Arme und Gesicht aufgerissen … Blut, das sich mit Sand und Meerwasser mischt … Eine Hand, die mich an den Haaren hochzieht und Luft, die Oberfläche, endlich. Von neuem der Lärm, die Schreie …
»Er ist verletzt! Schnell! Rufen Sie einen Krankenwagen!«
»Es fehlt ein Taucher! Es fehlt ein Taucher!«
»Morgan! Morgan, hören Sie mich? Wo bleibt denn nur der Krankenwagen?«
»Etti …«
»Er ist bei Bewusstsein, Professor.«
»Monsieur Lechausseur, es fehlt ein Taucher! Einer ist nicht wieder aufgetaucht! Er ist unter den Blöcken geblieben!«
»O mein Gott! Wir müssen ihn holen!«
»Es ist zu spät, Professor! Wir müssen uns um diesen hier kümmern.«
Mit einer wütenden Geste fegte ich alles, was sich auf dem Schreibtisch befand, herunter, und die Tasse zerbrach auf den Fliesen. Ich atmete schwer, als ob sich jeder Muskel meines Brustkorbs über meinen Lungen zusammenzöge.
»Verzeih mir, Etti …verzeih mir …«

Ich legte meine Hände auf das Gesicht, aber ich wusste, dass meine Augen trocken bleiben würden. Ich konnte nicht weinen. Ich hatte es noch nie gekonnt.

»Das müsste genügen«, sagte ich und klopfte auf den Deckel des Sarkophags, den Hans und ich unter großer Anstrengung gegen eine der Wände meines Büros geschoben hatten. »Du müsstest mehr Sport treiben, mein Freund.«
Mein Praktikant schnaufte wie eine Lokomotive und schwitzte heftig.
»Wenigstens zieh ich mir keine Anabolika rein!«, gab er zurück und stellte sich auf die Zehenspitzen – in dem kläglichen Versuch, mich mit seinem Blick zu durchbohren.
Ich antwortete ihm mit einem spöttischen Lächeln und ließ meinen Bizeps anschwellen, der so groß war wie sein Schenkel.
»Tut mir Leid, dich enttäuschen zu müssen, aber das ist hundert Prozent Biomasse.«
Er runzelte die Stirn und ließ sich in meinen Sessel fallen, wobei er was-weiß-ich-was für Schmeicheleien grummelte, deren Wortlaut allein er kannte. Ich ließ vorsichtig den Finger über einige Farbreste gleiten, die kürzlich von einem der Sarkophage abgebröckelt waren, und zog eine Grimasse. Die Verlader hatten beim Transport der Mumien mehr Schaden angerichtet als die Zeit in mehreren Jahrtausenden. Warum, zum Teufel, hatte man die Mumien aus ihren Kisten genommen? Was wäre, wenn eine Wasserleitung anfing zu lecken? Ich sah zu dem alten Rohrsystem empor und bedeckte, nach einem Moment des Zögerns, die Sarkophage mit einer Plastikplane, die ich aus einem Lager holte. Man sollte das Unglück besser nicht herausfordern, schon gar nicht nach einem solchen Morgen.
»Wann fahren wir denn nun in dein Kleckser-Kaff?«, fragte Hans ungeduldig. »Hier ist echt ’ne Scheißstimmung.«

Ich riss mich zusammen, um ihm keine scharfe Antwort zu geben.
»Warum hat dein Großvater dich nicht zu einem Wander- oder Kletterpraktikum geschickt?«
»Du lebst aber echt hinterm Mond!«, lachte er schallend, woraufhin ich eine Augenbraue hob. »Aber ja, Opa, man hat nach den Schlaghosen das Trekking erfunden.« Dann fluchte er. »Wenn du glaubst, ich würde nicht lieber für die Skatingmeisterschaften in Sydney trainieren, anstatt mich hier zu langweilen, dann …«
Und ich erst, dachte ich.
»Vierzehn Uhr«, sagte ich und schaute auf meine Uhr.
Es war wirklich an der Zeit, dass wir loskamen. Die Polizisten mussten bereits vor Ort sein, und der Inspektor, mit dem ich telefoniert hatte, schien kein Mann zu sein, der endlos Zeit hatte. Zwar hatte er mir freundlicherweise versichert, dass ich zu Lechausseur kommen könnte, wann ich es wünschte, »aber na ja, wenn das vor siebzehn Uhr sein könnte, nicht wahr …«
Ich griff nach meinem Rucksack. Hans sprang auf die Füße und fragte: »Werden die Bullen da sein?« Ich nickte finster. »Es wird also eine Sicherheitszone geben? Mit Wachsdingern auf den Türen, gelben Bändern, 'ner weißen Zeichnung auf dem Boden und dem ganzen Drumherum? Klasse!«
Ich zog es vor, besser nicht auf ihn einzugehen, und deutete auf die Tür, die er mit dem Schrei eines Brüllaffen durchschritt. Wie sollte ich dieses Energiebündel nur bis September ertragen?
Wir gingen auf einen Sprung bei mir vorbei, um beide – kalt – zu duschen, da Hans außerhalb der Stadt im schicken Vorort Neuilly-sur-Seine in der schnuckeligen Acht-Zimmer-Wohnung seines Papas wohnte; und ich hatte das Glück, im entferntesten Winkel meines Schranks ein sauberes T-Shirt zu finden, bedruckt mit dem Pandabären des WWF, ein Geschenk meines Vaters.
Dann holten wir meinen alten Peugeot 104 aus der Garage, und

ich spürte, wie mein Praktikant im Begriff war, sich zu Fuß nach Barbizon zu begeben.
»So 'ne Karre gibt's wirklich?«, stieß er hervor. »Haste das Teil selbst zusammengebastelt, oder was?«
»Das *Teil* ist mein Auto, welches uns netterweise sicher ans Ziel bringen wird, trotz der 233 000 Kilometer auf dem Zähler. Los, rein mit dir, es beißt nicht.«
Ich setzte mich hinters Steuer und fegte mit der Hand aufgerissene Kekspackungen, Broschüren, Zeitschriften und leere Wasserflaschen zur Seite, damit Hans sich setzen konnte, was er mit einem geradezu verletzenden Zögern tat. Als er an der Schließe seines Sicherheitsgurts zog, blieb sie ihm in der Hand liegen.
»Der Beifahrersitz wird nicht oft benutzt. Halt dich am Sitz fest, Robin.«
»Äh, da fehlen nicht zufällig ein paar Optionen an deinem Mixer? So was wie 'ne Gangschaltung?«
Er zeigte mit dem Finger auf den Metallhebel, der zwischen unseren Sitzen aus dem Boden ragte. Ich steckte den Zündschlüssel ein und bediente den Hebel ohne Schwierigkeiten.
»Der Knauf ist vor zwei Jahren hops gegangen.«
Hans schloss seufzend die Augen, und ich zündete mir eine Zigarette an, bevor ich aus der Garage fuhr.

Das Haus von Lechausseur war ein hübscher kleiner Bungalow mit einem Garten, der etwas außerhalb von Barbizon am Waldrand von Fontainebleau lag. Als wir dort ankamen, stieg Hans aus dem Auto und atmete erleichtert die würzige Luft des Waldes ein.
»Haste noch nie von den kleinen Tannenbäumen gehört, die man am Rückspiegel aufhängt, um Kippen- und Schrottgestank zu vermeiden? Das würde zu deinem Trümmerhaufen passen wie die Faust aufs Auge.« Er schnüffelte an seinen Sportklamotten und verzog das Gesicht. »Krass …«

Ich schloss die Autotür und trat meine Zigarette aus.
Vor der Haustür standen sich zwei uniformierte Polizisten die Beine in den Bauch, und ich unterdrückte ein Schaudern, als ich die Siegel auf der Tür sah. Ich näherte mich und streckte ihnen freundlich die Hand entgegen.
»Guten Tag. Ich glaube, Sie warten auf uns.« Die beiden Männer wechselten einen ratlosen Blick und musterten mich erstaunt von oben bis unten. »Wir sind vom Louvre hergeschickt worden«, erläuterte ich. »Ich habe vorhin angerufen. Inspektor Dalesme versicherte mir, dass …«
»Der Historiker, sind Sie das?«
»Morgan Lafet, ja. Danke, dass wir so schnell kommen durften.«
»Morgan *l'a fait?*«, wagte der Jüngere zu fragen und hob eine rote Augenbraue. *»Morgan hat's getan?«*
Hans prustete vor Lachen, und ich biss mir auf die Lippen. Wie oft hatte ich Papa schon wegen dieses grotesken Wortspiels verflucht.
»Umgedreht ist es noch viel komischer«, versuchte ich zu scherzen.* Die Polizisten besaßen die Freundlichkeit zu lächeln und drückten endlich meine ausgestreckte Hand. »Und das ist Hans, mein … Assistent.«
»Ich bin Hauptkommissar Rugelio Salgado.«
»Kommissar Lionel Lecari«, stellte sich sein Kollege vor.
»Wenn Sie bereit sind, können wir loslegen.«
Ich atmete tief ein und nickte, während Hans bereits ungeduldig auf der Stelle wippte. Ich hätte es ihm gerne gleichgetan.

* »Lafet Morgan« wird im Französischen ähnlich ausgesprochen wie »la Fée Morgane« (= Fata Morgana, Anm. d. Ü.).

II

Harry Potter: Etti hatte mich in diese Kinderbuchverfilmung geschleppt, und ich gebe zu, dass meine Augen fast zwei Stunden lang an der Leinwand klebten. Die warme, angestaubt wirkende Atmosphäre mit ihrer barocken Ausstattung, das Mobiliar aus sämtlichen Epochen, das unter Spinnweben förmlich zusammenbrach, die alten Zauberbücher und antiken Statuen hatten mich sämtliche Skepsis vergessen lassen. Man konnte durch die Leinwand hindurch fast den Duft von Tee und verwelkten Rosen wahrnehmen, ein weicher Kokon aus Zauberei und mythischen Legenden. Als ich Bertrand Lechausseurs Haus betrat, verspürte ich genau dasselbe.

Der Duft der drei- bis vierhundert Jahre alten massiven Holzmöbel lag in der Luft, dazu stieg ein intensiver Geruch von Bienenwachs von dem knarrenden Parkett auf, das von mehreren Teppichen jeglichen Alters und jeglicher Herkunft bedeckt war. Bunt schillernde Lichtstrahlen, die von den Fenstern im Flur gefiltert wurden, verwandelten den aufwirbelnden Staub in einen ungewöhnlichen Regenbogen, der unsere Haut und Kleidung besprenkelte und uns so zu lebenden Picassos machte.

Hans blieb der Mund offen stehen, als er voranschritt. Ein smaragdgrün schillernder Goldfleck lief ihm den Rücken hinunter. Er streckte vorsichtig einen Finger nach einer der geschnitzten Holzfiguren aus, die den Eingang verzierten, und zog ihn wieder zurück; er wagte es nicht, die Mahagonischulter der Nymphe zu berühren, die mit ruhiger Kraft eine runde Lampe hielt.

»Der Alte hat *Peter Pan* nicht gelesen«, flüsterte er und tat so, als ob er eine Zigarette an die Lippen führen wollte. »Er hat ihn sich auf einem Trip reingezogen.«

Er betrachtete die mit Fresken bemalte Decke, auf der ich eine sehr freie Interpretation vom Schlaf des Narziss wiedererkannte.

»Die Bibliothek ist im ersten Stock«, murmelte einer der beiden Polizisten und zeigte auf die Tür, die uns gegenüberlag.

Auch er wagte es nicht, die Stimme zu erheben.

Hans drehte an dem Bronzeknauf, öffnete die beiden Flügeltüren und konnte einen Ausruf nicht zurückhalten. Wenn man bedenkt, dass uns das Haus von außen klein erschienen war …

Die Eingangshalle war wie ein Schachbrett schwarz-weiß gefliest, mit Marmorplatten, wie es auf den ersten Blick schien. Die Fensterläden waren geschlossen, und abgesehen von dem bunt leuchtenden Lichtschein, der vom Flur hereindrang und auf dem sich unsere Schatten verlängerten, war alles dunkel. Die Wände verschwanden in einem dicken Mantel aus Finsternis, in der sich sowohl Türen, Treppen, Gänge, Möbel als auch ein zum Sprung bereites Fabeltier verbergen konnten.

Zwei Kugellampen leuchteten plötzlich auf und umgaben die beiden griechischen Epheberstatuen, die ihnen als Stütze dienten, mit einem goldenen Schleier. Rugelio hatte einen Schalter betätigt. Die beiden lebensgroßen Skulpturen wachten am Fuß einer Wendeltreppe. Das Licht der Lampen reichte zwar nicht aus, um die ganze Eingangshalle zu beleuchten, fiel jedoch auf die Treppe.

»Er ist oben«, sagte einer der Polizisten. »Links.«

Wir gingen langsam die Stufen hoch – ich zählte dreizehn. Bertrand Lechausseur war kein Mann, der sich mit Aberglauben belastet hatte.

Im Vergleich zu dem dunklen Erdgeschoss herrschte im ersten Stock ein Übermaß an Licht und Farben. Sämtliche Fenster waren mit bunten Glasscheiben wie zufällig verziert, wiesen geome-

trische Figuren oder elegante Arabesken auf. Die staubtrockene Luft duftete angenehm nach getrockneten Blumen, alten Büchern, Pelz und Wachs. Wie im Flur verschwanden die Wände auch hier hinter Bildern. Dazu gab es zahlreiche Kommoden oder Säulen, auf denen Nippes, Statuen und Schatullen verteilt standen. Linker Hand führte ein Gang zu zwei Türen. Die Aufteilung war gut durchdacht, denn das Haus war insgesamt nicht sehr groß. Lechausseur hatte ein Talent für Inszenierungen.
»Wie viele Zimmer gibt es?«, fragte ich.
Rugelio runzelte die Stirn und zählte an den Fingern nach.
»Im linken Flügel, in dem wir uns befinden, zwei. Die Bibliothek und das Büro am Ende des Ganges. Auf der anderen Seite der Treppe zwei Schlafzimmer und ein Bad. Unten, zusätzlich zur Halle und zum Flur, die Küche, die Garage und ein kleines Wohnzimmer. Mit Fernseher«, fügte er lächelnd hinzu.
Sein Ton gab klar zu verstehen, dass er und seine Kollegen während der Nachforschungen das »Wohnzimmer mit Fernseher« zu ihrem Hauptquartier erklärt hatten.
»Und die Terrasse?«, erkundigte sich Hans.
»Geht von der Bibliothek ab. Aber machen Sie sich keine Sorgen«, beeilte er sich zu erklären, »es gibt keine sichtbaren Spuren.« Hans hob die Augenbrauen. »Keine Spuren«, wiederholte er, als sei dies selbstverständlich. »Kein Blut. Nur ein fehlendes Stück Balustrade. Sie hat nachgegeben, als das Opfer gefallen ist.«
»Das Opfer« – das war wirklich Polizistensprache. Als hätte es keinen Namen, das »Opfer«. Aber die Entmenschlichung eines Körpers sollte vielleicht nur dazu dienen, dem Tod seine Tragik zu nehmen. Wir selbst waren, wie die Gerichtsmediziner, die Ersten, wenn es darum ging, die »Patienten«, die wir untersuchten, mit Nummern zu identifizieren, die wir ihnen manchmal mit Filzstift direkt auf den Schädel oder die Oberschenkelknochen notierten. Hätte man Ettis Leiche im Wasser wiedergefunden,

hätte man ihm ohne Zweifel ein Etikett an den großen Zeh gehängt, bevor man ihn mit einem Laken bedeckte. Ich schüttelte heftig den Kopf, um das Bild vor meinem geistigen Auge zu vertreiben.

»Nach dir«, sagte ich zu Hans und deutete auf die Tür aus fein geschnitzter Eiche. Er baute sich ungeduldig vor der Flügeltür auf, während Rugelio die Siegel brach und uns bat, das Allerheiligste des alten Latinisten zu betreten: seine wertvolle Bibliothek.

Die Ausstattung des Hauses war mir überladen erschienen, aber das war nichts im Vergleich zu dem, was nun vor uns lag. Rugelio öffnete die großen Läden der Terrassentüren, und das grelle Licht schmerzte uns in den Augen. Keine bunten Fensterscheiben in der Bibliothek, Bertrand wollte hier klar sehen. Ich hingegen vermisste plötzlich das gedämpfte Licht des restlichen Hauses, das mir den chaotischen Anblick erspart hätte.

»Ich hoffe, du hast daran gedacht, deine Schaufel und einen Spatel mitzunehmen«, seufzte Hans, dessen Schultern gut zehn Zentimeter tiefer sackten.

Das Werkzeug wäre nicht unnütz gewesen, um die etwa vierzig Quadratmeter große Fläche freizuräumen, auf die man keinen Fuß setzen konnte, ohne Gefahr zu laufen, Dinge, die dort aufgehäuft herumlagen, zu zerbrechen. Ich bin nicht besonders ordentlich, aber mein Apartment hatte selbst in den schlimmsten Momenten nie solch einen Zustand erreicht. Die Regale, die die Wände vom Boden bis zur Decke einnahmen, brachen unter Büchern, Antiquitäten und dem zusammen, was angehäufte Überreste von Ausgrabungen in Plastiktüten, Kästen und Kartons zu sein schienen. Auf dem gewaltigen Schreibtisch war nicht einmal mehr genügend Platz für eine Kaffeetasse. Und die Kommoden verschwanden unter Teilen von Amphoren, Statuen, Skulpturfragmenten, Vasen, Ikonen und anderen Objekten, bei deren

Anblick selbst dem gleichgültigsten aller Konservatoren antiker Kunst auf Anhieb das Wasser im Munde zusammengelaufen wäre. Wie bei dem Objekt, das Hans gerade betrachtete.

»Ein Mosaik«, lachte er auf, »hat er das in seiner Freizeit gemacht, der gute Mann?« Er zeigte auf eine Art riesiges Gemälde im hinteren Teil des Raumes. Ich ging näher heran, wobei ich vorher über eine Reihe von Kisten steigen musste, und stieß einen Pfiff aus. »Das hab ich ja im Kindergarten besser gemacht«, meinte Hans.

»Dann hast du ihn gemeinsam mit den ersten Cäsaren besucht, mein lieber Hans. Ich würde ja gerne das Gesicht von denen in Neapel sehen, wenn sie erfahren, dass man den Teil wiedergefunden hat, der ihnen fehlt.«

Ich beugte mich vor, um das Fundstück zu untersuchen. Auf einer drei mal fünf Meter großen Holztafel, die gegen die Bücherregale gelehnt war, hatte jemand mit einfachen Linien das Mosaik der Schlacht Alexanders gegen den Perserkönig Darius nachgezeichnet. Das römische Mosaik, das aus dem 1. Jahrhundert nach Christus stammte, war die Nachbildung eines Gemäldes von Philoxenos, angefertigt im 3. Jahrhundert vor unserer Zeit. Am linken Bildrand zeigte es Alexander den Großen auf seinem Pferd Buzephal.

»Ist das alt?«, fragte mein Praktikant.

»Die ganze Welt kennt dieses Mosaik, außer dir anscheinend. Es wird im Archäologischen Museum von Neapel ausgestellt.«

Als ich so alt war wie Hans, hatte ich mich mehrere Tage lang in das Studium dieses Kunstwerks vertieft und, wie viele andere auch, den Verlust des Fragments bedauert, das den unteren Teil von Buzephal und des Körpers seines Herrn zeigte – der Teil, der sich vor unseren Augen befand, sorgfältig an der Stelle wieder eingefügt, die von dem Originalmosaik umrahmt sein sollte.

»Dann ist es also echt?«
Ich warf einen Blick auf meine Umgebung und nickte. Bertrand Lechausseur hatte Nachbildungen immer gehasst.
Hans ließ sich auf einen Stuhl fallen, der trotz seines doch so bescheidenen Gewichts bösartig knarrte.
»Wenn ich das Opa erzähle …«
Ich gestattete mir ein zufriedenes Lächeln. Wenn der Anblick eines verlorenen Mosaiks ihn bewegen konnte, dann war er vielleicht doch kein so hoffnungsloser Fall, wie ich befürchtete.
»Krieg dich wieder ein, mein Freund. Wenn du wüsstest, was alles in Privatsammlungen so vor sich hin schlummert. Da ist dieses Stück Mosaik nichts dagegen.«
Ich strich vorsichtig über die zerbrechlichen Mosaiksteine. Die Arbeit war ebenso sorgfältig wie gründlich ausgeführt worden. Alle Einzelteilchen klebten sicher an einer dicken Papierschicht, die wiederum fest auf dem Holz befestigt war, auf dem man das Fresko skizziert hatte; aber man konnte sie bei Bedarf ohne größeren Schaden entfernen.
Ich drehte mich zu den Polizisten um, die uns von weitem beobachteten, ohne den Grund unseres Erstaunens zu kennen.
»Gestohlenes Material?«, wagte der Jüngere von ihnen zu fragen.
»Sollte das der Fall sein, so befindet sich die Klage wegen Diebstahls auf Latein etwa zwanzig Meter unter der Erde, mindestens.«
Rugelio zog seine dicken Augenbrauen zusammen.
»Können Sie sich etwas genauer ausdrücken?«
»Entschuldigung, das war Museumsrattenhumor. Nein, dies hier ist nicht gestohlen worden. Nur glaubte man, dass dieses Mosaik seit Jahrhunderten zerstört sei.«
Die Polizisten wechselten einen wissenden Blick und nickten mit dem Kopf, als hätten sie die Situation vollkommen erfasst.
»Wir werden anfangen, alles was sich hier befindet zu katalogisieren, zu fotografieren und einzupacken, um es ins Museum zu

schicken«, seufzte ich. »Wenn Sie bleiben wollen, um uns beim Packen zu helfen …«
Rugelio rümpfte die Nase, und sein Blick glitt aus dem Augenwinkel an den staubigen Regalen entlang. Er strich über die tadellose Bügelfalte seiner Hose, als stellte er sich bereits vor, wie sie von Spinnweben beschmutzt war.
»Wir werden Sie lieber machen lassen, ohne Sie zu stören. Wenn Sie uns brauchen, wir sind im Wohnzimmer im Erdgeschoss.«
Die beiden Polizisten verschwanden im Flur, und Hans, der aufgedreht wie ein Floh umhergehüpft war, zupfte mich jetzt am Ärmel meines T-Shirts und zog sein Handy aus der Tasche.
»Ich kenne ’nen Typen, der bei einer Geschichtszeitschrift arbeitet. Der Vater von ’nem Kommilitonen. Das ist’n Versager, aber er weiß, wie man einen Scoop macht. Wir werden berühmt, Morg! Wir kommen ins Fernsehen!«
Der Funke Hoffnung, der beim Anblick seiner Erregung in mir aufgekeimt war, erlosch.
»Nun mal langsam«, unterbrach ich ihn und nahm ihm das Telefon aus der Hand. »Pack das Mobilteil weg, so geht das nicht. Du machst ein Praktikum, Hans, keine Ferien. Erstens werden wir runtergehen und den Fotoapparat und das Material holen, das im Kofferraum meines Wagens liegt. Zweitens müssen wir alles auflisten, und ich sagte ›alles‹. Wenn das getan ist, werden wir dem Berechtigten, das heißt dem Louvre, Bescheid geben, der sich mit dem Archäologischen Museum von Neapel in Verbindung setzt, oder mit anderen Museen, falls wir noch mehr Stücke von Bedeutung finden.«
»Noch mehr Stücke von Bedeutung«, äffte er mich nach. »Morg, dieses Puzzle ist zweitausend Jahre alt! Das ist die Entdeckung des Jahrhunderts! Wir werden berühmt!«
Ich warf ihm einen schiefen Blick zu. Der einzige Grund, der dieses Bonzensöhnchen dazu brachte, mich zu ertragen, war die An-

drohung seines Großvaters, ihm den Geldhahn zuzudrehen, falls er weiterhin seine Kurse schwänzte und seine Examen nicht bestand. Wie hatte mein ehemaliger Mentor auch nur einen Moment lang glauben können, dass ich in der Lage sei, bei diesem Jungen ein wie auch immer geartetes Interesse für Geschichte zu wecken? Alles war Vorwand genug, um sich aus der Masse hervorzuheben, Geld zu machen und seinen Namen auf der Titelseite der Magazine zu sehen.

»Hans … Die verlorenen Bücher des Tacitus, der Kopf des Koloss von Rhodos oder sogar die Unterhose von Dagobert wären ›Entdeckungen des Jahrhunderts‹. Das hier ist nur ein Stück Mosaik, wie es sie in den Galerien von Privatsammlern wahrscheinlich zu Hunderten, wenn nicht zu Tausenden gibt. Wichtig – bestimmt, außergewöhnlich – sicherlich nicht.«

»Aber …«

»Hans! Die archäologischen Fundorte sind seit Jahrhunderten ausgeplündert. Der Marmor des Parthenons von Athen ist im British Museum. Selbst im Louvre haben wir einen Teil der Ara Pacis aus Rom, das dort nichts zu suchen hat, und die Hände der Venus von Milo dienen vielleicht einem kolumbianischen Drogenmagnat als Briefbeschwerer. Schon in der Antike raubten römische Sammler die Statuen aus griechischen Tempeln. Das ist banal und geläufig, nichts, was einem schlaflose Nächte bereiten sollte.«

Ich versetzte ihm mit einem ironischen Lächeln einen Klaps auf die Schulter, bevor ich die Tür der Bibliothek hinter mir schloss. Sollte er so lange grummeln, wie er Lust hatte.

Aus meinem Kofferraum holte ich eine abgenutzte Sporttasche, die das perfekte Zubehör einer Gerümpelsammelstelle enthielt: eine Polaroidkamera, ein Skizzenheft, eine Taschenlampe, Lineale, Winkelmaße, Kordel, zwei Rollen Bindfaden – kurzum, alles was bei einer Ausgrabung oder einer Inventur notwendig sein könnte. Als Etti und ich angefangen hatten, an archäologischen Fundorten zu arbeiten, ließ uns mein Vater jeden Morgen unsere Taschen ausleeren und kontrollierte unsere Ausrüstung. Eine fehlende Rolle Bindfaden oder ein fehlender Pinsel bedeuteten für uns einen wesentlichen Abzug des Geldes, das er uns am Ende des Monats auf unser Konto einzahlte. Wenn der Wert des Materiellen nur ein unwesentlicher Punkt war, so galt das nicht für das professionelle Bewusstsein, und sei es auch reduziert auf einen Spatel oder einen Zirkel.

Als er noch in Indien lebte, glaubte Etti, der Archetyp des Archäologen sei ein Mann mit Schnurrbart und heller Haut, im fleckenlosen Kolonialanzug, einer Teetasse in der rechten Hand und einer Zigarre in der linken, der stolz vor einer ägyptischen Pyramide posierte. Einer von denen, die er in den *massala movies* gesehen hatte, jenen bunten Musikfilmen, die die Inder abgöttisch liebten.

Papa hatte dieses klischeehafte Bild schnell gelöscht; er, der nicht mit einem silbernen Löffel im Mund und ohne berühmte Historiker als Paten geboren worden war. Als mein Vater nach dem Universitätsabschluss an seinen ersten Ausgrabungen in Pakistan teilnahm, besaß er keinen einzigen Kontakt in dem Milieu. Er lernte vor Ort und von Ausgrabung zu Ausgrabung, von Bibliothek zu Antiquariat und machte sich so mit seinem Beruf vertraut. Bei einer jener Ausgrabungen lernte er meine Mutter, eine asienbegeisterte Isländerin, kennen, die er von seiner Liebe zu Indien und seinem Wunsch nach einer mehrköpfigen Familie überzeugen konnte. Bis in die letzten Wochen ihrer Schwangerschaft hinein watete sie in den Pfützen des Monsunregens, Spatel und Pinsel in der Hand. Obwohl ich eigentlich dazu bestimmt war, der erste einer ganzen Reihe von Knirpsen zu sein, blieb ich das einzige Exemplar. Meine Mutter starb an einer Blutung in dem Krankenwagen, der sie in das Hospital fuhr, wo sie mich hätte auf die Welt bringen sollen. Ich bin sozusagen ein postumes Kind, mit knapper Not aus einem Körper herausgeschält, der einige Minuten vorher zu leben aufgehört hatte. Mein Vater hat es sich niemals verziehen, dass er meine Mutter bis an die Grenzen ihrer Kräfte hatte arbeiten lassen, aber er hätte sie wohl schwer davon abhalten können. Damals verdiente ein Archäologe zum Leben nicht mehr als heute, und als kleiner Junge sah ich Papa oft die Geldscheine zählen und rationieren, damit wir vom Ersten bis zum Dreißigsten des Monats überlebten. Er hatte mir beigebracht, hart und ehrgeizig zu sein, und dass die Interessen anderer nie Vorrang vor den meinen haben dürfen.

»Wir haben keine Familie mehr, Morgan. Kein Dach, unter das wir uns an stürmischen Tagen flüchten können. Keine helfende Hand, die uns aus dem Wasser zieht, falls wir untergehen. Man kann sich nur Skrupel erlauben, wenn der Magen gut genährt ist und die Taschen voll sind. Menschenliebe ist Sache der reichen und einflussreichen Leute.«

Er ist sowohl das eine als auch das andere geworden, allerdings nicht ohne Mühe.

»Guten Tag!«

Ich drehte mich auf dem Absatz um und stand unmittelbar vor einer Frau von etwa fünfzig Jahren, bekleidet mit einer Jeans und einer Baumwollbluse. Winzig, knapp einen Meter fünfzig groß, mit kurzen Haaren und einem vollen Gesicht, stand sie da wie eine Eins.

»Ich habe Sie erschreckt, verzeihen Sie mir«, sagte sie gutmütig und streckte mir ihre kleine gerötete Hand entgegen. »Ich bin Madeleine, Bertrands Haushälterin. Zumindest war ich das«, verbesserte sie sich mit einem herzzerreißenden Seufzer. »Armer Mann. Und Sie müssen einer der Herren vom Museum sein?«

Verblüfft drückte ich das hingehaltene Händchen und war erstaunt über seine Festigkeit.
»Erlauben Sie mir, dass ich Ihnen mein Beileid ausspreche«, sagte ich und legte dabei meine linke Hand auf die ihre, die mich immer noch nicht losgelassen hatte. »Ich habe Professor Lechausseur gut gekannt. Ich bin Morgan Lafet.«
Sie zuckte zusammen.
»Lafet? Sind Sie vielleicht der Sohn des Herrn, der manchmal hergekommen ist, der die Sendungen im Fernsehen macht?« Ich nickte, woraufhin sie sich dazu durchringen konnte, mich loszulassen, um ihre Hände in einer Geste reiner Bewunderung zusammenzuschlagen. »Die Sendung Ihres Vaters über die Hindu-Mythologie hat mir sehr gut gefallen. Wissen Sie, es müsste mehr von solchen Sachen geben. Es werden heutzutage nicht genügend kulturelle Sendungen angeboten. Noch nicht einmal auf Kabel«, fügte sie hinzu. Sie runzelte die Stirn. »Sie scheinen mir nicht zuzustimmen.«
»Doch, warum?«
»Sie haben das Gesicht verzogen.«
Ich zeigte mit dem Finger gen Himmel, wo die Sonne erbarmungslos auf uns niederbrannte. Mit einem kleinen Aufschrei schob mich die Haushälterin besorgt in Richtung Haus.
»Kommen Sie, gehen wir in die Küche, das wäre doch gelacht, wenn sich dort nicht irgendetwas für eine gute Limonade befände. Ich habe die Polizisten nicht wegfahren sehen. Sind sie noch da? Die müssen ja auch unter der Hitze leiden, die armen Jungs! Eine dunkle Uniform bei derartigem Sonnenschein, das kann man sich ja nicht vorstellen. Ich frage mich, warum die Verwaltung nicht daran gedacht hat, ihnen im Sommer eine angemessenere Uniform zu besorgen. Wenn man bedenkt, dass ...«
Et cetera. Halb betäubt von ihrem Schnattern ließ ich mich auf die Küchenbank fallen. Als sie ein paar Zitronen schnitt, ohne da-

bei die geringste Pause in ihrem Monolog einzulegen, erschien mir die Vorstellung von Professor Lechausseur, der sich »Genug!« schreiend von seinem Balkon stürzte, als eine Möglichkeit, die man vielleicht in Betracht ziehen sollte …

Zurück in der Bibliothek beendete ich die Skizze des Mosaikfragments und ließ meinen Blick ab und an in Richtung Terrassentür gleiten, durch die eine sanfte, nach Flieder und Rosen duftende Brise hereinwehte. Die Terrassenbalustrade war auf der rechten Seite jäh von einer großen Lücke unterbrochen. Ich kämpfte gegen das Verlangen an, hinzugehen und am Kalkstein zu kratzen, damit ich mir ein Urteil über seinen Zustand bilden konnte. Er schien – demnach zu urteilen, was ich von meinem Platz aus sehen konnte – nicht porös zu sein. Das Haus war in perfektem Zustand. Allerdings wusste gerade ich nur zu gut, dass Stein wer weiß wie gesund aussehen und trotzdem wie feuchter Sand zusammenfallen konnte, sobald man die Hand darauf legte.

Ich kniete mich in den Staub, um die Polaroidkamera und das Diktiergerät aus dem Durcheinander in meiner Tasche zu holen. Dies war der Moment, in dem Hans die Güte hatte, sich mir anzuschließen.

»Sag mir nicht, dass du seit fast zwei Stunden Madeleines Limonade trinkst«, meinte ich.

»Nee, ich hab mit den Bullen gesprochen.«

»Oh. Eine neue Idee für eine Berufslaufbahn?«

Er rümpfte die Nase.

»Weißt du, was ein Bulle so verdient?« Ich zog es vor, nicht zu antworten. Er deutete auf die Terrasse. »Hat beim Runterstürzen ja echt ’nen Teil vom Balkon mitgenommen, der Alte.«

»Er hieß Bertrand Lechausseur, nicht *der Alte*, und zu deiner Information: Er war nicht besonders schlank. Eine Balustrade aus Holz oder Metall hätte ihm vielleicht das Leben gerettet.«

»Ach nee! Aber jemand hat ihn vielleicht drüber geworfen und damit basta.«
»Du gehst zu oft ins Kino, Hans. Madeleine hat mir anvertraut, dass er seit einiger Zeit depressiv gewesen sei.«
»Aber klaaaar doch. Er war seit Wochen deprimiert, dachte an Selbstmord, kaufte aber trotzdem am Tag vor seinem Tod ein Hin- und Rückflugticket nach Alexandria. Ein Typ, der seine Sinne beisammenhat, plant immer seinen Ägyptenurlaub, bevor er sich die Radieschen von unten anschauen geht, das ist doch bekannt!«
Ich versteifte mich – schockiert von seiner Respektlosigkeit und seiner unterschwelligen Andeutung.
»Ich erspare dir die wohlverdiente Ohrfeige, wenn du mir sagst, wie du das erfahren hast. Die Polizisten? Madeleine?«
Ganz Selbstvertrauen und Arroganz, trat Hans den Rückzug an und fuchtelte dabei mit den Händen.
»Immer mit der Ruhe, Spartakus«, stammelte er. »Das war nur 'n Witz, das ist alles. Ich entschuldige mich. Okay? Bist du zufrieden?«
Ich machte eine angewiderte Geste in seine Richtung und wandte mich ab.
»Hast du denn gar keinen Respekt? Man gibt dir die Möglichkeit …«
»Schwachsinn, gar nichts gibt man mir! Ich habe um nichts gebeten! Man zwingt mich dazu, meine Ferien mit Conan dem Barbaren in einem Museum zu verbringen und mir billige Moralpredigten anzuhören, und wenn ich mal raus darf, dann um das Durcheinander eines alten Knackers aufzuräumen, der …«
»Halt's Maul!«, brüllte ich und drehte mich abrupt auf dem Absatz um, um ihm drohend mit dem Finger vor der Nase herumzufuchteln. In einem Bruchteil einer Sekunde erstarrte und erblasste er, aber diesmal war ich wirklich am Ende. »Ich möchte

nicht ein Wort mehr aus dem Müllschlucker hören, der dir als Mundwerkzeug dient! Ich fahre dich nach Hause. Sieh zu, dass ich dich morgen früh nicht mehr zu Gesicht bekomme! Und das wirst du selber deinem Großvater erklären müssen!« Ich machte einen Schritt nach vorn, und er wich zurück, wobei er den Kopf einzog, ohne den Blick von meinen Händen abzuwenden – davon überzeugt, dass eine von ihnen auf seinem Gesicht landete. »Wenn du mein Sohn wärst, dann würde ich dich in einem fensterlosen Zimmer vergammeln lassen, bis du mir das Etymologische Wörterbuch vorwärts und rückwärts aufsagen kannst!« Hans warf einen panischen Blick zur Tür und betete wahrscheinlich darum, dass die Polizisten hörten, wie ich herumschrie, und heraufkämen, um zu sehen, was los war. »Du bist ein kleiner aufgeblasener Gockel«, zischte ich zwischen den Zähnen hindurch. »Ein Waschlappen, ein Nichtsnutz! Du hängst an der Kreditkarte, die dein Vater vor deiner Schnauze baumeln lässt wie eine Möhre vor einem Esel. Du interessierst dich für nichts, du verstehst nichts, du respektierst nichts, du bist einer von diesen Rotznasen, die nur davon träumen, einfache Reime in ein Mikro zu grölen und mit drei Kilo Klunker um den Hals vor den Blitzlichtern der Journalisten herumzustolzieren. Hältst du dich für einen harten Kerl? Schau dich an, Hans: Du stehst da wie angewurzelt, zitterst und hast Schiss.« Er machte Anstalten, die Faust zu heben, und ich schubste sie grinsend zur Seite, wobei ich ihn aus dem Gleichgewicht brachte. »Oh! Willst du mich deine kleinen Fäuste spüren lassen?« Ich schlug mir mit der flachen Hand auf die Brust. »Hau mal da drauf. Danach können wir ›Knöchelchen aufsammeln‹ spielen.«

Plötzlich ließ er die Arme zur Seite fallen, keuchte auf und sah mich drohend an, während er sich mit der Zunge über die Lippen fuhr, als kostete er schon im Voraus die Gemeinheit aus, die er gleich darauf ausspeien würde.

»Nur weil er dir den Laufpass gegeben hat, musst du es nicht an mir auslassen! Dieser braun gebrannte Typ, mit dessen Foto du jeden Winkel in deinem Apartment voll gepflastert hast, alte Tunte!«

Im Bruchteil einer Sekunde hatte ich die Hand erhoben und in sein Gesicht geklatscht, dann schien die Zeit stillzustehen. Hans lag ausgestreckt auf dem Parkett wie ein umgefallener Kegel und wagte es nicht, sich zu rühren oder eine Beschwerde zu äußern.

Als ich auf seinen gekrümmten Körper und die blauen Augen sah, die mich – von unfreiwilligen Tränen verschleiert – durchbohrten, wurde mir klar, dass es wahrscheinlich das erste Mal gewesen war, dass jemand die Hand gegen ihn erhoben hatte.

Ich hätte es lieber gehabt, wenn er mich beleidigt oder zurückgeschlagen hätte, aber er machte nicht eine Bewegung, sagte nicht ein Wort, und ich setzte mich mit dem Rücken zu ihm in Bertrands Sessel. Ich konnte ihm nicht ins Gesicht sehen. Ich, ein grober Klotz von achtundneunzig Kilo, hatte gerade einen Jungen geschlagen, weil er – wie alle Knirpse, die nicht die körperlichen Mittel besaßen, um sich gegen Gewalt zur Wehr zu setzen – versucht hatte, verbal den Nerv zu treffen, der seiner Meinung nach am meisten wehtun würde.

Ich hätte mich entschuldigen oder versuchen sollen, mich zu erklären, aber alles, was ich sagen konnte, war: »Geh und warte im Auto auf mich.«

Er gehorchte ohne den geringsten Protest oder Seufzer der Unzufriedenheit. Ich machte ihm Angst, und das brachte ihn furchtbar aus dem Gleichgewicht. Die Männer und Frauen, mit denen er bisher zu tun gehabt hatte, haben ihm sicher alle seine Launen durchgehen lassen, begierig darauf, dem Großvater (berühmter Universitätsprofessor) oder dem Vater (stinkreich) gefällig zu sein.

Ich würde Ludwig morgen anrufen, und da er seinen Enkel

kannte, würde er bestimmt meine Handlung verstehen, die zwar unentschuldbar, aber auch nachvollziehbar war. Schließlich hatte ich mich dazu bereit erklärt, einen Praktikanten auszubilden, und nicht, einen aufsässigen Jugendlichen zu erziehen.

Als dieser Entschluss gefasst war, packte ich meine Sachen zusammen, schulterte meinen Rucksack und stolperte über eine unebene Stelle im Dielenboden. Ich ließ meine Tasche fallen, fluchte dabei wie ein Landsknecht und bückte mich. Der Bengel hatte beim Fallen eine Diele zerbrochen. Sein Sturz musste noch härter gewesen sein, als ich dachte, und ich überlegte mir, dass – sollte er eine Klage wegen Körperverletzung einreichen – ich eine unangenehme Zeit vor mir hätte. Doch ich vertrieb diese Möglichkeit aus meinen Gedanken. Professor Peter würde es nicht zulassen, ich kannte ihn gut genug, um mir dessen fast sicher zu sein, außerdem waren mein Vater und er eng befreundet.

Ich versuchte, die Eichendiele wieder an ihren Platz zu schieben, und stellte fest, dass sie doch nicht kaputt war. Sie hatte sich nur gelöst. Dann bemerkte ich, dass sie durch zwei Stahlangeln der Länge nach an der daneben liegenden Diele befestigt war. Was war das? Das sah aus wie die Öffnung eines im Dielenboden eingerichteten Fachs.

Ich hätte fast meine Hand hineingeschoben, aber ich besann mich eines Besseren und wühlte in meiner Tasche, um eine Taschenlampe hervorzuholen und den Boden des Verstecks zu erkunden. Das Verschlusssystem war perfekt zu erkennen. Ein starker Druck genau auf die Stelle, an der sich das Schloss befand, öffnete die Klappe. Verdammter Professor …

Das Fach war nicht sehr tief, etwa zwanzig zu zehn Zentimeter Breite und etwa sechzig Zentimeter Länge. Das ideale Versteck für einen länglichen, in Seidenpapier eingewickelten Gegenstand und ein altes ledergebundenes Heft, von abgenutzten Gummibändern zusammengehalten, die ich aus dem Fach holte. Ich löste vorsichtig die Papierlagen. Auf dem Bett aus zerknitterten Blättern lagen zwei Rollen aus hartem Karton.

Eine Art Intuition löste in meinem Nacken ein Prickeln aus und verursachte mir eine Gänsehaut. Ein unerklärliches Gefühl, das ich schon mehrere Male empfunden habe, aber noch nie identifizieren konnte. Eine instinktive Unruhe. Ein Zeichen dafür, dass ich etwas gefunden hatte, das alles radikal verändern würde. Die Schatzkarte in der Flasche. Der geheime Hebel zum Eingang des Inka-Tempels. Das Wunder, das nur in Filmen geschieht.

Ich hob die erste Rolle an, die seltsam schwer wog, dann nahm ich den Plastikdeckel ab, der sie verschloss. Ein kalter Gegenstand fiel mir in die Hände. Auch er war in Seidenpapier eingewickelt. Es handelte sich um ein von der Spitze bis zum Griff in dunkelgraues Metall gegossenes Schwert, dessen mittlerer Teil, die Parierstange, aus Knochen war. Abgesehen von einer Art Siegel, das auf die Klinge graviert war, hatte es keine Verzierungen und war von einer faszinierenden, fast zu perfekten Schlichtheit.

Ich ließ den Deckel der zweiten Rolle, die sehr viel leichter war als die erste, aufspringen und drehte die Rolle um, aber nichts fiel heraus. Verblüfft warf ich einen Blick hinein. Ein Dokument. Ich steckte zwei Finger in die Rolle und holte vorsichtig etwas heraus, das wie ein vergilbter Brief aussah. Er knackte wie altes Pergament, schien aber nicht besonders brüchig zu sein. Zwei mit einem Siegel befestigte Bänder rutschten von dem Dokument ab. Ich entrollte den Bogen mit größter Vorsicht, indem ich langsam von rechts nach links über das grobkörnige Papier strich. Dann erkannte ich seine Beschaffenheit, da ich erst vor kurzem etwas Ähnliches berührt hatte, als ich Professor Verbeck im Louvre dabei geholfen hatte, alte Bibeln neu zu ordnen. Bücher, die mehrere hundert Jahre alt waren.

Der Text war auf Latein geschrieben. Ich setzte mich im Schneidersitz hin und entzifferte die gotischen Buchstaben. Das Dokument stammte aus dem Vatikan, aus der Zeit des 18. Jahrhunderts. Darin wurde über eine Ausgrabung berichtet, die 1709 in Italien, nahe bei Neapel, stattgefunden hatte, in einer nicht genau benannten römischen Stadt, wahrscheinlich Herculanum, wie das Datum vermuten ließ. Des Weiteren wurde ein Schwert erwähnt, das in der Villa eines Patriziers entdeckt worden war, eines Sammlers, den anderen Kunstwerken nach zu urteilen, die man ebenfalls an dem Ort gefunden hatte. Ich spürte, wie mein Herz höher schlug. Dann hob ich die neben mir liegende Waffe hoch und untersuchte sie. Das Schwert in meiner Hand war eine moderne Nachbildung. Die Klinge wies keinerlei Fehler, Kratzer oder Dellen auf, nichts. Der Knochen der Parierstange hingegen schien wesentlich älter zu sein. Ich strich über das auf der Klinge eingravierte Siegel – eine Hand, die einen Hammer hielt – und hätte schwören können, dieses Siegel vor kurzem schon einmal gesehen zu haben.

Ich legte die Waffe quer über meine Knie und nahm meine Lektüre wieder auf, fand aber keine interessanten Angaben außer der Tatsache, dass der Besitzer des in dem Patrizierhaus entdeckten Schwerts …

»Bei Zeus!«

Mein Blick glitt zu dem Mosaik, und ich bekam einen Schluckauf. Die rechte Beinschiene Alexanders des Großen war mit einer Hammer haltenden Hand verziert, dem gleichen Siegel, das die Schwertklinge aufwies.

Ich ergriff das in Leder gebundene Heft, blätterte darin herum und fluchte. Es war voll von Schemata, Zeichnungen, Plänen und in einer Art Code geschrieben. Dieses Kauderwelsch stellte aller Wahrscheinlichkeit nach das Ergebnis mehrerer Jahre Arbeit dar. Ohne länger zu überlegen, steckte ich das Dokument und das Schwert in ihre Rollen zurück, klappte das Heft zu und stopfte alles in meine Sporttasche, fest entschlossen, die Gegenstände in

Ruhe bei mir zu Hause zu untersuchen. Denn schließlich konnte etwas, dessen Existenz niemandem bekannt war, auch von niemandem vermisst werden, und es war wichtig genug, dass Bertrand sich die Mühe gemacht hatte, es so sorgfältig zu verstecken. Dann wurde mein Blick vom Balkon und der zerbrochenen Balustrade angezogen. Vielleicht wusste am Ende doch jemand von der Existenz dieser Objekte? Und was wäre, wenn dieser Jemand Professor Lechausseurs Nemesis gewesen sein sollte? Wenn es das war, was der oder die suchten, die ihn angegriffen hatten? Eiskalter Schweiß lief mir den Rücken herunter. Konnten die Nachbildung eines antiken Schwerts und ein alter Ausgrabungsbericht des Vatikans, von denen es Hunderte gab, so begehrt sein, dass man dafür einen Mann bei sich zu Hause überfiel und ihn über seinen Balkon warf, mit dem Risiko, von der halben Nachbarschaft bemerkt zu werden? Das hatte keinen Sinn. Es sei denn, der Knochen am Schwertgriff war authentisch, wie ich vermutete …

Ich ging die Treppe hinunter und wandte mich entschlossenen Schrittes zur Küche, aus der ein guter Duft nach Zimt, heitere Stimmen und die ohrenbetäubende Lautstärke des Fernsehers drangen. Da war es nicht verwunderlich, dass die Polizisten unseren Streit nicht gehört hatten.

»Ich bin fertig für heute«, verkündete ich.

»Schon?«, fragte die gute Frau.

»Ja, ich muss noch mal im Museum vorbei.«

»Ach?«, sagte Rugelio. »Ein Problem?«

»Nein, gar nicht. Das alltägliche Ritual.«

»Papierkram? Kennen wir.«

»Um wie viel Uhr kann ich morgen wiederkommen?«

»Neun Uhr?«

»Passt mir wunderbar.«

»Ich werde Ihnen ein reichhaltiges Frühstück vorbereiten«, misch-

te sich Madeleine ein. »Wollen Sie nicht ein paar Kekse mitnehmen für heute Abend?«
Ich schüttelte den Kopf.
»Das ist nett von Ihnen, Madeleine, aber ich bin verabredet«, log ich. »Beruflich«, fügte ich hinzu, als ich ihre Augen funkeln sah. »Bis morgen, einen schönen Abend noch.«
Sie verabschiedeten sich freundlich von mir, und ich ging hinaus, wobei ich das Schwert durch den Stoff meiner Tasche befühlte. Dann zwängte ich mich in mein Auto.
Hans saß eingesunken auf dem Beifahrersitz und öffnete den Mund, als er mich sah, aber ich warf ihm einen eisigen Blick zu, und daraufhin schloss er ihn sofort wieder. Wir wechselten bis zu unserer Ankunft in Paris kein einziges Wort, und ich hielt neben der ersten Metro-Station an, die ich finden konnte. Ich verschränkte die Arme über dem Lenkrad und wartete darauf, dass er ausstieg.
»Morg«, stammelte er. »Ich … ich hab Mist gelabert, einfach was mir gerade so durch den Kopf ging.« Ich antwortete nicht.
»Stimmt echt, ich kenn den Typen ja nicht einmal.«
»Dieser *Typ* war mein Bruder.« Er schluckte. Hinter uns hupte ein Auto. »Steig aus.«
Seine Antwort verlor sich im Lärm, als das Auto erneut hupte und er sich wider Willen aus dem Wagen schälte und vorsichtig die Tür schloss. Bevor ich losfuhr, bemerkte ich, dass der Schlag auf seinem Gesicht keinerlei Spuren hinterlassen hatte. Das war ja schon mal was.
Ich schaute auf die Uhr. 18:00 Uhr. Manuela müsste zu Hause sein. Mit ein bisschen Glück könnte sie das Schwert schnell ins Labor der Universität Jussieu bringen und den Knochen datieren. Ich fuhr in Richtung Place de l'Odéon und hoffte, dass meine Kollegin in einer »Phase positiver Aura« sein würde, wie sie sagte, ansonsten sah ich schwarz für mein Karma.

III

Ausgeschlossen, Morgan! Ich bin überlastet.«
»Manuela«, flehte ich und sprang aus dem bunten Sessel auf, um ihr durch den kleinen Raum zu folgen. »Ich schwöre dir, es ist das letzte Mal!«
»Das hast du mir vor zwei Monaten auch gesagt.«
»Hilf mir, du wirst es nicht bereuen. Ich werde mich revanchieren, ich verspreche es dir.«
Sie lehnte sich gegen ein Regal, das unter der Last von tonnenweise aufgestapelten Comics förmlich zusammenbrach, und biss sich auf die üppigen Lippen.
»So wie die beiden Abendessen, die du aufgrund einer sowohl hartnäckigen als auch inexistenten Grippe absagen musstest?«
Trotz ihres prächtigen Körpers, der unter einem unförmigen Pulli aus indischer Baumwolle steckte, ihres mit Henna gefärbten Haarschopfs und mehrerer Glasperlenketten war Manuela keine anziehende Frau. Sie hatte ein herbes Gesicht, hervorstechende Augen, ein fliehendes Kinn, Wangen, die einem dicken Babypopo ähnelten, und eine Stimme, die an eine Fischmarktverkäuferin erinnerte.
»Das zweite Mal war es nicht die Grippe, sondern eine Notbergung.«
»Lies von meinen Lippen, Morgan: Such dir einen anderen Deppen!«
»Manuela, ich brauche unbedingt jemanden, der qualifiziert ist und mir dieses Schwert datieren kann, meine Karriere hängt vielleicht davon ab.«

»Ach, und es ist auch noch eine Waffe? Man datiert kein Metall, Morgan. Ciao!«
»Ich will das Querstück zwischen Griff und Klinge datieren.«
»Charmant ...«
Da ich nicht mehr weiterwusste, nahm ich sie bei den Schultern und drückte sie an mich. Sie schien in einem satanisch stinkenden Elixier aus seltsamen Pflanzenextrakten gebadet zu haben, deren Geheimnis nur sie allein kannte.
»Manuela«, murmelte ich und schlug dabei den sinnlichsten Tonfall meines Repertoires an, »ich mache keine Witze. Wenn du diese Datierung für mich machst, kann ich dir nichts mehr verwehren.«
»Wirklich nichts?«
»Nichts.« Sie drückte sich mit einem Haifischlächeln an mich und brachte mich dazu, sie wieder von mir zu stoßen. Niemals! Ich wusste genau, was sie von mir haben wollte.
Dann setzte sie sich auf die Kante ihres Schreibtisches und betrachtete ihre Fingernägel.
»Dann eben nicht. Tschüs, Morgan.«
»Manuela, bitte mich um alles, was du willst, aber nicht das!«
»Entweder das oder nichts. Du hast fünf Sekunden Zeit. Eins, zwei ...«
»Einverstanden!« Ein breites Grinsen glitt über ihr Gesicht. »Aber ich brauche die Ergebnisse bis morgen.«
»Was?«
»Morgen!«, wiederholte ich. »Du hast fünf Sekunden Zeit.«
»Geht klar!«, stieß sie hervor. »Ich erwarte dich um 15:00 Uhr im *Mysti*.«
»Danke, Manuela! Werde mich revanchieren.«
»Wer's glaubt. Wo ist es denn, dein altes Eisen?«
Ich nahm das sorgfältig eingepackte Schwert aus meiner Tasche und legte es auf den Schreibtisch.

»Pass gut darauf auf.«
»Mach dir darum keine Sorgen.«
Ich wandte mich zur Tür, hocherfreut, dem Marihuanaduft zu entkommen, den die auf dreißig Quadratmeter verteilten New-Age-Potpourris nicht überdecken konnten.
»Diese Frau ist verrückt!«, hatte Etti immer wieder gesagt, wenn es um meine Kollegin Manuela ging. Und er hatte nicht Unrecht. Die Ärmste betete meinen Bruder an, genau wie indische Restaurants, indische Saris, indische Götter und alles, was mit Indien zu tun hatte, die Westindischen Inseln eingeschlossen, und er hatte sie gemieden wie die Pest. Aber eines war sicher: Manuela war ein Profi ohnegleichen, und das war alles, was im Augenblick für mich zählte.

Nach einer halben Stunde, die ich überwiegend im Stau verbrachte, kehrte ich todmüde in mein Domizil zurück.
»Vorsicht, Monsieur Lafet«, rief die Concierge aus ihrer Loge. »Ich habe gerade die Treppe gebohnert!«
»Danke, Madame Risoti.«
Ich stieg die Stufen hinauf, als steckten fünfzehn Kilo in meinem Rucksack, und zog die Schlüssel aus der Tasche. Ich hatte gerade Zeit, die Tür wieder zu schließen, als das schrille Klingeln des Telefons mir das Trommelfell durchlöcherte.
»Hallo? Cathia? Nein, nur ein bisschen müde. Heute Abend? Lieber nicht, ich habe ziemlich viel Arbeit. Telefonieren wir, wenn sich's ein bisschen beruhigt hat, okay? Ich dich auch. Schönen Abend noch.«
Ich legte auf, stieß einen tiefen Seufzer aus und ließ mich aufs Sofa fallen. Das Letzte, worauf ich Lust hatte, war die Gesellschaft einer hoffnungslosen Romantikerin wie Cathia. Sie war eine dieser Frauen, die davon überzeugt waren, dass »nein« eigentlich »ja« bedeutete und »One-Night-Stand« so etwas wie »ich werde dich

immer lieben«. Ich hatte sie an einem Samstagnachmittag im Louvre angequatscht mit dem Gedanken, sie nach einer Nacht wieder loszuwerden, aber es ging nun schon seit zwei Monaten so, dass wir uns zweimal die Woche sahen. Jedes Mal wenn ich versuchte, ihr verständlich zu machen, dass ich nichts für sie empfand, brach Cathia in Tränen aus, und wir endeten eng umschlungen auf dem Sofa.

»Beschissener Tag«, sagte ich zu Etti, der mich von seinem Bilderrahmen auf dem Couchtisch aus anlächelte.

Ich zog mein T-Shirt aus, warf es auf den Teppichboden und rieb mir die schmerzenden Schläfen. Mein Bruder hätte dagegen protestiert, dass ich meine Schmutzwäsche in der Wohnung verteilte, hätte mich ohne Umschweife unter die Dusche geschickt und sich an den Herd gestellt, um eines seiner wunderbaren Currys zu kochen. Aber er war nicht mehr da, mein Schweiß und ich blieben daher auf dem Sofa zurück, das T-Shirt blieb auf dem Teppichboden liegen, und ich musste mich dazu entschließen, eine Pizza zu bestellen, da ich wieder einmal vergessen hatte einzukaufen.

Ich rauchte eine Zigarette, dann eine zweite und zündete eine dritte mit dem Stummel der vorherigen an, bevor ich ins Bad schlurfte. Ich sprang unter die Dusche und stieß beim Aufdrehen des Hahns einen Fluch aus. Der Boiler …

Ich wusch mich notgedrungenermaßen mit kaltem Wasser, wickelte mir ein Handtuch um die Hüften und nahm den Notizblock von der Kommode am Eingang zur Hand, um darauf »Klempner anrufen« zu notieren, was sich zu »einkaufen« gesellte, »Klamotten waschen«, »Friseur«, »bei der Versicherung vorbeischauen«, »Nebenkosten zahlen« und anderen dringenden Aufgaben. Dann schnappte ich mir den einzigen Apfel, der noch im Obstkorb lag, und biss ohne große Überzeugung hinein, bevor mir klar wurde, dass ich völlig ausgehungert

war. Ich hatte den ganzen Tag noch keinen Happen zu mir genommen.
Wieder klingelte das Telefon.
»Hallo?«
»Einen schönen guten Abend. Wäre es möglich, mit Herakles zu sprechen, den die Götter mir an einem Abend der Ausschweifung versprochen haben?«
Ich brach in Gelächter aus.
»Papa ...«
»Hast du mein kleines Geschenk erhalten?«, fragte er mit seiner heiteren Stimme.
»Ja, ich habe es der Concierge gegeben.« Ich hörte ihn schallend lachen. »Ich bin mir sicher, wenn du gewollt hättest, dann hättest du bestimmt etwas noch Ekelhafteres finden können.«
»Nun komm schon, gib zu, dass du es lustig fandst. Oder?«
»Kommst du bald zurück?«
»Wenn du mir diese Frage stellst, dann bist du nicht gut drauf. Was ist los?«
»Mir geht es sehr gut, Papa.« Ich hielt kurz inne. »Hat man dich schon über den Tod von Professor Lechausseur informiert?«
»Ich habe es gestern erfahren«, murmelte er mit trauriger Stimme. »Habe ich richtig verstanden, dass er seine Sammlungen dem Louvre vermacht hat? Weißt du etwas davon?«
»Ja. Ich bin es, der dazu verdammt wurde, die Bestandsaufnahme zu machen.«
Es gelang ihm kaum, einen Fluch zu unterdrücken.
»Was denken sich diese Leute bloß dabei?« Er atmete tief ein. »Hältst du durch?«
Ich ließ mich mit dem Rücken die Wand hinabgleiten und blieb auf dem Boden sitzen. Meine nassen Haare, die mir am Kopf klebten, schienen plötzlich eiskalt zu sein.
»Diese Angelegenheit erinnert mich an Korinth. Papa, ich habe

manchmal den Eindruck, dass Etti jeden Moment zur Tür hereinkommen könnte oder dass ich ihm in der Küche über den Weg laufe.«

Drückendes Schweigen am anderen Ende der Leitung.

»Hast du die Schränke leer geräumt?«, fragte er mit erstickter Stimme, die ich kaum wiedererkannte.

»Ich kann es nicht! Und ich weiß auch nicht, wozu. Seine Sachen stören mich nicht.«

»In Gottes Namen, Morgan! Seine Zahnbürste liegt noch im Bad! Diese … diese ganze Inszenierung, seine Kleider in den Schubladen, seine eingerahmten Fotos überall. Das ist nicht gesund.«

»Diese ›Inszenierung‹, wie du sagst, ist alles, was uns geblieben ist!« Er wollte protestieren, aber ich schnitt ihm das Wort ab. »Wir haben ja nicht einmal ein Grab, auf das wir einen Blumenstrauß stellen könnten!«

»Morgan, Etti befindet sich viele Meter unter der Wasseroberfläche, begraben von mehreren Tonnen Marmor und Beton. Ich bin noch für drei Tage in Montreal, aber falls du mich brauchst, nehme ich den ersten Flug.«

»Nein, nicht nötig. Hast du Zugang zu deinen E-Mails?«

»Natürlich. Morgan, was ist eigentlich los?«

»Ich möchte lieber nicht am Telefon darüber sprechen. Aber ich glaube, dass ich auf etwas Interessantes gestoßen bin. Ich schicke dir heute Abend oder morgen eine Mail.«

»Wie interessant?«

»Du wirst schon sehen.« Ich hörte Applaus im Hintergrund. »Wo steckst du?«

»Ich rufe dich aus den Empfangsräumen der indischen Botschaft an. Die Schönredner haben gerade ihre Litanei beendet. Hast du etwas gefunden bei der Bestan …«

»Ich schicke dir eine Mail«, unterbrach ich ihn. »Geh schon, lass sie nicht auf dich warten.«

Ich legte auf und zog Bertrands altes Heft aus meiner Sporttasche. Dann machte ich es mir auf dem Sofa bequem, um es durchzublättern und die Seiten auszuwählen, die ich scannen und an meinen Vater schicken würde. Vielleicht blickte er bei diesem Kauderwelsch besser durch als ich. Ein einfach gefaltetes Blatt aus kariertem Papier, das aus einem Notizblock herausgerissen schien, flatterte mir auf die Knie. Da ich selbst schon oft mit Kulis auf solchem Papier herumgeschmiert hatte, erkannte ich die Beschaffenheit eines billigen Blocks wieder, den man in manchen griechischen oder orientalischen Ramschläden kaufen konnte, notdürftig gehalten von Klebstoff, der nicht klebte, und mit einem Bleistift versehen, dessen Mine so hart war, dass sie eher gravierte als schrieb. Der Plan eines Stadtteils war auf das Blatt gekritzelt – hastig gezeichnet, ohne Straßennamen – ebenso wie ein Name: Amina, und eine Telefonnummer ohne Vorwahl. Diese Person konnte sich überall befinden, aber hatte Hans nicht von einem Flugticket nach Alexandria gesprochen? Und Amina war unbestritten ein Vorname, der sich orientalisch anhörte.

Es klingelte an der Eingangstür. Meine Pizza. Ich stand auf, um zu öffnen, hob im Vorbeigehen mein Handtuch auf und bezahlte den Lieferanten mit dem Scheckheft, das in der Kommodenschublade lag. Ich wollte gerade, an einem Champignon kauend, mit meiner Tagesration ins Wohnzimmer zurückkehren, als das Telefon ein weiteres Mal klingelte. Anscheinend hatte sich heute alle Welt abgesprochen. Ich nahm mit der linken Hand den Hörer ab, hielt die Pizza in der rechten, und meine Serviette fiel zu Boden.

»Mmh?«

»Dürfte ich bitte mit Morgan sprechen?«, fragte eine schüchterne Stimme.

Ich schluckte meinen Champignon hinunter und räusperte mich.

»Wer verlangt nach ihm?«

»Ich habe dich nicht erkannt. Hier ist Hans. Ich störe dich doch nicht?«
Zum Teufel! Entweder hatte man ihn ausgewechselt, oder meine Ohrfeige hatte ihm das Hirn auf die richtige Seite gedreht. Wahrscheinlicher war jedoch, dass er versuchte, etwas wieder gutzumachen, weil er sonst auf Papas und Großpapas Kohle hätte verzichten müssen.
»Tut mir Leid, Hans. Ich habe meine Meinung nicht geändert. Ich will dich nicht mehr als meinen Assistenten, falls du das je gewesen bist.«
»Nein, das ist es nicht.« Ich runzelte die Stirn. »Ich meine, deswegen rufe ich nicht an. Es ist nur so, dass … Ich bin gerade in der Nähe, das heißt, in deinem Viertel, ich meine, also, ich dachte mir, falls du noch nicht gegessen hast, könnte ich dich ins Restaurant einladen. Ich kenne einen echt gei … äh super Italiener«, versuchte er mich zu locken. Ich biss mir auf die Zunge, um nicht zu lachen. »Was meinst du?« Ich antwortete nicht. »Morgan? Bist du noch da?«
Was machte er sich doch für eine Mühe!
»Womit habe ich so viel Zuvorkommenheit verdient?«, fragte ich mit gespielter Kühle, amüsiert von seinen verzweifelten Anstrengungen.
»Ich war nicht besonders nett, und ich wollte mich halt entschuldigen«, gab er schließlich zu. Ich wartete mit einem dicken Grinsen, bis das Schweigen fast unerträglich wurde. »Ich, äh, ich verstehe, dass du so reagiert hast, wie du's getan hast«, fügte er mit fast unhörbarer Stimme hinzu. »Ich ruf dich nicht an, um wieder mit dir zu arbeiten, ich möchte nur nicht, ich meine, dass wir uns ein Leben lang anschmollen, verstehst du?«
Das war bestimmt der ungeschickteste Versöhnungsversuch, den ich je gehört hatte, aber ohne Zweifel auch einer der rührendsten.
»Italiener sagst du?«, fragte ich und sah auf den Pizzakarton. »Ich

habe mir gerade eine riesige Pizza Schinken-Champignon bringen lassen. Was meinst du?«
Sein erleichteter Seufzer löste in mir einen unbezähmbaren Anfall von Heiterkeit aus.
»Eine Pizza? Hört sich gut an. Ich bin in zehn Minuten bei dir.«
»Pass auf, wenn du über die Straße gehst«, zog ich ihn auf, bevor ich den Hörer auflegte und lachte, bis ich nicht mehr konnte.
Ich legte die Pizza auf den Küchentisch und holte Besteck heraus. Dann pflanzte ich mich nach einem kurzen Zögern vor dem Korb mit der Schmutzwäsche auf, als würde ich mich auf einen Kampf auf Leben und Tod vorbereiten, und bevor ich meine Meinung ändern konnte, befüllte ich die Waschmaschine.

Hans stand auf dem Fußabtreter und schwenkte einen Kuchenkarton und zwei Flaschen Limonade. Er trug noch dieselben Sportklamotten wie zuvor, und seine gebleichten Haare waren zerzaust. Anscheinend war er zwischendurch nicht nach Hause gegangen.
»Ich hab Nachtisch und was zum Runterspülen mitgebracht.«
Ich trat zur Seite, um ihn vorbeizulassen, und er stellte die beiden Flaschen und den Kuchen auf den Couchtisch im Wohnzimmer ab, wo die Pizza wartete.
Hans ließ sich auf einer der Sofaecken nieder – oder kauerte sich vielmehr zusammen – und klemmte seine Hände zwischen die Knie. Er ließ seinen Blick fieberhaft umhergleiten und suchte verzweifelt nach einem Gesprächsthema. Ich beendete seine Qual, bevor er sich am Ende gezwungen sah, über die venezianische Lampe oder die Farbe der Tapete zu schwadronieren.
»Bedien dich bitte.«
Erleichtert darüber, endlich seine Hände beschäftigen zu können, zog er an einem Stück Pizza, das – um sein Unwohlsein noch zu steigern – unerbittlich Widerstand leistete. Mein Blick glitt von

dem Stück Kruste, das in seiner Hand lag, zu dem Tropfen Tomatensoße auf dem Tisch, und er wurde rot.
»Sorry …« Ich hielt ihm eine Papierserviette hin, und er versuchte fieberhaft, den Klecks zu entfernen. »Warum müssen diese Pizzen immer nur halb durchgeschnitten sein, bevor sie in die Kartons kommen, das ist doch bescheuert!«
»Hans …«
»Das ist wie mit den *praktischen* Öffnungen von Milchpackungen, die man schließlich mit der Schere aufschneiden muss«, fuhr er fort und schrubbte verbissen auf dem Tisch herum. »Oder die *wiederverschließbaren* Tüten, die nie dicht sind.«
»Hans …« Er hob den Kopf und wagte es endlich, mir in die Augen zu sehen. »Ich glaube, die Tomate hat sich ergeben.«
Er starrte auf die kaum befleckte Serviette und den makellosen Tisch, ergriff ein Küchenmesser, um die Pizza in Portionen zu schneiden, und verschandelte dabei den Belag.
Ich griff nach einem großen Kissen, setzte mich auf den Boden, nahm den Teller, den Hans mir reichte, und versuchte, die Atmosphäre ein wenig zu entspannen, indem ich ihm von Bertrand, meinem Vater und der Freundschaft erzählte, die sie mit seinem Großvater verband. Ich dachte, das würde ihn dazu ermutigen, sich zu öffnen, aber es tat sich nichts dergleichen.
»Ist dein Bruder tot?«, fragte er, nachdem er die Hälfte der Pizza verschlungen hatte. Ich nickte. »Schon lange?«
Ich knabberte an einem Stück Schinken, bevor ich antwortete.
»Etti hat uns vor nun mehr als einem Jahr verlassen.«
»Ihr seht euch nicht wirklich ähnlich«, bemerkte er und zeigte auf das gerahmte Foto auf dem Tisch.
Ich stellte meinen noch vollen Teller ab und zündete mir eine Zigarette an.
»Etti ist von meinem Vater adoptiert worden. Er war Inder.«
»Das hatte ich mir gedacht.«

Etti trug auf dem besagten Foto ein *lungi*, eine Art Lendenschurz, und ich hatte den kleinen Votivaltar, der sich in der Wohnzimmerecke nahe dem Fenster befand, nicht angerührt.
»Ihr seid also zusammen aufgewachsen?«
»Nein. Ich war fünfzehn, als mein Bruder in die Familie kam. Als meine Internatszeit beendet war, ging ich zu meinem Vater nach Indien, und da habe ich entdeckt, dass Etti bei ihm lebte, dass er ihn adoptiert hatte, ohne mir auch nur davon zu erzählen.« Hans, der sein Glas an die Lippen geführt hatte, hielt verblüfft in seiner Bewegung inne. »Papa war davon überzeugt, dass ich die Götter preisen würde für diesen Bruder, der mir plötzlich vom Himmel fiel. Ich habe ihn an jenem Tag zum ersten Mal beschimpft, und als er zu einer Ausgrabungsstelle aufgebrochen ist, habe ich Etti die Treppe hinuntergestoßen.«
»So richtig … gestoßen?«
»Ja. Ich habe ihn schwer am Knie verletzt, dann habe ich ihn bedroht. Ich habe ihm gesagt, dass ich ihn umbringe, wenn er den Mund aufmacht.«
»Das dachtest du aber nicht wirklich, oder?«
»In dem Moment schon.« Hans schauderte, da er ja die Gewalt, die ich an den Tag legen konnte, kannte. »Etti war zu Tode erschrocken, und als mein Vater am frühen Nachmittag nach Hause kam, war er davongelaufen.«
»Habt ihr ihn sofort wiedergefunden?«
»Nein. Mein Vater und seine Freunde suchten ihn tagelang, und ich betete darum, dass sie ihn nie wiederfinden würden. Dein Großvater arbeitete damals mit meinem Vater zusammen, und eines Tages kam er zu uns und erzählte, man habe Etti in einem Dorf im Süden von Delhi gesehen. Er sei zu den Seinen zurückgekehrt. Papa stopfte mich daraufhin ins Auto; er wollte, dass ich das Dorf besichtige.«
»Warum?«

Hans hatte sein Glas abgestellt und hockte nach vorn gebeugt auf dem Rand des Sofas, aufmerksam und neugierig. Ich hätte niemals geglaubt, dass ich ihn einmal dabei erleben würde, wie er sich ernsthaft für etwas interessierte, noch dass er eines Tages diese eigenartige Mischung aus Mitleid, Missbilligung und Wohlwollen zeigen könnte, die eine typische Mimik seines Großvaters war. Sie auf dem Gesicht dieses Jungen zu sehen verwirrte mich.
»Warum? Das habe ich ihn auch mehrere Male gefragt, ohne eine Antwort zu erhalten. Als wir vor Ort ankamen, erfuhr ich, dass das Dorf in zwei Teile geteilt war, einen für die Angehörigen der Kasten und ein zweiter für die *dalits*, die Unberührbaren. Mein Vater bog in letzteren ein, und ich werde nie vergessen, was ich dann sah …«
Ich leerte mein Glas in einem Zug, bevor ich fortfuhr. »Von dem Weg, den mein Vater entlangfuhr, ging ein bestialischer Gestank aus, er endete in einer Art Müllhalde. Dort wühlten Kinder und Jugendliche in Exkrementen und Abfällen auf der Suche nach wiederverwertbaren Stoffen. Ihre Hände und Füße waren voller Dreck, und es gab mehr Fliegen, als man zählen konnte. Unter ihnen befand sich Etti.«
Hans schluckte schwer und brachte mühsam hervor: »Sie wühlten in … Mülltonnen?«
»Sie suchten nach Glasscherben, die sie in einen Korb warfen. Für ein paar Rupien oder eine Scheibe Brot anderer Leute Exkremente entsorgen, Müll oder Leichen wegbringen, wiederverwertbares Material sammeln – das sind die einzigen Aktivitäten, die den Unberührbaren erlaubt sind. Aus dieser Hölle hatte mein Vater Etti geholt. Und genau dorthin hatte ich ihn zurückgeschickt, als ich ihn aus dem Haus jagte.«
Ich zündete mir eine zweite Zigarette an, während Hans langsam den Kopf schüttelte und versuchte, sich die Szene vorzustellen. Es war eine Sache, sich am Sonntagnachmittag Reportagen über die

Dritte Welt anzusehen, um Zeit totzuschlagen; eine andere, mit dem Finger das Elend zu berühren durch jemanden, der es so nah erlebt hat wie ich.

»Ihr habt ihn sofort wieder mitgenommen, nehme ich an?«, fragte er schließlich tonlos.

»Ja. Mein Vater hat ihn buchstäblich entführt. Er hat ihn mit Gewalt ins Auto geschubst, so wie er war, voller Dreck, und ist wie ein Wirbelwind davongedüst. Aber nachdem wir das Dorf verlassen hatten, bemerkte er, dass Etti ein schmutziges Tuch um sein Knie trug und Fieber hatte. Papa glaubte, dass sich Etti an einer Glasscherbe geschnitten und die Verletzung sich entzündet hatte. Ich hatte nie mit ihm über Ettis Sturz von der Treppe gesprochen. Wir fuhren zur Klinik einer Stiftung – die *dalits* werden in guten Krankenhäusern im Allgemeinen nicht aufgenommen –, und als ich die tiefe, vereiterte Platzwunde aus der Nähe sah, habe ich geschrien.«

»Kannst du kein Blut sehen?«, wunderte sich Hans.

»In seinem Knie wimmelte es von Maden.« Seine Lippen öffneten sich zu einem Ausruf, den er aber nicht hervorbringen konnte, weil der Ekel ihm die Kehle zuschnürte. »Ich habe erst Jahre später meinem Vater gestanden, was ich getan hatte. Was Etti betrifft, so hat er nie darüber gesprochen, obwohl er fast sein Bein verloren hätte. Wir sind zwei Jahre später nach Frankreich zurückgekehrt, und ich habe mich an meinen Bruder gewöhnt, ihn kennen und schließlich lieben gelernt. Wir haben fast zwanzig Jahre lang alles miteinander geteilt.«

Ich schwieg, von einer Menge Erinnerungen bestürmt, und drückte meine Zigarette aus. Hans hatte sich Ettis Foto geschnappt und betrachtete es eingehend mit einem kleinen, melancholischen Lächeln auf den Lippen.

»Wenn du ihn dir so anschaust, kannst du dir kaum vorstellen, dass er so viel Mist erlebt hat. Warum hat Opa mir nie von jener

Welt erzählt?«, fragte er mit einer Spur Groll in der Stimme. Ich zuckte die Achseln und schenkte mir noch ein wenig Limonade ein. »Was glaubt er denn? Dass ich erst zehn bin, dass ich nicht sehe, dass die Welt beschissen ist?«

Er stellte vorsichtig den Rahmen wieder auf den Tisch zurück, stand auf und ging sichtlich erschüttert einige Schritte im Zimmer umher.

»Vielleicht hat er nie die Gelegenheit gehabt, oder er wollte dir die schäbigen Details ersparen.«

»Ich optiere für den zweiten Urteilsspruch, Herr Staatsanwalt. Ich war siebzehn, als er mir gestanden hat, dass meine Mutter an Leberzirrhose und nicht an einem Hirntumor gestorben ist. Und das auch nur, weil ich über ihre ärztlichen Untersuchungsberichte gestolpert bin, ansonsten hätte er sein kleines Geheimnis eines Tages mit ins Grab genommen.«

Er verschränkte beleidigt die Arme.

»Und wenn wir uns jetzt über den Kuchen hermachen?«, fragte ich, um seine Verärgerung zu mildern, und öffnete den Karton.

Ich reichte ihm mit einem freundlichen Lächeln ein Schokoladeneclair und eine Papierserviette.

»Ich hab in Barbizon ganz schön lange im Auto auf dich warten müssen«, meinte er unvermittelt. »Hast du was Interessantes gesehen?«

Ich wollte gerade in ein Erdbeertörtchen beißen, hielt aber in meiner Bewegung inne. Er hatte mich heute Abend angenehm überrascht mit seiner versöhnlichen Haltung, aber war das Grund genug, um ihn wieder als Assistenten zu betrachten? Wenn ich nachgab, würde ich ihm nicht verheimlichen können, was ich entdeckt hatte – und wäre das nicht unvorsichtig?

Hans wartete auf meine Antwort, verwundert über mein Schweigen. Was hatte ich zu verlieren?

»Ich habe tatsächlich etwas recht Seltsames gesehen«, meinte ich schließlich und zeigte ihm die Gegenstände, die ich gefunden hatte. Dann berichtete ich ihm ausführlich, wie ich sie entdeckt hatte. Er hörte mir mit großen Augen zu.

»Ein Geheimfach? Und es gab, was weiß ich, eine Wahrscheinlichkeit von eins zu fünfhundert, dass ich ausgerechnet auf diese Diele falle?«

Auf dem Sofa zusammengekauert, blätterte Hans in Bertrands rätselhaftem Heft.

»Was genau haben dir die Polizisten gesagt?«, erkundigte ich mich.

»Die Chancen für einen Mord liegen bei zweihundert Prozent. Der Professor hätte am darauf folgenden Tag nach Alexandria fliegen sollen, seine Sachen waren schon gepackt. Die Polizei hat Spuren eines Kampfes auf dem Balkon entdeckt – zerbrochene Blumentöpfe und umgeworfene Gartenstühle. Zwar ist die Bibliothek durchwühlt worden, aber Madeleine versichert, dass in dem Wust nicht eine einzige Füllerkappe fehlt. Glaubst du, dass jemand nach dem Notizbuch und dem Schwert gesucht hat? Hast du den Bullen irgendwas davon erzählt?« Ich schüttelte den Kopf, und mir wurde klar, dass ich vielleicht, ohne es zu wollen, die Untersuchung behindert hatte. »Unterschlagung und Diebstahl von Beweismaterial – sagt dir das was?«

Ich stand auf und fing an, nervös im Zimmer auf und ab zu gehen. Ich musste zugeben, dass ich beunruhigt war, aber die Neugier und die Erregung waren stärker als alles andere. Wenn Menschen bereit waren zu töten, um das zu erhalten, was ich in dem Dielenfach gefunden hatte, dann musste es sich um Stücke handeln, die unschätzbar und wichtig genug waren, dass Bertrand lieber sein Leben riskiert hatte, als zuzugeben, wo sie versteckt waren. Es war daher ausgeschlossen, dass ich sie den Behörden aushändigte.

»Wir müssen das Heft entziffern«, dachte ich laut, »und herausfinden, worum es dabei geht.« Ich fuchtelte mit meinem Zeigefinger in die Richtung meines Gastes. »Ich verlasse mich voll und ganz auf deine Verschwiegenheit.«

»Seh ich etwa aus wie ’ne Tratschtante?«, gab er verärgert zurück. »Mal im Ernst, hast du vor, die Untersuchung hinter dem Rücken der Bullen weiterzuführen?«, wollte er wissen.

»Nein, ich will dieses Heft entschlüsseln und wissen, an was Professor Lechausseur gearbeitet hat. Ich werde meinem Vater ein paar Scans schicken und morgen Ernesto Mendez anrufen. Er ist ein Kryptograph. Es handelt sich hier um einen komplexen alphabetischen Code, er könnte mir bestimmt … Dürfte ich erfahren, was du da machst?«

Hans öffnete und schloss eine Hand, ein Auge auf das Heft, das andere auf seine Finger gerichtet.

»Ich? Nichts. Hast du Papier und einen Stift?«

Ich deutete mit einem spöttischen Lächeln auf einen kleinen runden Tisch.

»Ich kann dir auch ein Wörterbuch anbieten.« Doch darauf ging er nicht ein und fing an zu kritzeln. »Unnötig, sich die grauen Zellen zu verbiegen. Es ist immer möglich, bei einem verschlüsselten Dokument einige Wörter zu entziffern, sei es durch logische Schlussfolgerungen oder die Identifizierung wiederholter Wörter, aber wenn du die Codierungstechnik nicht kennst, bleibt dein Text unverständlich. Die Spezialisten verbringen schließlich nicht ohne Grund so viel Zeit …«

»*Die Vulkanasche hat den Abdruck des Sockels auf dem Mosaik des Atriums konserviert*«, unterbrach er mich triumphierend und schwenkte seinen Notizblock. »Soll ich weitermachen?« Ich hätte fast meine Zigarette fallen lassen. »Das ist *ROT 13*. Gibt nicht viel, was einfacher ist als das.« Ich riss ihm Lechausseurs Heft aus den Händen. »Das ist ’n Informatikerding, unnötig, dass du dir den Kopf darüber zerbrichst. Man benutzt *ROT 13* zum Kodieren. Du ersetzt einfach jeden Buchstaben durch …«

»Den dreizehnten, der ihm im Alphabet folgt«, beendete ich an seiner Stelle. »Ein Julius-Cäsar-Code, aber natürlich, was bin ich nur für ein Idiot! Wieso habe ich nicht gleich daran gedacht? Lechausseur war Latinist.«

»Was für 'n Code?«

Ich gab ihm das Heft zurück.

»*ROT 13* ist der moderne Name des Julius-Cäsar-Codes, der so genannt wurde, weil ebenjener Herrscher ihn ausgearbeitet hatte, um während seiner Feldzüge vertrauliche Briefe versenden zu können.«

Hans sah mich überrascht an.

»Du meinst, dass man in der Informatik einen Code verwendet, den Julius Cäsar vor mehr als zwanzig Jahrhunderten erfunden hat?« Ich nickte. »Das ist echt der Witz des Jahres!« Er versuchte sich an der Entzifferung einer weiteren Seite, und ich beobachtete ihn dabei, angenehm überrascht von seinem Geistesblitz. »Es gibt ein Problem«, seufzte er schließlich und legte den Stift zur Seite. »Ich glaube, es ist nicht überall derselbe Code.« Er hielt mir den Block hin. »Dieses Kauderwelsch bedeutet nichts.«

Tam similes … alter alteri sunt ut … uix discerni possint.

Ich las den Auszug und lachte schallend.

»*Sie sind einander so ähnlich, dass man sie fast nicht voneinander unterscheiden kann*«, übersetzte ich. »Das ist Latein, Hans. Wahrscheinlich ein Auszug aus einem Text.«

»Äh, du wirst ganz schön viel Zeit brauchen, um das ganze Heft zu entziffern, Morg. Das sind mindestens fünfhundert Seiten.«

Ich unterdrückte ein Lächeln, als ich verstand, worauf er hinauswollte. »Mindestens einen Monat. Und das auch nur, wenn du dich jeden Abend dransetzt …«

»Und du wärst hocherfreut, es an meiner Stelle zu machen, nehme ich an?«

»Per Hand?«, schrie er auf. »Nein, ich heiß nicht Taylor. Ich dachte mir nur, falls du ein kleines Computerprogramm hättest, bei dem es genügt, den kodierten Text einzugeben, damit es ihn automatisch übersetzt … Das würde eine Woche dauern. Vor allem wenn das jemand macht, der beim Tippen sämtliche Finger benutzt«, fügte er hinzu und wackelte mit seinen Händen vor meinem Gesicht herum.

Ich war wesentlich interessierter, als ich ihm gegenüber zeigen wollte. Wenn die Leute, die nach dem Heft und dem Schwert suchten, Bertrands Arbeiten auf der Spur waren, dann war Schnelligkeit ein notwendiger Faktor, um ihnen zuvorzukommen.

»Und du könntest das machen, ja?«

»Mit links. Hör zu, ich programmier dir die Software, entziffere dieses Kauderwelsch für dich, und du vergisst einfach, Opa zu verklickern, was heute passiert ist. Ich werd dir nur bis September das Leben zur Hölle machen«, erklärte er. »Wie besprochen, und keinen Tag länger. Das ist doch 'n Deal, oder?«

»Bei der ersten Dummheit wird dein Großvater deine Zahnabdrücke brauchen, um dich zu identifizieren«, sagte ich und schüttelte seine Hand, die er mir entgegenstreckte.

»Den Spruch werd ich wiederverwenden.«

Ich schaute auf die Uhr. Es war fast zwei Uhr morgens.

»Soll ich dir ein Taxi rufen?« Hans warf mir einen zombiehaften Blick zu. »Ich verstehe. Klapp das Sofa aus.«

Er fügte sich gähnend, und ich ging, um die schmutzigen Teller in die Spüle zu stellen.

»Hey! *Schöner Blonder!*«, rief Hans spöttisch aus dem Nebenzimmer. »Wer ist denn Cathia?«

Ich nahm den Notizblock, fügte der Liste »aufräumen« hinzu und heftete sie an die Kühlschranktür.

IV

Wie so oft zur Examenszeit wimmelte das *Mysti* nur so von Studenten, die mit dem einen Auge auf ihre Notizen, mit dem anderen in ihre Kaffeetasse starrten. Die kleine verrauchte Brasserie schien meinem »Assistenten« zu gefallen, insbesondere als sein Blick auf das Dekolleté des jungen Mädchens fiel, das zu unserer Linken saß. Der Aschenbecher vor ihr quoll über vor Zigarettenkippen, und ihr Tisch verschwand unter einem Haufen voll gekritzelter Blätter.

Ich bestellte einen Tee für mich und eine Limonade für Hans, dem die Augen bald aus dem Kopf fielen.

»Hans, benimm dich bitte«, sagte ich und stieß ihn unauffällig mit dem Ellbogen an.

»80 C, würd ich sagen«, murmelte er mit einem genießerischen Lächeln. »Mindestens.«

Wir waren erschöpft von der Hitze in Barbizon, wo wir Bertrands Bibliothek bis zum frühen Nachmittag genauestens durchkämmt hatten – ohne etwas zu finden. Hans hörte nicht auf, am Kragen von Ettis »flausch-feinem« T-Shirt zu zupfen, das ich ihm geliehen hatte, da seines vor Schweiß starrte. Es war eines der furchtbar kitschigen Souvenirs, die mein Bruder immer aus Bollywood mitgebracht hatte. Mich davon zu trennen versetzte meinem Herzen einen Stich, aber Etti besaß schließlich mehrere davon.

Der Kellner brachte unsere Getränke, und ich drückte die Zitronenscheibe in meinem Tee aus.

»Was hast du dir heute Morgen angeschaut?«, fragte ich.

Als ich von dem Klingeln des Weckers aufgewacht war, hatte ich Hans in Unterhose und mit dem Kopfhörer auf den Ohren, um mich nicht zu wecken, vor dem Fernseher entdeckt.
»Das *Mahabharata*.«
Ich machte große Augen. Das *Mahabharata* war eine Filmversion des heiligen Textes gleichen Namens. Eine Schlaftablette auf Zelluloid.
»Und du hast es geschafft, ihn bis zum Ende zu sehen, ohne einzuschlafen?«
»Manche Szenen sind 'n bisschen langatmig, aber es ist nett, die Götter sind dieselben wie im *Rig Veda*, dem heiligen Hindutext.«
»Weil du ja auch den *Rig Veda* kennst?«
»Ich hatte angefangen, ihn zu lesen, als ich mich für eine Einführung ins Sanskrit eingeschrieben hatte.«
»Du hast Sanskrit studiert?«
»Nur für drei Monate. Ich hab nur das Alphabet gelernt. Opa hat mich gezwungen aufzuhören, weil ich deswegen meine Kurse in Neuerer Geschichte geschwänzt hab. Und du, kennst du die Texte der vedischen Religion?«
Ich zuckte die Achseln.
»Unter anderem. Ich nehme mal an, dein Vater hat dir *Der kleine Däumling* oder *Rotkäppchen* vorgelesen. Bei meinem waren's die Veden.«
Seine Miene verfinsterte sich.
»Mein Vater kann nur die Börsenkurse lesen.«
»Hans, interessierst du dich zufällig für die indische Kultur?«
»Ich mag die Hindu-Mythologie.«
Schade, dass Indien eine solche Religion hervorgebracht hat, musste ich unwillkürlich denken.
Als das Mädchen am Nachbartisch versehentlich ihren Stift fallen ließ, sprang Hans rasch auf, um ihn für sie aufzuheben.
»Kann ich dir einen Kaffee spendieren?«, fragte er, als er ihr den

Stift reichte. Das Mädchen warf ihm einen prüfenden Blick zu und lächelte, nachdem sie mich von oben bis unten betrachtet hatte, ließ sich aber nichts anmerken. »Schwarz oder koffeinfrei?«, fuhr er charmant fort.

»Wie bitte?«, fragte sie affektiert.

»Dein Kaffee.«

Sie rutschte unruhig auf ihrem Stuhl hin und her und strich sich dabei eine Strähne ihres gefärbten Haares hinter das Ohr, in dem gut zehn Ringe steckten.

»Nein danke, sehr freundlich«, kicherte sie und schlug die Beine unter ihrem Minirock übereinander.

»Hans«, stellte sich mein Assistent vor.

»Tessa. Und Sie?«, erkundigte sie sich und beugte sich vor, um mir einen tiefen Blick in ihr Dekolleté zu gewähren. »Wie lautet denn Ihr Name?«

Diese Göre schien keinerlei Hemmungen zu besitzen.

»Monsieur dürfte genügen.«

Die Kleine richtete sich zutiefst beleidigt auf.

»Dann wünsche ich Ihnen noch einen schönen Tag, *Monsieur.*«

Das letzte Wort hatte sie förmlich ausgespuckt. Ich beobachtete, wie sie wutschnaubend ihre Sachen in eine mit Buttons gespickte Tasche stopfte und das Café mit wütenden Schritten verließ.

»Na prima, gut gemacht«, knurrte Hans.

Ich wollte gerade antworten, als plötzlich eine bunte Wolke aus Patschuli und Weihrauch durch das Café schwebte. Manuela griff sich einen Stuhl und nahm uns gegenüber Platz.

»Einen schönen guten Tag. Na, Morgan? Ist das alles, was du gefunden hast, damit man dir endlich eine Ausgrabung finanziert?«, säuselte sie und blies mir ihren Menthol-Atem ins Gesicht.

Sie zog das sorgfältig verpackte Schwert aus ihrer bunten Baumwolltasche und legte es unsanft auf den Tisch.

»Soll ich daraus schließen, dass diese Waffe eine moderne Nachbildung ist?«, erkundigte ich mich enttäuscht. »Selbst die Parierstange aus Knochen?«

Meine Bekannte hob vorsichtig eine Augenbraue.

»Die ist dreitausend Jahre alt, mindestens. Dreitausendfünfhundert, würde ich sagen.«

Ich rechnete schnell nach. Alexander hatte im vierten Jahrhundert vor Christus gelebt.

»Dreitausend Jahre oder älter, das haut nicht hin.«

»Und was die Klinge angeht, die ist aus Titan. Jeder Idiot kann sehen, dass sie nicht echt ist.«

»Dann muss die Klinge also originalgetreu nachgemacht worden sein, während die Parierstange echt ist. Genau das habe ich mir gedacht.«

»Wieso denn *muss nachgemacht worden sein*? Du bist es doch, der sie hat anfertigen lassen?«

»Natürlich nicht! Wieso hätte ich dich sonst darum gebeten, sie zu datieren!«

Sie gab ein kleines, unangenehmes Geräusch von sich, das wohl ein sarkastisches Lachen sein sollte.

»Ein antikes Querstück«, spottete sie mit einem verschmitzten Lächeln, »wurde so an einem in der Antike unbekannten Metall befestigt, dass man fast nicht mehr beweisen kann, dass das Schwert neu ist, und schon hast dein ›großes archäologisches Rätsel‹ …«

Ich wollte entrüstet protestieren, aber Hans schnitt mir das Wort ab.

»Unmöglich zu beweisen, dass es neu ist? Das ist Titan!«

»Morgan«, sagte Manuela eindringlich, ohne auf meinen Assistenten zu achten. »Wenn ich diese Datierung unterzeichne, mache ich mich zum Gespött meiner Kollegen. Aber wenn ich mich lediglich an die Analysen halte, ist diese Titanklinge …« Sie unterbrach sich, da sie kaum wagte fortzufahren. »… so alt wie das

Querstück, die Parierstange«, flüsterte sie, als habe sie Angst, man könnte hören, wie sie eine solche Absurdität laut aussprach. Ich brach in Gelächter aus.

»Manuela! Das ist Titan!«

»Eine ordentliche Titanschicht über einer Kupferplatte, wahrscheinlich um die Klinge zu beschweren. Titan ist sehr leicht, aber unzerstörbar. Dieses Schwert nutzt sich nicht ab.«

»Und es ist ein neuartiges Material«, sagte ich eindringlich.

»Morgan, hör mir gut zu«, sagte sie und legte dabei eine Hand auf die eingewickelte Waffe. »Dieses … dieses *Ding* ist eine Unmöglichkeit, antik oder nicht. Der Metallteil der Waffe, der Knauf eingeschlossen, ist an einem Stück gegossen worden. Es gibt keine einzige Spur von Verschweißung oder Verklebung, weder auf dem Titan noch auf dem Knochen, der der Länge nach in zwei Teile hätte gespalten werden müssen. Er ist von einer perfekten Regelmäßigkeit.«

»Man hätte den Knochen den Griff entlang hineinschieben und dann befestigen können, indem man den Knauf hinzufügte.«

»Knauf, Parierstange und Klinge hängen an ein und demselben Stück Titan.«

»Soll das bedeuten, dass man das Titan direkt in den Knochen gegossen hat?«

Sie klopfte durch den Stoff auf die Klinge.

»Das ist Aluminiumtitan. Genauer gesagt, eine Legierung aus Stahl und Aluminium, die bei sechshundertachtundfünfzig Grad schmilzt. Dein Knochen wäre schneller zu Staub zerfallen, als du gucken könntest.«

»Also, wie hat man dieses Schwert dann hergestellt?«

»Ich hoffte, du könntest es mir sagen. Ich habe einen Teil des gestrigen Abends und der Nacht damit verbracht, es allen möglichen Tests zu unterziehen. Nicht der kleinste Riss, nicht das geringste Zeichen von Verschweißung, nichts. Wenn der Knochen antik ist, wie soll man beweisen, dass das Titan es nicht ist? Das ist logisch und wissenschaftlich unmöglich.«

»Die Gravur«, bemerkte ich. »Die Hand, die den Hammer festhält. Man hat dafür bestimmt einen Diamantenstaubfräser oder einen Laser verwendet. Es sei denn, die Zeichnung ist einfach in die Gussform ziseliert worden.«

»Nein, mein Lieber. Das Siegel ist jünger als der Guss. Wenn du es dir von nahem anschaust, hast du fast den Eindruck, dass es mit derselben Leichtigkeit aufgedrückt wurde wie ein Siegel auf weiches Wachs. Das ist eine außerirdische Waffe, die du da hast.« Ich saß mit offenem Munde da, während Hans den Austausch mit großem Interesse verfolgte.

»Das ist ja noch nicht alles«, sagte Manuela und rieb sich die Hände. »Aber ich habe mich an meinen Teil der Abmachung gehalten. Du bist dran, Morgan.«

»Jetzt? Hier?«

»Sofort!«

Ich ließ widerwillig eine Hand in meinen Rucksack gleiten und holte einen meiner liebsten Schätze hervor: *Fantask* Nummer 1 von 1969, ein Geschenk meines Vaters. Die Erstausgabe des Comics auf Französisch. Der Silbersurfer, ein Superheld, der mich meine ganze Jugend lang begleitet hatte.

»Ich werde gut darauf Acht geben«, erklärte Manuela und riss mir das Comicheft aus den Händen.

Ich warf ihr einen jämmerlichen Blick zu, den sie jedoch ignorierte, während sie das Heft in ihrer schmutzigen Tasche aus indischer Baumwolle verschwinden ließ.

»Ich muss jetzt los.« Sie zog ein Bündel Papier aus der Hosentasche ihrer Jeans und legte es auf den Tisch. »Hier sind die Laborergebnisse.« Sie war schon fast zur Tür verschwunden, als sie sich noch einmal umdrehte und sagte: »Übrigens: schönes T-Shirt.«

»Ich dachte schon, sie wollte ein Päckchen Shit von dir haben«, bemerkte Hans.
Ich warf ihm einen stechenden Blick zu und faltete die Blätter mit den Analysen zusammen, um sie in meine Brieftasche zu stecken.

Hans saß vor meinem Computer und arbeitete an seinem kleinen Wunderprogramm, während ich die ersten Seiten von Bertrands Heft mit Block und Stift per Hand entzifferte.
Das Tagebuch meines alten Freundes war im Prinzip ein Bericht über Recherchen, die drei Jahre zuvor begonnen hatten. Seinen lakonischen Worten zufolge hatte ihn ein reicher Mäzen kontaktiert, um das legendäre Grab Alexanders des Großen zu finden. Es war derselbe begeisterte Sammler, der ihm auch das anvertraut hatte, was der alte Mann als die beiden Schlüsselelemente seiner Recherche betrachtete: das Schwert und das Gutachten des Vatikans.
»Verdammt, da habe ich ja jemanden gefunden, der noch kapriziöser ist als mein Vater«, seufzte ich, nachdem ich Hans einen Auszug vorgelesen hatte. »Dabei hatte Bertrand nie einen exzentrischen Eindruck auf mich gemacht.«
Ich ließ mich in die Sofakissen sinken. Das Grab Alexanders des Großen. Warum nicht gleich der Heilige Gral? Mein Verstand riet mir, mich zusammenzureißen und diese Geschichte zu vergessen, mein Instinkt allerdings gebärdete sich so ungestüm wie ein Kind, dem man Süßigkeiten versprochen hat.
»Morgan, du wirst doch nicht aufgeben, oder?«
»Dazu habe ich nicht die geringste Lust, aber um das Projekt weiterverfolgen zu können, brauche ich ein Budget vom Louvre. Es wird nicht leicht werden, für den lieben Villeneuve ein Dossier zusammenzustellen.«
»Warum?«
»Glaubst du etwa, Bertrand ging davon aus, das Grab unterm Eif-

felturm zu finden? Wenn er ein Ticket nach Alexandria gekauft hat, dann bestimmt nicht, um die Pyramiden zu bestaunen.«

»Eine Schatzsuche in Ägypten?«, fragte er begeistert. »Wo soll ich unterschreiben?«

»Ich spreche weder vom *dolce far niente* noch von einem Spaziergang, Hans. Bertrand ist tot, weil er dieses Grab gesucht hat.«

Seine Miene verfinsterte sich, doch er hörte mir sehr ernsthaft zu.

»Und«, fügte ich, das Heft schwenkend, hinzu, »die Chancen stehen gut, dass uns das gleiche Schicksal erwartet, bevor wir überhaupt aua sagen können. Darüber sollte man mal nachdenken, meinst du nicht?«

»Du machst Witze!«, rief er aus. »Endlich wird hier mal gescherzt.« Er griff nach der Computermaus. »Hat dein Steinzeitmodell eigentlich 'n Textverarbeitungsprogramm?«

»Ettis Laptop unterm Schreibtisch hat eines.«

Er bückte sich, um die Computertasche hochzuheben, und zog eine Grimasse, als er sie öffnete.

»Is' ja krass, so etwas wird echt noch verkauft?«

Achselzuckend zündete ich mir eine Zigarette an.

Ich knallte die Tür von Villeneuves Büro hinter mir zu, und Hans, der im Flur auf mich wartete, zog ein Gesicht.

»Deinem Gesicht nach zu urteilen, hat er nein gesagt.«

Grummelnd ging ich die Treppe hinunter, dicht gefolgt von meinem Praktikanten.

»Er kann keine Budgets mehr unterzeichnen. Der Schwachkopf befindet sich in einem Entlassungsverfahren.«

»Hä? Er verdrückt sich woandershin?«

»Auf seinem Niveau verdrückt man sich nicht, Hans. Man bittet dich, zu kündigen, bevor man deine schmutzige Wäsche wäscht und dich einfach vor die Tür setzt.« Ich hielt auf einem Absatz inne. »Das Finanzamt hat seine Nase in die Museumskonten gesteckt«, seufzte ich.

»Oje, hast du ihm Einzelheiten darüber erzählt, wie und wo du das Schwert und das Heft entdeckt hast?«

»Damit die Polizei sie bis zum Ende der Untersuchung als Beweisstücke behält? Hältst du mich für blöd?«

»Aber wenn Villeneuve jetzt Bescheid weiß, dann musst du auf der Inventarliste doch alles angeben, oder nicht?« Ich nickte, als ich verstand, worauf er hinauswollte. »Sieh mal, wenn du die Umstände der Entdeckung nicht erwähnst, würde dein Spielzeug in dem ganzen Rest vielleicht gar nicht auffallen.«

Ich schüttelte den Kopf.

»Denk daran, sobald Bertrands Angreifer erfahren, wer sein Hab und Gut geerbt hat, werden sie als Erstes mit der Lupe untersuchen, was der Louvre in Barbizon gefunden hat.«

»Er wird also nicht lange in den Museumskellern herumliegen, dein Zahnstocher aus Titan.«

»Genau aus diesem Grund wird er bei der Bestandsaufnahme nicht angegeben werden«, murmelte ich. »Villeneuve wird gefeuert, und ich habe ihm keine Kopie des Budgetantrags gegeben. Es gibt keinen Beweis für die Existenz dieser Objekte.«

»Du wirst doch nicht …«

»Pscht! Nicht hier«, sagte ich und deutete auf den Gang, von dem die Verwaltungsbüros abgingen.

Wir gingen zum Mittagessen ins unterirdische *Café du Carrousel* direkt neben dem Louvre, das seit einigen Monaten meine Kantine war, und setzten uns weit hinten an einen kleinen Tisch, an dem wir vor neugierigen Ohren geschützt waren. Der Ort würde bald von Touristen und Spaziergängern heimgesucht werden. Ich wusste nicht, was sie an diesem Ort mehr anzog, die Klimaanlage oder das Rokokoambiente.

»Jetzt können wir nur noch darauf hoffen, einen Mäzen zu fin-

den«, dachte ich laut. »Das kann Monate dauern, selbst mit den Kontakten meines Vaters.«
Der Kellner brachte uns zwei Thunfischsandwichs, und mein Begleiter wartete, bis er sich entfernt hatte, bevor er mir anvertraute: »Die Firma von meinem Alten hat eine Abteilung fürs Sponsoring. Letztes Jahr haben sie mehrere Millionen lockergemacht für die Krebsforschung, Chöre und was-weiß-ich für vereinsmäßige Sachen. Damit können sie ihre Steuerbelastung reduzieren.«
Ich schob mein Bier zur Seite und beugte mich zu ihm hinüber.
»Wie heißt die Firma deines Vaters?«
»Peter & Henkel. Ist 'ne Brokergesellschaft, die an der Börse investiert.«
»Und jener Monsieur Peter ist dein Vater?«
»Warum – kennst du ihn?«
»Ich habe ihn, wie jeder andere auch, im Fernsehen und in den Tageszeitungen gesehen. Als über die Affäre mit dem Ausland berichtet wurde.«
Jene Unterschlagungen hatten damals einen schönen Skandal ausgelöst: Veruntreuung öffentlicher Gelder, Missbrauch von Fälschungen, Strohfirmen … Schöner Lebenslauf für das Gericht.
»Mein Vater ist freigesprochen worden. Er hatte mit dem ganzen Zeug nichts zu tun.«
Das versteht sich doch von selbst, dachte ich ironisch.
Ich war nicht mehr erstaunt darüber, dass Graam Peter die Erziehung seines Sohnes seinem alten Vater überlassen hat, der darum nicht gebeten hatte. Die halbe Welt zu prellen dürfte eine beträchtliche Zeit in Anspruch nehmen. Aber Betrug auf einem derartigen Niveau bedeutete viel Geld und vor allem die Notwendigkeit, den Ruf durch verschiedene Spenden wieder reinzuwaschen. Hans' Vater war der ideale Mäzen, da er, sobald er die Scherben

seiner zerbrechlichen Tugend wieder repariert hatte, sich weder darum sorgen würde, wie das Projekt vorankam, noch seine Nase in meine Angelegenheiten stecken würde.
»Glaubst du, du könntest ihm unauffällig das Dossier rüberschieben?«
»Natürlich. Vor allem wenn Opa ihm den letzten Schliff gibt. Und das wird er tun, wenn man bedenkt, dass sein kleiner Rotzlöffel auf Alexanders Spuren wandelt!«

Wir machten uns also daran, den Antrag für das Subventionierungsgesuch zu formulieren. Dafür brauchten wir zwei Tage, und es war alles andere als einfach. Ich wollte nicht zu viel verraten, und ich befürchtete, das Begehren eines Mannes zu wecken, von dem ich nur den Ruf kannte, und der war nicht gerade beruhigend. Trotzdem musste ich seine Neugier anstacheln und die beträchtliche Investition rechtfertigen, die eine derartige Unternehmung erforderte. Hans' Großvater übergab seinem Sohn persönlich das Dossier und sicherte mir, abgesehen von dem Versprechen, innerhalb von zwei Monaten eine Antwort zu erhalten, die größtmögliche Diskretion zu.

Eine Woche später klingelte das Telefon. Wir kamen gerade aus Barbizon, und Hans war mit zu mir nach Hause gekommen, was zu einer Gewohnheit wurde, seitdem er sein »Decodierungswunder« programmierte.
»Hallo?«
»Monsieur Lafet?«
»Derselbe.«
»Wir kennen uns nicht, aber ich bin ein Freund von Graam Peter. Sie haben ihm ein sehr interessantes Dossier überreicht.«
Meine Hände krampften sich um den Hörer. Peter hatte mir versichert, dass es vertraulich bleiben würde. Wenn die Existenz des

Dossiers bis zu denen vordrang, die Bertrand ermordet hatten, dann war meine Haut nicht mehr viel wert.
»Monsieur Peter hat Sie also von dem Projekt in Kenntnis gesetzt?«
Hans steckte den Kopf durch die Wohnzimmertür, und ich gab ihm ein Zeichen, sich ruhig zu verhalten.
»Ja, er hat mir Ihr Dossier heute Morgen übergeben.« Ich unterdrückte einen Fluch. »Wir kennen uns schon lange«, fügte er hinzu, als spürte er mein Misstrauen.
»Wer sind Sie?« fragte ich ohne Umschweife. »Was wollen Sie?«
Er gab ein kleines Lachen von sich.
»Entschuldigen Sie bitte, ich habe mich in der Tat noch nicht vorgestellt. Ich bin John Jürgen.« Mein Herz machte einen Hüpfer.
»Ich hatte es so eilig, Ihnen mitzuteilen, dass ich damit einverstanden bin, Sie zu finanzieren, dass ich darüber die einfachsten Grundregeln der Höflichkeit vergessen habe. Es tut mir Leid.«
John Jürgen war in der Archäologenszene recht bekannt durch seine Spenden an Museen oder Finanzierungen von Ausgrabungen. Er hatte den Ruf eines verrückten Sammlers. Ein reicher Industrieller, der begeistert war von Altertümern.
Ich hob den Daumen in Hans' Richtung, der daraufhin einen stummen Siegesschrei ausstieß.
»Das ist doch eine ausgezeichnete Neuigkeit, Monsieur Jürgen. Ich habe schon viel von Ihnen gehört.«
Er lachte wieder.
»Das wundert mich kaum, aber was soll ich machen, ich werde schließlich weder mein Geld noch meine Sammlungen mit ins Grab nehmen, nicht wahr? Können wir uns morgen bei mir treffen? Gegen elf Uhr?«
»Passt mir wunderbar.«
Ich notierte seine Adresse mit zitternder Hand, während Hans wie ein Affe durch den Flur hüpfte.

In jener Nacht brauchte ich lange, um einzuschlafen, so sehr grübelte ich darüber nach, wie ich auf Jürgens Befragungen am besten antworten sollte. Ich hatte schon oft an Projekten teilgenommen, die zum Teil durch Privatgelder finanziert worden waren, und hatte manchmal sogar selbst bestimmte Aufgaben geleitet, aber ich war noch nie für ein ganzes Projekt verantwortlich gewesen.
Ich weiß nicht, ob es das dumpfe Geräusch im Flur war, das mich weckte, oder die Tatsache, dass meine Laken feucht waren, weil ich so sehr geschwitzt hatte, aber ich fuhr mit einem Schlag hoch, stand auf und trank ein Glas lauwarmes Mineralwasser, von dem ich den ersten Schluck sofort wieder ausspuckte. Ich schüttete den Rest der Flüssigkeit über mein Gesicht und meine Brust, aber das erfrischte mich kaum. Mir war ein wenig schwindelig und meine Hände zitterten. Die Nachwirkungen eines schlechten Traums?
In der Hoffnung auf ein wenig Abkühlung drückte ich meinen Rücken gegen die Kacheln in der Küche und seufzte. Die Wand war kalt und glatt wie die Haut nach einem Eisbad. Ich schloss die Augen, mein zitternder Körper beruhigte sich etwas, und mein Atem wurde regelmäßiger.
Ich öffnete halb die Lider. Das Geräusch, hatte ich es geträumt? Nein, ich wusste, dass ich etwas gehört hatte.
Ich verließ die Küche und knipste den Lichtschalter am Eingang an. Mein Blick fiel direkt auf die Kommode. Ettis Foto auf der Marmorplatte war umgefallen und die Glasscheibe des Rahmens in Scherben zersprungen.
»Scheiße.«
Ich sammelte vorsichtig die Scherben auf und warf sie in den Mülleimer in der Küche, bevor ich das Foto wieder aufstellte. Jemand musste eine Tür heftig zugeschlagen haben, oder vielleicht hatten die Vibrationen der Metro oder sogar ein Lastwagen auf der Straße den Rahmen aus dem Gleichgewicht gebracht. Ich weigerte mich, darin ein Vorzeichen oder eine Warnung zu se-

hen. Ich war nie abergläubisch gewesen und würde es bestimmt nicht wegen so einer Kleinigkeit werden. Ich legte mich daher wieder hin und sank sofort in einen traumlosen Schlaf.
Ich fuhr hoch, überzeugt davon, meine Verabredung verpasst zu haben, aber meine Uhr zeigte 8:15 Uhr an. Ich rief in Barbizon an, um den Polizisten Bescheid zu geben, dass wir nicht vor dem nächsten Tag zu Professor Lechausseur kommen würden, und sprang unter die Dusche. Hans kam wie abgemacht um zehn, und nach dem fünften Kaffee an diesem Morgen gingen wir hinunter in die Garage.
»Lächle ein bisschen, Morgan, du siehst ja leichenmäßiger aus als das Tote Meer. War die Nacht nicht gut?«
Ich zog es vor, nicht zu antworten, und drehte den Zündschlüssel um.
Kurf darauf parkte mein »Mixer« zwei Schritte von der Rue Napoléon entfernt, im sechsten Arrondissement von Paris, wo wir unsere Verabredung hatten. Ich knotete meinen Pferdeschwanz noch einmal neu und schaute dabei in den Rückspiegel. Es ging darum, einen guten Eindruck zu machen.
»Seidiges Haar, blitzender Schneidezahn und heitere Pupille, wie mein Vater sagen würde«, erklärte ich. »Wie sehe ich aus?«
»Wie ein Wikinger, der sich in der Epoche vertan hat.«
»Danke für deine Aufmunterungen, Hans«, grummelte ich, als ich aus dem Fahrzeug stieg.
Ich hatte für alle Fälle eine Kopie des Budgetantrags mitgenommen sowie die Laborergebnisse der Datierung und bog damit in die Rue Napoléon ein, Hans dicht auf meinen Fersen.
John Jürgen wohnte in einem der schicksten Viertel von Paris, in dem es zu dieser Tageszeit wimmelte von Menschen. Eine Gruppe Japanerinnen, die unter ihren Einkäufen schier zusammenbrachen, gingen kichernd an uns vorbei, und mein Begleiter konnte sich nicht davon abhalten, den Zieraffen zu spielen.

»Aufwachen, lieber Assistent. Wir sind da.«
Ich drückte auf den Knopf der Gegensprechanlage. Eine Frauenstimme bat mich, den Aufzug bis zur Dachwohnung im letzten Stock zu nehmen. Nach zwei, durch Geheimcodes geschützte, Türen gingen wir einen Gang entlang, der mit mittelalterlichen Fresken verziert war und an dessen Ende wir auf einen geräumigen Aufzug stießen, der mit einem ockerfarbenen Teppich ausgelegt war. Aus den Lautsprechern der Kabine dudelte Chopin, und das Auge einer Überwachungskamera belauerte jede unserer Bewegungen.
Ich drückte auf den Knopf 7, und eine leiernde Stimme informierte mich, dass ich für diese Etage einen Zulassungscode eingeben musste. Ich tat wie mir befohlen, und Hans stieß einen Pfiff aus.
»Die werden uns doch nicht auch noch durch den Detektor schicken?«
»Hans«, sagte ich und fuchtelte mit dem Finger vor seiner Nase herum. »Du lässt mich reden. Ich möchte dich nichts weiter sagen hören als Guten Tag, Dankeschön und Auf Wiedersehen. Ist das klar?«
»Hey, *keep cool.*«
Der Aufzug endete direkt in einem klimatisierten Eingangsflur einer Luxuswohnung, in dem Jürgen selbst uns erwartete. Er war ein Mann, dem man seine fünfzig Jahre auf wunderbare Weise nicht ansah. Groß, mit kurz geschnittenen, silbrig glänzenden Haaren und lebhaften Augen von einem elektrisierenden Blau, verströmte er einen Charme, dem wahrscheinlich nur wenige Frauen widerstehen konnten. Sein athletischer Körper zeichnete sich unter einem beigefarbenen Leinenanzug ab, und die Hand, die die meine schüttelte, war trotz Maniküre und übertriebener Pflege fest und sicher.
»Seien Sie willkommen, Morgan. Ich darf Sie doch Morgan nennen? Und ...?«

»Hans«, sagte ich. »Graam Peters Sohn. Er macht bei mir zurzeit ein Praktikum.«

»Guten Tag!«

»Angenehm, Hans.«

Bildete ich es mir nur ein, oder schien Jürgen von der Anwesenheit des Sohnes seines »Freundes« tatsächlich enttäuscht?

Wir folgten ihm in die loftartige Wohnung, die mit Altertümern aller fünf Kontinente geschmückt war.

»Hier entlang, bitte. Melina wird uns Kaffee bringen.«

Er ging uns voraus bis zur Veranda, die in ein tropisches Gewächshaus umfunktioniert worden war. Zwischen Bäumen und Orchideen erhoben sich mehrere griechische Statuen, die grün vor Feuchtigkeit schimmerten. Eine seltsame Mischung …

Wir nahmen auf bequemen Teakholzstühlen Platz, und eine junge Frau mit Gazellenbeinen und einem scharf geschnittenen Profil stellte ein dampfendes Tablett vor uns auf dem Tisch ab. Sie warf mir ein freundliches, etwas gezwungenes Lächeln zu, das ich mit unverhohlener Freude erwiderte, und verschwand.

»Nun erzählen Sie einmal, Morgan«, sagte Jürgen lächelnd und reichte mir eine Tasse Kaffee.

Ich warf einen Blick auf Hans, der die Lippen in Form eines Entenschnabels zusammengepresst hielt, als hätte man ihm den Mund zugenäht.

Ich schwor mir, ihn platt zu machen wie einen Pfannkuchen, sobald wir wieder draußen waren.

»Womit soll ich anfangen?« Ich rieb mir die Augen. »Ich wurde dazu veranlasst, die Inventur der Sammlung durchzuführen, die Professor Bertrand Lechausseur dem Louvre vermacht hat, der …«

»Ich weiß Bescheid über die Recherchen von Professor Lechausseur«, unterbrach mich unser Gastgeber mit einem strahlenden Lächeln. »Seien Sie nicht überrascht, diese Art von Informatio-

nen verbreitet sich schnell in der Szene. Ich hätte sie gern selbst finanziert, aber man ist mir damals zuvorgekommen. Jetzt ist die Gelegenheit, auf den fahrenden Zug aufzuspringen.«
Ich spielte unentschlossen mit meiner Tasse.
»Und … dürfte ich erfahren, von wem sie finanziert worden sind?«
Vielleicht von einem Typen, der Historiker über Balustraden wirft?, dachte ich.
»Ich habe nicht die geringste Idee. Ich denke, dass die Person, die ihn subventioniert hat, die Frucht seiner Recherchen keinem Museum spenden wollte, ansonsten hätte sie sich zu erkennen gegeben. Armer Bertrand, ein Unfall, richtig?«
»Das habe ich so verstanden, ja«, log ich. »Die Balustrade seines Balkons hat nachgegeben.«
Hans machte große Augen, aber ich hinderte ihn mit einem Blick daran, auch nur den geringsten Kommentar abzugeben.
»Was für eine Tragödie. Ein unersetzbarer Mann. Ich hatte das Vergnügen, vor etwas mehr als einem Jahr einen Teil seiner Ausgrabungsexpedition in Korinth zu finanzieren.«
Ich wurde bleich und stellte meine Tasse ab, da meine Hand angefangen hatte zu zittern.
»Das wusste ich nicht.«
»Ja, Sie waren dabei, glaube ich.«
»Ebenso mein Bruder«, murmelte ich. »Ich hatte ihn gebeten, mit mir zu kommen.«
»Ach ja? Wir haben damals eine beträchtliche Mannschaft zusammengestellt. Keiner hatte mit den Mitteln gegeizt, und die Recherchen waren ein voller Erfolg. Ich habe sie stets positiv in Erinnerung behalten, auch wenn wir Diebstähle und einige Unfälle zu beklagen hatten.«
Ich sah, wie Hans, auf das Schlimmste gefasst, tiefer in seinen Sessel rutschte. Seit zwei Tagen hatte er nicht aufgehört, mir Fragen

über Etti oder Indien zu stellen, und er wusste sehr genau, wie mein Bruder ums Leben gekommen war.
Ich verschränkte die Arme, damit Jürgen nicht sah, wie ich die Fäuste ballte. Die Wut, die in mir hochstieg, war so stark, dass ich ihm auch bei der kleinsten weiteren Anspielung auf das, was er einfach als »Unfall« bezeichnete, an die Gurgel hätte springen können. Aber ich hielt mich zurück. Ich war mehr denn je dazu entschlossen, von diesem Hinterhof-Historiker zu profitieren, und das mit umso weniger Skrupel, als ich zu ahnen begann, in wessen Tasche die in Korinth »gestohlenen« Objekte verschwunden waren.
»Es ist wirklich ärgerlich, dass man nicht weiß, wer Professor Lechausseurs Mäzen war«, sagte ich heimtückisch.
Jürgen zuckte zusammen.
»Warum?«
»Das Schwert und die Dokumente gehören ihm, wenn man dem Glauben schenkt, was in Bertrands Heft steht.«
Jürgen stieß einen tiefen Seufzer aus.
»Ich bezweifle, dass er darauf Anspruch erhebt. Die Art und Weise, auf die man in den Besitz mancher Stücke kommt, ist nicht immer sehr ehrlich. Wie ich Ihnen gesagt habe, nicht alle Sammler oder Liebhaber Alter Geschichte sind ›Museumslieferanten‹, wenn Sie verstehen, was ich meine. Was in keiner Weise bei mir der Fall ist«, beeilte er sich zu erklären. »Wie Sie sehen können, gibt es hier nur Nachbildungen oder Objekte von geringerer Bedeutung.«
Und woanders?, dachte ich.
Ich kannte Leute seines Schlages zu gut, um nicht zu wissen, dass diese Menschen immer eine »kleine Sache« zurückbehielten, als »Ausgrabungserinnerung«. Alle wussten es, schlossen aber die Augen. Ohne Privatmäzene wären schließlich einige große archäologische Projekte ergebnislos geblieben. Da war es besser,

ein oder zwei Objekte zu opfern, wenn man dafür später Hunderte ausstellen konnte. Aber es war Etti, der in Korinth geopfert worden war, um römischen Schmuck heraufzuholen, der sich auf mysteriöse Weise davongemacht hatte.

»Sie werden mich vielleicht ein wenig kleinlich finden, Monsieur Jürgen, aber ich bin weiterhin davon überzeugt, dass der Mensch, dem diese Sammelstücke gehören, hocherfreut sein wird, sie wiederzubekommen.«

Jürgens schmale Lippen verzogen sich zu einem unmerklichen Lächeln. Er hatte endlich begriffen, worauf ich hinauswollte.

»Könnten wir vielleicht jene Passage in dem Tagebuch vergessen? Wir werden schließlich solch wichtige Arbeiten nicht wegen eines Details in Gefahr bringen. Vor allem da uns ja die *nicht unwesentliche* finanzielle Investition bekannt ist, die nötig wäre, um nach den Regeln der Kunst vorgehen zu können, nicht wahr?«

Er hatte die Botschaft verstanden.

»Sie haben zweifelsohne Recht.«

»Denken Sie also, dass Sie Professor Lechausseurs Recherchen an der Stelle wieder aufnehmen können, wo er sie abgebrochen hat?«

»Ich kann es versuchen. Aber zunächst – wie Sie sehr richtig sagen – müssen wir sicher sein, dass die Beweisstücke, die uns zur Verfügung stehen, authentisch sind. Das wurde bereits für die Parierstange bestätigt, aber ich würde über das Dokument des Vatikans gern das Gleiche sagen können. Ich denke, dass wir deswegen damit anfangen sollten. Vielleicht können wir ja vor Ort noch weitere Informationen erhalten.«

»Das scheint mir in der Tat ein guter Anfang zu sein.« Er schaute auf die Uhr. »Glauben Sie, dass wir uns über die groben Richtlinien und einen Kostenvoranschlag einig werden könnten vor, sagen wir 13:30 Uhr? Ich habe eine sehr wichtige Verabredung, und ich …«

»Wir werden nicht mehr als eine halbe Stunde brauchen«, unterbrach ich ihn.
Er warf mir ein strahlendes Lächeln zu.
»Morgan, Sie gefallen mir.«
»Ich erwidere das Kompliment … John. Ich darf Sie doch John nennen?«

Während Hans die Plastikschalen leer futterte, die wir beim China-Schnellimbiss gekauft hatten, blätterte ich in den vom Louvre ordnungsgemäß abgezeichneten Papieren, die mir gestatteten, als Vertreter des Museums Altertümer zu transportieren. Das Ganze war ziemlich vage und hätte auf alles Mögliche gepasst. François-Xavier hatte ausgezeichnete Arbeit geleistet, und ich war ihm zu großem Dank verpflichtet. Es wäre schließlich reichlich unvorsichtig, ohne Nachweis mit einer Waffe ein Flugzeug zu besteigen. Falls es mit dem Zoll Probleme geben sollte, würden diese Genehmigungen bei weitem ausreichen, das wusste ich aus Erfahrung; es war schon vorgekommen, dass ich mit gut zwanzig griechischen Vasen im Gepäck geflogen war, die nun wesentlich auffälliger waren als ein Schwert.
»Ich hoffe, du weißt, was du tust, Morgan«, hatte François mir gepredigt, als er mir die Dokumente heimlich in meinem Büro vorbeibrachte. »Wenn das stimmt, was du vermutest, dann riskierst du deine Haut.«
»Waren sie schwer zu bekommen?«
»Nein, da oben ist Panik angesagt wegen der Kontrolle durch das Finanzamt, und die Bahariya-Ausstellung entwickelt sich zur Katastrophe. Man hat uns verschiedenes archäologisches Material überzählig geschickt, und bestimmte Objekte haben die Reise zwischen dort und hier bereits dreimal gemacht. Eine weitere Genehmigung für den Transport von Altertümern hat niemanden geschockt.«

»Werde mich revanchieren.«
»Vergiss es, ich bin noch weit davon entfernt, meine Schulden beglichen zu haben.«
Ich drückte ihm freundschaftlich die Schulter. Ich hatte mehrere Male Forschungsgelder für François rausgeschlagen, indem ich Villeneuve Daumenschrauben angelegt hatte.
»Ich zähle auf deine Diskretion.«
»Kein Wort zu irgendjemandem, das verspreche ich dir.«
Ich hatte keine Probleme, vom Louvre aus drei Monate unbezahlten Urlaub zu erhalten, was Villeneuve so zu erleichtern schien, dass es fast schon beleidigend für mich war, selbst wenn er in der ständigen Furcht lebte, ich könnte den Inspektoren einige kleine, wenig schöne Details über ihn verraten. Der Einkommensverlust war gering, gemessen an dem Budget, das mir zur Verfügung stand. Unser Mäzen mit dem weichen Herzen hatte uns finanzielle und logistische Mittel zugestanden, die selbst meinen Vater vor Neid erblassen ließen. Die Sache hatte nur einen Haken. Oder vielmehr zwei. Der erste war die »Assistentin«, deren ständige Anwesenheit für die Gesamtdauer der Recherchen er gefordert hatte und die wir in weniger als einer Stunde erwarteten, der zweite war die Bedeutung, die er dem Projekt beimaß.
»Glaubst du, sie ist heiß?«, fragte Hans mit einem anzüglichen Lächeln.
Ich legte die Dokumente nieder und nickte mit dem Kopf.
»Das ist mehr als wahrscheinlich. Leider«, fügte ich hinzu und sah, wie er seine Kleidung glättete und sich eine Haarsträhne auf der Stirn zurechtstrich.
»Wär's dir lieber, wenn sie hässlich wäre?«
Ich nahm mein Handy und drückte auf die Wahlwiederholung, da ich seit dem Vortag versuchte, Hans' Vater zu erreichen.
»Guten Abend, hier ist noch einmal Morgan Lafet am Apparat. Ist Monsieur Peter zurück von seiner Besprechung? Bitte, Made-

moiselle, sagen Sie ihm, dass es sehr wichtig ist. Danke, ja, ich warte.«

»Aber was willst du eigentlich von meinem Alten?«

Ich gab ihm ein Zeichen zu schweigen, als eine männliche Stimme an meinem Ohr ertönte.

»Ja?«

»Monsieur Peter? Ich versuche seit gestern, Sie zu erreichen, ich ...«

»Entschuldigen Sie, aber ich habe nicht viel Zeit. Mein Vater hat mir gesagt, dass John Jürgen Ihr Projekt finanziert, Glückwunsch. Anscheinend nehmen Sie auch Hans mit? Sie sind ja ganz schön mutig.«

»Hans interessiert sich sehr für diese Recherche.« Er kicherte.

»Monsieur Peter, ich hätte gerne gewusst, warum Sie beschlossen haben, mein Finanzierungsgesuch an Monsieur Jürgen zu schicken.«

Es gab ein kurzes Schweigen.

»Er war es, der mich darum gebeten hat. Ich habe angenommen, dass Sie ihm davon erzählt hatten. Ist das etwa nicht der Fall?«

»Nein«, sagte ich mit trockener Kehle.

»Ich hätte es mir nicht erlaubt, mein Vater hatte mir gesagt, dass Sie die Angelegenheit nicht an die große Glocke hängen wollten. Ich habe das Dossier direkt der Sponsoring-Abteilung übergeben.«

»Wenn Sie es nicht waren, der ihm davon erzählt hat, wer dann?«

»Mein Vater bestimmt, oder Ihrer. Was spielt das schon für eine Rolle? Sie haben Ihr Budget.«

»Sie waren es nicht, Monsieur Peter, ich habe beide gefragt.«

Er kicherte, und ich begann zu verstehen, warum Hans seinen Alten hasste.

»Unnötig in Paranoia zu verfallen, niemand wird Ihnen Ihre Idee klauen. Wissen Sie, John hat hier seine Augen und Ohren überall.

Er ist einer unserer größten Investoren. Er hat bestimmt mit Jeannine darüber geredet.«
»Wer?«
»Jeannine Gauthier. Unsere Leiterin der Sponsoring-Abteilung. Es ist schon oft vorgekommen, dass wir ein Projekt gemeinsam mit John finanziert haben. So wie der Bau des neuen Forschungslabors für das Museum für Schifffahrtsgeschichte«, fügte er mit einem Stolz hinzu, der hier völlig deplatziert war. »Wäre das dann alles?«
»Ich danke Ihnen für die Erläuterungen, Monsieur Peter«, sagte ich und musste mich mächtig anstrengen, um höflich zu bleiben. »Hans ist bei mir, falls Sie ihm guten Tag sagen w…«
»Nein. Wie ich bereits erwähnt habe, bin ich sehr beschäftigt und nehme heute Abend den Flieger nach Hamburg.«
»Monsieur Peter«, sagte ich verblüfft, »wir werden bald nach Italien aufbrechen, und Sie haben vielleicht keine Gelegenheit mehr …«
»Entschuldigen Sie mich, aber ich muss jetzt wirklich Schluss machen. Ich wünsche Ihnen eine gute Reise.«
Er legte auf, bevor ich mich auch nur bedanken konnte, und Hans zuckte die Achseln.
»Ich hab dir doch gesagt, dass er 'n Arsch ist.«
Ich zündete mir äußerst beunruhigt eine Zigarette an. John Jürgen interessierte sich zu sehr für diese Recherchen, was steckte dahinter? Er wusste offensichtlich etwas, das ich nicht wusste. Man investierte nicht derart enorme Summen, Steuernachlass hin oder her, ohne eine genaue Idee im Kopf zu haben.
Die Türklingel ertönte. Auf den Schlag genau 20:00 Uhr. Meine neue Assistentin besaß zumindest den Vorzug der Pünktlichkeit. Zu Hans' großer Freude erwies sie sich als eine reizende junge Frau. Einen Meter fünfundsiebzig groß, rank und schlank, ein entzückender Busen, ein hübsches Gesicht, von schönen kasta-

nienbraunen Haaren umrahmt, die ihr auf die Schultern fielen. Kurzum, der ideale Spion zur Überwachung eines allein stehenden Mannes und eines von Hormonen gequälten Jugendlichen. Dieser Verdacht bestätigte sich bereits nach einer knappen halben Stunde Konversation. Meine »Assistentin« glänzte durch so dermaßen große Wissenslücken in Alter Geschichte, dass man Affenbrotbäume darin hätte pflanzen können. Sie legte dafür aber eine Gewandtheit an den Tag, wenn es darum ging, unangenehmen Fragen auszuweichen und Hans die Würmer aus der Nase zu ziehen, dass ich sie auf keinen Fall als hohlköpfige Verführerin hätte bezeichnen können. Mae war eine gefährliche, intelligente und anziehende Frau.

»Im Ernst?«, fragte Hans erstaunt. »Du bist schon mal über 'ne Rampe geskatet?«

Sie nickte und lächelte über das ganze Gesicht.

»Ja, natürlich. Und ich habe einige Erinnerungen daran zurückbehalten«, fügte sie hinzu und entblößte ihren Oberschenkel, um eine kleine, runde Narbe vorzuführen. »Schau.« Hans bekam Stielaugen. »So was nennt sich eine verpatzte doppelte Spirale! Die beiden Seitenteile sind umgekippt. Ich bin flach auf den Rücken gefallen, und das Skateboard ist aus acht Meter Höhe auf mich herabgestürzt.«

»Du musst ja ganz schön fertig gewesen sein!«

»Das kannst du laut sagen. Und du, Morgan?«, erkundigte sie sich und musterte mich dabei von oben bis unten. »Gibt es einen Sport, der deine Brustmuskeln erklärt?«

»Spatel und Schaufel.«

Sie ließ ihr melodisches Lachen erklingen und lutschte an einem kleinen Würfel chinesischen Nougats, ohne mich dabei aus den Augen zu lassen.

Wenn sie mit einem Mann sprach, machte Mae ein Hohlkreuz, um das hervorzuheben, was sie wahrscheinlich als ihren höchsten

Trumpf betrachtete. Ihre Verführungsversuche waren so offensichtlich, dass ich fast darüber gelächelt hätte, wenn ich nicht den Verdacht gehabt hätte, dass sie mich für einen Dummkopf hielt.
»Ich sollte in dem Fall wohl öfter bei archäologischen Ausgrabungen trainieren.«
»Sie würden dort bestimmt viel lernen.«
Trotz ihrer wiederholten Bitten weigerte ich mich, sie zu duzen, um sie deutlich spüren zu lassen, dass ich nicht die Absicht hatte, einen auf dicke Freunde zu machen.
Hans wand sich neben ihr auf dem Sofa. Ich machte mich darauf gefasst, dass er jeden Augenblick anfangen könnte, wie ein Hund zu hecheln, der darum bettelte, gestreichelt zu werden. Daher beschloss ich, dieser Schmierenkomödie ein Ende zu bereiten.
»Melina hat für morgen Flugtickets gebucht«, sagte ich und fing an, die Plastikschüsseln wegzuräumen, »und ich habe heute Abend noch einige Kleinigkeiten zu regeln. Also, ich will euch ja nicht rausschmeißen, aber …«
»Kann ich dir irgendwie behilflich sein?«, fragte mich Mae mit einem entwaffnenden Lächeln.
»Sie müssten eigentlich auch Dinge zu erledigen haben«, antwortete ich, und ein eisiger Blick begleitete mein Lächeln, das ebenso breit war wie ihres.
Sie behielt ihren heiteren Ausdruck bei, und nur ein unmerkliches Beben der Lippen verriet ihren Ärger.
»Ich hole euch also morgen um 17:00 Uhr ab. Ich werde unten vor dem Haus im Taxi auf euch warten.«
Ich schüttelte ihr wohlerzogen die Hand.
»Ausgezeichnete Idee.«
»Soll ich dich nach Hause fahren?«, fragte sie Hans fröhlich und klimperte mit den Autoschlüsseln in ihrer Hand.
Dieser wollte gerade das Angebot annehmen, als ich ihm eine eiserne Hand auf die Schulter legte.

»Das ist nett von Ihnen, aber ich brauche ihn noch für ein, zwei Stunden.« Als er anfing zu protestieren, verstärkte ich meinen Griff. »Nicht wahr, Hans?«
»Ja«, sagte er mit einem schmerzerfüllten Lächeln. »Muss noch was zu Ende machen. Morgan ist ein Sklaventreiber.«
Mae warf mir ein spöttisches Lächeln zu.
»In diesem Fall, sage ich tschüs bis morgen. Arbeitet nicht zu lange.«
Ich schloss die Tür hinter ihr. Hans stieß eine Reihe Flüche aus, die eine Horde Bauarbeiter zum Erröten gebracht hätten, und rieb sich dabei die Schulter.
»Wenn du zum Mönch werden willst, dann ist das dein Problem, aber halte nicht die anderen davon ab, ihren Spaß zu haben!«
Ich blickte ihn durchdringend an.
»Du kleiner Schwachkopf! Siehst du denn nichts?«
»Doch! Ich hab soooo ein Paar Brüste gesehen.«
Er machte eine unfeine Geste.
»Hans, warum, glaubst du, haben wir diese Frau am Hals?«
»Dieses Mädchen hat den Abend damit verbracht, mich anzumachen.«
Ich schüttelte lächelnd den Kopf, dann packte ich ihn am Kragen seines T-Shirts.
»Kleiner Idiot!«
»Morg, lass mich los!« Ich hob ihn einige Zentimeter hoch, sodass er nur noch mit den Zehenspitzen den Boden berührte. »Hör auf! Hör auf, verdammte Scheiße!«
»Das ist kein Mädchen«, zischte ich in sein verzerrtes Gesicht. »Das ist eine Frau, Hans. Eine Frau, die übrigens fast deine Mutter sein könnte. Und wenn eine Frau ihres Kalibers einem Rotzlöffel wie dir schöne Augen macht, dann will sie ihn dressieren, damit er ihr aufs Wort gehorcht. Diese Schlange, die Jürgen uns aufgedrückt hat, ist da, um uns auszuspionieren, du armseliger

Clown!«, schloss ich und ließ ihn los. »Und du, du gehst hin und stürzt dich direkt in die Höhle des Löwen.«
Er richtete seine Kleidung und klopfte sich mit dem Finger gegen die Schläfe.
»Dich hat's ja noch mehr erwischt als Opa! Du siehst überall nur verdächtige Gestalten. Sie ist okay, Morg, das kannst du mir glauben, ich hab 'ne ganze Reihe ausprobiert.«
Ich brach in schallendes Gelächter aus.
»Seine Majestät der Frauenheld! Die Erfahrung in Person!«
»Glaubst du, alles besser zu wissen, nur weil du bekanntlich fünfzehn Jahre älter bist als ich?«
»Ich weiß genug, um die Narbe einer Schusswunde zu erkennen.«
Er wurde bleich, und sein Adamsapfel hüpfte mit einem schleimigen Geräusch in seiner Kehle auf und nieder.
»Sagst du das nur, um mir Angst zu machen?«, winselte er erbärmlich. Ich wandte mich seufzend ab, und er folgte mir gestikulierend ins Wohnzimmer. »Morg! Morg, das ist doch 'n Scherz, oder? Morg!«

Hans und ich nutzten den letzten Morgen vor unserem Abflug, um die Bestandsaufnahme abzuschließen und uns von den Polizisten und Madeleine zu verabschieden, die darauf bestand, uns zum Mittagessen zu sich einzuladen.
»Diese paar Tage sind zu schnell vergangen«, sagte sie und drückte mir mit Gewalt eine Schüssel Kekse in die Hand. »Sie und der Kleine werden mir fehlen.«
»Nun kommen Sie schon«, versuchte ich sie zu trösten, »ich bin mir sicher, dass es mehrere Menschen gibt, die für Ihre Kokosnusskekse ihre Seele verkaufen würden.«
Sie warf mir ein melancholisches Lächeln zu.
»Das waren Bertrands Lieblingskekse. Ich habe ihm jeden Donnerstag welche gebacken. In vernünftigen Mengen«, beeilte sie

sich hinzuzufügen, »wegen des Cholesterins. Mein Mann aß sie auch leidenschaftlich gern«, seufzte sie. »Möge er in Frieden ruhen.«

»An was ist er denn gestorben?«, fragte Hans und verschlang dabei zwei Kekse auf einmal.

Ich versetzte ihm unter dem Tisch einen Fußtritt, und er zog eine Grimasse.

»Degeneration des zentralen Nervensystems«, seufzte Madeleine.

»Hä?«

»Alzheimer, Hans.«

»Wie holt man sich das?«

Er wich mit einem listigen Lächeln meinem zweiten Fußtritt aus. Madeleine aber antwortete freundlich; sie hatte anscheinend nichts bemerkt.

»Das holt man sich nicht, mein Junge. Das ist eine degenerative Krankheit, die sich durch ein Demenzsyndrom äußert. Das traurige Ergebnis von neurostrukturellen und neurochemischen Veränderungen. Das ist eine schreckliche Krankheit, Hans, diese traurige Erfahrung habe ich oft gemacht.«

Sie legte eine Pause ein.

»Ich stelle für meinen Teil fest, dass ich den Berufsjargon noch nicht vergessen habe, das ist eher ein gutes Zeichen.«

»Sie sind Ärztin?«, fragte ich erstaunt.

»O nein, ach was. Ich war Krankenschwester in der Psychiatrie. Ich musste meine Patienten aufgeben, um mich um meinen Mann zu kümmern, und bei der Gelegenheit auch um Bertrand. Als mein lieber Lionel gestorben ist, mein Gott, da fühlte ich mich nicht in der Lage, meine Arbeit wieder aufzunehmen. Ich bereue es heute, aber es ist zu spät. Mit fünfundfünfzig Jahren wird mich niemand mehr wollen.«

»Ich bin vom Gegenteil überzeugt.«

»Wie Bertrand«, sagte sie kokett. »Er hatte mich sogar dazu überredet, wieder in den Dienst zu treten. Ein junger Mann aus seinem Bekanntenkreis, der nach einem schlimmen Unfall psychiatrische Hilfe brauchte. Schließlich hat Bertrand uns verlassen, und es ist nichts daraus geworden.« Sie schüttelte den Kopf und lächelte. »Aber genug von den traurigen Geschichten! Sie sind jung und sollen das Leben in vollen Zügen genießen. Was für schöne Reisen Sie in Aussicht haben. Oh, Morgan, versprechen Sie mir bitte, dass Sie von sich hören lassen und dass Sie mir ein Foto von den Pyramiden schicken. Ich habe immer davon geträumt, sie einmal zu sehen. So wie die Freiheitsstatue und die Inka-Tempel. Mein Gott, wenn ich nur den Mut und die Mittel hätte ...«

Wir tranken noch eine Tasse Tee, ich notierte ihre Adresse in meinem Terminkalender und versprach ihr, mich zu melden. Bertrands Tod hatte die arme Frau weit mehr berührt, als sie sich eingestehen wollte, und ich fragte mich, ob sie ihre neue Einsamkeit bewältigen konnte.

Wir verließen Barbizon, beladen mit zwei Dosen hausgemachter Kekse, und Hans gab bis zur Garage keinen Ton von sich.

»Du machst ja ein Gesicht.«

»Madeleine wird sich langweilen. Sie, die ständig mit den Bullen herumgealbert und was zum Essen gemacht hat ...« Ich warf ihm einen vorsichtigen Blick zu. »Was denn? Die ist doch cool, oder nicht?« Seine Lippen bebten, und er wandte sich ab. »Aber du hast ja lieber deine Zeit damit verbracht, die Wände nach Geheimfächern abzuklopfen, du hast ja kaum mit ihr geredet.«

Ich runzelte verwirrt die Stirn. Da hatte unser guter alter Hans also ein weiches Herz, das in seiner ach so harten Brust schlug. Die tapfere Madeleine mit ihrer Kuchen-Oma-Seele hatte es geschafft, ihn für sich zu gewinnen. Eine verdammt reife Leistung.

»Ich gebe es zu, Madeleine ist eine sehr nette Frau, aber es hält dich ja nichts davon ab, sie nach unserer Rückkehr zu besuchen. Sie wird sich sehr darüber freuen, glaub mir.«

Er zuckte die Achseln, als hätte das auf einmal keine Bedeutung mehr.

»Ja, ach, mal sehen. Ich hab ja schließlich auch noch was anderes zu tun. Auf jeden Fall«, fügte er hinzu, als er aus dem Auto stieg, »solltest du besser mir die Adresse geben, damit wir ihr die Pyramiden schicken können, denn ich kenn dich, du wirst sie nur verschlampen.«

»Weißt du noch, ob ich gestern meinen Kulturbeutel von zu Hause mitgenommen habe?«, fragte mich Hans, während ich in meiner Tasche nach den Schlüsseln wühlte.

»Ich habe nicht jede deiner Bewegungen bespitzelt. Schau in deinem Koffer nach, noch hast du Zeit, dir eine Zahnbürste zu kaufen.«

»Morgan«, murmelte er, »ich glaube, du brauchst deine Schlüssel nicht. Du hattest Besuch.«

Er stieß mit dem Finger die Tür zu meinem Apartment auf, die sich mit einem leichten Knarren öffnete. Das Schloss war aufgebrochen worden.

»In Zeus' Namen!« Ich schubste ihn hinter mich und stellte meine Tasche ab. »Du bleibst, wo du bist.«

»Bist du bescheuert?«, flüsterte er. »Die sind vielleicht noch drin.«

Ich öffnete die Tür mit einem heftigen Fußtritt, für den Fall, dass sich jemand dahinter versteckt haben sollte, und drang in die Wohnung ein, bereit meine Faust auf den ersten Kopf niedersausen zu lassen, der sich zeigen sollte. Nichts im Flur, in der Küche oder im Bad. Niemand in den Schränken oder im Wohnzimmer. Was noch eigenartiger war: Nichts schien durcheinander gebracht oder gestohlen worden zu sein. Obwohl, wenn man genau

hinsah, schienen Bücher und Gegenstände verschoben und dann an ihren Platz zurückgestellt worden zu sein.
»Komm rein, Hans!«
Er betrat das Wohnzimmer und schaute sich um.
»Sie müssen überrascht worden sein. Mein Laptop ist noch da.«
»Oder sie haben nicht nach einem Laptop gesucht«, begriff ich. Ich stürzte mich auf unser Gepäck, und nachdem ich die Hälfte meines Tascheninhalts auf dem Boden verteilt hatte, holte ich mit einer unbeschreiblichen Erleichterung die beiden Kartonrollen, die Zollpapiere und Lechausseurs Heft hervor. Alles war intakt. Hans hatte Recht, es musste sich lediglich um Diebe gehandelt haben, die überrascht worden waren, bevor sie das Apartment seiner Wertsachen hatten berauben können.
»So was nennt man: Gerade so eben noch mal davongekommen«, seufzte ich und ließ mich auf das Sofa fallen, wobei ich versuchte, mein Herzklopfen zu beruhigen.
»Na ja …«
Er betrachtete Bertrands Heft prüfend von allen Seiten.
»Es ist alles da, Hans. Danke, allmächtige Götter«, fügte ich hinzu und richtete meine Augen zum Himmel.
»Das schon. Fragt sich nur, in welchem Zustand.« Er schwenkte das Heft. »Der Schnitt ist kaputt. Das war er gestern Abend noch nicht.« Dann blätterte er weiter darin herum. »Keine herausgerissenen Seiten.« Ich runzelte die Stirn. »Ich wette mit dir um meine rechte Hand, dass es fotografiert oder gescannt worden ist, Morg.«
»Vielleicht hast du den Schnitt ja gestern Abend kaputtgemacht, ohne es zu merken.«
»Ich kann dir schwören: nein.«
Ich ging zu ihm, und auf dem Teppichboden kniend, schaute ich mir das Tagebuch an. Hans hatte Recht, es war nicht in diesem traurigen Zustand gewesen, als ich es in meine Tasche gepackt

hatte. Ich erinnerte mich nun sogar daran, es sorgfältig zwischen ein T-Shirt geschoben zu haben, um es vor der unsanften Behandlung durch die Flughafenangestellten zu schützen, die das Gepäck oft vom Laderaum auf das Transportfahrzeug mehrere Meter hinunterfallen ließen.

»Man könnte sagen, der Tanz hat begonnen«, seufzte ich.

Hans richtete sich völlig aufgelöst auf.

»Morg, diese Geschichte fängt an, bis zum Himmel zu stinken.«

»Ich frage mich, ob unsere kleine Freundin mit dem geladenen Skateboard nicht etwas damit zu tun hat.«

Ich stand auf, und während ich noch fieberhaft überlegte, ging ich nachschauen, ob die Tür repariert werden konnte. Mir fiel auf, dass das Schloss mit einem einfachen Dietrich geöffnet worden war. Da die Tür außen keinen Knauf besaß, hatte unser Besucher sie schlecht schließen können. Er hatte sie wahrscheinlich nicht zuschlagen und dabei riskieren wollen, bemerkt zu werden.

Ich drückte die Tür zu, schob den Riegel vor, was ich sonst nie machte, und presste meine Stirn gegen das lackierte Holz.

»Hans, nimm dein Gepäck«, sagte ich tonlos. »Ich fahre dich nach Hause. Ruf deine Freunde an, geh ins Kino oder was immer du willst und vergiss diese Angelegenheit.« Ich schaute auf die Uhr. »Beeil dich, ich habe gerade Zeit, noch mal herzukommen.«

Er schüttelte den Kopf und rief: »Sag mir nicht, dass du weitermachst. Willst du riskieren, dass man dir die Haut durchlöchert, und das nur, um einen Haufen Knochen aufzustöbern? Du bist ja nicht mehr ganz dicht!«

Ich schaute ihn durchdringend an.

»Das Grab des Alexander ist nicht nur ein Haufen Knochen.«

»Ich lass dich nicht alleine gehen.«

Ich versteifte mich.

»Ich weigere mich, dich mitzunehmen. Es ist zu gefährlich.«

»Ich bin volljährig, und wenn ich meine Haut riskieren will, dann ist das meine Sache. Und dann scheinst du eine mikroskopische Kleinigkeit vergessen zu haben: Du brauchst mich, wenn du das Heft in Überschallgeschwindigkeit entschlüsseln willst! Ich glaube nämlich nicht, dass Typen, die einen Killer dafür bezahlen können, einen Alten aus dem Fenster zu schmeißen, sich groß die Synapsen zermartern, indem sie *ROT 13* mit der Hand übersetzen! Während du mich hier mit deinem Tugendgesülze abnervst, sind die Decodierprofis vielleicht schon am Werk. Wenn du also nicht willst, dass sie vor dir beim Alex sind, dann tust du gut daran, mich mit in deine Koffer zu packen!«

Ich betrachtete ihn mit einer Mischung aus Erstaunen und – ich muss es zugeben – Bewunderung.

»Warum willst du mich begleiten, Hans? Archäologie geht dir am Arsch vorbei, und von Alter Geschichte bekommst du Pickel.«

»Ich lass andere nicht hängen, das ist alles.«

Mit diesen Worten ging er zurück ins Wohnzimmer und räumte sorgfältig meine verstreuten Sachen wieder in die Tasche. Ich beobachtete ihn dabei, eine Zigarette rauchend und mit einem unauffälligen Lächeln auf den Lippen.

V

Der Steward kam an uns vorbei und hielt uns ein Körbchen mit Bonbons entgegen. Hans bediente sich, ich ebenfalls, aber Mae schaute ihn nur abweisend an und ließ ein säuerliches »Nein, danke!« vernehmen. Sie war in bärbeißiger Stimmung. Ich beugte mich vorsichtig zu ihr hinüber.

»Dürfte ich erfahren, was Sie so verärgert?«

»Ich bin nicht verärgert!«

Sie strich sich eine Strähne ihres kastanienbraunen Haars aus dem Gesicht und setzte ein verkrampftes Lächeln auf.

»Du hast Recht, ich bin heute etwas gereizt. Aber nicht euretwegen, mach dir da keine Sorgen«, fügte sie hinzu. »Du kennst das ja, Plackerei in der letzten Sekunde, Arbeit, die man halb fertig liegen lässt, solche Sachen eben.«

Wie ein in einer außerirdischen Sprache verfasstes Heft, dachte ich.

»Ja, das kenne ich. Und an was haben Sie gearbeitet, bevor Sie zu uns gekommen sind? Ich meine, falls die Frage nicht zu indiskret ist.«

»Das ist sie«, antwortete sie neckend.

»Aha.«

»Monsieur Jürgen legt Wert darauf, dass seine Assistenten diskret bleiben, was seine laufenden Geschäfte betrifft. Du verstehst das nicht falsch, hoffe ich?«

»Das verstehe ich vollkommen. Ohne ein Minimum an Vorsicht würde man nicht so weit kommen wie er.«

»Was soll das heißen?«, fuhr sie hoch.
Ich zuckte die Achseln.
»Ich stelle mir vor, dass er hinter öffentlichen Kaufangeboten her ist, Handelsplätze besucht, mit hohen Tieren Kontakt hält, gute Gelegenheiten wittert, solche Sachen eben, wie sie alle Geschäftsleute machen.«
Sie stieß einen kleinen hellen Lacher aus.
»Es ist wesentlich langweiliger, als du es dir anscheinend vorstellst, aber im Groben ist es das, ja.«
Hans hatte die Nase in Lechausseurs Heft gesteckt und machte sich auf seinem Laptop auf dem Klapptisch Notizen.
»Und? Kommst du voran?«, fragte ich und beugte mich zu ihm hinüber.
Er schüttelte den Kopf, ohne die Augen von seinem Geschreibsel zu wenden.
Das Flugzeug machte einen Ruck, und ich hörte, wie eine Frau einen kleinen Schrei ausstieß.
»Lechausseur erzählt die Geschichte von Alexanders Rüstung«, erklärte Hans, schnäuzte sich und zog den Reißverschluss seines Sweatshirts hoch. »Arschkalt hier, oder?«
»Die Klimaanlage. Kopf hoch, nur noch eine Stunde und fünfzehn Minuten.«
»Die Geschichte der Rüstung?«, mischte sich Mae ein und beugte sich über meine Knie, um einen Blick auf Hans' Bildschirm zu werfen.
»Ja. Zuletzt ist sie zu Beginn des ersten Jahrhunderts nach Christus in der Bucht von Neapel gesichtet worden.«
»Ich dachte, sie wäre mit Alexander begraben worden«, erwiderte ich naserümpfend.
»Nö. Nicht wenn man einem Typen namens Svetonvis glauben darf.«
»Wer?«

Er zeigte mir den Text. »Suetonius, Hans. Sueton ist ein lateinischer Autor. Aber was hat der denn damit zu tun?«

»Der Professor notierte: *Leben des Caligula, Kapitel LII*, dann ein Kauderwelsch auf Latein: *Triumpalem kwidem ornatum etjam ante expedizionem assiduä gestauitt, interdum aet Makni Alexandri thorazem repetitum ae conditorio ejus**.«

»Die Übersetzung dieser Verschandelung?« Mae zog eine Grimasse und warf mir einen flehenden Blick zu.

»Zusammenfassend sind es die wenig freundlichen Betrachtungen über die von Caligula getragenen Triumphgewänder, zu denen – Sueton zufolge – die Rüstung unseres Alexander gehörte. Er soll sie aus seinem Grab geholt haben. Sueton ist unter den lateinischen Autoren die Tratschtante vom Dienst«, erklärte ich.

»Es gibt noch einige Worte über die Bucht von Neapel bezüglich einer Art von Brücke.«

»Ich habe das in einem Roman gelesen«, sagte Mae. »Oder in einem Film gesehen? Egal. Caligula, der sich für einen Gott hielt, wollte Neptun Konkurrenz machen und übers Wasser laufen.« Ich warf ihr einen vernichtenden Blick zu. »Oder so was in der Art halt.«

»Caligula«, erklärte ich, »war nicht so verrückt, wie viele verbreitet haben. Und jene Schiffsbrücke hatte nichts Unschuldiges oder Exzentrisches an sich. Sie war im Grunde die Zurschaustellung militärischen Genies. Eine Form der Einschüchterung. Caligula bereitete eine Expedition in das Land vor, das wir heute Großbritannien nennen, und er zählte fest darauf, dass das den künftigen Engländern zu Ohren kommen würde. Wenn Caligula ein solches Manöver in der Bucht von Neapel gelang, dann hatten die Feinde eine ähnliche Offensive im Ärmelkanal zu befürchten, na-

* *»Triumphalem quidem ornatum etiam ante expeditionem assidue gestauit, interdum et Magni Alexandri thoracem repetitum e conditorio eius.«*

türlich unter Berücksichtigung der Strömungen und Gezeiten. Unsere Vorfahren berichteten von einer doppelten Linie Transportschiffe, die miteinander verankert, befestigt und mit Erde bedeckt worden waren – über eine Länge von mehr als dreitausendsechshundert Schritten, soweit ich mich erinnere.«

»Und wie lang ist das?«

»Achtzehntausend Fuß«, neckte ich meinen Assistenten.

Unsere Begleiterin verzog das Gesicht.

»Und das wäre?«

»Etwa fünf Kilometer.« Hans stieß einen bewundernden Pfiff aus. »Die Entfernung zwischen Baia und der Mole von Puzzuoli. Man hat dort anscheinend mehrere Tage lang Bankette und Feste veranstaltet. Caligula paradierte mehrmals in Militärkleidung auf seinem Wagen. Und wenn es stimmt, dass er die Rüstung des Alexander trug, dann muss das mächtig Eindruck gemacht haben. Aberglaube war nicht gerade die unbedeutendste Eigenschaft der Menschen zu jener Zeit. Aber irgendetwas stimmt da nicht«, sagte ich und rieb mir das Kinn. »Ich erinnere mich an keinen Autor, der beschrieb, dass Caligula die Rüstung zu jenem Zeitpunkt trug.«

»Doch«, gab Hans zurück. »Der Prof spricht davon. Caligulas Schwester, warte mal.« Er scrollte den Text nach oben. »Agrippina, in *Die Erinnerungen der Agrippina*. Nicht gerade besonders originell, ihr Titel.«

Ich hätte darüber fast mein Bonbon verschluckt.

»*Die Erinnerungen der Agrippina*?«, schrie ich auf. »Aber die sind seit Jahrhunderten verloren! Wo kann er sie nachgelesen haben? Sagt er das?«

»Ja, am Anfang von jedem Zitat.« Er ließ den Cursor hinaufgleiten. »Agrippina. Da haben wir's: Wie die meisten Auszüge, die er abgeschrieben hat, in der Bibliothek des Vatikans.«

Ich wäre fast von meinem Sitz aufgesprungen.

»Die Geheimarchive …«, stotterte Mae.
Mein Praktikant fuhr hoch.
»Hä?«
»Lies!«, befahl ich ihm.
»Immer mit der Ruhe, es brennt nicht … *Caius Julius Caesar hatte sie* … Julius Cäsar? Was hat der dann damit zu tun?«
»Caligula, Hans. Caius Julius Caesar ist sein wahrer Name.«
»Nicht der von Julius Cäsar?«
»Auch.«
»Ach so … *hatte sie aus dem Grab des großen Alexander in Ägypten holen lassen. Er hat sie reparieren lassen, hat sie mit einem der Dolche ergänzt, die ihm zufolge das Herz des Mörders seiner Mutter durchbohrt hatten, und hat sie mehrere Male getragen, aber das letzte Mal, als man sie sah, war der Tag, an dem er nach dem Beispiel des Königs der Meder* … Der König der was?«
»Der König der Meder«, antwortete ich ungeduldig. »Der Perser Xerxes. Du müsstest eigentlich schon mal von ihm gehört haben …« Hans verdrehte die Augen. »Ich erzähl's dir später. Lies weiter.«
»*… an dem er nach dem Beispiel des Königs der Meder den Bau einer Schiffsbrücke anordnete.*«
»Was hat er danach mit der Rüstung gemacht?«
»Ich bin doch erst am Anfang! Der Professor hat aber 'ne Bleistiftskizze gemacht. Ich meine, ein Gekritzel, das wie eine Skizze aussieht.«
Mae und ich beugten uns über das Heft.
»Eine Statue«, murmelte sie. »Alexander?«
»Nein«, mischte ich mich ein. »Seine Haare sind zu kurz. Wahrscheinlich die Skizze einer Statue aus der Kaiserzeit. Bestimmt eine verherrlichende Darstellung von Caligula, da er ja Militärkleidung trägt und barfuß ist. Aber ich kenne diese Statue nicht. Und die Rüstung, schaut euch nur diesen Brustharnisch an.«

Ich deutete mit dem Finger auf die Zeichnung.
»Die Hand mit dem Hammer. Dasselbe Siegel wie das auf dem Schwert«, bemerkte Mae. »Ist es nicht übrigens das, welches er in der Hand hält?«
Ich rückte näher, um besser sehen zu können.

Ein Motorroller parkte auf der kleinen Piazza della Rotonda, und ein junges Mädchen in einem geblümten Kleid stürzte sich auf den Fahrer, der sie an sich drückte. Das erleuchtete Pantheon und die Straßenlaternen warfen ein goldbraunes Licht auf den Platz. Wir saßen auf der Terrasse des *Di Rienzo*, dem luxuriösesten der drei Restaurants gegenüber dem Pantheon, nahmen einen Aperitif zu uns, Hans hatte eine Eisschokolade gewählt, und warteten auf unser Essen.
»Ich liebe diesen Ort«, seufzte Mae und nippte an ihrem Martini. »Ich habe den Eindruck, außerhalb von Zeit und Raum zu sein, du nicht? Die Altstadt ist zauberhaft.«
Zahlreiche junge Leute saßen auf den Treppenstufen und lachten, aßen Eis oder spielten Gitarre. Autos waren in der Altstadt verboten, und man hätte glauben können, um mehrere Jahrhunderte zurückversetzt worden zu sein, trotz moderner Kleidung und der Musik, die aus den Restaurants erklang.
Die Nacht war frisch, und tausend Gerüche mischten sich mit dem fröhlichen Stimmengewirr der alten Stadt. Hier lebten die Menschen in der Nacht, wie in allen Ländern, in denen die Milde des Klimas es ermöglichte. Gegenüber von uns waren die Fenster des Hotels, in dem wir abgestiegen waren, weit geöffnet. Es war eine anspruchslose Unterkunft, aber mit einem unverbauten Blick auf das prächtige Gebäude, das vor fast zweitausend Jahren von Marcus Agrippa erbaut worden war. Ein herrlicher Ort.
»Gleich geht's los«, sagte Hans und schaute auf die Uhr.

Der Kellner servierte unsere Gerichte, Gnocchi für Mae und mich, Spaghetti für Hans. Dieser machte sich daran, sie zu verschlingen, und spülte alles mit großen Mengen Cola hinunter.

»Manchmal, wenn ich meine Hand auf diese jahrhundertealten Ruinen lege«, fuhr Mae verträumt fort, »habe ich den Eindruck, dass der Stein ein Gedächtnis hat. Dass er mir eine Geschichte erzählt.« Ich ließ, überrascht von ihrem poetischen Elan, meine Gabel sinken, und sie brach in Gelächter aus. »Du findest mich bestimmt lächerlich!« Sie nippte an ihrem Weinglas und strich mit den Fingerspitzen über den Kristallrand. »Aber ich bin mir sicher, dass diese Ruinen eine Seele haben.«

Ich erwiderte ihr Lächeln.

»Davon bin ich überzeugt.«

Ich hob mein Glas in ihre Richtung, bevor ich daraus trank. Da die klassische Verführungsnummer erfolglos geblieben war, spielte unsere Messalina die Karte der Leidenschaft für Ruinen und der Liebe zur Geschichte aus. Sie würde es aber hoffentlich nicht wagen, mir das Lied von der erregten Freude über archäologische Entdeckungen und das der Freuden von Spatel und Pinsel vorzusingen.

»Du musst ja Unglaubliches empfinden, wenn nach tagelangem Graben in der Erde endlich die Ecke eines Kunstwerks oder der Henkel einer griechischen Vase zum Vorschein kommt. Das muss einfach wunderbar sein.«

Also doch. Sie hat's getan, dachte ich.

»Es ist eine Art Orgasmus«, seufzte ich. »Eine Apotheose.«

Ich wollte noch hinzufügen: »Eine kosmische Explosion!«, aber ich befürchtete, dass sie dann bemerken würde, wie ich mich über sie lustig machte.

»Du hast es gut, Morgan. Wie gern würde ich diese Erfahrung machen. Erzähl mir davon, erzähl mir von deinem größten Fund.«

Ich atmete tief ein und schloss dabei die Augen, als würde mich allein die Erinnerung in Trance versetzen, und erfand den ersten Blödsinn, der mir gerade in den Sinn kam.
»Es war an einem Strand von Kreta«, murmelte ich. Sie stützte ihr Kinn auf die Hände und sah mich unverwandt an. »Wir gruben schon seit Tagen im Sand, trotz der Sonne, die unsere Haut verbrannte.« Hans hatte mittlerweile den Kopf von seinem Spaghettigericht erhoben und fragte sich wahrscheinlich, ob in meinem Glas auch wirklich nur Wein gewesen war. »Und dann erschien …«
»Was?«
»Der Tintenfischknochen«, schloss ich euphorisch.
Ihr verführerisches Lächeln wurde schwächer, aber sie wusste mit vollendeter Gewandtheit den Schein zu wahren.
»Ein … Tintenfischknochen?«
»Nicht irgendeiner, nein. Der größte, den ein Mensch jemals gesehen hat. Er war hart wie Harz und glänzte wie Lack.«
»Ein riesiger Tintenfischknochen? Auf Kreta?«
»Ja«, fuhr ich verträumt fort, »der Rest eines Monsters aus einer anderen Zeit. Einer Kreatur, die für immer vergessen war.«
»Ein Dinosaurierknochen?«, rief Mae mit scheinheiliger Faszination aus. »Das ist fantastisch.«
»Ein Monster, meine Hände zitterten, als ich davor stand, vor diesem …« Ich musste mich zusammennehmen und schob Teile der Mahlzeit auf meinem Teller herum. »Kurzum, es war ein vollkommen unbeschreiblicher Triumph.«
»Und was ist aus ihm geworden? Ist er in ein Museum gekommen?«
Ich steckte mir eine Gabel voll triefender Gnocchi mit Tomatensoße in den Mund und antwortete kauend: »Nein. Nach den Laborergebnissen haben wir festgestellt, dass es sich um ein Surfbrett handelte.«

Hans brach in schallendes Gelächter aus, und Mae knallte ihre dicke purpurne Stoffserviette auf den Tisch.
»Sehr komisch!«, spie sie aus und stand auf. »Du wirst mich entschuldigen, aber ich habe was Besseres zu tun, als mir deine Witzchen anzuhören.«
Sie verließ die Terrasse des Restaurants und überquerte den Platz in Richtung Hotel.
»Na, die sind wir los«, sagte ich und aß meinen Teller leer.
»Da hast du sie aber ernsthaft in Fahrt gebracht, Maestro!« Hans platzte vor Lachen.
»Wird ihr nur gut t…« Das Klingeln meines Handys unterbrach mich. »Ja?«
»Morgan? Ich wecke dich doch hoffentlich nicht?«
Ich legte meine Gabel zur Seite und zündete mir eine Zigarette an.
»Guten Abend, Papa. Wir sind im Restaurant.«
»Seid ihr gut angekommen?«
»Ja, ging alles glatt.«
»Ich habe deine Mail erhalten. Du sitzt ganz schön in der Patsche, mein Junge. Ich bin in keiner Weise beruhigt über die Wendung, die die Dinge nehmen. Die Kontaktperson, die ich dir vermitteln kann, ist ein Priester mit Namen Padre Ilario. Hier seine Telefonnummer – hast du was zu schreiben?« Ich holte mein Notizbuch aus meinem Rucksack. »Bertrand hatte mit ihm zu tun, als er an den Ausgrabungen des Goldenen Hauses gearbeitet hat. Er soll ein sehr netter Mann sein, der dir sicher helfen kann. Morgan, ich habe Ludwig neben mir.«
»Ich geb Hans das Telefon. Dein Großvater«, sagte ich, an meinen Begleiter gewandt.
»Nein, warte, du Dickschädel. Er hat dir was zu dem Schwert zu sagen.« Ich bat Hans mit einem Zeichen, einen Augenblick zu warten, aber er drückte sein Gesicht gegen meines, das Ohr

auf dem Handy. »Ich geb ihn dir. Fühl dich umarmt. Und pass vor allem auf den Kleinen auf. Beim geringsten Problem schickst du ihn mir in Höchstgeschwindigkeit wieder zurück, ist das klar?«
Hans verzog das Gesicht.
»Mach dir keine Sorgen, wenn es zu gefährlich wird, komme ich ebenfalls zurück.«
Er glaubte kein Wort davon, dafür war ich ihm zu ähnlich.
»Morgan?«
»Guten Abend, Professor Peter.«
»Ich bitte dich, vergiss den Professor. Sag mal, das Siegel auf dem Schwert, das du für deinen Vater gescannt hast, sagt mir was.«
Ich erstarrte vor Aufregung.
»Wirklich? Sie haben es schon einmal gesehen?«
»Ja, aber ich kann mich nicht daran erinnern, wo. Alles was ich dir im Moment sagen kann, ist, dass das Siegel des Hephaistos mehr oder weniger so aussieht. Eine Hand, die einen Hammer hält.«
»Der Götterschmied?«
»Ja, Morgan. Ich werde Nachforschungen anstellen, damit ich dir mehr Informationen geben kann. Dein Vater und ich werden uns wieder melden, sobald wir etwas Handfesteres gefunden haben. Ist Hans da?«
»Ja, er klebt an meiner Wange. Ich gebe das Handy an ihn weiter. Und nochmals danke.«
Hans riss mir buchstäblich das Telefon aus den Händen.
»Opa? Ja, is' echt genial. Was?«
Ich flitzte zu den Toiletten, damit sie in Ruhe plaudern konnten, und als ich zurückkam, hatte Hans immer noch nicht aufgelegt und unterhielt sich mit meinem Vater.
»Machen Sie sich keine Sorgen«, sagte er und warf mir einen wissenden Blick zu. »Er ist es, der den anderen Angst macht. Äh, ich

drück Sie auch.« Ich grinste. »Auf Wiederhören. Okay, ich sag's ihm.«
Hans reichte mir mit amüsierter Miene das Mobiltelefon.
»Er ist witzig, dein Alter.«
»Über was habt ihr gesprochen?«
»Dass ich dir sage, dass du aufpassen sollst und blablabla. Er will mir auch Bücher über Indien ausleihen.«
»Das überrascht mich nicht im Geringsten.«
Ich wollte gerade mein Telefon wegpacken und die Rechnung begleichen, als ich bemerkte, dass ich eine SMS erhalten hatte: »Eine Mail erwartet Sie, Morgan. Sie sollten Sie besser so bald wie möglich lesen. Helios.«
»Ich werde deinen Computer brauchen, Hans.«

Auf einer Seites des Doppelbettes sitzend, schloss ich mein Handy an den Computer an und loggte mich ins Internet ein.
»Willst du duschen, oder kann ich gehen?«, fragte Hans.
Ich gab ihm ein Zeichen, dass er gehen könne, und öffnete meinen elektronischen Briefkasten. Eine Nachricht erwartete mich, aber die Absenderadresse war mir unbekannt. Kein Betreff. Nur eine Nachricht und eine angehängte Datei: »Ich denke, dies dürfte Sie interessieren. Helios.«
Ich öffnete die Datei. Es war ein zweiseitiges Dokument in einem geläufigen Textverarbeitungsformat, aber vollständig auf Altgriechisch geschrieben. Die Kopie eines antiken Dokuments?
Ich begann zu lesen und konnte einen Fluch kaum zurückhalten. Da war gar nichts antik. Dies war ein sehr detaillierter Bericht über die verschiedenen Tätigkeiten und Verurteilungen von jemandem, den man nur als Söldner bezeichnen konnte. Und dazu war ein hübsches Foto unserer entzückenden Assistentin abgebildet …
»Virginia Santos Mezquiriz, geboren am 14. Oktober 1969 in

Puebla (Mexiko). In den USA wegen Komplizenschaft im Waffenhandel zu 15 Jahren Haft verurteilt, in Guatemala wegen Verschwörung zu 37 Jahren Zwangsarbeit verurteilt, in Argentinien des Mordes verdächtigt, in Kanada des Falschpapierhandels angeklagt, aus der Strafanstalt von Cancún geflohen, auf Kuba wegen Betrugs gesucht …« Die Liste war lang.

»Der Platz ist frei!«, rief mir Hans zu, als er aus dem Bad kam.

Ich sprang auf und machte den Computer aus, ohne mir überhaupt die Zeit zu nehmen, mich auszuloggen.

»Ja, ich … ich geh schon …«

»Stimmt irgendwas nicht?«

Ich warf ihm ein starres Lächeln zu.

»Doch, doch, alles bestens. Nur ein bisschen ausgelaugt, wie du sagen würdest.«

Er ließ sich auf sein Bett fallen und warf sein Handtuch in eine Ecke des Zimmers.

»Warum hast du ein Doppelzimmer verlangt?« Ich hätte ihn fast angefahren, da ich nach dem, was ich gerade gelesen hatte, wenig geneigt war, sein Gejammer zu ertragen. »Noch kann ich mich gegen ein Mädchen verteidigen, weißt du?«

»Daran zweifle ich nicht, Hans«, seufzte ich und zog mich dabei aus.

Aber es würde mich doch sehr wundern, wenn du es mit dieser hier aufnehmen könntest, dachte ich, als ich unter die Dusche schlüpfte.

Ich nahm mir vor, dem mysteriösen Unbekannten zu antworten, sobald Hans mir den Rücken zudrehte, aber ich hätte alles darauf gewettet, dass meine Mail zu mir zurückkommen würde. In was für ein Wespennest hatte ich nur hineingestochen? Ich war hin- und hergerissen zwischen dem Verlangen, mitten in der Nacht mit Hans unterm Arm zu türmen, und dem Wunsch, in »Maes« Zimmer einzudringen, ihr ein Messer an die Kehle zu halten und von ihr Erklärungen zu verlangen. Keine der beiden Möglichkeiten befriedigte mich. Doch ich würde mich nicht einschüchtern lassen.

»Morgan, du wirst noch mal auf dem Grund einer Schlucht enden oder eingeklemmt in einem unterirdischen Gang!«, hörte ich Ettis Worte in meinem Kopf, die er mir immer einzutrichtern versucht hatte, wenn er sah, dass ich sämtliche Risiken einging, um bloß der Erste zu sein, der sich *das* Meisterstück der Ausgrabungsstätte sicherte. Ironie des Schicksals: Er, der so methodisch und vorsichtig gewesen war, war vom Tod überrascht worden. Warum hatte ich ihn an jenem Tag zum Tauchen ermutigt? Er hatte nicht gehen wollen. Er sagte, dass die Gerüste nicht solide genug seien, woraufhin ich ihn als Feigling behandelt und mit den topographischen Aufzeichnungen vor seiner Nase herumgewedelt hatte. Ich hatte mich über ihn lustig gemacht!

»Oh, Etti, was soll ich nur tun? Wenn ich nur nicht die Verantwortung für den Jungen hätte ...«

Aber schließlich war er es, der beschlossen hatte, mit mir zu kommen. Er, der darauf bestanden hatte, mir zu helfen.

»Aber du bist es, der ihm Informationen vorenthält, um ihn nicht zu verschrecken, Morgan«, ertönte die Stimme meines Bruders in meinem Kopf.

Ich drehte den Kaltwasserhahn bis zum Anschlag auf und hoffte, mir einen klaren Kopf zu verschaffen, aber ich wusste, dass es sinnlos war. Gefahren und Schwierigkeiten hatten auf mich immer wie ein Katalysator gewirkt, so wie es vor mir bei meinem Vater der Fall gewesen war. Ich würde nicht aufgeben. Über ein Jahr lang hatte ich geglaubt, dass Ettis Tod mich nicht verändert hatte, doch das war falsch. Ich hatte nichts gelernt, ich hatte die Lektion nicht behalten, ich wollte sie nicht lernen. Was auch immer passieren mochte, ich war bereit, mich darauf zu stürzen, Schläge einzustecken und zurückzugeben – wie immer.

Ich wartete unruhig auf der Holzbank mit den Salamanderskulpturen auf der Rückenlehne und schlug abwechselnd die Beine übereinander. Das Gummi meiner Wanderschuhe quietschte auf dem frisch gewischten Parkett, und der starke Wachsgeruch verursachte mir Kopfschmerzen. Ich schaute auf meine Uhr. 11:10 Uhr. Padre Ilario hatte Verspätung.
Ich hatte verdammte Schwierigkeiten gehabt, Mae loszuwerden, und sie schließlich mühevoll von der Notwenigkeit überzeugt, dass sie ein paar Aufnahmen von dem Mausoleum des Augustus machen sollte. Grummelnd war sie mit meinem Fotoapparat endlich davongezogen.
Ich hatte ihr erklärt, dass Kaiser Augustus sich bei dem Bau seines Mausoleums von dem des Alexander hatte inspirieren lassen und dass diese Fotos uns nützlich sein könnten, was nicht vollkommen falsch war, allerdings hätte ich das Monument mit geschlossenen Augen zeichnen können.
Hans wartete unterdessen auf dem Petersplatz unter dem Obelisken auf mich. Ich hatte zu große Angst, dass die Sprache und die Manieren meines Assistenten Padre Ilario schockieren könnten. Man sollte diesen gottesfürchtigen Mann lieber nicht verstimmen, da er doch wertvoll für mich sein könnte.
11:15 Uhr. Ich schaute prüfend den Gang entlang, der sich über beide Seiten des Büros des Priesters erstreckte. Keine Soutane in Sicht.
Mein Telefon vibrierte, um mir die Ankunft einer SMS anzukündigen, und mein Herz machte einen Sprung: »Sie haben ein Schwert, Morgan, zögern Sie nicht, es zu benutzen. Helios.«
Ich spürte, wie mir das Blut aus dem Gesicht wich.

»Signor Lafet?« Ich sprang so heftig auf, dass der junge Geistliche, der sich über mich gebeugt hatte, einen Schritt zurückwich.
»Signor Lafet, Padre Ilario wird Sie empfangen.«

Da er nicht sehr groß und sehr dünn war, empfand ich bei seinem Anblick etwas Mitleid. Verstärkt von seinem schon fast kahlen Schädel und seinen hervorstechenden Augen.

»Danke«, schaffte ich es hervorzubringen und schaltete mein Telefon aus.

Er trippelte bis zu der ausgepolsterten Doppeltür und schloss sie leise hinter mir. Das gewaltige Büro war nichts als Purpur und Gold. Bilder, die zum größten Teil religiöse Szenen zeigten und deren Wert ich nicht einmal zu schätzen wagte, bedeckten die Wände. Die Renaissancemöbel verschwanden unter Nippsachen und Ikonen. Doch der gute Geschmack ihres Besitzers und die ausgeklügelte Verteilung sämtlicher Gegenstände entzogen ihnen vollständig die kitschige Seite.

Padre Ilario, ein kleiner, zerzauster, freundlicher Mann – wie ich mir aufgrund seiner begeisterten, kicksenden Stimme bereits gedacht hatte –, schüttelte mir warmherzig die Hand, bevor er in einem Voltairesessel hinter einem Schreibtisch mit ziselierten Füßen Platz nahm.

»Seien Sie willkommen in unserer Heiligen Stadt, mein Junge«, sagte er in einem tadellosen Französisch, das von einem charmanten italienischen Akzent gefärbt war. »Setzen Sie sich, ich bitte Sie, setzen Sie sich.«

Ich ließ mich auf einem mit karmesinrotem Samt bezogenen Sessel nieder, der leicht abgewetzt war und dessen Armlehnen sich rutschig anfühlten. Wie die restlichen Möbel war er wahrscheinlich ein Original.

»Ich danke Ihnen, dass Sie mich so schnell empfangen konnten.«

»Das ist ganz selbstverständlich. Wünschen Sie etwas zu trinken? Einen Kaffee oder eine Erfrischung? Etwas Stärkeres vielleicht?«

Als ich höflich ablehnte, faltete er in Betstellung die Hände vor seinem Kinn. »Armer Bertrand, was für ein Unglück! Der Herr wird ihn so zu empfangen wissen, wie er es verdient, seien Sie versichert. Er ist von seinem Balkon gefallen, sagten Sie mir?« Ich nickte. »Was für ein Unglück«, wiederholte er. »Er hatte keine Familie, richtig? Arme Seele. Aber niemand kann gegen den göttlichen Willen, nicht wahr? Nun ja, wie geht es denn Ihrem werten Herrn Vater? Bertrand erzählte mir oft von seinem alten Freund.« Ich gab ihm eine schnelle Zusammenfassung von Papas letzten Abenteuern, und er hörte mir mit neugierig funkelnden Augen zu. »Nun erzählen Sie schon, mein Junge. Was kann ich für Sie tun? Sie sagten am Telefon, dass Sie Bertrands Recherchen weiterführen?«

»Allerdings. Und ich hätte gerne hierzu Ihre Meinung.«

Ich öffnete meine Tasche und holte das Dokument aus dem Vatikan hervor, das ich ihm reichte.

»Oh! Ich glaube zu wissen, um was es sich handelt«, sagte er und rollte vorsichtig das Pergament auf. »Ja, Bertrand hatte es mir bereits gezeigt, er wollte gerne, dass ich es beglaubige. Das ist ein Bericht über Ausgrabungen, die von Pater Franceso in Herculanum durchgeführt worden sind.«

»Pater Francesco?«

»Ja. Er hat zahlreiche Abhandlungen zu dem Thema geschrieben, die Sie auch nachlesen können, falls Sie das wünschen. Haben Sie auch das Schwert? Ach ja, gut. Bertrand hat sehr viel Wert darauf gelegt. Wenn ich mich recht erinnere, wurde es in einer unterirdischen Kammer gefunden, die vor allem Krüge und Vasen enthielt. Bestimmt die Grundmauern eines *domus* – nach der Meinung von Pater Francesco, der in einem Dokument ähnlich dem Ihren auch eine Statue erwähnt. Aber wie ich Bertrand bereits gesagt habe, ich habe keine Spur davon finden können, außer einer Skizze des guten Francesco.«

Ich schälte Lechausseurs Heft aus meiner Tasche und zeigte dem Priester die Zeichnung der römischen Statue.

»Diese hier?«

»Ja genau, das ist sie. Bertrand hat sie von dem Originaldokument abgezeichnet.«

»Padre Ilario, den Aufzeichnungen Professor Lechausseurs zufolge verfügen Sie anscheinend über Texte, die, sagen wir mal, selten sind, um nicht zu sagen mythisch.« Er hob eine Augenbraue. »*Die Erinnerungen der Agrippina* zum Beispiel.«

Nun lächelte er verschmitzt.

»Wenn Sie wüssten, wie viele Schätze in unseren Archiven schlummern, dann hätten Sie jeden Abend Albträume, mein Junge.«

»Sie haben sie also wirklich wiedergefunden?«

Er brach in Gelächter aus und entschuldigte sich sofort dafür.

»Einige Auszüge, ja. Der Rest wartet wohl noch irgendwo unter einem moderneren Text.«

Ich wäre fast vom Stuhl gefallen.

»Aber, ich nehme an, dass sie nicht zugänglich sind, zumindest nicht leicht.«

»Aber warum denn?« Er schien zu verstehen, worauf ich hinauswollte, und senkte seine Stimme. »Wollen Sie, dass ich Ihnen etwas anvertraue, mein Junge? Der einzige Grund, weshalb bestimmte alte Texte vom Vatikan nicht aufgelistet und publik gemacht werden, ist, dass wir bei der Geschwindigkeit, mit der wir vorgehen, und der Anzahl an Dokumenten noch zwei oder drei Jahrhunderte brauchen, um zum Ende zu kommen, und das auch nur, wenn uns der Himmel zu Hilfe kommt!« Mit gutmütiger Miene richtete er sich auf. »Sie können die Auszüge nachlesen, wann Sie es wünschen. Unter der Bedingung, dass Sie mir ein bisschen Zeit lassen, um sie wiederzufinden, selbstverständlich«, fügte er hinzu und machte ein betrübtes Gesicht. »Ich habe alle von Bertrand benutzten Dokumente separat weggeräumt, für den Fall, dass er sie noch einmal gebraucht hätte, aber wo? Heilige Maria, Mutter Gottes, hab Erbarmen mit meinem armen Kopf.

Könnten Sie morgen früh wieder vorbeikommen? Sagen wir, gegen zehn Uhr?«
Ich wagte es nicht, an meine gute Fee zu glauben.
»Ja, natürlich. Ich, ich weiß nicht, wie ich Ihnen danken soll.«
»Nun, nun, wenn unsere heilige Mutter Kirche ihren Kindern nicht behilflich sein kann, wer könnte es dann?«
»Noch eine Frage, wenn Sie erlauben. Das Schwert, welches Professor Lechausseur anvertraut wurde … das ist doch eine Nachbildung des Originals, nicht wahr?«
»Ich gebe zu, dass ich nicht die geringste Ahnung habe. Alles was ich Ihnen sagen kann, ist, dass Bertrand sehr viel Wert darauf gelegt hat. Er besaß allerdings ein Mosaik, das sehr wohl echt ist. Sie wissen, wovon ich spreche?«
»Ja«, unterbrach ich ihn. »Es befindet sich zur Stunde im Louvre, und nach den letzten Informationen, die ich erhalten habe, dürfte es innerhalb kurzer Zeit nach Neapel zurückgeschickt werden.«
»Das ist ja mal eine gute Nachricht. Wenn der Louvre doch nur einwilligen würde, sich auch von dem Fragment der Ara Pacis zu trennen, das er besitzt, um es nach Rom zurückzuschicken«, seufzte er. »Wissen Sie, dass Italien mehrere Anträge in diesem Sinne gestellt hat?«
Ich schüttelte bedauernd den Kopf. Viele antike Kunstwerke waren in den Museen der Welt verstreut.
»Griechenland fordert seit mehreren Jahrzehnten den Marmor des Parthenons vom British Museum ohne weitere Ergebnisse, Padre Ilario.«
»Lieber Jesus, die armen Leute. Wollen Sie die Stücke sehen, die zuletzt im Goldenen Haus gefunden worden sind?«, fragte er plötzlich heiter. »Darunter sind ein paar kleine Votivstatuen, die absolut entzückend und sehr gut erhalten sind.«
Er nahm mich energisch beim Arm, um mich zum Museum zu schieben, und ich wagte es nicht, mich zu weigern, aus Angst, ihn

zu beleidigen. Padre Ilario redete wie ein Wasserfall und war höchstwahrscheinlich ein wahrhaft begeisterter Anhänger der Kunst. Er konnte an keiner antiken Statue vorbeigehen, ohne in Verzückung zu geraten, und der kleinste Löffel, die kleinste Töpferware waren für ihn Vorwand genug, sich über das Genie seiner Vorfahren auszulassen. Mir kam der Gedanke, dass der gute Pater in seiner Jugend mehr mit dem Spatel hantiert hatte als mit dem Kruzifix und dass es bestimmt kein Zufall war, dass er sich nun bei der Sortierung und dem Studium alter Dokumente wiederfand. Ich glaube, ich habe in drei Stunden mit ihm mehr über Handschriften gelernt als in sechs Jahren an der Universität. Er ließ mich das Labor des Vatikan-Museums besichtigen, bot mir eine Demonstration über die Art und Weise, in der die Pergamente im Mittelalter »abgekratzt« und dann wieder verwendet wurden, und zeigte mir die verschiedenen Techniken, mit denen man sie wiederherstellen konnte. Ihm zufolge waren Röntgenstrahlen die wirksamste Art, die auch die Pergamente am wenigsten beschädigte.

Bevor ich ihn verließ, achtete ich sorgfältig darauf, dass das Schwert – nachdem ich es dem Geistlichen gezeigt hatte – gut greifbar in meiner Tasche steckte. Man wusste ja nie …

Als ich Hans gegen 15:00 Uhr am Fuße des Obelisken auf dem Petersplatz wiedertraf, hätte er mir am liebsten mit seinem Eisstiel ein Auge ausgestochen.

»Dein Handy ist abgeschaltet!«

»Ich habe eine Führung durch die Untergeschosse des Vatikans über mich ergehen lassen. Hast du Hunger?«

Er fluchte und gestikulierte wie ein hektisches Äffchen, wobei er die Empörung zahlreicher Touristen und Geistlicher auf sich zog, die sich über den Platz schoben.

»Drei Stunden in der Sonne braten, inmitten einer Horde von Typen in Sandalen, fast hätte ich sogar die Bullen angerufen, weil ich schon dachte, du liegst in irgend 'ner Ecke und spuckst deine Eingeweide aus – und du fragst mich, ob ich Hunger hab? Warum hast du mich nicht angerufen?«

Ein Mönch warf uns beleidigte Blicke zu, und ich nahm Hans beim Arm.

»Hör auf, so herumzuschreien, alle starren dich an. Ich habe sehr gute Neuigkeiten«, fügte ich leiser hinzu, als ich einen Priester bemerkte, der vorgab, die Bibel zu lesen, und dabei häufiger Blicke in unsere Richtung warf.

Hans folgte meinem Blick und hängte sich an meine Schulter.

»Hat der Papst endlich ja gesagt?«, schrie er laut, sodass sich gut zehn Personen nach uns umdrehten. Ich warf ihm einen wutentbrannten Blick zu. »Dann können wir ja endlich kirchlich heiraten!«

Zwei Nonnen liefen tiefrot an, und ich schubste Hans vom Platz, wobei ich ihm androhte, ihm den Hals umzudrehen, sobald wir außer Sichtweite waren.

Ich ging mit Hans in ein kleines Familienrestaurant, nicht weit von der Altstadt entfernt. Wir waren nicht die Einzigen, die so spät zu Mittag aßen, und mussten uns mit einem winzigen Tisch zufrieden geben, der unter einem niedrigen Deckenabschnitt des Lokals stand und an den ich mich nur mühevoll quetschen konnte. Ein untersetzter Mann machte seiner Frau – oder Freundin? – beißende Vorhaltungen, da diese mich mit einem mehr als freundschaftlichen Blick gemustert hatte, als wir an ihnen vorbeigegangen waren. Der Zwischenfall veranlasste die anderen Gäste zu amüsierten Bemerkungen. Die Schöne verließ verärgert das Lokal und ließ ihren Rosenkavalier einfach stehen, der ihr kurz darauf nachging – allerdings nicht ohne mir vorher einen angriffslustigen Blick zuzuwerfen, bevor er die Glastür hinter sich zuschlug.

»*Bastardo!*«, knurrte der Chef des Lokals und schaute nach, ob alle Kacheln noch an der Wand hingen. »*Stò burino!*«
Hans kicherte und vertiefte sich in die Lektüre der Speisekarte.
»Was ist eigentlich dein Trick mit den Weibern?«
Ich antwortete nicht, sondern knabberte genüsslich an einer gewürzten Olive.
Meine breiten Schultern, meine Narbe und die ungewöhnliche Länge meiner blonden Mähne zogen unausweichlich Blicke auf sich. Ich genoss die Aufmerksamkeit, das gebe ich zu, aber sie brachte mir auch Szenen wie die ein, deren Zeuge mein Praktikant eben geworden war.
Ich bestellte eine Pizza für Hans, dessen Magen knurrte, seitdem wir die Vatikanstadt verlassen hatten, und Tagliatelle für mich.
»Die Leute essen hier so spät wie in Spanien«, bemerkte er und machte sich über die Grissini und die Oliven her.
»Du warst in Spanien?«
»Ich hab mal an einem Surfwettbewerb in Galicien teilgenommen. Und du? Kennst du's?«
»Ich habe mehrere Monate in Cartagena verbracht. Wir hatten Ladungen von antiken Schiffen heraufgeholt, die auf Grund gelaufen waren.«
Hans hob die Augenbrauen.
»Amphoren?«
»Barren.«
»Aus Gold?«, rief er aus.
Ich brach in Gelächter aus, während der Chef des Hauses unser Essen servierte, das Hans sogleich mit Genuss verschlang.
»Nein, aus Blei.« Hans legte seine Gabel zur Seite und machte ein enttäuschtes Gesicht. »Im Altertum gehörte Cartagena zu dem, was wir die ›Bleistraße‹ nennen. Über sie wurde das Metall im ganzen Mittelmeerraum exportiert.«
»Internationaler Handel? Zu der Zeit?«

»Selbstverständlich. Der beste Weizen kam aus Ägypten, das Gold aus Äthiopien, Baumwolle, Gewürze und Seide aus Asien, die schönsten Töpferwaren aus Kreta, et cetera. Tausende von Schiffen und Karawanen durchquerten die Welt und versorgten die Märkte der großen Städte wie Athen, Marseille, Sardes, Alexandria, Rom oder Byzanz. Und die Reisenden kamen auch nicht zu kurz. Man bot ihnen verschiedene Verkehrsmittel an, und Gasthäuser für Touristen befanden sich an den großen Handelsstraßen. Bestimmte Ziele waren gefragter als andere, Ägypten und Griechenland lagen an der Spitze. Autoren der Antike haben sogar echte Reiseführer geschrieben, wie beispielsweise Herodot.« Hans hatte aufgehört zu essen und hörte mir mit offenem Munde zu. »Unsere Generation hat nichts erfunden, Hans«, fügte ich amüsiert von seinem Erstaunen hinzu. »Vor zweitausend Jahren fuhren die Römer bereits in Urlaub nach Rhodos, um den berühmten Koloss zu bewundern und von dort kitschige Souvenirs für ihre Freunde mitzubringen.«
»So gesehen ist das Altertum eigentlich recht witzig.« Ich musste wieder lachen und machte mich über mein Dessert her, ein köstliches Schokoladeneis. »Da wir gerade von Altertümern reden – was hat er dir erzählt, der Pfarrer?« Ich berichtete ihm von meinem Besuch bei Padre Ilario. Als ich geendet hatte, stieß Hans seinen leeren Teller von sich und fragte: »Hast du morgen auch vor, mich irgendwo stehen zu lassen?«
»Nein, Hans. Nächstes Mal kannst du mich begleiten. Der gute Pater ist ein überaus versöhnlicher und extrem charmanter Mann.«
»Opa hat auch immer Angst, mich seinen Akademikerfreunden vorzustellen«, murmelte er und schien plötzlich mürrisch geworden zu sein. »Der Alte schämt sich für mich.«
»Ich glaube, du deutest die Haltung deines Großvaters etwas voreilig. Er hängt sehr an dir, glaub mir.«

»Er hat sich sogar letztes Jahr geweigert, dass ich ein Praktikum bei deinem Vater mache, als er nach Halebid gegangen ist.«
»Du wolltest an den Tempelausgrabungen teilnehmen?«, fragte ich verblüfft. »Das wusste ich ja gar nicht.«
Er zuckte die Achseln.
»Opa hat noch nicht einmal mit ihm darüber gesprochen.«
»Und warum hat er dich zu mir geschickt?«
»Da du jung bist, hat er sich wohl gedacht, dass wir einen besseren Draht zueinander haben würden.«
»Aber ich bin Hellenist, kein Ind...«
»Das ist ihm schnurz. Griechenland ist sein Spezialgebiet, das er mir selbst beibringen kann, ohne zu befürchten, dass ich ihn vor seinen Kollegen lächerlich mache.«
»Ich verstehe. Hör mal, Hans, wenn dich Indien so sehr interessiert, dann verspreche ich dir, dass ich mit meinem Vater und deinem Großvater spreche, sobald wir in Paris zurück sind. Bevor du dich allerdings auf ein Gebiet stürzen kannst, musst du zuerst die Geschichte in ihrer Gesamtheit studieren.«
Er schüttelte den Kopf.
»Ich fang sogar an, mir darüber klar zu werden, stell dir vor.« Er stützte die Ellbogen auf den Tisch und faltete niedergeschlagen die Hände im Nacken. »Opa hat Recht, ich bin ein echter Hohlkopf ...«
Ich klopfte ihm freundschaftlich auf die Schulter und beglich die Rechnung.
»Komm schon, lass dich nicht unterkriegen.«
Wir verließen locker plaudernd das Restaurant, aber ich spürte, dass ich durch meine ermunternden Fragen bei meinem Assistenten eine tiefe Wunde aufgerissen hatte. Hans wurde von der Bekanntheit seines Großvaters und dem finanziellen Erfolg seines Vaters erdrückt. Da konnte er noch so sehr seine Schwächen hinter der Fassade des jungen Rebellen verstecken, er litt deswegen

nicht weniger an einem schrecklichen Minderwertigkeitskomplex. Mir hätte das Gleiche passieren können, wenn ich Einzelkind geblieben wäre, aber ich hatte das Glück eines Bruders gehabt, mit dem ich gemeinsam den ehrgeizigen Wünschen unseres Vaters begegnet war. Ich hatte Hellenist werden wollen und Etti Spezialist für Unterwasserarchäologie. Papa hat uns nie davon abbringen können und sich irgendwann dazu entschließen müssen, seine Träume wie Upanischaden, heilige Hindu-Texte, im großen Feuer der Niederlage zu verbrennen.

Als wir die Via Capo d'Africa hinuntergingen, hatte Hans trotz des Umwegs, den ich ihm auferlegt hatte, um ihn auf andere Gedanken zu bringen, seinen üblichen Tatendrang noch nicht wiedergefunden. Schlimmer noch, seine Hilflosigkeit hatte sich in Wut verwandelt.

»Wo führst du mich denn nun eigentlich hin, verdammt?«

»Genieße es, schau dir die Stadt an.«

»Ich hab keine Lust, mir die Stadt anzuschauen! Wo sind wir?«

»Zu deiner Linken – der Palatino. Die Via del Colosseo ist zehn Minuten zu Fuß von hier. Von dort oben hat man eine wunderbare Aussicht auf das Flavische Amphitheater.«

Er folgte mir schlurfend auf die Via Nazionale, schimpfte dabei auf die schmalen Bürgersteige, die von den Autos eingenommen wurden, und zwinkerte zwei jungen deutschen Mädchen zu.

»Kann ich Sie zu einem Glas einladen, meine Fräulein?«, rief er ihnen in ihrer Sprache zu, wobei er sie rückwärts mit ihnen laufend ein Stückchen begleitete. »Ich …«

Das Warngeräusch einer Hupe ließ ihn zusammenfahren, und die beiden Touristinnen prusteten vor Lachen. Hans drehte sich um und machte dem Fahrer des Lieferwagens eine unfeine Geste.

Als wir auf dem großen Platz Largo Magnanapoli, der vor Touristen nur so wimmelte, angekommen waren, begaben wir uns in

Richtung Largo Corrado Ricci und kamen dabei an der Salita del Grillo, der *piazza* gleichen Namens und der Via Tor de' Conti vorbei. Nachdem wir an der imposanten Festungsmauer des Augustus Forums, dann an der des kleinen Nerva Forums entlanggegangen waren, kamen wir auf die Via del Colosseo. Es war ein Wohngebiet mit sehr schmalen Straßen, das die Touristen gerne ausließen oder schlichtweg nicht kannten.

»Schau«, sagte ich zu Hans und zeigte ihm das Kolosseum, das von Bäumen umrahmt uns gegenüberlag. »Und jetzt sag mir bloß, das sei nicht schön.«

Ich setzte mich auf die Stufen in den Schatten einer Zypresse und sog den Duft des frisch bewässerten Grases ein, bevor ich mir eine Zigarette anzündete.

»Das ist eine meiner Lieblingsecken.« Ich zeigte auf einen Rasenteppich zwischen den Bäumen. »Als Student hatte ich sogar mal Sex da unten«, fügte ich mit einem Augenzwinkern hinzu.

Hans schien plötzlich wieder an meiner Gesellschaft interessiert.

»Du hast schon mal an verrückten Orten rumgemacht?«, fragte er und nahm an meiner Seite Platz.

»Sogar mehr als einmal.«

Er stieß mir den Ellbogen in die Rippen.

»Und was war der verrückteste Ort?«

»In der königlichen Totenstadt von Tanis«, murmelte ich. Er runzelte die Stirn. »So haben die Griechen die alte Stadt Djanet in Ägypten getauft.«

»Du bist schon mal in 'nem Pharaonengrab gekommen? Krass!«

Ich schaute auf die Uhr. 17:47 Uhr. Es war an der Zeit umzukehren, oder Mae würde uns mit ein paar Ohrfeigen empfangen.

»Wir sollten vielleicht besser g…«

Meine Worte blieben mir im Halse stecken, als ich die beiden Männer sah, die sich uns über die Treppenstufen näherten. So groß wie ich, sonnengebräunt, kamen sie, jeweils vier Stufen auf

einmal nehmend, mit geballten Fäusten auf uns zu und ließen mich dabei nicht aus den Augen.
»Kennst du die?«, fragte Hans und deutete mit einer Kopfbewegung auf sie.
Ich packte ihn beim Arm und zog ihn hinter mir her, wobei ich die Treppe, so schnell ich konnte, hochstieg.
»Lauf!«, schrie ich.
Mein Assistent ließ sich nicht lange bitten. Es war ausgeschlossen, dass ich diesen beiden grobschlächtigen Kerlen auf einer harten Treppe die Stirn bot, und schon gar nicht mit Hans, der mir zwischen den Beinen herumwuselte.
Oben auf der Treppe angekommen, lief ich, Hans hinter mir her schleifend, die Via del Colosseo hoch und versuchte, nicht über die Pflastersteine zu stolpern.
»Was wollen die denn von uns?«
Ich hatte keine Zeit für Erklärungen. Die beiden Männer waren uns dicht auf den Fersen. Taschendiebe, die es auf Touristen abgesehen hatten? Einfache Räuber? Ich ahnte, dass das nicht der Fall war, und krampfte meine freie Hand um den Schulterriemen meines Rucksacks.
Nach etwa hundert Metern fühlte ich mich auf einmal nach hinten gezogen, und Hans, den ich immer noch festhielt, stolperte. Einer der beiden Männer hatte sich an meiner Tasche festgeklammert. Ich drehte mich um und versetzte ihm mit aller Kraft einen Fußtritt. Überwältigt klappte er stöhnend auf dem Boden zusammen, aber ich hatte keine Zeit, ihm den Rest zu geben. Dann hörte ich Hans schreien. Der zweite Angreifer rannte auf mich zu.
»Morg, pass auf!«, schrie Hans. »Er hat ein Messer.«
Blitzschnell zog ich das Titanschwert aus der länglichen Außentasche meines Rucksacks.
Die Waffe war schwer, aber das Gewicht war gleichmäßig verteilt.

Auf dem Gesicht des Mannes machte sich ein dickes Grinsen breit. Er sah in keiner Weise überrascht aus.
»*Volevi questo?*«, fragte ich mit klopfendem Herzen. »Komm's dir holen, auf was wartest du?«
Er machte einen Ausfallschritt, aber ich wich zur Seite. Sein Lächeln verstärkte sich. Wie eine Katze, die mit einer Maus spielte, machte es ihm Spaß, mich zu erschrecken.
»Wer schickt dich?«, wollte ich wissen.
Ich erblickte einen Geländewagen der Luxusklasse, der vor einem der Wohnhäuser stand.
Wäre doch gelacht, wenn die Karre nicht mit einer Alarmanlage ausgestattet wäre. Jemand musste die Polizei rufen.
»Wer bezahlt dich?«, bohrte ich weiter und näherte mich unauffällig dem Geländewagen.
Er antwortete mir, kurz zusammengefasst, dass meine Mutter mit einem Stall voll Schweine geschlafen haben musste, um so etwas wie mich auf die Welt zu bringen. Was mich überraschte, war nicht so sehr die Grobheit seiner Person – ich hätte von ihm nichts anderes erwartet –, sondern dass er sich auf Griechisch geäußert hatte.
»Aber wer sind …«
Mein Gegner ließ mir nicht die Zeit, meinen Satz zu beenden. Er deutete einen neuen Angriff an, und ich nutzte den Rückzug, um mich um meine eigene Achse zu drehen und mit aller Kraft auf die Heckscheibe des Autos zu schlagen. Die Scheibe zerfiel fast lautlos in Hunderte von kleinen Scherben, die auf den Rücksitz fielen, und die Alarmanlage des Fahrzeugs begann aufzuheulen.
Als der Mann mit dem Messer begriff, was ich gerade getan hatte, beendete er seine kleineren Angriffe und ging aufs Ganze. Er sprang mit erhobener Klinge auf mich zu. In einem ungeschickten Versuch, den Schlag abzuwehren, machte ich mit dem Schwert eine weit ausholende Drehbewegung von links nach

rechts. Fassungslos sah ich, wie ein entsetzter Ausdruck das Gesicht meines Angreifers erstarren ließ und sein Blick auf sein weißes T-Shirt fiel, das sich erschreckend schnell rot färbte. Das Schwert war durch den Stoff und das Fleisch gedrungen wie durch Butter. Ich hätte niemals geglaubt, dass es solch eine scharfe Klinge besaß.
Über meinem Kopf, auf dem Balkon einer der Luxuswohnungen, schrie eine Frau, und der Mann, dem ich als Erstes den Garaus gemacht hatte, taumelte zu seinem Kumpanen hinüber, um ihm beizustehen.
Humpelnd stürzten sie zur Treppe, und ich hockte mich neben Hans, der noch immer auf dem Pflaster saß. Er hatte eine aufgeplatzte Lippe und schien ein wenig benommen, aber nicht völlig erledigt zu sein.
»Alles okay?«, keuchte ich außer Atem. »Du hast Glück, dass er nicht mit dem Messer auf dich los ist.«
»Komm mir ja nicht zu nah mit dem Ding«, sagte er und schob meine Hand weg, die immer noch das Schwert hielt, das nun an einer der Schneiden blutig glänzte. »Morg, du hättest ihn umbringen können!«, quiekte er.
Die Leute standen nun am Fenster, und die Alarmanlage des Autos durchbohrte uns das Trommelfell. Als die Polizeisirenen in das Konzert einstimmten, legte Hans sich die Hände auf die Ohren, und zwei *carabinieri* befahlen mir mit gezückter Pistole, meine Waffe niederzulegen und die Hände zu heben.

Hans saß auf dem Stuhl im Büro des *Maresciallo* Santini, rang die Hände und schaute auf seine Uhr.
»Was macht die denn bloß so lange?«, fragte er und tastete das Pflaster ab, das ein Krankenpfleger ihm auf die geplatzte Lippe geklebt hatte.
Durch die angelehnte Tür sahen wir Mae mit dem guten Mares-

ciallo verhandeln. Wir waren seit mehr als vier Stunden in seinem Büro eingesperrt, das nach Schweiß und Tabak stank. Der beigefarbene Teppichboden war von Flecken übersät, deren Herkunft ich lieber nicht kennen wollte.
Die von den Anwohnern alarmierte Polizei hatten uns auf der Via del Colosseo gepflückt wie ein Strauß Veilchen, um uns in die kleine *stazione dei carabinieri* zu fahren, zwei Schritte vom Forum des Trajan entfernt.
Was will sie ihm bloß erklären?, dachte ich beunruhigt.
Ich sah, wie der Inspektor borniert den Kopf schüttelte, während Mae mit flehenden Gesten auf ihn einredete.
Da ich nicht mehr länger warten konnte, stand ich auf und ging direkt auf Maresciallo Santini zu. Als dieser mich entschlossenen Schrittes und mit einem aus Wut und Angst verzerrten Gesicht auf sich zukommen sah, drehte er sich frontal zu mir um und führte instinktiv eine Hand zu seinem Revolver.
»Signore, bleiben Sie im Büro, bitte.«
»Hören Sie, Maresciallo«, rief ich aus, »Sie behandeln uns wie Kriminelle, dabei sind wir es, die angegriffen wurden!« Besagter Maresciallo runzelte die Stirn. »Unsere Papiere und die Gegenstände, die wir transportieren, sind in Ordnung. Sie haben kein Recht, uns hier festzuhalten.«
»Signor Lafet, ich habe nur Ihre Version des Sachverhalts. Indem ich Sie hier behalte, befolge ich nur die Anweisungen. Morgen früh, wenn wir uns mit Ihrem Konsulat in Verbindung gesetzt haben …«
»Sie wollen uns auch noch die Nacht hier verbringen lassen?«
Mae warf mir einen vorwurfsvollen Blick zu, aber ich kümmerte mich nicht darum.
»Hören Sie, ich weiß nicht, wie Ihre Anweisungen lauten, aber was mich betrifft, sollten Sie wissen, dass ich …«
»*Basta!*«, schnitt er mir mit einer ungeduldigen Geste das Wort

ab und gab seinen Kollegen ein Zeichen. »Steckt mir die beiden da in die Zelle.«
»Was?«, schrie Hans auf, der zu uns gestoßen war. »Dazu haben Sie kein Recht! Ich will einen Anwalt!«
Ein Polizist führte den heftig gestikulierenden Hans weg.
»Werden Sie kooperativ sein, Signor Lafet, oder muss ich Verstärkung rufen?«
Mae legte mir die Hand auf den Arm.
»Ich werde sofort Monsieur Jürgen anrufen, Morgan. Du wirst die Nacht nicht hier verbringen, das verspreche ich dir. Selbst wenn wir dafür das halbe Konsulat wecken müssten«, fügte sie, indirekt an Maresciallo Santini gewandt, hinzu, der zusehends an Selbstvertrauen verlor.
Seit unserer Befragung war er davon überzeugt, es mit rivalisierenden Gangs von Antiquitätenschiebern zu tun zu haben.
»Nehmen Sie ihn mit!«, befahl er einem Polizisten, der mich, immerhin freundlich, zu der Zelle schob, in die man Hans eingesperrt hatte.
»Ich kümmere mich um alles, Morgan!«, gab mir Mae mit einem Handzeichen zu verstehen.
Erschöpft ließ ich mich auf eine der Metallbänke fallen und stieß einen tiefen Seufzer aus.
»Setz dich hin, Hans, und hör auf zu heulen.«
Er gehorchte zögernd, aber er war ebenso am Ende wie ich.
»Wer waren diese Dickwanste? Diebe?«
»Ja, aber die wussten, was wir transportierten.«
»Jürgen?«
Ich schüttelte den Kopf.
»Mae hätte uns jederzeit die Dokumente und das Schwert abnehmen können. Nein, das ist was anderes.«
Er sprang wieder auf und fing an, in der Zelle auf und ab zu gehen.
»Und wenn es nicht Mae war, die in Paris deiner Wohnung einen

Besuch abgestattet hat? Wenn es dieselben Typen waren, die uns diese beiden Walrösser geschickt haben? Dieselben, die … die den alten Prof aus dem Fenster geworfen haben?«
Ich nagte grübelnd an meiner Lippe.
»Möglich.«
»Scheiße«, fluchte er und setzte sich neben mich. Dann warf er mir zwischen seinen Fingern, die er auf sein Gesicht gepresst hielt, einen Blick zu. »Morg … ich glaub, ich bekomme langsam Schiss.«
»Willst du zurück nach Paris?«
»Würdest du mit mir zurückgehen?« Ich schüttelte den Kopf. »Verlass dich bitte nicht darauf.«
Wir saßen eine Zeit lang still da, und ich versuchte, die Ereignisse zu analysieren: das aufgebrochene Schloss meiner Haustür, der Mord an Bertrand, Jürgen, die beiden Griechen, die uns angegriffen hatten, Mae und … Helios. Wer war dieser Mann? Was wollte er? Seine Nachrichten waren eindeutig Warnungen gewesen. Er wusste, was im Gange war, was wir suchten, was wir taten, und – darauf hätte ich schwören können – kannte die Identität unserer Feinde. Helios – ein griechisches Pseudonym. Und ein gebildeter Mann. Ein Sammler, ein Gegner von John Jürgen? Bertrands Mäzen vielleicht, warum nicht?
Gegen 23:00 Uhr brachte man uns zwei Tabletts mit Essen und meine Packung Zigaretten. Während mein Magen zu verkrampft war, um etwas aufzunehmen, verschlang Hans den Inhalt seiner Schalen, ohne das Gesicht zu verziehen.
»Weißt du«, murmelte er, während er seinen Joghurt in sich hineinschaufelte, »ich hab zwar Bammel, aber auf der anderen Seite sag ich mir, dass es echt berauschend ist, was uns passiert. Verstehst du, was ich meine?«
Ich riss die Augen auf und stieß den Rauch durch die Nasenlöcher aus.

»Ich denke vor allem, dass du nicht begreifst, welch böses Erwachen uns nach dem Rausch erwartet.«
»Du hast die beiden Grizzlys doch gut k.o. geschlagen, oder nicht? Wenn du dich hättest sehen können mit deinem Schwert! Wie in *Thor – die Rückkehr!*«
Ich musste gegen meinen Willen lächeln.
»Weißt du, ich hätte niemals geglaubt, dass du so 'n Typ bist, als Opa uns einander vorgestellt hat. So 'n richtig harter Kerl.«
Ich warf ihm einen Seitenblick zu.
»Ich habe nichts von einem Superhelden, Hans. In der Via del Colosseo war ich nicht sehr stolz auf mich, weißt du.«
»Du verstehst nicht. Wie soll ich's dir erklären? Ein richtig harter Kerl ist ein Typ, der Dinge tut, die sich niemand sonst trauen würde, aus Angst, dass man ihn für 'ne Schwuchtel oder 'n Waschlappen hält, den man aber auch nicht verarscht, weil er sonst dafür sorgt, dass man sofort stumm ist wie 'n Fisch. Verstehst du, was ich meine? Ein Typ, der weiß, wie man sich Respekt verschafft, genau! Ein Kerl, der nachdenkt. Deshalb weiß ich, dass wir es schaffen können. Ich hab Schiss, aber ich weiß, dass man mit dir nicht untergeht. Du hast genug Muskeln und Gehirn dafür. Wir werden dieses Grab finden, und deine Freunde können sich jahrelang einen Spaß daraus machen, alles mit der Lupe zu untersuchen.«
Ich vertraue dir, sollte das wohl heißen. Da es von Hans kam, der an nichts und niemanden glaubte, an sich selbst noch weniger als an alles andere, war ein derartiges Geständnis ebenso überraschend wie rührend.

Maresciallo Santini kam persönlich, um uns um 3:00 Uhr morgens aus unserem Käfig zu entlassen. Er sah aufgelöst aus. Mae, in baumwollener Reisekleidung – Safariweste und langer Leinenrock –, stand zufrieden hinter ihm.

»Sie können gehen«, spie der Polizist aus und gab uns ein Zeichen. »Wir werden Ihnen Ihre persönlichen Sachen wiedergeben, sobald Sie die Quittung unterschrieben haben.«
Hans verließ die Zelle stolzierend wie ein Pfau und strafte den tapferen, aller Wahrscheinlichkeit nach aus dem Bett geworfenen Maresciallo mit Verachtung.
»Was ist passiert?«, fragte ich Mae, als wir unsere Sachen in den Händen hielten.
»Ich habe Monsieur Jürgen angerufen und ihm erklärt, was passiert ist. Ein paar seiner Kontakte im Konsulat und im Justizministerium haben den Rest erledigt«, erklärte sie mit einem gewissen Stolz. »Kommt, wir müssen im Hotel vorbei, unsere Koffer holen. Wir brechen in knapp drei Stunden nach Alexandria auf.«
»Was?«
Sie gab mir ein Zeichen, meine Stimme einen Ton herunterzufahren, und schob mich aus der Polizeiwache heraus.
»Wir können so schnell nicht weg, Mae. Ich bin um zehn Uhr mit Padre Ilario verabredet. Er soll mir bestimmte Dokumente zeigen, die …«
»Hat er den Ausgrabungsbericht beglaubigt, ja oder nein?«, unterbrach sie mich.
»Ja, aber …«
»Also, dann können wir auch abreisen, die Tickets sind schon gebucht. Hier zu bleiben ist zu gefährlich, Morg. Man hätte euch beide gestern umbringen können!«
Mir brannten verschiedene Fragen auf der Zunge, aber ich wagte es nicht, sie im Taxi zu stellen, aus Angst, dass der Fahrer mithörte. Ich fing an, aller Welt zu misstrauen.
Im Hotelzimmer angekommen, drängte ich Mae forsch gegen die Tür.
»Sie wissen, wer diese Männer waren, nicht wahr?«

Hans setzte sich auf sein Bett und verschränkte die Arme, auch er wartete auf eine Antwort.
»Wahrscheinlich Handlanger von Privatsammlern«, murmelte unsere Begleiterin. »Solche Methoden, wenn sie auch nicht gängig sind, werden doch zumindest von einigen wenigen Skrupellosen unter ihnen angewendet. Monsieur Jürgen kann ein Lied davon singen. Er hat letztes Jahr in Delphi zwei Forscher verloren, und die Stätte, in der sie arbeiteten, ist geplündert worden. Anscheinend haben bestimmte Personen in Italien Wind bekommen von unserer Anwesenheit und vor allem von den Objekten, die ihr transportiert. Wir müssen Rom deshalb, so schnell es geht, verlassen. Hier herrscht die Mafia. Es ist ausgeschlossen, dass wir uns mit diesen Leuten einlassen, Morgan, wir würden den Kürzeren ziehen.«
»Die italienische Mafia also?«
»Sehr wahrscheinlich, ja.« Ich ließ sie los, und sie zupfte ihre Safariweste aus Naturleinen wieder zurecht. »Ich werde meine Koffer packen und uns ein neues Taxi rufen. Treffen wir uns in, sagen wir mal, einer Stunde wieder?«
Ich nickte, und Hans begann sich auszuziehen.
»Wir fliegen also nach Ägypten?«
»Ja.«
»Genial! Da war ich noch nie.«
Er flitzte unter die Dusche, und ich ließ mich auf mein Bett fallen, meinen Rucksack auf den Knien. Ich spürte, wie das Schwert mir wie eine Warnung in den Schenkel pikste. Die italienische Mafia – warum denn nicht gleich der KGB, wenn wir schon einmal dabei waren?
Kurz bevor wir die Maschine nach Alexandria um 6:27 Uhr bestiegen, rief ich im Vatikan an, um meine Verabredung mit Padre Ilario abzusagen. Eine junge Männerstimme antwortete mir.
»*Buon giorno!*«, sagte ich auf Italienisch. »Könnte ich bitte eine

Nachricht für Padre Ilario hinterlassen? Wir waren um zehn Uhr verabredet, aber ich ... wie bitte? Wann? Nein, ich ... es war nicht wirklich wichtig. Danke.«

Ich schaltete wie vor den Kopf geschlagen mein Handy aus, und Mae runzelte die Stirn.

»Was hast du? Man könnte meinen, man hat dir gerade das Ende der Welt angekündigt.«

»Padre Ilario hat die Dokumente, die ich brauchte, nicht wiedergefunden.«

»Siehst du!«, schleuderte sie mir entgegen. »Wir hätten einen Tag verloren für nichts. Los, auf geht's.«

Sie lief über die Gangway auf den Eingang des Flugzeugs zu, nachdem sie ihre Bordkarte vorgezeigt hatte, und wir folgten ihr dicht auf den Fersen.

Dann ließen wir uns im Flugzeug nieder, Hans am Fenster, Mae am Gang und ich zwischen den beiden in der Mitte. Kurz nach dem Start tat ich so, als schliefe ich, um mir ihre oberflächliche Diskussion über die letzten Skatertechniken zu ersparen. Dabei versuchte ich, das Gespräch zu vergessen, dass ich mit Padre Ilarios Sekretär geführt hatte.

»Padre Ilario hat uns verlassen, Monsieur. Heute Nacht, Monsieur, Gott möge ihm verzeihen. Ich habe ihn gefunden. Er hat sich in der Bibliothek erhängt. Kann ich Ihnen vielleicht weiterhelfen?«

Er hat sich erhängt ... Ich hätte viel darum gegeben, die Identität desjenigen zu kennen, der ihm dabei geholfen hatte.

Nach einem Frühstück auf die Schnelle nahm sich Hans wieder seinen Laptop und Lechausseurs Tagebuch vor. Das blutrote Licht der aufgehenden Sonne fiel durch die Flugzeugfenster und schmerzte uns in den Augen. Ich schob die kleine Blende hinunter, wozu ich mich über die Knie meines »Assistenten« beugen musste.

»Und?«, fragte ihn Mae. »Was hast du uns Neues beizubringen?«
»Nicht hier«, mischte ich mich mit dumpfer Stimme ein.
»Morg, du bekommst ja Verfolgungswahn. Also, Hans?«
Letzterer blähte seinen Kaugummi zu einer Blase auf, um ihr nicht antworten zu müssen, woraufhin unsere Begleiterin verdrossen einen kleinen Seufzer ausstieß.
Nach einer Weile bat uns die Stewardess, die Tische hochzuklappen und die Sicherheitsgurte anzulegen. Wir würden bald landen. Hans packte seinen Laptop weg, und der Pilot setzte zur Landung an.

VI

In der Ankunftshalle überfielen uns der Lärm der Menschenmenge und die typischen Gerüche ägyptischer Flughäfen. Hans schaute sich um wie ein Astronaut, der gerade auf einem anderen Planeten gelandet ist, was Mae sehr zum Lachen brachte.

»Was ist denn hier los?«, stammelte er und versuchte, den Einheimischen zu entkommen, die ihm ein Taxi oder Hotel besorgen wollten oder Souvenirs anboten. Er befreite sich energisch aus dem Griff einer verschleierten Frau, die ihn gestikulierend am Ärmel festhielt.

Ich nahm ihn beim Arm und lief sicheren Schrittes in Richtung Ausgang, gefolgt von Mae, die den Aufdringlichen etwas auf Arabisch sagte, was deren Begeisterung sofort drastisch dämpfte.

Draußen angekommen und jenseits sämtlicher Klimaanlagen, verschlang uns die Hitze wie ein Lavastrom.

»Hier geht man ja ein!«, murrte Hans. Ein Taxi, das aus einem anderen Zeitalter zu stammen schien, beehrte uns mit einer Wolke Ekel erregender Treibstoffgase, die knatternd aus einem frisierten Auspuff entwichen.

Dabei hatte man seit Ramses' Zeiten schon längst den Katalysator erfunden!

Der Lärm des Durcheinanders von Autos, Bussen und Menschen war ohrenbetäubend. Touristengruppen stürzten sich auf Reiseleiter in Uniform, die Schilder mit den Namen von Clubs oder Hotels emporhielten. Ganze Familien befanden sich auf Heimat-

urlaub und quetschten sich in fahrende Wracks, die jeden Moment unter dem Gewicht der auf dem Dach aufgetürmten Gepäckstücke zusammenzubrechen schienen.
»Ein Wagen erwartet uns«, teilte Mae schroff einem Taxifahrer mit, der ihr seine Dienste anbot.
Ich zündete mir eine Zigarette an, und sie beschimpfte zwei junge Männer, die vorgaben, sich die Schuhe zuzubinden, während sie nach ihren Beinen unter dem weiten Leinenrock schielten.
»Lasst euch bloß nicht stören, verrücktes Pack!«
»Mae«, schalt ich sie freundlich, »du wirst uns in Schwierigkeiten bringen.«
»Ist schon okay, ich bin still«, murrte sie zwischen zusammengebissenen Zähnen. Eine nachtblaue Luxuslimousine mit getönten Fensterscheiben näherte sich uns. »Ich glaube, unser Chauffeur ist da.«
Eine elektrische Fensterscheibe wurde heruntergefahren, und ein Mann in einem strengen schwarzen Anzug kam zum Vorschein.
»Mister Lafet?«, fragte er.
»Sie haben sich ja ganz schön Zeit gelassen!«, wetterte unsere Begleiterin auf Englisch.
Der Chauffeur entschuldigte sich unterwürfig und stieg aus, um unser Gepäck in den Kofferraum zu legen, bevor er uns höflich die Tür aufhielt.
Die Klimaanlage des Wagens vermittelte mir den Eindruck, von einem Schwitzbad in einen Kühlschrank zu kommen, und ich fröstelte. Der Wagen setzte sich in Bewegung, und wir verließen den Flughafen, eingelullt von Beethovens *Siebter*, die leise aus den Lautsprechern dudelte, und den üblichen Höflichkeitsfloskeln des Fahrers, der sich nach unserer Reise erkundigte und uns versicherte, dass wir einen sonnigen Tag verbringen würden.
»Wo soll ich Sie zuerst hinfahren?«, fragte er schließlich.

Mae schien einen Moment aus der Fassung zu geraten, beherrschte sich aber schnell wieder.
»Ich habe eine Suite im Renaissance Hotel gebucht.«
Ich zuckte zusammen. Sie hatte uns gegenüber vom El Salamlek Palace gesprochen.
»Dann sollten wir an den Kais entlangfahren und die Bucht umrunden. Auf der Küstenstraße sind große Baustellen, und im Osten der Innenstadt herrscht um diese Uhrzeit dichter Verkehr.«
»Tun Sie Ihr Bestes.«
Ich beugte mich unauffällig über Hans' Knie zu ihr hinüber, um den Grund für die Planänderung zu erfahren, aber sie kam mir zuvor und flüsterte mir ins Ohr: »Es gibt ein Problem, Morgan … und wer weiß«, fügte sie lauter hinzu, als lachte sie über einen guten Scherz, »vielleicht verpasse ich dir sogar eine Massage!«
Ich ließ mich auf ihr Spiel ein und erwiderte ihr Lachen, trotz meiner Besorgnis. Dann warf ich einen Blick nach draußen. Wir fuhren auf einer Schnellstraße. Unmöglich, falls nötig, aus dem Auto zu springen.
Als habe sie meine Gedanken gelesen, kniff Mae mich ins Knie und bedeutete mir damit, dass sie mir ein Zeichen geben würde, wenn es so weit war. Ich sah, wie ihre Hand unauffällig unter den Rock glitt, während sie leichthin mit dem Chauffeur plauderte. Dieser warf von Zeit zu Zeit einen Blick in den Rückspiegel. Seine Sonnenbrille mochte zwar die Hälfte seines Gesichts verdecken, man musste jedoch kein Fachmann sein, um zu erkennen, dass seine Züge nicht die eines Orientalen waren. Die Bräune seiner Haut war dafür zu golden, und seine Haare waren zwar dunkel, aber fein, weich und von glänzenden, kastanienbraunen Reflexen durchzogen.
Nach einer Fahrt, die mir unendlich lang erschien, kamen wir am Saad-Zaghloul-Platz an, auf dem die Menschen wie in einem Ameisenhaufen umherwuselten. Kinder quetschten sich auf über-

füllte Bänke rund um die Statue des berühmten Staatsmannes und stopften sich mit Eis voll, und die Frauen drängten, die Arme voller Tüten und Päckchen, aus den Geschäftsstraßen Saad Zaghloul und Satiyyah Zaghloul. Unser Chauffeur bog in eine dieser Straßen ein, als unser Auto plötzlich einen Satz machte.

»Verzeihen Sie«, entschuldigte er sich. »Ich glaube, da gibt es ein Problem mit der Kupplung. Das haben wir gleich.«

Mae zwickte mich in den Schenkel. Der Moment war gekommen.

»Nichts Schlimmes, hoffe ich?«, fragte ich auf Griechisch, die Hand am Türhebel.

Der Mann schüttelte den Kopf und bog in eine kleine verlassene Seitenstraße ein.

»Nein, ich …«

Er verstummte, als ihm klar wurde, dass ich mich nicht auf Englisch an ihn gewandt hatte, und trat ruckartig auf die Bremse.

Ich öffnete die Tür, ließ mich aus dem Wagen fallen und riss Hans mit mir.

»Hey! Was …«

Ich kam hart auf dem Boden auf, und mein Kumpan landete direkt auf meinem Bauch. Mühsam rappelte ich mich wieder auf, bereit dem Chauffeur die Stirn zu bieten. Dann sah ich, wie Mae gelassen ausstieg und um das Fahrzeug herumging. Sie öffnete die Fahrertür, und der Chauffeur fiel ihr mit blutender Stirn vor die Füße.

»Hilf mir, ihn wegzuschaffen, Morgan«, rief sie in meine Richtung und steckte die Pistole wieder in den Holster unter ihrem langen Rock.

Hans unterdrückte einen Schrei, und mir wich das Blut aus den Adern.

»Sie haben ihn eiskalt umgebracht?«

»Entweder er oder wir. Glaubst du, er hat uns hierher gebracht, weil er uns zu Kaffee und Kuchen einladen wollte?« Mit der Fuß-

spitze lupfte sie eine Ecke seines Jacketts an und enthüllte eine halb aus dem Holster gezogene Pistole. »Na, wird's bald? Oder hast du Angst vor einer Leiche?«
Ich ließ meinen Blick die Straße entlanggleiten, die sich als Sackgasse herausstellte, und half ihr, die Leiche aus dem Auto zu ziehen. Mae durchsuchte den Mann, ohne Erfolg. Wie zu erwarten trug er keinen Ausweis bei sich. Wir versteckten die Leiche unter einem Haufen Schutt und alter Kartons vor einem Geschäft, das einmal ein Lebensmittelladen gewesen sein musste.
»Jetzt reicht's!«, schrie ich auf. »Ich will wissen, wer diese Typen sind, wer Sie sind und warum der liebe John mich gezwungen hat, eine Durchgeknallte wie Sie mitzunehmen, die uns fast ins Gefängnis bringt, indem sie mit einer Knarre ins Flugzeug steigt!«
»Nicht hier!«, gab sie zurück und zeigte auf den Wagen. »Steig ein«, befahl sie Hans, der auf dem Boden saß und so aussah, als würde er gleich ohnmächtig werden.
»Aber … aber wir müssen doch die Bullen rufen!«
»Du bist hier nicht in Europa, mein kleiner Prinz«, spottete sie. »Steig ein!«
Zitternd gehorchte er und ließ sich wie eine Marionette auf den Rücksitz fallen. Mae setzte sich ans Steuer, und ich nahm, ebenfalls noch unter Schock, auf dem Beifahrersitz Platz.
Sie fuhr sofort los, und wir wechselten kein einziges Wort mehr bis zum El Salamlek Palace, wo sie die Autoschlüssel dem Portier anvertraute, der uns in Empfang nahm.
Das Hotel erhob sich im Herzen der Gärten von Montazah, die früher einmal zum Palast des Königs Faruk gehört hatten. Mae hatte dort eine Luxussuite mit zwei Salons und drei Schlafzimmern mit Bad gebucht. Die Räume waren mit Seidentapeten, Goldaccessoires und Edelhölzern ausgestattet, den typischen nostalgischen Kennzeichen ehemaliger Königsresidenzen. Dies war einer der schönsten Orte, in denen zu wohnen ich je die Ge-

legenheit gehabt hatte, außer den indischen Palästen natürlich, die meines Erachtens auf der ganzen Welt nicht ihresgleichen hatten. Doch als wir nun auf den bestickten Diwanen des großen Salons saßen, stand uns nicht der Sinn danach, uns über die Tapisserien oder die mit Skulpturen verzierten, bunt schillernden Fassaden auszulassen. Mae, auf dem Rand des kleinen Zierbrunnens sitzend, der in der Mitte des Salons thronte, unterhielt sich am Telefon mit Jürgen und tauchte dabei ihre Finger in das klare, mit frischen Blumen bestreute Wasser.

»Die Leiche von Selim, der Mann, der uns nach der Landung hätte abholen sollen, ist auf dem Flughafenparkplatz gefunden worden«, seufzte sie, als sie auflegte.

Ich drückte wutschnaubend meine Zigarette aus und sah Mae durchdringend an.

»Ich verlange jetzt Erklärungen. Wer sind Sie?«

Sie leerte ihr Teeglas in einem Zug und streckte die Hand in meine Richtung aus.

»Spendier mir bitte erst einmal 'ne Zigarette.« Ich hielt ihr meine Packung und eine Schachtel Hotelstreichhölzer entgegen. »Dabei hätte ich es fast geschafft aufzuhören …« Sie nahm einen tiefen Zug und schüttelte den Kopf. »Monsieur Jürgen hat mich engagiert, um euch zu beschützen«, gab sie schließlich zu, »nicht um euch zu assistieren, wofür ich nicht sehr begabt bin, wie ihr wahrscheinlich schon festgestellt habt.«

»Uns beschützen«, spottete ich. »Und vor was? Oder vielmehr, vor wem?«

Sie zuckte die Achseln.

»Wir wissen noch nichts, aber Monsieur Jürgen war sich sicher, dass wir schon bald Spitzel am Hals haben würden. Allerdings hatte er nicht damit gerechnet, dass das so schnell passieren könnte. Doch dass uns jemand nachspioniert, ist sicher.«

Hans beugte sich interessiert vor.

»Dann bist du also ein Bodyguard?«
»So was in der Art, ja.«
»Warum glaubte er, dass man uns folgen würde?«, warf ich ein. »Was wissen Sie, das ich nicht weiß?«
Sie lief um den Brunnen herum.
»Morgan! Ich bitte dich! Wir sprechen vom Grab des Alexander. Wie konntest du auch nur einen Moment lang hoffen, dass eine derartige Suche keinerlei Begehrlichkeiten auslöst?«
Ich zündete mir noch eine Zigarette an und schlug die Beine übereinander.
»Da oben beim Kolosseum wollte man mir das Schwert abnehmen. Kein …«
»Nicht nur das Schwert, es geht auch um das Tagebuch und das Dokument des Vatikans. Jemand will das Grab vor uns finden, und wer weiß, vielleicht besitzt er Informationen, die uns nicht bekannt sind. Denn sonst hätten seine Männer sich einfach damit zufrieden gegeben, uns zu folgen, uns die ganze Arbeit machen zu lassen und uns im letzten Moment abzuknallen. Der Mann, der Selim getötet hat, um seinen Platz einzunehmen, wollte auch uns aus dem Weg räumen, um an Lechausseurs Eigentum zu kommen.« Sie setzte sich mit einem tiefen Seufzer neben mich. »Und wir haben das Schlimmste noch nicht hinter uns, das kann ich euch versichern. Schließlich sind wir denen ein Dorn im Auge. Sie werden uns nicht in Ruhe lassen, bis sie uns eine Kugel in den Kopf gejagt haben.«
»Wie hast du's angestellt, mit einer Pistole durch die Sicherheitsschleuse am Flughafen zu kommen?«
Sie hob ihren Rock hoch, zog ihre Waffe aus dem Gurt und reichte sie mir. Die Pistole war leicht, von dunklem Grau und aus einem Material gefertigt, das ich nicht bestimmen konnte.
»Dieses Spielzeug enthält kein einziges Stückchen Metall«, erklärte sie. »Es besteht aus einer Art sehr hartem Harz.«
»Und die Munition?«

»Wasser.«
»Wasser?«, stammelte ich und glaubte an einen Scherz.
»Das Fach hier ist ein Stickstoffkühler. Fünf Milliliter davon pro Schuss. Eine Ladung kann bis zu drei Millimeter dicken Stahl durchbohren und schmelzen, sobald sie in ihr Ziel eingedrungen ist. Dabei hinterlässt sie keine Spur, oder fast keine.«
Hans nahm die Waffe vorsichtig in die Hände und untersuchte sie behutsam.
»Wir müssen uns beeilen, Morg«, fuhr Mae fort und nahm ihr kleines Schmuckstück der Technik wieder an sich. »Jede verlorene Minute entfernt uns weiter vom Grab des Alexander und bringt uns unserem eigenen näher. Schluss mit den kleinen Geheimnissen. Ich muss wissen, warum du unbedingt nach Alexandria kommen wolltest und was du im Hinterkopf hast. Wenn du auf eigene Faust handeln und den Superhelden spielen willst, dann sind es das nächste Mal du und Hans, die man in einem Parkplatzcontainer wiederfindet.«
»Warum hast du uns das alles nicht von Anfang an gesagt? Warum diese lächerliche Rolle der Edelnutte? Um dich bei uns einzuschmeicheln?«
»Monsieur Jürgen wollte dich nicht erschrecken. Er befürchtete, dass du sein Projekt fallen lässt, wenn du von den Risiken Wind bekämst.«
Ich zeigte mit dem Finger auf Hans.
»Und er? Hat er auch an ihn gedacht? Was ist er nur für ein Mensch!«
»John Jürgen ist ein Fanatiker, Morgan. Ein unverbesserlicher Sammler. Ich würde lügen, wenn ich sagen würde, dass die Anwesenheit eines Kin … dieses Jungen«, verbesserte sie sich, »ihn nicht verärgert hat, aber damit er auf alles verzichtet, bräuchte es weit mehr als die Furcht um Menschenleben.«
»Dreckskerl!«, rief ich aufbrausend.

»Ich werde nicht das Gegenteil behaupten, Morgan. Aber es ist ebenjener Dreckskerl, der mich bestens dafür bezahlt, euch zu beschützen, und ich kann meine Arbeit nicht machen, wenn du darauf bestehst, mich abzuhängen wie in Rom, oder mir Informationen vorenthältst. Es steht dir frei, dein Versteckspiel weiterzuspielen, wenn du gerne deine Haut und die deines Schützlings riskierst. Du weißt nun, worum es geht. Ich bitte nur darum, meinen Teil der Abmachung einzuhalten, aber wenn du lieber auf meine Dienste verzichtest, wasche ich meine Hände in Unschuld, Morgan. Ich werde so oder so bezahlt, egal was auch passiert.«

Hans warf mir einen flehenden Blick zu, und ich nickte.

»Sehr gut. Ich spiele mit«, sagte ich wider Willen.

»Wer weiß Bescheid über das Projekt?«

»Außer uns dreien – Ludwig Peter und sein Sohn natürlich, mein Vater, der Direktor des Louvre und ein Kollege, dem ich vollkommen vertraue.«

»Das werden wir sehen … Was hofftest du in Alexandria zu finden?«

Ich wühlte in meiner Tasche nach meinem Geldbeutel und reichte ihr einen Zettel.

»Professor Lechausseur hätte am Tag nach seinem Tod nach Alexandria fliegen sollen. In seinem Tagebuch habe ich einen wichtigen Zettel gefunden, auf dem eine Telefonnummer neben einem einheimischen Namen, ›Amina‹, stand. Aber keine Adresse.«

Sie hielt mir ihr Handy hin.

»Was denn? Worauf wartest du? Versuche es, wir werden schon sehen.«

Ich wählte dicht über den Zettel gebeugt die Telefonnummer, und mein Herz begann zu klopfen, als eine computerisierte Stimme auf Arabisch einen Satz herunterleierte, der »kein Anschluss

unter dieser Nummer« bedeuten musste, auch wenn ich ihn nicht verstand.
»Zurück auf Start«, seufzte Mae.
»Nicht ganz. Wir haben das Tagebuch noch nicht zu Ende entziffert, vielleicht enthält es noch genauere Informationen.«
»Hoffen wir's.«
»Gibt es hier einen Internetanschluss?«, fragte ich.
»Ich werde mich am Empfang erkundigen. Nutzt die Zeit, um zu duschen und euch ein wenig auszuruhen, ihr habt es nötig. Und verriegelt die Tür«, fügte sie hinzu, bevor sie die Suite verließ.
Hans schob den Riegel vor und lehnte sich gegen die Tür. Dunkle Schatten ließen ihn hohlwangig erscheinen, und sein blassgraues Sweatshirt war fleckig von Staub und Motoröl.
Ich sah wahrscheinlich nicht viel besser aus, nachdem ich einen Teil der Nacht in der Zelle einer *stazione dei carabinieri* verbracht hatte und aus einem Auto gesprungen war.
»Wir sollten vielleicht besser ihre Ratschläge befolgen«, sagte ich und riss mich von meinem Diwan hoch.
»Morg, können wir Mae nun vertrauen?«
»Nein«, antwortete ich und schleppte mich zum Bad neben meinem Schlafzimmer.
Er zog eine Grimasse und folgte mir seufzend in Richtung unserer Zimmer.
Als ich das Prasseln von Hans' Dusche hörte, nahm ich mein Funktelefon vom Gürtel. Ich wählte erneut die Nummer unserer geheimnisvollen Amina, aber diesmal in der richtigen Reihenfolge, und hinterließ eine Nachricht.
»Amina, Morgan am Apparat. Wir sind früher als geplant in Alexandria angekommen, und wir …«
»Hallo?«
»Amina?«
»Ja, guten Tag, Morgan. Entschuldigen Sie, ich prüfe nur erst,

wer am Apparat ist, wie Sie mir geraten haben. Ich habe mir große Sorgen gemacht. Sie hatten mir gesagt, dass Sie mich von Rom aus anrufen würden.«

»Wir hatten ein paar Schwierigkeiten, erzähle ich Ihnen später.«

»Mein Gott, nichts Schlimmes, hoffe ich?«

»Ich kann im Augenblick nicht reden. Sie sind hoffentlich nicht belästigt worden?«

»Überhaupt nicht. Ihr Vater hat einen Umschlag für Sie zu mir nach Hause schicken lassen. Ich habe mir natürlich nicht erlaubt, ihn zu öffnen. Und ich habe Sie-wissen-schon-wen kontaktiert.«

»Perfekt. Könnten wir uns heute sehen?«

»Ja, natürlich. Ich müsste eigentlich Kurse geben, aber das kann ich problemlos verschieben. Haben Sie die Pläne gefunden?«

»Nein, ich bin noch einmal in Bertrands Bibliothek gewesen, bevor ich weggefahren bin, aber ohne Ergebnis. Um wie viel Uhr können wir uns treffen?«

»Sie sind doch im El Salamlek Palace?«

»Ja.«

»Ich komme Sie in zwei Stunden abholen. Ich werde am Eingang zu den Gärten warten, in einem weißen Renault 5.«

»Sehr gut. Wenn Sie mich nach einer halben Stunde nicht kommen sehen, dann konnte ich mich nicht loseisen.«

»Einverstanden. Bis nachher, Morgan, und möge Gott Ihnen helfen.«

Ich legte auf, duschte schnell und warf danach einen Blick in Hans' Zimmer, der mit geballten Fäusten eingeschlafen war. Ich zog mir einen Hotelbademantel über, legte mich auf mein Bett und wartete auf Maes Rückkehr.

Ich stand bereits seit einigen Tagen mit Amina in Kontakt. Der orientalische Klang ihres Namens und die Tatsache, dass Lechausseur vorgehabt hatte, nach Alexandria zu fliegen, hatten mich zu der logischen Schlussfolgerung gebracht, dass sie in der Region wohnen musste. Sie war am Anfang sehr misstrauisch gewesen, hatte aber durch einen Anruf bei meinem Vater, von dem Bertrand ihr viel erzählt hatte, erfahren, dass ich sehr wohl der war, für den ich mich ausgab. Papa hatte mir gesagt, sie sei am Telefon in Tränen ausgebrochen, als er ihr den Tod des alten Professors bestätigt hatte, der jahrelang ihr Mentor gewesen war. Außerdem hatte er ihr von den mysteriösen Umständen seines Ablebens berichtet.

Sie rief mich fast sofort zurück, um mich ihrer Unterstützung bei meinen Recherchen zu versichern, und daraufhin habe ich ihr geraten, vorsichtig zu sein und die Arbeitsmaterialien von Bertrand, die sie besaß, an einen sicheren Ort zu bringen, ihre Tür zu verriegeln und ihre Anrufe zunächst auf den Anrufbeantworter umzuleiten. Amina war Latein- und Griechischlehrerin an einem Privatgymnasium in Alexandria und hatte sich dank ihrer Recherchen über den Leuchtturm von Pharos und den Ausgrabungen der Katakomben von Kom el-Shugafa einen soliden Ruf als Archäologin verschafft.

Ich hörte, wie sich ein Schlüssel im Schloss der Eingangstür drehte, und gab vor zu schlafen. Durch meine Wimpern hindurch nahm ich Maes Kopf im Türspalt wahr. Unbeweglich wartete ich und lauerte auf das kleinste Geräusch. Toilettenspülung, Dusche, eine Schranktür und … Stille. Ich wartete so eine gute Stunde, und als ich auf meine Uhr schaute, zeigte das Zifferblatt 12:42 Uhr an. Amina musste bereits unten auf mich warten.

Ich schlüpfte äußerst vorsichtig in eine Jeans, ein T-Shirt und meine Schuhe und verließ, den Rucksack über der Schulter, auf Zehenspitzen das Zimmer. Hans hielt noch immer im Schlaf die Fäuste geballt, und nach einem schnellen Blick in Maes Zimmer stellte ich fest, dass auch sie in Morpheus' Armen lag.

Ich entriegelte lautlos die Tür, ging auf den Gang hinaus, schloss

sie dann wieder leise und nahm den Aufzug bis ins Erdgeschoss. Ich ging so unauffällig wie möglich an der Rezeption vorbei und durchquerte die üppigen Gärten bis zu den verzierten Gittern, die zur Straße hinausführten.
»Morgan! Morgan, hier entlang!«
Ich wandte den Kopf einer schlanken jungen Frau in einem geblümten Kleid zu, die mir, gegen einen weißen Renault 5 gelehnt, mit einer Hand winkte, und überquerte die Straße im Zickzack an den Autos und Spaziergängern vorbei.
»Amina?«, fragte ich und schüttelte ihre hingehaltene Hand.
»Hocherfreut, Sie kennen zu lernen. Ihr Vater hat mich nicht belogen, es ist nicht schwer, Sie in der Menge zu übersehen.«
»Ich nehme das als ein Kompliment«, sagte ich und warf ihr ein Lächeln zu.
Ich hatte nicht damit gerechnet, dass meine geheimnisvolle Alexandrinerin so hübsch sein würde: Sie war gertenschlank, hoch gewachsen und elegant, das dunkelbraune Haar fiel ihr frei über Schultern und Rücken und umrahmte ein Gesicht mit großen Augen von intensivem Schwarz.
»Steigen Sie ein, wir fahren zu mir.«
Ich gehorchte, nachdem ich mich vergewissert hatte, dass mir niemand folgte und Mae mir nicht auf den Fersen war. Amina fuhr los.
»Ich kann Ihnen gar nicht genug danken für Ihre Hilfe und dafür, dass Sie bereit waren, diese Risiken einzugehen.«
Sie lächelte mich freundlich an, und ich musste mich zusammenreißen, um meinen Blick nicht auf ihrem – diskreten – Dekolleté ruhen zu lassen.
»Glauben Sie ernsthaft, dass Bertrand Lechausseur ermordet wurde?«
Ich berichtete ihr von den Einzelheiten der Polizeiuntersuchung und erzählte von den Schwierigkeiten, die wir in Paris und dann

in Rom gehabt hatten. Ihre Hände auf dem Lenkrad begannen zu zittern.

»Wollen Sie, dass ich fahre? Ich war etwas direkt, verzeihen Sie mir, aber wir haben nicht viel Zeit.«

Sie schüttelte den Kopf und versuchte erneut zu lächeln, ohne großen Erfolg.

»Ich hätte nie gedacht, dass es so weit kommen würde«, murmelte sie. »Bertrand war sehr misstrauisch, das stimmt, aber dass es so … Allmächtiger Gott.«

»Er hatte also Gründe für sein Misstrauen? Wurde er bedroht?«

Amina hob ihre hübschen Schultern und zündete sich eine Zigarette an, nachdem sie mir zuvor eine angeboten hatte.

»Ich weiß, dass bei seinem letzten Besuch in Alexandria zwischen Bertrand und seinem Mäzen der Haussegen schief hing. Wir sind zu der Schlussfolgerung gekommen, dass das Grab sich unter der Shorbagi Moschee befinden müsste, die antike Trümmer enthält und wie viele monotheistische Kultstätten auf antiken heidnischen Stätten errichtet wurde. Aber Bertrand hatte sich geweigert, seinen Mäzen an dieser Recherche teilhaben zu lassen. Er misstraute ihm. Ich glaube, dass sich dieser Mann im Gegensatz zu dem, was er behauptet, den Inhalt der Grabstätte unter den Nagel reißen wollte.«

»Bertrand hat sie also gefunden?«

»Wir wissen nichts sicher. Aber seinen Plänen zufolge – die, die Sie noch nicht wiedergefunden haben – war die Wahrscheinlichkeit in der Tat sehr hoch, dass sich das Grab dort befindet. Am Tag nach seinem Tod hätte Bertrand nach Alexandria kommen sollen, um Mullah Yousri Marzouk zu treffen, der nur zu gern bereit war, sich seine Theorie anzuhören. Er ist ein charmanter Mann, Sie werden sehen. Ein bisschen seltsam, aber charmant.

»Seltsam?«

Sie lachte, als sei dies ein Scherz, den nur sie allein verstehen konnte.

»Sagen wir mal, er hätte Schwierigkeiten, dem Bild zu entsprechen, das man sich von einem Mullah macht – streng und eigensinnig. Er hätte Bertrand sehr amüsiert«, fügte sie traurig hinzu.

»Wenn man bedenkt, wie nah er dem Ziel war«, seufzte ich.

»Amina, was wissen Sie genau über Bertrands Mäzen?«

»Nicht viel. Ein Deutscher, glaube ich.«

»Hat Bertrand Ihnen seinen Namen genannt?«

»Ein gewisser Jim … nein, John Jürgen.«

Mein Herz setzte einen Schlag aus.

»Beim Zeus! Drehen Sie um. Schnell!«

»Warum?«

»Ich erkläre es Ihnen. Aber nun flehe ich Sie an, drehen Sie um!«

Sie schlug jäh das Lenkrad ein, löste dabei ein Hupkonzert aus, und dann rasten wir zurück in Richtung Hotel.

Amina hielt vor dem Haupteingang an, und ich stürzte aus dem Fahrzeug, lief zur Rezeption und verlangte unter dem Vorwand, meinen Schlüssel im Zimmer vergessen zu haben, einen Zweitschlüssel.

Mit zugeschnürtem Magen betrat ich die Suite. Nichts schien sich bewegt zu haben, seitdem ich gegangen war.

Auf leisen Sohlen betrat ich Hans' Zimmer und schüttelte ihn vorsichtig.

»Morgan?«, stöhnte er. »Wie spät …«

»Scht!«, machte ich und legte ihm einen Finger auf den Mund.

Ich gab ihm durch Handbewegungen zu verstehen, dass er seine Sachen nehmen und geräuschlos auf den Gang hinausgehen sollte. Er gehorchte ohne Widerrede. Ich holte meine Tasche, und wir gingen mit gedämpften Schritten zur Tür. Mae schlief immer noch.

Im Flur angelangt, nahmen wir den Aufzug und durchquerten das Foyer in Richtung Ausgang.

»Scheiße, Morgan, was ist hier los?«

»Sei still und geh weiter.«

»Aber was ist mit Mae?«

Ich schob ihn vor mir her, als wenige Zentimeter von meinem Kopf entfernt etwas an einem Baum abprallte. Ich zuckte zusammen, drehte mich um und sah Mae, die auf einem Balkon der Suite stand und eine Waffe in der Hand hielt. Jemand am Empfang musste ihr Bescheid gegeben haben, dass wir das Hotel mit unserem Gepäck verließen.

»Lauf!«, schrie ich und riss Hans am Ärmel.

Zwei weitere Kugeln prallten zwischen meinen Füßen auf, und als wir die Gärten verließen, stellte ich mit unbeschreiblicher Erleichterung fest, dass Amina es geschafft hatte, direkt vor dem Eingang zu parken.

»Fahren Sie los!«, rief ich ihr zu und schubste Hans brutal auf den Rücksitz.

Amina drehte den Zündschlüssel herum, und ich hatte die Beifahrertür noch nicht wieder geschlossen, als sie losfuhr, den Fuß auf dem Gaspedal.

»Wer ist denn das?«, stotterte Hans. »Und warum hat Mae auf uns geschossen?«

»Das ist Amina Saebjam. Sie hat fast drei Jahre lang mit Professor Lechausseur zusammengearbeitet. Amina, das ist Hans. Mein Praktikant, der Enkel von Professor Peter, von dem Bertrand Ihnen bestimmt erzählt hat.«

»Der Enkel von Professor Peter? Ludwig Peter? Der berühmte Hellenist?«

»Jaaaa«, nickte Hans. »Morgan, du hast nicht zufällig vergessen, mir ein paar Sachen zu sagen? Ich dachte, wir wären ein Team, du und ich.«

»Falls Mae dir die Würmer aus der Nase gezogen hätte, wollte ich nicht, dass du …«
»Wir werden verfolgt«, unterbrach mich Amina mit erstickter Stimme und warf einen Blick in den Rückspiegel.
Ich drehte mich um und blickte durch die Heckscheibe. Ein Geländewagen – gefahren von einem ziemlich korpulenten Mann, der mich doch sehr an den erinnerte, den ich auf der Via del Colosseo niedergeschlagen hatte.
»Einer der Angreifer, von denen Sie mir erzählt haben?«, erkundigte sich Amina nervös.
»Glauben Sie, dass Sie ihn abhängen können?«
Sie drehte plötzlich das Lenkrad herum, und ich wurde dabei platt gegen die Tür gedrückt.
»Das habe ich sehr wohl vor!«
»Aber die ist doch wahnsinnig!«, schrie Hans auf, als er sah, dass sie auf einer Schnellstraße in die Gegenrichtung fuhr.
»Ich hoffe, Sie wissen, was Sie tun«, flüsterte ich mit erstickter Stimme und krallte mich an meinem Sitz fest.
»Das hoffe ich auch.«
Ein Reisebus tauchte plötzlich vor uns auf, und ich hörte, wie Hans einen Schrei ausstieß, der in dem ohrenbetäubenden Hupen des Monstrums unterging. Ich schloss die Augen und wartete auf den Aufprall, aber Amina lenkte den Renault unvermittelt auf die erste Ausfahrt, die in Erscheinung trat. Hinter uns ertönte ein Hupen, Bremsen kreischten, und Metall und Glas zersprangen.
»Sie hat ihn von der Fahrbahn gedrängt!«, schrie Hans vollkommen entgeistert.
Unmittelbar bevor wir hinter der nächsten Kurve verschwanden, drehte ich mich um und sah einen Geländewagen, der von einem Transporter mit Käfigen voller lebender Hühner angefahren worden war. Die Hälfte der Käfige lag zerbrochen auf der Fahrbahn.

Amina wand sich durch ein Labyrinth kleiner Seitenstraßen, bevor sie vor einem kleinen Lebensmittelladen anhielt. Sie schaltete den Motor aus und ließ ihren Kopf auf ihre Arme fallen, die sie über dem Lenkrad verschränkt hielt.
»Möge Gott uns beistehen«, seufzte sie, immer noch zitternd. »Hoffentlich hatte niemand die Idee, sich mein Kennzeichen zu notieren.«
Hans schüttelte wie betäubt den Kopf.
»Ich denke nicht, dass jemand die Zeit dazu hatte. Bei wem haben Sie so fahren gelernt?«
»Ich habe nicht die geringste Ahnung«, schluchzte sie, »o mein Gott, ich habe noch nie in meinem Leben solche Angst gehabt.«
Ich legte ihr meine Hand auf die Schulter und drückte sie sanft.
»Geht's einigermaßen?« Sie nickte, richtete sich auf und fuhr sich mit dem Handrücken über die Augen. »Es tut mir Leid. Ich hätte Sie nie da mit hineinziehen dürfen.«
»Ich stecke schon bis zum Hals drin«, versuchte sie zu scherzen und lachte und weinte zugleich.
Es klopfte plötzlich zweimal hart gegen die Scheibe, und wir fuhren alle drei gleichzeitig hoch.
»Erfrischungsgetränke?«, fragte uns der Händler lächelnd, vor dessen Geschäft wir angehalten hatten, und zeigte uns zwei Flaschen Limonade.
»Aber klar doch«, murmelte Hans, weiß die Wand, eine Hand über der Brust verkrampft.
Amina nahm ihren Kopf in die Hände, und ich ließ mich mit einem heiseren Ächzen in meinen Sitz sinken. Wir waren nur knapp einem Anschlag auf unser Leben entkommen.

Amina wohnte in einer bescheidenen Wohnung in der El-Mousher-Ahmed-Ismaiel-Straße, nahe dem Bahnhof Sidi Gaber. Ein Computer und ein Fernseher mit einem Bildschirm im 16:9-Format bildeten einen starken Kontrast zu den Möbeln und der antik wirkenden Einrichtung. Ägyptische Fresken schmückten die Wände, kleine chinesische Lackmöbel standen neben einigen Vasen und Amphoren, die elegant in riesige Blumentöpfe umgewandelt worden waren, und einer prächtigen ionischen Minisäule, von der ein pausbäckiger Buddha aus Jaspis herablächelte.

»Haben Sie die Fresken gemalt?«, fragte ich und kostete die *bissara*, eine kalte Suppe auf Basis von weißen Bohnen, die Amina uns serviert hatte.

»Ja. Mit der Hilfe von ein paar Freunden. Schmeckt es nicht?«, fragte sie Hans, der kaum etwas gegessen hatte. »Möchten Sie lieber etwas Westlicheres?«

Aus seinen Gedanken gerissen, zuckte er zusammen und schüttelte den Kopf.

»Nein, nein, es schmeckt sehr gut. Es ist nur, dass ich noch darüber nachdenke, was Morg gesagt hat, das ist alles.«

Ich legte meinen Löffel zur Seite. Wir hatten fast drei Stunden diskutiert; ich hatte von Padre Ilarios Tod und den Nachrichten des mysteriösen Helios erzählt. Hans war mir gegenüber seitdem verschlossen wie eine Auster. Er fand, dass ich sein Vertrauen missbrauchte, weil ich ihm bestimmte Informationen vorenthielt.

Wieder klingelte mein Handy. »Unbekannter Teilnehmer«. Mae wahrscheinlich. Seit mehr als einer Stunde hinterließ sie mir mehr oder weniger bedrohliche Nachrichten. Ich ließ es klingeln, und nach etwa einer Minute hörte ich mir den Anfang der Nachricht an, bevor ich sie löschte.

»Sie schon wieder?«, fragte Amina. Ich nickte. »Sie sollten es vielleicht besser ausmachen.«

»Nein, mein Vater oder dieser Helios könnten versuchen, mich zu erreichen.«

»Da wir gerade von Ihrem Vater sprechen«, sagte sie, drehte sich

um und wühlte in der Schublade eines kleinen chinesischen Möbelstücks, um daraus einen großen Umschlag hervorzuholen. »Hier – der Brief, von dem ich Ihnen erzählt habe.«
Ich öffnete den Umschlag: eine Nachricht von meinem Vater und eine Notiz von Hans' Großvater, begleitet von einer Seite, die aus einem Auktionskatalog herausgerissen worden war. Ein Foto einer Frauenstatue, geschätzter Preis: 18 000 Dollar.
»Was ist das?«, fragte Hans, aus seiner Lethargie erwachend.
»Post von deinem Großvater. Diese Statue wurde im Januar 1987 in den USA versteigert. Es handelt sich um Harmonia, der Tochter des Ares und der Aphrodite. Schaut euch das Gepräge auf ihrer Halskette an.«
»Die Hand mit dem Hammer, dasselbe Siegel.«
»Das Siegel des Hephaistos. Der Legende nach soll er diese Halskette geschmiedet haben, die Kadmos Harmonia als Hochzeitsgeschenk überreichte. Die Mythologie erzählt, dass die Halskette nach dem Fall von Theben sämtlichen darauf folgenden Besitzern Unglück brachte.«
Hans zuckte die Achseln.
»Und wo führt uns das hin?«
»Nirgendwohin, fürchte ich. Oder zumindest dahin, dass derjenige, der die Rüstung des Alexander geschaffen hat, das Siegel des Götterschmieds übernommen hat.«
»Na, super, da sind wir ja weit gekommen. Ich werde die Übersetzung des Tagebuchs zu Ende machen, das ist das Beste, was wir bis morgen tun können.«
Er setzte sich mit seinem Laptop auf das Sofa, und ich half Amina, die Reste der Mahlzeit und das Geschirr in ihre winzige Küche zu bringen.
»Hilfe gefällig?«, schlug ich vor.
»Ich hatte ganz vergessen, dass westliche Männer beim Haushalt mithelfen«, spottete sie freundlich. »Es geht schon, machen Sie

sich keine Umstände.« Sie zeigte auf eine kleine Spülmaschine neben dem Herd. »Sie kümmert sich besser darum als ich. Tee?«
»Sehr gerne, ja.«
Ich bemerkte das Foto einer entzückenden jungen Frau auf einem kleinen Regal, das unter seiner Ladung Gewürze einzustürzen drohte, und ich erinnerte mich an Ettis Foto, das ich vor meinem Abflug in meine Brieftasche geschoben hatte.
»Ihre Lebensgefährtin?«, fragte ich.
Sie folgte meinem Blick und brach in Gelächter aus.
»Nein, meine beste Freundin.«
»Tut mir Leid«, entschuldigte ich mich.
»Kein Problem. Ich hoffe, dass der Mullah uns morgen früh empfangen kann.«
»Je schneller wir fertig sind, desto schneller können wir wieder verduften.«
»Ist es Ihnen unangenehm, bei mir zu wohnen?«, fragte unsere Gastgeberin.
»Natürlich nicht, aber wir bringen Sie in Gefahr, wenn wir hier bleiben.«
»Daran bin ich viel mehr gewöhnt, als Sie denken«, seufzte sie und lehnte sich an die Arbeitsplatte.
»Was meinen Sie damit?«
»Wir sind hier in Ägypten, Morgan. Eine Frau zu sein ist schon nicht leicht in einem muslimischen Land, aber eine Frau zu sein, die arbeitet, unterrichtet und für die Sache der Frauen kämpft, grenzt geradezu an Selbstmord.«
Ich nickte bewundernd.
»Sie haben sehr viel Mut.«
»Ich hätte gerne noch mehr. Wissen Sie, dass heutzutage noch junge Mädchen, die gerade eben geschlechtsreif sind, gegen ihren Willen mit Männern verheiratet werden, die ihre Väter sein könnten? Tausende von kleinen zwölf- oder dreizehnjährigen

Mädchen sterben jedes Jahr bei der Geburt ihrer Kinder.« Ich stellte mein Glas auf dem Küchentisch ab und wusste nicht, was ich antworten sollte. »Verzeihen Sie mir, ich bringe Sie in Verlegenheit. Nicht alle Ägypter sind Monster. Wenn man ein bisschen sucht, findet man ein paar Atheisten und eine Hand voll Buddhisten«, versuchte sie zu scherzen. »Sind Sie Atheist?«

»Ja, und ich bin kein Ägypter.«

»Dann verzeihe ich Ihnen, dass Sie ein Mann sind.«

Ich lächelte, wenn auch etwas bitter, und trank mein Glas Tee aus.

»Und ich, werde ich Ihnen verzeihen, dass Sie an Gott glauben?«

»Meine Vorstellung von Gott ist ein wenig ungewöhnlich, wissen Sie. Sind Sie etwa ein militanter Atheist?«

»Nein, aber mein Bruder sagte einmal, dass monotheistische Religionen zwangsläufig intolerant seien, da sie die Idee der Existenz anderer Götter nicht akzeptieren.«

»Da hatte er nicht Unrecht.«

»Kennen Sie die Geschichte des Astronauten, der auf die Erde zurückkommt und um eine Audienz beim Papst bittet?«, fragte ich.

Sie ließ ihr weiches, samtiges Lachen erklingen.

»Nein.«

»Ein Astronaut, der mehrere Wochen auf einer Raumstation verbracht hat, kommt zurück zur Erde, bittet den Papst um eine Audienz und sagt zu ihm: *Hochheiliger Vater, ich habe da oben Gott gesehen. Ich habe mit ihm gesprochen, und wenn Ihr mir keine drei Millionen Euro gebt, sage ich der ganzen Welt die Wahrheit.* Der Papst antwortet ihm daraufhin: *Aber mein Sohn, ein solcher Beweis kann für unsere heilige Kirche nur von Nutzen sein. – Aber hochheiliger Vater – Gott ist schwarz!* Seine Freunde sahen ihn also mit einem Aktenkoffer voller Geldscheine wieder herauskommen. Als das getan war, ging er den Großrabbiner in Jerusalem besuchen, hielt ihm die gleiche Rede und fügte hinzu: … *aber Gott ist auch Araber.* Und schon war er noch mal um drei Millionen reicher. Dann begab er sich nach Mekka und unterhielt sich dort mit den Religionsoberhäuptern, die ihn fragten: *Aber wenn Gott existiert, er schwarz und Araber ist, was haben wir für die Zukunft unserer Religion zu befürchten?* Da beugte sich der Astronaut zu ihnen hinüber und fügte in vertraulichem Ton hinzu: *Sie ist lesbisch!*«

Amina lachte aus vollem Herzen, bis ihr die Tränen in die Augen stiegen.

»Nur jemand aus dem Westen kann sich trauen, solche Witze zu erzählen!«

»Morgan! Es ist so weit, ich bin fertig!«

Hans' Ruf zerstörte unsere angenehme Zweisamkeit, und Amina stürzte ins Wohnzimmer.

»Bist du mit dem Entziffern des Textes fertig?«, fragte ich und ging zu ihm.

Ich setzte mich auf das Sofa, und unsere Gastgeberin nahm neben mir Platz.

»Das Tagebuch, von dem Sie mir erzählt haben?«

Hans nickte, räusperte sich und nahm einen Kaugummi aus seiner Hosentasche.

»Es ist alles da«, sagte er und klopfte auf seinen Laptop. »Und haltet euch fest, ihr betretet die vierte Dimension. Unser Professor hoffte, den Rest von Alex' Rüstung in dessen Grab zu finden. Er sagt auch, dass die Legende sie als mythisch bezeichnet, und ratet mal, wie er das erklärt.«

Ich zuckte die Achseln.

»Aberglaube?«

»Religion?«, mischte sich Amina ein.

»Hört euch das an: magisch und blablabla … hier ist es: *Man stelle sich in der Tat vor, zu einer Zeit, in der Stahl noch unbekannt war, ›ein Metall, dem die härteste und schwerste Axt nichts anhaben konnte‹, ›so leicht, dass ein fünfjähriges Kind sie einen Tag lang tragen könnte, ohne dass sie ihm schwer auf den Schultern läge‹, und mit einer Kante, die ›so scharf war, dass sie den härtesten Stein durchtrennen konnte, ohne stumpf zu werden‹. Angesichts dieser Beschreibungen, die von Tacitus, Agrippina und Plutarch abgegeben wurden, versteht man nun, warum eine solche Rüstung als magisch bezeichnet werden konnte. Wenn man annimmt, dass sie von der gleichen Ausführung war wie das Schwert – eine Meinung, der ich geneigt bin, mich anzuschließen –, dann wird es somit einleuchtend, dass sie den Menschen, die sie haben bewundern können, magisch erschien, und ich komme daher zu dem Schluss, dass sie aus*«, Hans machte eine Pause, um Eindruck zu schinden, »*Aluminiumtitan gefertigt wurde.*«

Ich stieß einen groben Fluch aus.

»Titan?«, schrie ich auf. »Zur damaligen Zeit? Bertrand war also davon überzeugt, dass das Schwert authentisch ist?«

»Erinnere dich daran, was deine Freundin gesagt hat«, gab Hans zurück. »Für sie gab es keine wissenschaftliche Möglichkeit, das Gegenteil zu beweisen.«

»Bei Zeus! Was sagt er noch?«

»Den Texten zufolge, die Lechausseur im Vatikan konsultiert hat, hat Caligula – man weiß nicht warum – die Rüstung nach seiner kleinen Vorführung auf der Schiffsbrücke nicht behalten. Caligulas Schwester erzählt: *Eines Nachts, während all unsere Gäste nach einem Gelage mit Wein und seltenen Speisen schliefen, schickte er Helikon* … Wer ist das?«

»Das war sein Haushofmeister, sozusagen«, erklärte Amina. »Ein Ägypter.«

»Ah. … *schickte er Helikon nach den Männern, die auf seinen Befehl hin die Rüstung des großen Alexander aus seinem Grab entnommen hatten. Sie kamen zu ihm ohne jede Furcht, denn sie waren sich sicher, für ihr ruchloses Werk entlohnt zu werden, aber stattdessen ließ Caligula sie in den Kerker werfen, wo die Germanen seiner Garde den Befehl erhielten, sie zu erwürgen* … Sympathisch, der Junge.«

»Er hat die Rüstung nicht zurückgebracht?«
»Warte, ich bin noch nicht fertig. *Als das vollbracht war, verschwand Helikon, und keiner sah ihn wieder bis zum folgenden Tag, in Begleitung von Männern, die niemand kannte. Letztere brachen fast sofort wieder auf, in einem geschlossenen Wagen und von mehreren Germanen geleitet. Später, als man Caligula nach der Rüstung des großen Alexander fragte, die er nicht mehr zur Schau getragen hatte, behauptete er einfach, sie den ›Grabwächtern‹ gegeben zu haben, damit sie ihren rechtmäßigen Besitzer wiederfände. Ich denke, dass er den Zorn des Geistes des großen Mannes fürchtete und dass dies der Grund ist, weshalb er sich seiner Habe entledigt hat.* Ein bisschen abergläubisch, unser Caligula.«
»Aber warum ist in dem Fall das Schwert in Italien geblieben?«, fragte ich.
Hans schüttelte den Kopf.
»Dem Prof zufolge ist es beim Transport gestohlen worden. Hör dir das an: *Tacitus berichtet, dass einer der Sklaven, die den ›Wächtern‹ geschenkt worden waren, von einem reichen Sammler, der dem Kaiser nahe stand, bestochen wurde und dass jener ihm die Freiheit und eine große Geldsumme versprach, wenn er für ihn das mythische Schwert stähle. Der Sklave ließ es somit verschwinden und ist geflohen.* Danach spricht er von einer Art Fluch. Dem Sklaven ist die Kehle durchgeschnitten worden, und der reiche Römer ist bei einer Schlägerei draufgegangen. Seitdem sind alle, die dieses Ding in der Hand hatten, eines gewaltsamen Todes gestorben. Wie beruhigend!«
»Mach dir keine Sorgen, Hans. Diese Art von Aberglauben umgibt mit ihrer Aura alle ungewöhnlichen Objekte«, sagte ich und machte eine wegwerfende Handbewegung. »Da viele zu allem bereit sind, um sie zu bekommen, häufen sich die Todes- und Unglücksfälle. Das Objekt selbst hat damit nichts zu tun.«
»Das war nur 'n Scherz, so blöd bin ich nun auch wieder nicht.«
Amina verbarg ein Lächeln. Sie hatte nur zu gut die Erleichte-

rung unseres jungen Freundes bemerkt, als er meinen Ausführungen lauschte.
»Nachdem das alles gesagt und geklärt ist, bleibt noch ein Haken«, sagte er und kaute dabei auf seiner Chlorophyllpaste herum. »Dem Prof zufolge hat noch nie jemand von den Wächtern des Alexander-Grabes gehört, und *keine einzige antike Quelle spricht darüber*. O-Ton.«
»Ach, dann haben wir ja noch ein anderes Problem.«
»Und wenn jemand Caligula einen Bären aufgebunden hat?«, wagte sich Hans vor. »Dieser Jemand hätte den Dieben die Rüstung wiedergeben können, die sich für die Wächter des Alexander-Grabes hätten ausgeben können.«
Amina schlug ihre hübschen Beine übereinander und tippte sich gegen die Lippen.
»Nicht mit Helikon an seiner Seite. Er war Ägypter, erinnern Sie sich. Er hätte den Schwindel gerochen.«
»Und wenn er auch darin verwickelt war?«
»Nein. Nicht er. Viele Leute in Caligulas Umfeld warteten auf den günstigsten Moment, um ihm ein Messer in den Rücken zu stoßen, aber nicht Helikon. Sie standen sich sehr nahe. Fast ein wenig zu sehr, bestimmten Quellen nach. Er war einer der wenigen, die ihm bis zum Ende treu geblieben sind, und er hätte ihn niemals verraten. Nein, wenn die Rüstung diesen mysteriösen ›Wächtern‹ anvertraut wurde, dann existierten sie wirklich. Zu seiner Zeit zumindest.«
»Ich stimme dieser Idee zu«, sagte ich und zündete mir eine Zigarette an.
Unsere Gastgeberin lächelte mir zu und ermutigte Hans weiterzumachen.
»Das Grab befindet sich tatsächlich unter der Shorbagi-Moschee, an der Nokrashi-Straße, wenn es nicht beim Bau zerstört wurde. Aber der Prof denkt, dass das nicht der Fall ist.«

»Und wie ist er zu diesem Schluss gekommen?«

»Indem er die Pläne des alten Alexandria studiert hat«, antwortete Amina an Hans' Stelle. »Er hat die Beschreibungen der antiken Quellen und den Umriss der Stadt, den die Ausgrabungen zutage führen konnten, übereinander gelegt. Dann hat er Pläne und Karten durchgesehen und sich sämtliche Veränderungen notiert. Der älteste Stadtplan, den wir gefunden haben, stammte aus dem 9. Jahrhundert. Diese Dokumente hätten sich bei ihm befinden sollen, aber nach dem, was Sie mir gesagt haben, besteht die große Wahrscheinlichkeit, dass sie gestohlen worden sind.«

»Sind das die Pläne, nach denen Sie mich haben suchen lassen?«

»Ja, Morgan.«

»Was noch?«, fragte ich meinen Assistenten.

Er schüttelte hilflos den Kopf.

»Genau das, was sie gerade erklärt hat. Er lässt sich auf gut dreißig Seiten darüber aus, wie er die Stelle gefunden hat.«

Ich drückte enttäuscht meine Zigarette aus.

»Ich hätte etwas Eindrucksvolleres erwartet, ein paar spannendere Enthüllungen.« Ich zog ein Gesicht und starrte auf das Tagebuch, als könnte es mir eine Antwort geben. »Ich habe das Gefühl, dass Bertrand nicht alles gesagt hat.« Ich zeigte ihnen das Heft. »Er lässt sich Seiten über Seiten über die Geschichte der Rüstung aus, erbringt sämtliche Referenzen, schreibt ganze Auszüge antiker Texte ab, und dann stürzt er ganz plötzlich von Caligula zu einer Alexandriner Moschee. Nein, da gibt es ein Problem.«

»Bertrand hat mehr als zwei Jahre lang an diesen Plänen gearbeitet, Morgan«, erklärte Amina, »und, ehrlich gesagt, ich wüsste nicht, was er noch sagen könnte. Er wird die Straßen schließlich nicht bis ins kleinste Detail beschreiben.«

»Vielleicht haben Sie Recht«, gab ich zu.

»Ich glaube vor allem, dass wir sehr müde sind«, murmelte unsere

Gastgeberin, »nervlich am Ende, und dass wir morgen klarer sehen werden.«
Wir halfen Amina, das Sofa auszuziehen, und nach einer Katzenwäsche brachen wir vor Müdigkeit fast zusammen.
»Gute Nacht«, sagte die junge Frau und schloss ihre Schlafzimmertür. »Ich wecke Sie um 7:00 Uhr.«
Hans schlief fast sofort ein, aber ich wälzte mich noch eine Weile von einer Seite auf die andere, bevor ich Schlaf fand. Irgendetwas stimmte nicht, war mir entgangen, aber was? Ich spürte, wie sich in meinem tiefsten Inneren die Antwort hin und her bewegte, eine Gewissheit, die nicht zum Durchbruch kam. Vielleicht nach ein paar Stunden Schlaf …
Aber der Schlaf war mir diese Nacht nicht gewogen. Ich hörte nicht auf, mir Fragen zu stellen über die Männer, die uns in Rom, dann in Alexandria verfolgt hatten. Wer waren sie? Wenn ich an die Mittel dachte, über die John Jürgen verfügte, konnte ich einen Schauder nicht unterdrücken.

Die Shorbagi-Moschee präsentierte sich mit einer typischen Fassade des Nildeltas aus roten und schwarzen Backsteinen, die durch weißen Mörtel aneinander hafteten. Mullah Yousri Marzouk hatte sich einverstanden erklärt, uns früh am Morgen zu empfangen, als noch der Anschein von Frische über den überfüllten Straßen von Alexandria lag, die übersättigt waren von Gerüchen nach Gewürzen und Gasöl. Amina hatte für die Gelegenheit einen breiten bestickten Schleier in ihre Tasche geschoben, mit dem sie sich den Kopf und die Schultern bedeckte. Auf der Schwelle der Moschee befand sich eine Menschenmenge, die angeregt diskutierte, Klatsch und Meinungen austauschte und die letzte Predigt oder die Nachrichten des Tages kommentierte. Als wir uns unseren Weg zum Eingang bahnten, räusperte sich ein korpulenter Mann lautstark und spuckte auf den Boden – zwei

Schritte von Hans entfernt, der sich angeekelt versteifte. Ihm wurde übel, als er sah, wie der Mann nacheinander auf seine beiden Nasenlöcher drückte und sie mit dem Geräusch eines Blasebalgs entleerte.

»Was für ein Schwein!«

»Hans«, zischte ich zwischen zusammengebissenen Zähnen hervor und zog ihn am Ärmel seines T-Shirts.

»Aber das ist doch ek…«

»Halt die Klappe, Hans!«

»Warten Sie hier auf mich«, sagte Amina und betrat die heilige Festung.

Sie kam einige Minuten später in Begleitung eines kleinen Mannes mit einem Mausgesicht, das fast nur aus einem gewaltigen Schnurrbart zu bestehen schien, wieder heraus. Er bat uns, ihm durch die makellos sauberen Gänge zu der Wohnung unseres Gastgebers zu folgen. Ein widerlicher Geruch nach Weihrauch mischte sich mit dem des Reinigungsmittels, und ich sah Hans die Nase rümpfen.

Wir betraten einen bequemen Salon, der mit dattelfarbenen Ledersofas möbliert war, die um einen großen runden Tisch aus ziseliertem Metall verteilt waren.

»Machen Sie es sich bequem, ich werde Tee bringen lassen«, murmelte unser Führer und machte sich unauffällig davon.

Wir nahmen Platz, und Amina rückte ihren Schleier zurecht.

Die Tür öffnete sich fast sofort wieder, und ein junger bärtiger Mann in weißer Kleidung trat ein, der uns freundlich grüßte und ein Tablett mit Tee und orientalischem Gebäck auf den Tisch stellte. Er servierte zuerst mir, dann den beiden anderen, verbeugte sich und verschwand. Der Mullah ließ nicht lange auf sich warten. Yousri Marzouk war ein pausbäckiger und zuvorkommender Mann von etwa fünfzig Jahren. Mit einer schwarzen Hose und einem anthrazitfarbenen orientalischen Hemd bekleidet, hätte ich Schwierigkeiten gehabt, in ihm einen Geistlichen zu erkennen, wenn ich ihm auf der Straße begegnet wäre. Seine haselnussbraunen Augen sprühten vor Schalk, und er machte sich ständig an den kurzen grauen Haaren seines sorgfältig gestutzten Bartes zu schaffen, als würde dieser ihn jucken.

»Da sind Sie also Archäologe, Monsieur Lafet?«, fragte er.

»Hellenist, ja.«

Er klatschte leicht in die Hände und nickte mit dem Kopf.

»Ach! Mit Griechenland verbindet uns eine lange Liebesgeschichte. Alexandria ist eine wahre Kreuzung der Zivilisationen, niemand weiß das besser als Sie.« Hans schien erstaunt. »Ja, Alexandria ist heute eine vollkommen arabische Stadt, aber das war nicht immer so, mein Junge. Zur Zeit ihres Ruhmes war sie eine Stadt, die der großen Welt geöffnet war, so wie es ihr Gründer, Alexander der Große, gewollt hatte. Menschen aller Nationalitäten und Religionen kamen hier zusammen. Die größten Gelehrten und Denker haben ihre Bibliothek besucht.«

»Nach der Eroberung durch die Araber im 7. Jahrhundert«, mischte sich Amina ein, »wurde die Stadt den Nicht-Muslimen verboten. Es hat Jahrhunderte gedauert, bevor Alexandria erneut Ausländer innerhalb seiner Mauern empfing. Dann kam die Verstaatlichung des Suezkanals. Sämtliche Ausländer mussten aus Alexandria fliehen.«

Yousri Marzouk rutschte ein wenig verlegen hin und her, aber er nickte unter dem amüsierten Blick der jungen Ägypterin.

»Ein Esel stolpert niemals zweimal über denselben Stein, mein junger Freund, aber die Menschen schon. Das ist so. Da wir gerade von Steinen sprechen, haben Sie die Trümmer der Insel Antirhodos bewundert, Monsieur Lafet?« Ich nickte. »Ich war dabei, als man die Statuen hochgeholt hat. Gott hat uns in seiner großen Güte für ein paar Augenblicke erlaubt, die Tür der Geschichte einen Spaltbreit aufzustoßen.« Er schien einen

Moment zu zögern, beugte sich dann vor und murmelte: »Aber sagen Sie mir, denn Sie müssten so was ja wissen: Stimmt es, dass das Grab Christi in Jerusalem gar nicht wirklich seines ist?«

Ich verlor für einen Moment die Fassung. Amina hatte mich vorgewarnt, dass er ein wenig seltsam sei, aber damit hatte ich nicht gerechnet.

»Es ist jedem selbst überlassen, sich seine Meinung zu bilden«, antwortete ich vorsichtig. »Man kann es weder bestätigen noch dementieren.«

»Und was ist Ihre Meinung?«

»Es ist wahrscheinlich nicht seines, nein.«

Er runzelte die Stirn, zog ein Gesicht und zuckte schließlich mit einer kleinen verdrießlichen Grimasse die Achseln.

»Auch egal! Der Ort ist trotzdem sehr erstaunlich. Ich habe ihn vor ein paar Jahren besichtigt. Sind Sie Christ?«

Amina verbarg ein Lächeln hinter ihrem Schleier.

»Nein. Ich bin Atheist.«

»Sie glauben an nichts?«, fragte er erstaunt.

Ich schüttelte den Kopf.

»An mich. Und manchmal an meinesgleichen, aber ich gebe zu, dass das selten ist.«

Yousri Marzouk brach in ein donnerndes Lachen aus, das mich ein wenig aus dem Gleichgewicht brachte.

»Also, dann ist es nicht ›nichts‹. Haben Sie die Moschee besichtigt?«

»Das wollten wir nach diesem Gespräch tun«, mischte sich Amina ein, um es kurz zu machen.

Ich stieß einen Seufzer der Erleichterung aus. Der Mullah schien die muslimische Version von Padre Ilario zu sein, und ich hatte nicht die geringste Lust, eine Führung über mich ergehen zu lassen, während uns die Zeit davonlief.

»Perfekt. Sie werden sehen, dass man die antiken Trümmer an manchen Stellen noch sehr gut erkennen kann.«
»Es sind ebendiese ›Trümmer‹, über die ich mich mit Ihnen unterhalten wollte«, antwortete ich, die Gelegenheit beim Schopf packend.
Yousri Marzouk nickte nachdrücklich mit dem Kopf.
»Ja, das glaubte ich so zu verstehen. Um was geht es genau? Monsieur Lechausseur – möge Gott ihn in sein Paradies aufnehmen, den armen Mann – sagte mir am Telefon, dass sie höchstwahrscheinlich wesentliche Zeugnisse für die Geschichte unserer Stadt verborgen halten. Das ist faszinierend. Vor allem, da unsere Moschee leider nicht die am häufigsten besuchte ist, weit gefehlt.«
»Das wird sich wohl sehr schnell ändern, glauben Sie mir«, seufzte ich.
Der Mullah machte große Augen und stützte seine Ellbogen auf die Knie.
»Erzählen Sie.«
Ich legte ihm Bertrands Schlussfolgerungen dar, die Amina mit vielen Einzelheiten ergänzte, und am Ende unseres Vortrags wirkte der Mullah, als habe er einen harten Schlag auf den Kopf bekommen.
»Sie meinen … hier, zu unseren Füßen?«, murmelte er und zeigte mit dem Zeigefinger auf den Boden.
Dann stand er fassungslos auf und tat ein paar zögerliche Schritte in dem kleinen Wohnzimmer, wobei er sich am Bart zupfte und lautstark Gott um Hilfe anrief.
»Ausgrabungen in der Moschee?«, krächzte er schließlich, als er sich wieder einigermaßen beruhigt hatte. »Mit dem Tagebuch eines alten Mannes als einziges Beweisstück?«
»Sowie die antiken Quellen.«
»Die im Vatikan sind, nach dem, was Sie mir gesagt haben. Was ist mit diesen Plänen und Professor Lechausseurs Unterlagen?«

»Die Pläne sind gestohlen worden«, sagte Amina, »aber ich habe einen Teil der Unterlagen, Kopien und …«
Yousri Marzouk unterbrach sie mit einer Handbewegung.
»Monsieur Lafet, wenn es nur nach mir ginge, wären wir bereits alle vier mit einer Hacke in der Hand in den Untergeschossen, aber abgesehen von der ägyptischen Regierung, der Abteilung für Archäologie und der Verwaltung, haben Sie eine unüberwindbare Mauer vor sich, einen Gegner, dem Sie außerstande sind, die Stirn zu bieten.«
»Welcher?«
»Die Religion.«
Ich schlug meine Hände vors Gesicht.
»Wir sprechen vom Grab Alexanders des Großen!«
»Und ich spreche von Tausenden von Gläubigen, die bereit sind, Sie zu steinigen, wenn Sie dieser Moschee etwas auferlegen, was sie als eine Schändung ansehen würden.« Er setzte sich neben mich und legte mir eine Hand auf die Schulter. »Ich weiß, dass Gott Sie in seiner unendlichen Güte mit Freuden empfangen und dass er Sie sein Haus bis in den kleinsten Winkel erforschen lassen würde, wenn Sie es zu respektieren wissen, aber es geht um die Leute, die es nicht verstehen und nie verstehen werden.«
»Es wird doch bestimmt eine Möglichkeit geben, einer Hand voll Ignoranten Vernunft beizubringen.«
»Monsieur Lafet, diese Hand voll Ignoranten, wie Sie sehr richtig sagen, besteht aus einfachen, manipulierten Leuten, die in Anschauungen einer anderen Zeit gefangen sind, in der man sich der Religion zu Verblendungs- und Beherrschungszwecken bediente. Ihre Führer sind gefährlich und dazu in der Lage, im Herzen der untätigen Massen einen blinden Hass hervorzurufen und ihn gegen Menschen wie Sie zu richten. Ich weigere mich, Sie und Ihre Freunde auf dem Altar ihres Fanatismus, ihrer …«, er ballte die

Fäuste, »... Dummheit zu opfern!«, explodierte er schließlich und war es offensichtlich leid, sich beherrschen zu müssen.
»Aber ...«
»Morgan, ich bin vielleicht das, was Sie einen Geistlichen nennen, aber ich bin auch ein Mann, wie Sie. Ich habe Fehler gemacht, ich gebe es zu, aber wenn es etwas gibt, das ich nicht bin und das – Gott ist mein Zeuge – ich mich weigere zu werden, dann ist es ein Mörder. Ich werde Ihnen nicht gestatten, an diesem Ort Recherchen durchzuführen, und glauben Sie mir, dass ich es von ganzem Herzen bedaure. Dieser heilige Boden wird nicht mit dem Blut Unschuldiger beschmutzt werden.«
Ich stand auf, der Zorn und die Enttäuschung saßen mir tief im Magen.
»Das wird er sein, Yousri Marzouk«, versicherte ich ihm, und er wurde blass. »Weil nämlich die, die mir auf dem Fuß folgen, Ihren Fundamentalisten in nichts nachstehen. Ich hoffe nur, dass es nicht Ihr Blut sein wird«, fügte ich hinzu, bevor ich, gefolgt von Hans, das Zimmer verließ.
»Wir treffen uns gleich im Auto«, stammelte Amina im Flur und reichte mir die Schlüssel, bevor sie die Tür wieder hinter sich und dem verblüfften Mullah schloss.
Hans und ich verließen die Moschee, und ich musste mich zusammenreißen, um meiner Wut nicht freien Lauf zu lassen, was bei meinem Assistenten nicht der Fall war.
»Scheißreligion!«, ereiferte er sich und schlug mit der flachen Hand auf die Fahrzeughaube. »Bärtige Barbaren!«
Ich zündete mir eine Zigarette an und lehnte mich gegen die Tür, während ich mir die Schweißperlen abwischte, die mir bereits auf der Stirn standen. Der Tag versprach besonders stickig zu werden.
»Das Problem ist nicht die Religion, Hans. Yousri Marzouk ist ein guter Kerl, so wie Padre Ilario einer war, aber er kann nicht allein gegen Ignoranz und Dummheit ankämpfen.«

»Was hast du jetzt vor?«
»Nach Frankreich zurückkehren, die wissenschaftliche Gemeinde und die Presse alarmieren. Unter Druck wird die ägyptische Regierung dafür sorgen, dass die religiösen Instanzen nachgeben.«
»Du vergisst die Verrückten, die hinter uns her sind! Die werden da reingehen, den armen Alten um die Ecke bringen und das Grab plündern, darauf kannst du Gift nehmen!« Er machte eine wütende Geste. »So nah am Ziel!«
Wir sahen Amina aus der Moschee kommen und im Zickzack zwischen den Autos hindurch auf uns zulaufen.
»Ich habe ihn vor den Männern gewarnt, die Sie angegriffen haben«, sagte sie und zog mit Erleichterung ihren Schleier vom Kopf. »Nach Ihrem kleinen Abgang hatte ich keine andere Wahl.«
»Und?«
»Er bietet Ihnen an, Sie bis zu Ihrer Rückreise nach Frankreich zu beherbergen«, seufzte sie und öffnete die Tür. »Er meint, dass Sie hier besser aufgehoben wären als bei mir.«
Die Idee, von Yousri Marzouks Gastfreundschaft zu profitieren, um unauffällig einen Abstecher in die Untergeschosse der Moschee zu machen, reizte mich, aber es war zu riskant. Ich konnte jederzeit von einem Gläubigen oder einem der »Assistenten« des Mullahs bemerkt werden.
»Glauben Sie, dass er seine Meinung ändern wird?«, fragte ich ohne große Hoffnung.
Amina steckte den Zündschlüssel ein und schüttelte den Kopf.
»Nein. Er war in diesem Punkt sehr eindeutig. Trotzdem denke ich, dass er liebend gern an solchen Arbeiten teilnehmen würde. Bei den Unterwasserausgrabungen des Leuchtturms von Pharos war er mir die ganze Zeit auf den Fersen«, fügte sie mit einem gerührten Lächeln hinzu. »Er versteht nichts davon, aber die Archäologie fasziniert ihn.«

Wir fuhren zurück zur Wohnung und achteten darauf, dass wir nicht verfolgt wurden. Außerdem bat ich Amina, vor dem ersten Geldautomaten anzuhalten, den sie zu Gesicht bekommen sollte. Ich hob die höchste Summe ab, die uns die Kreditkarte zugestand, die Jürgen uns gegeben hatte, und warf die Karte dann an den Straßenrand, bevor ich wieder ins Auto stieg – nicht ohne vorher die Geheimzahl auf der Rückseite notiert zu haben. Falls jemand sie fand und benutzte, was nicht lange dauern würde, hätte unser lieber Mäzen eine Weile eine falsche Spur zu verfolgen.

»Eine kleine Entschädigung für erlittene Unannehmlichkeiten«, sagte ich und packte das Bündel Geldscheine in meinen Rucksack. Hans rang sich endlich zu einem Lächeln durch, und Amina fuhr kopfschüttelnd los.

VII

Im Laufe des Nachmittags rief ich meinen Vater an und sagte ihm Bescheid, dass wir Plätze für den Flug nach Paris am darauf folgenden Tag gebucht hatten. Um ihn nicht zu beunruhigen, verschwieg ich ihm die Tatsache, dass wir zweimal unter dem Eifer unserer griechischen Freunde zu leiden hatten, aber ich setzte ihn trotz allem davon in Kenntnis, dass wir den Kontakt zu John Jürgen abgebrochen hatten. Er fiel aus allen Wolken und sprach davon, die Behörden zu alarmieren, aber ich schaffte es, ihn dazu zu bringen, sich bis zu unserer Rückkehr zu gedulden und mir zu versprechen, dass er sagen würde, er habe nichts von mir gehört, falls man ihn fragen sollte.

»An seiner Stelle würde ich mir schreckliche Sorgen machen«, sagte Amina und stellte ein Glas kochend heißen Tee vor mich hin.

»Und Ludwig wird mich bestimmt dafür verfluchen, seinen Enkel in so ein verrücktes Abenteuer mit hineingezogen zu haben.«

Mein Funktelefon vibrierte. Ich nahm es von meinem Gürtel, um die SMS zu lesen. »Rühren Sie sich bis heute Abend nicht vom Fleck und überwachen Sie das Telefon. Wenn der Samen keimt, muss man ernten. Helios.«

»Wie soll man das denn deuten?«, stammelte Amina, über meine Schulter gebeugt. »Eine Drohung?«

»Wir sollen uns nicht vom Fleck rühren?«, fragte Hans. »So nach dem Motto: ›Es werden Handlanger kommen, um Sie zu liquidieren, seien Sie so nett und warten Sie brav auf sie‹?«

»Das ist nicht sein Stil«, murmelte ich. »Bisher hat Helios vielmehr versucht, uns vor einer unmittelbaren Gefahr zu warnen. Nein, das scheint eher zu bedeuten, dass uns jemand kontaktieren wird. Er vielleicht?«

»Dann wissen wir vielleicht bald endlich, wer dieser Spinner ist!«

»Wie stellt er es bloß an, dass er weiß, wo wir sind und was wir die ganze Zeit tun? Man könnte meinen, er hat uns eine ganze Schar Spione auf den Hals gehetzt«, dachte ich laut.

»Der Tölpel, der uns verfolgt hat?«, schlug Amina vor.

Ich schüttelte den Kopf.

»Nein. Helios hatte mich vor ihnen gewarnt. Ich bin bereit zu schwören, dass er weder ein Mann von Jürgen noch der Komplize unserer mysteriösen Griechen ist. Aber welches Ziel verfolgt er bloß, verdammt!«

Unsere Gastgeberin schenkte uns erneut Tee ein und ließ sich auf dem Sofa nieder.

»Das Beste, was wir tun sollten, ist warten, glaube ich.«

Also warteten wir. Und gegen 17:00 Uhr, wie Helios vorausgesagt hatte, klingelte das Telefon. Amina warf mir einen panischen Blick zu, dann ertönte das Klingeln ein zweites Mal. Beim dritten Mal streckte ich die Hand nach dem Hörer aus, aber sie hielt mich zurück.

»Ich werde drangehen, man weiß ja nie. Nur Helios, der Mullah und Ihr Vater wissen, dass Sie bei mir sind.« Sie hob ab. »Ja?« Wir lasen Verblüffung in ihrem Gesicht. »Sehr gut. Wir werden da sein. Warum haben Sie Ihre Meinung – okay. Und Sie haben sie noch nie zuvor bemerkt? Oh … ich verstehe. Ja, bis nachher.«

Sie legte zerstreut den Hörer auf.

»Ja, und?«

»Mullah Yousri Marzouk«, sagte sie mit fast unhörbarer Stimme. »Er erwartet uns heute Nacht um 23:00 Uhr, direkt nach dem

Gebet. Mahmoud, der Mann, der uns heute Morgen Tee serviert hat, wird vor der Seitentür auf uns warten.«
»Warum will er uns mitten in der Nacht sehen?«, fragte Hans misstrauisch.
»Eine Falle?«, murmelte ich. »Denken Sie, dass man ihn gezwungen hat, uns anzurufen?«
Amina schüttelte den Kopf.
»Nein. Nach unserem Besuch hat er sich in die Untergeschosse der Moschee begeben, um die Fundamente zu erforschen. Und dort hat er an der bestimmten Stelle eine Wand gefunden, die – da ist er sich sicher – vor drei Jahren, als Sicherungsarbeiten an den Fundamenten durchgeführt worden waren, noch nicht da war. Eine Wand, die einen der Korridore versperrt.«
Hans bekam Schluckauf, und ich runzelte die Stirn.
»Wieso hat er sie vorher nicht bemerkt?«
»Keiner steigt je in dieses Labyrinth hinunter. Ein Rest von Aberglauben, da die Fundamente zu einer antiken Kultstätte gehörten.«
»Warten Sie mal, was meinen Sie mit ›an der bestimmten Stelle‹? Wir haben ihm keine einzige genaue Angabe geliefert.«
Sie atmete tief ein.
»Sie werden es gleich verstehen.«
»Aber …«
»Eine Minute, Morgan. Bitte.« Das Telefon klingelte erneut, aber Amina hinderte mich daran abzuheben. »Nein. Das ist ein Fax.«
Ich wartete mit zugeschnürter Kehle darauf, dass das Faxtelefon die Seite zu Ende gedruckt hatte, und riss sie mit einem scharfen Ruck ab. Es war ein Fax, das um 13:17 Uhr an Yousri Marzouk geschickt worden war und weder Briefkopf noch Teilnehmernummer trug. Es war ein Plan des Fundaments der Moschee darauf abgebildet. An der Kreuzung der zwei Korridore war die Zeich-

nung einer Hand, die einen Hammer hielt, fett eingekreist. Auf dem Rand konnte man lesen: »Sieh nach, wenn du den Mut dazu hast. Vergiss es, wenn du es schaffst. Gib auf, wenn du es wagst. Helios.«

»Er wusste es!«, schrie Hans auf.

»Amina, gehörte dieser Plan zu denen, die Bertrand hatte?«, erkundigte ich mich misstrauisch.

»Ja«, gab sie zu und wandte den Blick ab. »Er gehörte zu denen, die Sie suchen sollten. Wir haben ihn von Architekten erhalten, die an der Sicherung des Fundaments der Moschee mitgewirkt haben. Aber Bertrand hat weder diesen Kreis gemacht noch dieses Siegel gezeichnet. Da bin ich mir absolut sicher.«

»Das würde ja heißen, dass es Helios ist, der … große Götter. Aber wenn er es war, der Bertrand ermordet hat, warum sollte er uns jetzt führen? Das ist unlogisch!«

Hans fuchtelte wild mit den Händen und schüttelte energisch den Kopf.

»Und wenn er eben vorhat, uns heute aus dem Weg zu räumen, hm? Morg, ich bin nicht damit einverstanden, mich in die Höhle des Löwen zu begeben!«

»Ich vertraue Yousri Marzouk«, gab Amina zurück. »Er hätte sich niemals erpressen lassen. Er würde lieber sterben, als die Rettung seines Lebens mit dem anderer Menschen zu bezahlen. Er hat uns nicht verraten. Machen Sie, was Sie für richtig halten, aber ich werde hingehen! Bertrand und ich haben jahrelang an diesem Projekt gearbeitet, und ich werde so nah am Ziel nicht aufgeben!«

Sie zog einen Rucksack aus einem Schrank und fing an, Taschenlampen, Messgeräte, Digitalkamera, Meißel, Hammer und wasweiß-ich noch alles hineinzustopfen.

Ich warf Hans einen fragenden Blick zu, der resigniert die Schultern zuckte und sich daranmachte, sich umzuziehen.

Es war 22:45 Uhr, als wir etwa hundert Meter von der Moschee entfernt parkten. Wir legten die restliche Strecke zu Fuß zurück, um keinen Verdacht zu erregen. Küchendüfte erfüllten die Luft mit Wohlgeruch, und angeregt klingende Gespräche drangen aus den weit geöffneten Fenstern der Häuser. Amina lief munteren und bestimmten Schrittes vor uns her, aber ich hatte gesehen, wie sie im letzten Moment ein Messer und eine Dose Tränengas in ihre Tasche hatte gleiten lassen. Das Schwert in meiner Tasche zu spüren beruhigte mich, aber ich hätte lieber eine weniger archaische Waffe gehabt, um damit potenziellen Angreifern, falls nötig, vor der Nase herumfuchteln zu können. Dank unserer schwarzen Kleidung versuchten wir, mit den Schatten der kleinen Seitenstraßen und der Häuserportale zu verschmelzen, und hofften, nicht bemerkt zu werden. Nichtsdestotrotz liefen wir ein paar Touristen über den Weg, die sich verlaufen hatten, oder Alexandrinern, die die Frische der Nacht für einen letzten Spaziergang nach dem Abendgebet nutzten.
Als die Moschee in Sicht kam, umrundeten wir einmal das Gebäude und mieden sorgfältig den Haupteingang, wo die Gläubigen sich noch aufhielten. Amina klopfte unauffällig an eine dicke Holztür, die sich fast unmittelbar öffnete. Mein Herz setzte einen Schlag aus, dann schaute ich mich kurz um, bevor ich ihr ins Innere folgte und glaubte, in jeder dunklen Ecke einen zum Sprung bereiten Mörder zu erkennen.
»Kommen Sie schnell rein«, sagte eine männliche Stimme. Der junge Mann, der uns am Morgen Tee serviert hatte, verriegelte nervös die Tür und gab uns ein Zeichen, ihm zu folgen. »Hier entlang, kommen Sie.«
Ich bemerkte, dass er seine weiße Kleidung und seine bestickte Kappe gegen eine Jeans und eine Schirmmütze ausgetauscht hatte, dazu trug er ein weites Hemd mit Kreidespuren, als habe er sich gegen eine gekalkte Wand gelehnt.

Er führte uns durch ein Labyrinth von Gängen bis zu einer kleinen Tür, die auf eine finstere Treppe führte.
»Ist Yousri Marzouk bereits unten?«, fragte ich misstrauisch.
»Ja«, murmelte er und betätigte einen Schalter. »Folgen Sie mir und schließen Sie die Tür gut hinter sich.« Ich ließ die Metalltür leise zuschnappen, nachdem ich Hans und Amina hindurchgelassen hatte. »Vorsicht, die Stufen sind ein wenig glatt. Man rutscht leicht aus.«
Ich musste mich ducken, um nicht an die Decke zu stoßen, von der nackte Glühbirnen herabhingen, und fürchtete immer wieder, stecken zu bleiben, so eng war die Treppe.
Am Ende eines Abstiegs, der mir unendlich erschien, kamen wir in der Mitte eines Gangs heraus, dessen Enden man nicht sehen konnte, und Mahmoud bückte sich, um eine elektrische Taschenlampe aufzuheben, die er wahrscheinlich vor dem Hochsteigen dort liegen lassen hatte.
»Und jetzt?«, fragte ich.
Er zeigte auf den linken Korridor.
»Da entlang, aber warten Sie, ich will Ihnen erst etwas zeigen«, sagte er und richtete mit einem breiten Lächeln seine Taschenlampe auf den Boden. »Ich hab es vorhin entdeckt. Schauen Sie, Monsieur Lafet.«
Ich beugte mich ebenfalls herab und blickte auf kleine bunte Quadrate, die nah bei der Wand im Boden steckten.
»Das ist das Überbleibsel eines Mosaiks. Wir befinden uns wahrscheinlich im Erdgeschoss des alten Gebäudes.«
Mahmoud machte große Augen.
»Dann ist das also sehr alt, Monsieur Lafet?«
Ich lächelte über sein Erstaunen.
»Der Tiefe nach zu urteilen, in der wir uns befinden – über den Daumen gepeilt etwa zehn Meter –, würde ich sagen, gut zweitausend Jahre, ja.«

»Zweitausend Jahre«, wiederholte er ungläubig, doch dann riss er sich zusammen: »Kommen Sie, kommen Sie, hier entlang.«
Er schwenkte in einen zweiten Gang ein, wechselte ein paar Mal die Richtung, bog dann in einen weiteren Gang ein, und wir erreichten eine Kreuzung von zwei Korridoren, wie es der Plan anzeigte. Der Korridor, der sich zu unserer Linken erstreckte, schien halb eingestürzt zu sein, und der, der sich uns gegenüber befand, war zugemauert. Vor letzterem stand Yousri Marzouk, auch er trug nun Jeans.
Zwei batteriebetriebene Schweinwerfer standen auf dem Boden, dazu ein Werkzeugkasten und ein Tablett mit Tee.
»Das ist die Wand, von der ich Ihnen erzählt habe«, sagte der Mullah mit zitternder Stimme. »Wollen Sie Tee?«
»Nein, danke«, antwortete ich und begutachtete die Wand.
»Das sind Ziegelsteine«, mischte sich Mahmoud ein. »Und sie ist nicht sehr dick; schauen Sie, ich konnte das da herausnehmen.«
Er zeigte auf drei Ziegel neben der Wand, die er sorgfältig entfernt hatte. »Ich hab mich nicht getraut, noch mehr herauszunehmen, ich hatte Angst, etwas kaputtzumachen.«
»Haben Sie eine Idee, was sich dort befindet?«, fragte Amina Yousri Marzouk.
Er hob ungeduldig die Schultern.
»Noch nicht. Aber wir sind ja hier, um es zu erfahren, so Gott will.«
Ebenso wie Mahmoud war er sehr unruhig. Amina hatte bestimmt Recht gehabt, als sie behauptete, dass er uns niemals eine Falle stellen würde.
Ich holte das Fax aus meiner Hosentasche, um mir den Plan im Licht der Scheinwerfer anzusehen.
»Oh, Monsieur Lafet!«, sagte Mahmoud. »Wir haben vorhin noch ein Fax erhalten.«
»Ja, das stimmt«, nickte der Mullah und wühlte im Werkzeugkas-

ten. »Ich dachte mir, dass es von diesem Helios stammen muss, da es auf Griechisch geschrieben ist.«
»Was sagt er?« Yousri Marzouk hob mit jämmerlicher Miene die Schultern, und ich lächelte. »Ich werde es Ihnen übersetzen, geben Sie her.«
Ich überflog die Textzeile und runzelte die Stirn, bevor ich es Amina reichte.
»Das scheint eine Drohung zu sein«, murmelte sie.
»Oder eine Warnung«, bemerkte ich.
»Was steht da?«, fragte Mahmoud.
»Der misstrauische Mensch schläft wie der große Mann immer mit einem Dolch unter dem Kopfkissen. Helios.«
Yousri Marzouk erschauerte.
»Echt nette Grußkarte«, meinte Hans. »Was machen wir jetzt?«
»Darum kümmern wir uns später«, sagte ich und schob das zusammengefaltete Fax in meine Hosentasche, um mich auf den Plan zu konzentrieren. »Also, dem hier zufolge müssten wir auf eine Sackgasse stoßen. Aber warum den Eingang einer Sackgasse zumauern? Gab es während der Sicherungsarbeiten Einstürze?«
Der Mullah zeigte auf seinen jungen Begleiter, dem der Faxinhalt jegliche Begeisterung genommen hatte.
»Mahmoud war bei den Arbeiten dabei. Ich war weggefahren, um unsere Brüder aus Jerusalem zu treffen.«
Ich musste wieder an seine Fragen über das Grab Christi denken und lächelte.
»Ja, es hat einen sehr schweren Unfall gegeben, Monsieur Lafet«, nickte der Angesprochene. »Vier Männer sind verletzt worden. Dahinten«, präzisierte er und zeigte auf den zweiten Gang, der noch zum Teil von Schutt versperrt war.
Amina und ich traten näher heran und untersuchten die Bauweise.
»Stein«, sagte sie. »Kein einziger Riss. Perfekte Fugen.«

»Und eine einwandfreie Architektur«, fügte ich hinzu. »Wie kann das eingestürzt sein? Ein Beben?«
»Nein, Monsieur Lafet. Die Architekten haben es auch nicht geglaubt. Sie sind extra deswegen hergekommen. Sie haben gesagt, dass das von der Logik her niemals hätte stattfinden dürfen.«
Ich tauschte mit meiner Begleiterin einen wissenden Blick. Auch sie schien nicht an die These des Einsturzes durch Unfall zu glauben.
»Wohin führt dieser Korridor?«, fragte sie.
Ich schaute auf den Plan.
»Zum Stromgenerator. Es gibt anscheinend von Norden her einen zweiten Zugang.«
»Ja«, bestätigte der Mullah. »Die Bibliothek. Von dort aus steigen wir zum Generator hinab, falls das nötig ist.«
»Uns bleibt nur noch die Wiederaufnahme der Maulwurfarbeit, Mahmoud«, sagte ich und klopfte ihm zur Ermutigung auf die Schulter. »Ungefähr zehn Ziegelsteine, und wir müssten hindurchschlüpfen können.« Das schien ihm wieder ein wenig Begeisterung zu verschaffen, und er machte sich sofort an die Arbeit.
»Jedem seinen Job«, fügte ich fröhlich hinzu und hockte mich auf den Boden.
Selbst der Mullah legte Hand an, davon entzückt, an dem teilzunehmen, was er bestimmt als seine »erste archäologische Erfahrung« ansah. Nach einer halben Stunde hatten wir es geschafft, in der Wand ein Loch von einem guten Meter Durchmesser entstehen zu lassen, damit ich auf die andere Seite kriechen konnte.
»Das müsste gehen«, sagte ich und legte mich auf den Boden, eine Taschenlampe in der Hand.
Vor mir erstreckte sich ein zwei Meter breiter Gang, der nach drei Metern von einer Steinwand abgeschlossen wurde.
»Und?«, fragte Amina.

Als ich mich umdrehte, sah ich, wie vier neugierige Gesichter durch das Loch in die Dunkelheit starrten.
»Sie können kommen«, sagte ich und gab ihnen ein Zeichen. »Es hält. Nehmen Sie die Scheinwerfer.«
Ich betrachtete die Bruchsteine von oben bis unten, klopfte den Stein mit dem Griff eines kleinen Schraubenziehers ab und horchte dabei.
»Versuchen Sie, eine Stelle zu finden, wo der Stein hohl klingt«, sagte Amina, die es mir gleichtat.
Wir suchten eine gute halbe Stunde lang ergebnislos.
»Ich werde es weiter unten versu … Ah!«
Aminas Schrei ließ uns zusammenfahren. Sie presste sich an mich und zeigte auf etwas auf dem Boden. Eine Schlange.
»Allmächtiger Gott«, stöhnte der Mullah. »Gehen Sie zur Seite!«
»Wie ist die denn bis hierher gekommen?«, rief Hans angeekelt aus. »Verdammtes Vieh!«
Er griff in meinen Rucksack, den ich an der Wand abgestellt hatte, und bevor ich auch nur die Zeit hatte, eine Warnung auszustoßen, holte er das Schwert hervor, um die arme Bestie mit der flachen Seite zu zerdrücken, als handelte es sich um einen simplen Käfer. Er erwischte sie mit einer Grimasse und warf sie durch das Loch, das wir geschaffen hatten, hinaus. Wir schauten ihn entsetzt an, als er sich die Hände an seinem schwarzen Sweatshirt abwischte.
»Hans«, schrie ich auf, »das war eine Giftschlange!«
Er zuckte die Achseln.
»Ich weiß. Als ich zum Trekking in der Türkei war, fanden wir sogar welche von diesen Scheißviechern in unseren Latschen! Und die Spinnen …«, fügte er mit einem schiefen Gesicht hinzu, als er das Schwert wegpackte. »Dagegen ist dieser Regenwurm *peace and love*. Dick wie Cheeseburger.«

Yousri Marzouk hustete, um sich von seinen Gemütsbewegungen zu erholen, und Amina unterdrückte einen Schauder.
»Haben Sie in diesen Gewölben viele Mieter dieser Art?«, versuchte ich zu scherzen.
»Wissen Sie, Monsieur Lafet«, mischte sich Mahmoud ein, »Schlangen können durch den kleinsten Spalt kriechen.«
»Einmal habe ich sogar gesehen, wie eine unter einer Tür hindurchgekrochen ist, Gott ist mein Zeuge«, fügte der Mullah hinzu.
Ich sprang auf.
»Unter einer Tür, sagten Sie?«
»Ja, knapp einen Zentimeter hoch.«
»Amina ... sie war doch da hinten in der Ecke, oder?«, fragte ich und zeigte mit dem Finger auf die hintere Wand. Amina nickte.
»Wenn sie durch unser Loch gekrochen wäre, um sich an unseren Beinen entlangzuschlängeln, hätten wir sie bemerkt. Der Gang ist knapp zwei Meter breit, und wir sind zu viert.«
Als sie verstand, worauf ich hinauswollte, wandte sie sich zu der Stelle, wo sich das Reptil aufgerichtet hatte, und leuchtete sie sorgfältig mit der Taschenlampe ab.
»Trotzdem ist die Wand glatt, ich habe nachgeschaut.«
Ich fuhr mit dem Finger über die Steine, bis ich in etwa vierzig Zentimetern Höhe spürte, wie der Mörtel zu Sand zerfiel.
»Diese Steine sind bewegt worden.«
Im Scheinwerferlicht bemerkten wir nun, dass der Mörtel an manchen Stellen fast vollkommen verschwunden war und dabei Spalten von ein oder zwei Millimetern bis zu fast einem Zentimeter zwischen den Steinen frei ließ.
»Hier also ist unsere kleine Freundin hindurchgekommen«, sagte Amina mit einem breiten Lächeln. »Dahinter ist etwas.«
»Vielleicht der Keller eines Nachbarn.«
»Das ist nicht ausgeschlossen«, gab sie zu. »Wir bräuchten eine

flache Klinge, die wir durch die Bruchstellen schieben, um die Steine zu uns ziehen zu können.«
Ich schnitt eine Grimasse in ihre Richtung.
»Oder … stoßen!«, sagte ich, legte meine Hände flach auf einen Stein und drückte mit aller Kraft.
»Morgan, nein! Sie könnten vielleicht beschädigen, was … Hey, was für ein gehöriger Umfang.«
»Ja«, sagte ich zwischen zusammengebissenen Zähnen, »diese Blöcke wiegen jeder gut dreißig Kilo.«
»Ich sprach von Ihnen«, murmelte sie mir neckend ins Ohr.
Ich hörte, wie Mahmoud auffällig hüstelte. Sie brach in Gelächter aus und legte ihre Hände unter die meinen, um mir zu helfen. Ich gab mir natürlich große Mühe, mich mehr anzustrengen als nötig, um ihr zu zeigen, wie unwiderstehlich meine Bizepse und Brustmuskeln sein konnten. Selbst in einer Situation wie dieser – es genügte, dass eine hübsche Frau in Reichweite war – konnte mich nichts davon abhalten, den Adonis zu spielen.
Nach ein paar Minuten Anstrengung bewegte sich der Block.
»Noch ein Stück.«
Der Stein gab plötzlich nach, und wir wurden vom Schwung mitgerissen. Wir hörten ihn aus den vierzig Zentimetern Höhe, in denen wir ihn verschoben hatten, herunterfallen. Amina und ich drückten unsere Gesichter durch die Öffnung und leuchteten mit der Taschenlampe hinein.
»Oh! Mein Gott!«, schrie sie auf. »Mein Gott! Mein Gott!«
»In Zeus' Namen«, sagte ich mit zugeschnürter Kehle.
»Was denn, was ist denn?«, fragte Hans und versuchte, zwischen unseren Köpfen hindurchzuschauen. »Ist es das Grab? Morg! Ist es das Grab?«
»Haben wir es gefunden?«, fragte nun auch der Mullah mit zitternder Stimme.

»Mein Gott«, wiederholte Amina mit vor Aufregung erstickter Stimme. »Es scheint intakt zu sein.«
Ich rückte widerwillig zur Seite und gab meinen Begleitern, die vor Ungeduld zitterten, ein Zeichen.
»Schauen Sie«, sagte ich und reichte dem Mullah die Taschenlampe. »Sie auch, Mahmoud, sehen Sie sich das an.«
»Wenn Opa das sehen könnte ...« Hans' Stimme versagte.
Ich zog ihn nach hinten, um Yousri Marzouk und seinem jungen Glaubensgenossen Platz zu machen, die mit offenen Mündern vor der Öffnung standen, die Taschenlampe auf das Grab gerichtet.
»Allmächtiger Gott«, hörte der Mullah nicht auf zu wiederholen. »Allmächtiger Gott, es ist wunderbar. Wunderbar ...«
Amina fiel mir zu Tränen gerührt in die Arme, und ich brach in ein haltloses Gelächter aus. Wir hatten es geschafft!
Wir entfernten zwei weitere Bruchsteine, um das Grab betreten zu können. Normalerweise hätte ich niemals Laien den Fuß an einen solchen Ort setzen lassen, aber die Zeit lief uns davon. Wir mussten den Ort vor dem Morgengebet bei Sonnenaufgang verlassen haben.
»Fassen Sie nur ja nichts an«, befahl Amina, aber das war nicht weiter nötig.
Yousri Marzouk und Mahmoud waren wie versteinert. Die Totenkammer, eine merkwürdige Mischung aus griechischer und ägyptischer Tradition, maß etwa zwanzig Quadratmeter, die Decke war zwei Meter hoch. Drei der vier Wände, von dicken Alabasterplatten bedeckt, waren mit Fresken bemalt, und die vierte, die uns gegenüberlag, verschwand unter einem griechischen Text, der den ersten Zeilen zufolge eine Lobrede auf den Ruhm Alexanders darstellte. Auf Sockeln, Säulen und kleinen Möbelstücken aus Ebenholz oder Alabaster – wenn sie nicht aus Silber oder massivem Gold waren – türmten sich Waffen, Schmuck und Votivbil-

der. Ein Schatz, wie ich ihn noch nie zuvor gesehen hatte. Und in der Mitte des Raumes, auf einem gigantischen Block aus reinem Lapislazuli, stand wie eine Sonne der Sarkophag aus Gold – und nicht aus Glas, wie die Legende glauben ließ.
Amina drückte plötzlich beide Hände auf den Mund, um einen Schrei zu unterdrücken, und auch ich spürte, wie mich die Wut überkam. Der Sarkophag war offen.
»Die Dreckskerle!«, spie Hans aus, als er den Deckel betrachtete, der unrettbar beschädigt auf dem Boden lag. »Sie haben ihn gegrillt«, stammelte er, einen Blick in den Sarkophag werfend, bevor er plötzlich zurückwich.
»Was?«
Ich trat rasch ein paar Schritte nach vorn und warf ebenfalls einen Blick auf die Gebeine, die – im Gegensatz zu dem, was ich dachte – nicht gestohlen worden waren. Aber wie viel lieber wäre mir das gewesen …
Amina wandte sich mit verkrampftem Gesicht ab.
»Was gibt es, Professor Lafet?«, erkundigte sich der Mullah mit schüchterner Stimme.
»Die Gebeine wurden …«, stotterte ich und musste mich zwingen, die Worte aus meiner Kehle hervorzubringen, »jemand hat Säure über die Mumie gegossen.«
Yousri Marzouk machte ein Zeichen, das ich nicht verstand, wahrscheinlich um den bösen Blick zu vertreiben oder seinen Gott um Hilfe anzurufen, und zwang sich, die Überreste desjenigen zu betrachten, der eigenhändig das größte Imperium erobert hatte, das die Welt je gekannt hatte.
»Barmherziger Gott.«
»Wir sollten uns nicht entmutigen lassen, uns läuft die Zeit davon. Wir müssen alles fotografieren und auflisten, was wir können. Hans, hol die Kamera.«
»Ich kümmere mich um die Inschriften«, sagte Amina.

»Würden Sie mir helfen, den Deckel wieder aufzusetzen?«, fragte ich den Mullah und seinen Begleiter. »Warten Sie«, korrigierte ich mich, denn mein Profibewusstsein redete mir ins Gewissen. »Wir müssen zuerst dieses … diese Suppe untersuchen.«
Ich beugte mich über den Sarkophag, um nachzusehen, was von der Mumie übrig geblieben war, was nicht viel mehr als ein Brei aus Binden, Teer und Knochen war. Die Säure, die mit der Zeit nicht verdunstet war, hatte sich in eine Art Ekel erregendes Gelee verwandelt. Ein Stück Sandale war verschont geblieben sowie das Goldstück, das man dem Toten unter die Zunge geschoben hatte, um Charon, den Fährmann ins Totenreich, bezahlen zu können, einige Amulette aus Edelmetall und etwas, das wie ein Metallring aussah.
»Hans, gib mir den Schraubenzieher.«
»Hast du es geschafft, was zu finden?«
»Es sieht so aus, als hätte die Säure nur die organischen, nicht aber die metallischen Teile zerstört.«
»Was ist denn das für ein kleines Ding?«
»Auf den ersten Blick der Ring eines Gürtels oder Gurtes.«
»Die Rüstung! Das ist es, was sie mitgenommen haben! Du hast doch gesagt, dass Alex mit seiner Rüstung begraben wurde, oder?«
Ich schaute mich fieberhaft um. Die Waffen, Brustharnische, Schwerter und Schilde waren zahlreich, aber es waren nur Zierwaffen. Unbrauchbar.
»Du hast Recht«, sagte ich und betrachtete den Metallring, der im Vergleich zu seiner Größe recht leicht war. »Komm mal mit der Taschenlampe näher. Und gib mir eine Lupe.« Ich betrachtete das Metallstück und rief Amina zu mir. »Was ist das Ihrer Meinung nach für ein Metall?«
»Es ist sehr leicht, wie Aluminium, aber es sieht haltbar aus. Die Säure hat es geschwärzt.«

»Aluminiumtitan«, unterbrach ich sie. »Das ist wahrscheinlich einer der Gurtringe des Brustharnischs.«
Hans fluchte wie ein Landsknecht.
»Sie haben seine Rüstung mitgenommen und ihn gegrillt wie ein Hühnchen!«
Der Mullah näherte sich schüchtern.
»Verzeihen Sie, aber wovon sprechen Sie?«
»Die Männer, die das Grab geplündert haben, haben Alexanders Rüstung mitgenommen. Nur ihretwegen sind sie hergekommen.«
Ich reichte Hans den Schraubenzieher, über den ich den Gurtring geschoben hatte. »Wickle das in irgendetwas ein und pass auf, dass du es nicht berührst, man weiß ja nie.«
»Aber, warum mussten sie die sterblichen Überreste schänden, wenn sie doch bekommen haben, was sie wollten?«, bohrte Yousri Marzouk nach.
»Das wissen nur sie allein. Zumindest ist der Sarkophag fast intakt. Und das goldene Kissen, auf dem der Kopf ruhte.« Ich schwieg, denn mir war plötzlich eine Idee gekommen. *»Der misstrauische Mensch schläft wie der große Mann immer mit einem Dolch unter dem Kopfkissen«*, zitierte ich. »Hans! Gib mir noch mal den Schraubenzieher.«
Er reichte mir das kleine Werkzeug, und meine vier Begleiter stellten sich um den Sarkophag auf und beobachteten, wie ich vorsichtig das Metallkissen umdrehte, das vollständig aus Goldfäden gewebt war. Ein Toter achtet nicht sehr auf Komfort. Da das Kissen gut fünf Kilo schwer war, rutschte es mir weg, und ich gab auf, da ich es nicht beschädigen wollte. Ich versuchte es erneut, ohne Erfolg. Erst beim dritten Mal gelang es mir, das Kissen seitlich im Gleichgewicht zu halten.
»Der Dolch!«, schrie Hans auf.
»Das Pendant zum Schwert!«, überbot ihn Amina.

»Finden Sie etwas, wo ich ihn drauflegen kann, und zwar schnell, das Kissen rutscht mir weg.«

»Warten Sie«, sagte Mahmoud, zog sein Hemd aus und wickelte es um seine Hand. »Ich hab ihn!«

Er legte ihn feierlich zu Boden, und ich bückte mich, um ihn zu untersuchen. Der Knochen der Parierstange war von der Säure ein wenig angegriffen, aber das Kissen hatte ihn teilweise geschützt. Ich drehte ihn mit der Schraubenzieherspitze um, und auf der Klinge, direkt unter der Parierstange, kam das Siegel des Hephaistos zum Vorschein.

»Und dabei auch noch so unheimlich fähig!«, spottete Hans. »Sie haben die Hälfte dagelassen.«

»Nicht ganz, aber das ist wenigstens ein Stück, das ihnen nicht in die Hände gefallen ist.«

»Verzeihen Sie, dass ich dieses unglaubliche Erlebnis so brutal unterbreche«, sagte der Mullah plötzlich, »aber es ist bald Zeit zum Gebet.«

Amina beeilte sich, alles was sie konnte zu fotografieren, und ich schüttelte enttäuscht den Kopf.

»Vielleicht könnten wir hier bleiben, um ...«

»Nein, Monsieur Lafet. Wir haben gerade noch Zeit, den Sarkophag zu schließen, die Ziegelsteine an ihren Platz zu setzen – die anderen Steine nicht, aber egal – und diesen armen Mann in Frieden ruhen zu lassen. Alles bleibt in demselben Zustand, Sie haben mein Wort. Ich glaube, Sie haben bei weitem genug, um die Existenz dieses Ortes beweisen zu können und so die nötigen Genehmigungen zu erhalten. Ich bitte Sie nur um eine Sache: Erwähnen Sie weder meinen noch Mahmouds Namen, wie mit Amina abgesprochen. Sie sind mit Ihren eigenen Mitteln hier eingedrungen, ohne durch die Moschee zu gehen – wir werden zu gegebener Zeit eine Ausrede finden. Falls nötig, schlage ich eigenhändig ein Loch in die Mauer bis zum nächsten Abwasserkanal, aber kein einziges Mitglied dieser Bruderschaft hat Ihnen geholfen, und Sie haben die Moschee nicht geschändet. Habe ich Ihr Wort?«

»Sie haben es«, versprach ich und schüttelte ihm die Hand. »Aber ich möchte Sie lieber davor warnen, dass der Druck so groß sein wird, dass Sie sich gezwungen sehen werden, eine Ausgrabung zu genehmigen.«

Er nickte lächelnd.

»Wenn die Regierung mich dazu zwingt, was könnte ich da tun? Ich bin nur ein Mann im Dienste Gottes und den Gesetzen unseres Landes unterworfen wie alle anderen.«

»Danke für alles, Yousri Marzouk. Ich weiß, was ich Ihnen schuldig bin.«

»Überhaupt nichts. Diese Nacht ist alle Danksagungen wert. Gehen Sie, und möge Gott Sie beschützen. Mahmoud wird die Steine an ihren Platz setzen und diesen Ort nicht mehr betreten. Und ich werde Sie jetzt zur Tür begleiten.«

Wir verabschiedeten uns herzlich von Mahmoud, bevor wir unsere Sachen einsammelten und in die Korridore einbogen. Sobald wir wieder oben waren, fühlten wir uns, als atmeten wir zum ersten Mal seit einer Ewigkeit wieder Sauerstoff ein.

»Mir war gar nicht klar, wie heiß es da unten war!«, bemerkte Hans und atmete in vollen Zügen ein.

An der kleinen Tür der Moschee schüttelte ich zum letzten Mal die Hand des Mullahs und schaute auf die Uhr. 3:00 Uhr morgens. Auf der Straße war keine Menschenseele.

»Seien Sie vorsichtig und vor allem …«

»Keine Bewegung mehr!«, befahl eine Frauenstimme aus dem Dunkel.

»Oh nein, nicht sie …«, stöhnte Hans, als er Mae erkannte.

Sie war nicht allein. Ein kahl rasierter, tätowierter Mann begleitete sie, der nun das Gesicht zu einer Grimasse verzog und somit die Karikatur eines Söldners aus einem drittklassigen

Z-Movie war. Als guter treuer Soldat zielte er mit einer ultramodernen Handwaffe, die mit einem Schalldämpfer versehen war, auf uns.
»Mae«, versuchte ich zu verhandeln.
»Halt's Maul, Morg. Das Schwert und der Rest. Schnell. Und komm ja nicht auf den Idee, auch nur eine Beinschiene zu vergessen.«
»Beinschiene? Welche Beinschienen?«
»Halt mich nicht für blöd. Die Rüstung! Und zwar vollständig! Ich zähle bis fünf. Eins … zwei …«
»Da war keine Rüstung!«, mischte sich Amina ein. »Das Grab ist geplündert worden!«
»Drei …«
»In Gottes Namen«, mischte sich der Mullah ein, »ich schwöre Ihnen, dass sie die Wahrheit sagt. Der Sarkophag war of …«
Er hatte keine Zeit, seinen Satz zu beenden. Ein kleines Pfeifen ertönte, und Yousri Marzouk brach zu unseren Füßen zusammen, zwei Hände auf den Bauch gelegt.
»Marzouk!«, schrie ich und hockte mich neben ihn.
Hans fluchte, Amina drückte die Hände auf den Mund, und Mae lud erneut, ein breites Lächeln auf ihren sinnlichen Lippen.
»Da ihr es ja so wollt, werde ich mich eben selbst bedienen.«
Sie richtete ihre Pistole auf mich.
»Nein!«, brüllte Amina.
Ich schloss die Augen und hielt mir aus Reflex die Hände vor das Gesicht.
Ein kleines scharfes Geräusch ertönte aus einer der Seitenstraßen, und ich öffnete nacheinander wieder die Augen, überrascht, keinen Schmerz zu spüren. Maes Waffe war ihr aus den Händen geglitten und rollte über das Pflaster.
Wie in Zeitlupe sah ich, dass sich das Kraftpaket versteifte und zu seiner Begleiterin umdrehte, die mit weit aufgerissenen Augen

und offenem Mund vornüber zu Boden fiel, die Kehle von einer Kugel durchbohrt.
Überrascht feuerte ihr Komparse blind in die Seitenstraße, aus der der Schuss gekommen war. Plötzlich wurden wir von den Scheinwerfern eines Autos geblendet, das auf dem gegenüberliegenden Bürgersteig stand, und wir sahen, wie der Koloss zu unseren Füßen zusammenbrach, eine Kugel zwischen den Augen.
Wie gelähmt, hilflos, unfähig zu begreifen, was gerade geschehen war, standen wir außer Atem auf der Schwelle der Moscheetür, bis sich uns ein Auto mit brummendem Motor näherte.
»Gehen Sie in die Moschee rein!«, rief Amina. »Schnell.«
»Ich will Ihnen nichts Böses«, sagte eine samtige Männerstimme auf Griechisch mit einem leichten italienischen Akzent. »Wenn ich Sie hätte töten wollen, wären Sie bereits tot.«
Die kleine Lampe über dem Rückspiegel des Autos leuchtete auf, und wir sahen einen dunkelblonden jungen Mann von etwa dreißig Jahren, der uns, den Ellbogen auf die heruntergefahrene Fensterscheibe gestützt, anlächelte. Ich hatte ihn noch nie zuvor gesehen, und er hatte nichts gemein mit den groben Kerlen, die uns in Rom und Alexandria verfolgt hatten.
»Wer sind Sie?«, fragte ich in derselben Sprache.
»Ein Freund von Helios.«
»Morgan, wir müssen abhauen!«, drängte mich Hans und zog mich an der Rückseite meines T-Shirts.
Der junge Mann stimmte mit einem Kopfnicken zu, und wir stiegen in den italienischen Wagen in grau-metallic ein, der – wenn auch nagelneu und bequem – wahrscheinlich keine Blicke auf sich zog. Ich nahm auf dem Beifahrersitz und meine beiden Begleiter hinten Platz.
Der Unbekannte fuhr sofort los, und Aminas Nerven versagten. Sie brach in Tränen aus.

»Hier«, sagte unser Chauffeur auf Französisch und bot ihr eine Packung Taschentücher an.
»Warum haben Sie zugelassen, dass sie den armen Mann umbringt?«, schrie ich auf.
»Die blöde Schnepfe war schneller als ich«, antwortete er schlicht.
»Wer sind Sie, und was wollen Sie?«, hakte ich nach, bereit mir das Lenkrad zu schnappen und ihn niederzuschlagen.
Er betrachtete mich aus dem Augenwinkel, als habe er meine Gedanken erraten.
»Nervös, wie? Helios hatte mich vorgewarnt.«
»Wer ist dieser Mann?«
»Er ist nicht Ihr Feind. Haben Sie das noch nicht begriffen?«
»Wo bringen Sie uns hin?«, schluchzte Amina.
»In Sicherheit, Dottoressa Saebjam.«
»Ich will zurück zu mir nach Hause!«, schrie sie auf, der Hysterie freien Lauf lassend.
»Sie haben kein Zuhause mehr, Signorina. In diesem Augenblick kehren wenig vertrauenswürdige Gestalten in Ihrer Wohnung das Unterste zuoberst, und zwei weitere erwarten Ihre Rückkehr an Ihrem Auto.«
Hans legte ihr den Arm um die Schultern, um sie zu beruhigen, und ich zog eine Packung Zigaretten aus meiner Hosentasche. Leer. Ich zerknüllte sie mit einer wütenden Geste und warf sie auf den Boden, aber unser Unbekannter hielt mir eine neue mit einem italienischen Stempel hin, genau dieselbe Marke.
»Man könnte meinen, Ihnen entgeht nichts.«
»Ich bin gut informiert.«
»Sie sind uns in Italien gefolgt, nicht wahr?«
»Selbstverständlich«, sagte er mit einem breiten Lächeln.
Seine weißen Zähne funkelten, und ich betrachtete ihn von oben bis unten. Ein Dressman. Schlank, elegant, feine Züge, die lockigen Haare halb lang.

»Was haben Sie mit uns vor?«, seufzte ich.
Er lachte wie über einen guten Scherz.
»Haben Sie den Dolch gefunden?«, fragte er.
»Ist es das, was Sie wollen?«
»Ich habe noch keine Anweisungen in diesem Sinne erhalten. Auch nicht wegen des Schwerts. Faszinierende Stücke, nicht wahr?«
»Warten Sie mal, wie wusste Helios, dass der Dolch in dem Brei vergessen worden war?«
Unser Chauffeur runzelte die Stirn.
»*Brei?* Ist der Sarkophag beschädigt worden?«
»Der Alex hat ein unfreiwilliges Säurebad genommen.«
»Merkwürdig, wurde der Dolch in Mitleidenschaft gezogen?«
»Kaum«, erwiderte ich ratlos.
»Wir sind da, Dottore Lafet«, sagte er, als er auf eine große Allee einbog, die die Küste säumte.
In diesem Teil von Alexandria erstreckte sich eine großartige Küstenstraße über mehr als zwanzig Kilometer am Wasser entlang. Für einen unerfahrenen Besucher, der ganz erfüllt ist von der Stimmung der Basare und den Kopf voll hat von Pyramiden, war der Anblick ein Schock. Hier nahm Ägypten das Gesicht der Modernität und der Technik an. Die Küstenstraße war von einer gänzlich europäischen Atmosphäre geprägt, aber sehr im Stil des 21. Jahrhunderts gehalten. Die Strände und futuristischen Bauwerke zogen sich entlang der gekrümmten Küstenstraße in einer Fülle von Blau- und Weißtönen, die hier und da von wohldurchdachten Grünflächen geziert waren. Die aufgehende Sonne tauchte das Ganze in ihr weiches Licht, und das Mittelmeer glitzerte in Gold und Silber.
»Es ist schön, nicht wahr?«, fragte unser Fahrer Hans lächelnd, der über das Panorama staunend die Nase gegen die Scheibe gepresst hatte. »Sie werden einen besseren Blick von der Terrasse

aus haben.« Er parkte vor der Tür eines Hochhauses, von der aus ein Wächter in Livree herbeieilte, um die Autoschlüssel an sich zu nehmen. »Folgen Sie mir«, sagte er und nahm Amina, die noch immer unter Schock stand, die Tasche ab.

»Geht es einigermaßen?«, erkundigte ich mich und beugte mich zu ihr.

Sie nickte nervös mit dem Kopf, ich bot ihr den Arm, und wir durchquerten eine vollkommen verspiegelte und vergoldete Eingangshalle und nahmen dann einen gewaltigen Aufzug bis in den letzten Stock.

»Wo sind wir?«, fragte ich.

»In einer von Helios' Winterresidenzen. Sie können sich waschen, sich ausruhen und sich umziehen, wenn Sie das wünschen.«

»Alles was wir wünschen, ist von hier wegzukommen!«

»Da hätten Sie Unrecht. Es ist sehr komfortabel.«

Der Aufzug hielt mit einem kleinen melodischen *Pling!* an, unser Chauffeur öffnete die einzige Tür, die sich auf der von zwei Kameras überwachten Etage befand, und schob eine Karte in das elektronisch gesteuerte Schloss.

»Nach Ihnen bitte«, sagte der Mann.

»Haben Sie denn wenigstens einen Namen?«, fragte ich ihn und brachte ihn damit erneut zum Lächeln.

»Hyacinthe«, antwortete er.

Die riesige, vollständig klimatisierte Wohnung nahm fast die gesamte letzte Etage des Hochhauses ein. Die Ausstattung, ein Maßstab für modernes Design, war nüchtern, hell, und das Mobiliar in Naturtönen gehalten, bequem, aber ohne jegliche auffällige Verzierungen. Klare Linien überwogen. Ich bemerkte überrascht, dass keine einzige Anspielung auf die Antike zu sehen war. Die paar vorhandenen Sammlerstücke waren moderne Bronzestatuen und die wenigen Bilder eine mitreißende, zeitgenössische Hommage an die Wüste.

Hans setzte sich vorsichtig auf ein dickes Sofa aus weißem Leder, und Amina nahm neben ihm Platz, während sie ihre Umgebung mit einem misstrauischen Blick betrachtete.
Hyacinthe, wenn das wirklich sein Name war, holte mehrere Flaschen aus dem Kühlschrank der Bar und stellte sie vor uns hin – auf einen Tisch, den ich als eines der Meisterwerke des angesehenen Kristallateliers von Baccarat wiedererkannte.
»Eistee, Cola und helles Bier«, sagte er und füllte die Gläser. »Das ist es doch? Es sei denn, Sie möchten so früh am Morgen lieber einen Kaffee.«
»Werden wir dieses blödsinnige Spiel noch lange weiterführen?«, fragte ich und nahm auf einem der beiden Sessel Platz, unser Gastgeber hatte sich auf den anderen gesetzt. »Ich verlange Erklärungen, sofort.«
Hyacinthe nickte und lutschte an einer schwarzen Olive.
»Um es kurz zu machen: Nun da Ihr Mäzen nicht mehr ist, würde Helios …«
»Wie bitte?«, unterbrach ich ihn.
Er schaute überrascht drein, dann lächelte er wieder.
»Stimmt. Sie wissen es noch nicht. Genau wie diese kleine dumme Gans, die sich für eine Soldatin gehalten hat. Nun, dort, wo sie jetzt ist, wird ihr diese Information nicht das Geringste mehr nützen. John Jürgen hat sich vor kurzem seinen Nazi-Großeltern angeschlossen. Friede seiner Schakalseele. Niemand wird ihn vermissen, und Sie schon gar nicht, denke ich mal«, schloss er und trank einen großen Schluck Martini.
»Haben Sie ihn um die Ecke gebracht?«, fragte Hans mit erstickter Stimme.
Unser Gastgeber brach in Gelächter aus.
»Wie Sie das sagen!«
»War er es oder Helios, der Bertrand Lechausseurs Leben ein Ende gesetzt hat?«, fragte ich und fürchtete die Antwort.

Hyacinthes Miene verfinsterte sich, als hätte ich ihn beleidigt.
»Helios vergreift sich weder an Leichen noch an alten Männern, Dottore Lafet!«, sagte er mit schroffer Stimme. »Jürgen hat ihren Freund ermorden lassen, um sich das wiederzuholen, was er als sein Eigentum betrachtete. Ein Eigentum, das sein Großvater im Zweiten Weltkrieg in meinem Land an sich genommen hat. Das Schwert und das Dokument, das Sie transportieren, gehören zu einem Sortiment griechischer Waffen, die die Nazis von einem italienischen Sammler antiker Kunst gestohlen hatten.«
»Und Bertrands Pläne?«, mischte sich Amina ein, die aus ihrem Schweigen erwachte.
Unser Gastgeber verschwand in einem Nebenzimmer und kam mit mehreren Dokumenten wieder, darunter ein dicker, kartonierter Ordner, den er ihr reichte.
»Hier sind sie. Er hat wahrscheinlich gerade daran gearbeitet, als er überrascht wurde, denn ich bezweifle, dass er sie in seiner Bibliothek hätte herumliegen lassen. Wir haben sie vor zwei Tagen bei Jürgen gefunden. Aber kommen wir zurück zum Grund Ihrer Anwesenheit hier. Da Ihr Mäzen nicht mehr ist, würde Helios ihn gerne ablösen, damit Sie Ihre Recherchen weiterführen können.«
Ich trank einen Schluck Bier und schüttelte den Kopf.
»Aber sie sind doch beendet! Wir haben das Grab gefunden. Alles was wir noch tun müssen, ist, die Behörden …«
»Dottore Lafet«, spottete Hyacinthe. »Morgan, Helios pfeift auf Alexander. Jetzt, da er den Dolch hat, will er die Rüstung. Sie sind noch nicht am Ende Ihrer Suche angelangt. Sie stehen erst am Anfang.«
Hans stellte plötzlich sein Colaglas ab und beugte sich ihm entgegen.
»Einen Moment mal! Woher wusste Ihr Boss, dass der Dolch vergessen worden war? Wozu braucht er uns, wenn er doch so fähig ist?«

»Radikal, aber effizient«, spottete ich und drehte mich zu Hyacinthe um. »Also?«
»Um auf die erste Frage zu antworten: Wir haben unsere Quellen. Was die zweite betrifft, würde ich sagen, dass Helios kompetente Leute braucht, und Sie sind kompetent, Signor Lafet. So wie der gute Dottore Lechausseur. Helios weiß, dass Sie in der Lage sind, die Rüstung wiederzufinden.«
»Sie wissen, dass das unmöglich ist. Die Leute, die das Grab geschändet haben, haben sie mitgenommen – die Götter allein wissen wohin –, nachdem sie die Mumie in einen Säurebrei verwandelt haben. Wie wollen Sie sie wiederfinden?«
Hyacinthe schüttelte den Kopf wie ein Lehrer vor einem schlechten Schüler.
»Sie lesen die Zeichen gut, Morgan, aber Sie denken verkehrt herum. Wenn man bedenkt, dass sich sämtliche Hinweise vor Ihrer Nase befinden und Sie ein Hellenist sind. Sie sollten sich schämen!«
»Ich bin nicht hier, um mich beleidigen zu lassen!«
»Erklären Sie es uns«, warf Amina ein.
»Nehmen Sie Professor Lechausseurs Heft, Dottoressa Saebjam«, murmelte unser Gastgeber. »Lesen Sie die einhundertzweiunddreißigste Seite.«
»Woher kennst du denn den Inhalt des Hefts, he?«, schrie Hans auf.
»Die aufgebrochene Tür«, begriff ich. »Das waren Sie.«
Hyacinthe zwinkerte mir zu.
»Sie haben nicht einen Fuß in ein Flugzeug gesetzt, bevor das Tagebuch nicht zu Ende entziffert war. Wir wussten von da an, dass sich das Grab in der Moschee befinden musste. Wir brauchten nur noch die Pläne, um Ihnen zu helfen, dort hineinzugelangen und den Dolch zu bekommen, natürlich.«
»Warum haben Sie ihn sich nicht selbst geholt?«

»Jedem das seine, Dottore Lafet. Der Archäologe sind Sie.«
Amina hatte den von Hans erstellten Ausdruck des entzifferten Tagebuchs hervorgeholt und blätterte rasch die Seiten um.
»Seite einhundertzweiunddreißig, ich hab's.«
»Lesen Sie noch einmal die Stelle über Caligula vor.«
»*… Caius Julius Caesar hatte sie aus dem Grab des großen Alexander in Ägypten holen lassen. Er hat sie reparieren lassen, hat sie mit einem der Dolche ergänzt, die ihm zufolge das Herz des Mörders seiner Mutter durchbohrt hatten, und hat sie mehrere Male getragen, aber das letzte Mal, als man sie sah, war der Tag, an dem er nach dem Beispiel des Königs der Meder den Bau einer Schiffsbrücke in der Bucht von Neapel anordnete.*«
Ein Lächeln machte sich auf Hyacinthes feinem Gesicht breit.
»Der Dolch, haben Sie's jetzt?«
»Deuten Sie etwa an, dass die von Caligula losgeschickten Männer den Titandolch vergessen haben könnten? Nicht der Abschaum, der den Alex zu einem gebratenen Hammel gemacht hat?«
»Welche Notwendigkeit hätte sonst bestanden, den fehlenden Dolch durch eine Waffe aus gewöhnlichem Metall zu ersetzen?«
Ich stand auf und schüttelte den Kopf.
»Woher wussten Sie, dass zu der Originalrüstung ein Dolch gehörte?«
»Helios weiß genau, aus welchen Stücken sie bei ihrer Herstellung bestand, Morgan«, gab er zurück.
»Und durch welches Wunder?«
»Ich weiß es nicht. Aber er könnte Ihnen jedes Element mit verbundenen Augen nachzeichnen.«
»Er hat sie also schon mal in den Händen gehabt?«
»Er versichert, dass das nicht der Fall ist.«
»*Caligula hat sie reparieren lassen*«, warf Amina nachdenklich ein, die Nase dicht über dem Text. »Morgan …«

»Was?«
»Der Ring!«, rief Hans aus, der sofort begriff, worauf sie hinauswollte.
Amina nickte.
»Welcher Ring?«, fragte Hyacinthe.
»Aber warum denn?«, erkundigte ich mich.
»Weil die Rüstung nie nach Alexandria zurückgekehrt ist.«
Amina blätterte die Seiten um und las laut:
»*Später, als man Caligula nach der Rüstung des großen Alexander fragte, die er nicht mehr zur Schau getragen hatte, behauptete er einfach, sie den ›Grabwächtern‹ wiedergegeben zu haben, damit sie ihren rechtmäßigen Besitzer wiederfände!*«
»Das ist eben das, was ich sage, Dottoressa Saebjam«, sagte Hyacinthe mit einem kleinen Lächeln.
»Stimmt, das Schwert ist von dem Sklaven gestohlen worden, die Rüstung aber ist in das Grab zurückgekehrt. Es steht hier.«
Unser Gastgeber hielt ihr ein Buch hin, das er aus dem Nebenzimmer geholt hatte: Die berühmten *Parallelleben* des griechischen Autors Plutarch, über dem alle Studenten eines schönen Tages einmal schwitzen mussten.
»*Leben des Alexander*. Kapitel XV, Absatz 7.«
Hans ergriff es und räusperte sich. Da ich langsam anfing zu begreifen, worauf Hyacinthe hinauswollte, schlug ich mir mit der Hand flach auf die Stirn und verfluchte meine Dummheit. Es war so offensichtlich …
»*Derart war nun sein Drang und derart waren seine Absichten, als er den Hellespont überquerte. Er stieg hinauf nach Ilion (*Troja*), wo er der Athene ein Opfer und den Helden Libationen darbrachte. Auf dem Grab des Achilles …*« Amina bekam Schluckauf, da sie in dem Moment begriff, dass auch ihr die Offensichtlichkeit entgangen war.
»Was denn?«
»Nichts«, mischte sich Hyacinthe ein, »lesen Sie weiter.«

Hans schaute uns einen nach dem anderen scharf an, aber wir gaben ihm ein Zeichen fortzufahren.
»*Auf dem Grab des Achilles, nachdem er sich mit Öl eingerieben und* …, der war aber echt nicht ganz dicht, … *nach dem Brauch mit seinen Begleitern nackt umhergerannt war, legte er einen Kranz ab: ›Glücklich bist du‹, rief er aus, ›zu deinen Lebzeiten einen treuen Freund und nach deinem Tod einen großen Helden gehabt zu haben, um dich zu feiern!‹ Als er durch die Stadt ging und sie besichtigte, fragte man ihn, ob er die Leier und die Rüstung des Paris sehen wolle; er antwortete: ›Jene beiden interessieren mich kaum, aber ich werde mit Vergnügen die des Achilles annehmen, Zeugen seines Ruhmes und seiner hohen Taten!‹ Da die Tempelwächter fürchteten, dass sein Zorn über Ilion hereinbrechen könnte, falls sie ablehnten, übergaben sie ihm daher die heiligen Geschenke, die Hephaistos damals dem Kind der Thetis* (Mutter des Achilles und Gattin des Peleus) *zu Füßen gelegt hatte.* Alexander hat Achilles' Rüstung geklaut?«
»Die Tempelwächter«, seufzte Amina und schlug die Augen zum Himmel. »Die Rüstung des Achilles, wieso haben wir nicht daran gedacht?«
Hans richtete sich gespannt auf.
»Dann waren das also die Grabwächter?«
»Ja, Hans. Als Caligula die Rüstung seinem rechtmäßigen Besitzer wiedergab, hat er sie natürlich nicht Alexander, sondern Achilles wiedergegeben. Was bin ich für ein Idiot!«, schalt ich mich.
»Aber dann«, stammelte Amina, »wenn es sich tatsächlich um das Schwert des Achilles handelt, sind die Datierungen exakt! Zwischen dreitausend und dreitausendfünfhundert Jahren. Morgan! Zwischen eintausend und eintausendfünfhundert vor Christus …«
»Das geschätzte Datum des Trojanischen Krieges«, nickte ich und ließ mich auf das Sofa sinken, als hätte ich einen Schlag mit dem Hammer auf den Schädel bekommen. »Bei Zeus!«

Der Mund meines Praktikanten öffnete sich vor Staunen so weit, dass er Platz für die Hälfte aller Alexandriner Fliegen bot.
»Moment mal, sagst du mir gerade, dass dieser Typ existiert hat? Da brauch ich jetzt aber erst mal was zu trinken.«
Hyacinthe lachte über seine Fassungslosigkeit und schenkte Hans noch ein Glas Cola ein, das dieser in einem Zug leer trank.
»Viele Helden oder Figuren aus der Mythologie werden von real existierenden Menschen inspiriert. Und das war wahrscheinlich der Fall bei Achilles. Was den Schmied betrifft, mein Gott, das muss ein Genie gewesen sein. Das ist der Grund, weshalb wir diese Rüstung wiederfinden müssen, nun da wir den Dolch und das Schwert haben. Helios zufolge ist das beeindruckendste Stück davon der legendäre Schild.«
Alle Müdigkeit und Angst waren verflogen, als Hans aufstand und, zur großen Erheiterung unseres Gastgebers, durch das Zimmer hüpfte.
»Was will Helios mit der Rüstung anstellen?«, fragte ich geradeheraus.
Hyacinthes Lächeln erstarb.
»Das geht Sie nichts an. Und mich auch nicht.«
»Ich weigere mich«, sagte ich schlicht.
»Morg!«, rief Hans aus. »Was laberst du da! Überleg doch mal!«
»Sei still, Hans!«, schalt ihn Amina. »Du weißt nicht, wovon du sprichst.«
Wenn ich es gewesen wäre, der ihn so gescholten hätte, dann hätte er mich beschimpft, aber zu meiner großen Überraschung errötete mein Assistent und senkte den Kopf. Von Männern aufgezogen, wurde er sich zum ersten Mal in seinem Leben bewusst, was mütterliche Autorität bedeutete.
»Ich werde diese Rüstung nicht finden, damit sie vor aller Augen verborgen im Tresor eines wohlhabenden Sammlers liegt«, be-

tonte ich. »Finden Sie jemand anderen. An Schatzsuchern mangelt es nicht.«

Hyacinthe verzog das Gesicht und nickte, dann zog er seine Brieftasche aus der Hosentasche.

»Helios hatte Ihre Reaktion vorausgesehen.«

»Ein Scheck wird mich nicht dazu bringen, meine Meinung zu ändern«, bekräftigte ich nachdrücklich.

»Das denke ich mir. Aber es geht nicht um Geld. Für den Fall, dass Sie ablehnen würden, hat er mich gebeten, Ihnen dies zu zeigen«, murmelte er und reichte mir ein Foto.

Ich ergriff es misstrauisch, und als ich sah, wen es darstellte, spürte ich, wie mir das Blut in den Adern gefror und ich leichenblass wurde.

»Aber«, stammelte Hans, der mir über die Schulter sah. »Das ist doch Etti.«

»Woher haben Sie das?«, knurrte ich, bereit mich auf Hyacinthe zu stürzen. »Wann haben Sie es aufgenommen? Wie lange überwachen Sie mich schon? Mein Bruder ist seit über einem Jahr tot!«

»Vor einem Jahr wusste Helios noch nicht einmal etwas von Ihrer Existenz, *Dottore* Lafet. Dieses Foto wurde vor fünf Tagen aufgenommen. Von Ihrem Diener«, präzisierte er mit einer Verbeugung.

»Das ist unmöglich! Mein Bruder ist tot!«

»Er lebt«, versicherte unser Gastgeber, stand auf und lief mit konzentrierter Miene vor uns auf und ab. »Und ist in Sicherheit. Niemand hat ihm wehgetan oder wird es tun, Sie haben Helios' Wort. Aber wenn Sie sich weigern zu kooperieren, werden Sie ihn nie wiedersehen.«

»Du verdammter Schweinehund!«, brüllte ich und sprang von meinem Sessel hoch. »Das wirst du mir …«

Ich erstarrte, und Amina stieß einen kleinen Schrei aus. Hyacinthe richtete eine Pistole auf mich.

»Setzen Sie sich, Morgan.«
Ich gehorchte, Überraschung und Sorge schnürten mir die Kehle zu. Unser Gastgeber schob die Pistole in das Holster zurück, das er unter seinem Jackett trug.
»Mein Bruder ist umgekommen bei Ausgrabungen am Kanal von ...«
»Nein. Er ist nicht tot. Schauen Sie sich das Datum auf der Zeitschrift neben ihm an. Und schauen Sie auf seine Stirn. War diese Narbe bereits dort, als Sie ihn das letzte Mal gesehen haben? Trug er die Haare so lang?«
Ich starrte auf das Foto, ohne dass ich es zu glauben wagte. Etti hatte sich immer die Haare sehr kurz schneiden lassen, und es stimmte, dass er keine Narbe auf der Stirn gehabt hatte. Was die Zeitschrift betraf, die zwischen weiteren auf dem Bett lag, wo er friedlich schlief, so zeigte sie wahrhaftig den Monat Juni dieses Jahres an.
»Es kann sich um eine Fotomontage handeln!«, schrie Hans auf. »Gebt mir ein gutes Bildbearbeitungsprogramm, und ich mach euch mehrere Dutzend davon!«
»Ich habe dieses Foto selbst aufgenommen, habe ich Ihnen gesagt. Was die Narbe betrifft, sie ist das Resultat einer Verletzung durch einen der Steine, die auf ihn gestürzt sind, Morgan.« Ich schüttelte den Kopf, mir war schwindelig, so angewidert war ich von dieser schäbigen Heimtücke. »Wissen Sie denn überhaupt, was in Korinth passiert ist?«
»Ich war dort!«
»Dann, denke ich, wissen Sie also, dass es John Jürgen war, der den römischen Schmuck besaß, der ›auf mysteriöse Weise‹ gestohlen wurde und den Ihr Bruder heraufgeholt hatte?«
»Ich habe es mir gedacht.«
»Haben Sie sich auch gedacht, dass es Jürgen war, der die topographischen Proben gefälscht hatte, um den Schatz so schnell

wie möglich vor der Ankunft des Museumsteams heraufzuholen? Haben Sie sich gedacht, dass Ihr Bruder seinetwegen fast im Kanal umgekommen wäre?« Ich sprang auf. »Anscheinend nicht.« Hyacinthe setzte sich und seufzte. »Etti war mit den anderen wieder hochgekommen, als ein Steinblock gegen ihn prallte und er das Bewusstsein verlor. Die Strömung hat ihn weggespült. Die Hafenarbeiter haben ihn ein Stück weiter gefunden. Ich weiß nicht viel mehr, nur dass er mehrere Monate im Koma lag, das haben die Ärzte mir gesagt. Er ist im Januar daraus erwacht, befindet sich aber in einem traurigen Zustand, ich habe keinen Grund, Ihnen das zu verheimlichen.«

»Nehmen wir einmal an, was Sie sagen, ist wahr – wie haben Sie das alles erfahren?«

»Als wir Bertrand Lechausseurs Bankkonten durchgegangen sind, haben wir entdeckt, dass er jeden Monat regelmäßig Überweisungen tätigte. Eine an die hier anwesende Dottoressa Saebjam und eine andere, wesentlich höhere, an die Klinik, in der Ihr Bruder behandelt wurde. Wir haben daher eine Spur bis zur Signorina verfolgt, die einen Teil der Recherchearbeit und der Standortbestimmung für den Professor übernommen hatte, und eine andere bis zu Etti und den Ausgrabungen am Kanal. Es war natürlich der Dottore, der als Ausgrabungsleiter von den Behörden davon in Kenntnis gesetzt worden war, dass man Etti wiedergefunden hatte.«

Ich spürte, wie mir der Boden unter den Füßen wegglitt.

»Warum hat er mir nichts davon gesagt?«

»Wir wissen es nicht. Vielleicht dachte er, es sei leichter für Sie zu glauben, dass Ihr Bruder tot ist als … in diesem Zustand. Aber seien Sie versichert, seit dem Tod des Dottore Lechausseur wurden die Zahlungen weiter ausgeführt und werden es auch weiterhin, bis Sie Etti abholen. Falls Sie das möchten.«

Amina hatte sich auf dem Sofa zusammengekauert, und Hans

machte ein niedergeschlagenes Gesicht. Ich für meinen Teil war unfähig zu beschreiben, was ich fühlte. Ein Teil von mir glaubte, dass mein Bruder tot war und dass dies alles nichts als eine Lüge und eine gemeine Manipulation sei, aber ein anderer Teil hüpfte und brüllte vor Freude bei der Vorstellung, dass er vielleicht wirklich am Leben war.

»Wollen Sie«, flüsterte Hans und warf mir einen verängstigten Blick zu, »wollen Sie damit sagen, dass Etti nur noch 'ne Dumpfbacke ist?«

Ich drückte meine Kiefer so fest aufeinander, dass ich meine Zähne knirschen hörte.

»So weit würde ich nicht gehen«, gab Hyacinthe ruhig zurück. »Er hat seine sämtlichen motorischen Fähigkeiten wiedererhalten, läuft und isst normal, hantiert mit Gegenständen ebenso leicht wie Sie und ich, aber er scheint … abwesend. Er äußert nur seltene, unverständliche Worte und verbringt Stunden damit, ins Leere zu starren. Die Ärzte denken, dass er in der Umgebung seiner Familie vielleicht …«

»Hören Sie auf mit dieser Komödie!«, donnerte ich, sodass alle aufsprangen. »Welches Stück spielen Sie uns nun vor? Das vom netten Typ mit der Knarre und vom wiederauferstandenen Bruder? Sie sind zum Kotzen!«

»Sie glauben mir immer noch nicht, oder, Morgan?«

»Ich glaube, ich werde in weniger als fünf Stunden nach Frankreich fliegen und versuchen zu vergessen, was ich gehört habe. Ich werde nicht in Ihre Falle tappen!«

Er nickte und stand auf, um das schnurlose Telefon zu nehmen, das auf der Bar stand.

»Wenn Sie mir nicht glauben, vielleicht werden Sie dann jemandem glauben, der über jeden Verdacht erhaben ist«, sagte er und wählte eine lange – wahrscheinlich internationale – Nummer.

Hans und Amina starrten auf den Boden und wussten nicht, was sie sagen sollten.
»Welches Kaninchen wollen Sie denn jetzt aus Ihrem Hut zaubern?«
Er legte einen Finger auf den Mund, um mir zu zeigen, dass ich schweigen sollte, und schaltete den Lautsprecher ein.
»Hallo?«, sagte eine Frauenstimme.
»Madeleine? Hyacinthe am Apparat.«
Ich war niedergeschmettert.
»Oh! Wie geht es Ihnen? Haben Sie endlich Morgan und den jungen Hans getroffen?«
»Ja, wir sind in Alexandria, und es ist wunderbares Wetter.«
»Morgan muss sich sehr gefreut haben, Sie wiederzusehen, nach all den Jahren. Man verliert seine Studienfreunde viel zu oft aus den Augen. Geht es ihm gut?«
Ich ballte die Fäuste so fest zusammen, dass ich mir mit den Fingernägeln die Handflächen verletzte.
»Es geht ihm sehr gut, und er war sehr überrascht, mich zu sehen. Ihre leckeren Kekse fehlen ihm, liebe Madeleine.«
»Mistkerl«, brachte ich lautlos hervor.
»Sagen Sie ihm, dass ich ihnen einen Korb voll mache bei seiner Rückkehr.«
»Ich werde es nicht versäumen. Aber ich rufe Sie im Grunde wegen einer blöden Sache an. Stellen Sie sich vor, ich habe mich mit Morgan unterhalten und sprach mit ihm über den lieben Dottore Lechausseur und darüber, dass er einen Neffen oder so etwas hat. Morgan hat das verneint, aber ich bin trotz allem davon überzeugt, dass der Dottore mir von ihm erzählt hatte. Wissen Sie, dieser Junge, für den er Sie als Krankenschwester einstellen wollte, der einen großen Schlag auf den Kopf bekommen hatte und den er aus der psychiatrischen Klinik holen wollte.«
»Ja, das stimmt. Aber das war nicht sein Neffe, Morgan hat Recht.

Das war einer seiner ehemaligen Schüler, dessen nächste Verwandten in Asien waren, nach dem, was ich verstanden habe. Wahrscheinlich hatten sie nicht die Mittel, um die Behandlung zu bezahlen, die armen Leute. Aber Bertrand ist kurz vor der Entlassung des Jungen aus dem Krankenhaus gestorben, und ich habe keine Information über ihn. Bestimmt kümmert sich seine Familie um ihn. Wie traurig, stellen Sie sich das vor. Einige können sich nicht einmal die allernotwendigsten Behandlungen leisten, und wir dagegen jammern wegen nichts.«

Hans vergrub sein Gesicht in den Händen, und ich sah zwischen den Fingern seine weit aufgerissenen Augen. Ich selbst war wie gelähmt.

»Ja, das ist sehr traurig, aber ich bin sicher, dass es dem Jungen sehr gut geht. Wie dem auch sei, ich war zu Unrecht davon überzeugt, dass es sein Neffe war. Warten Sie, Morgan möchte Ihnen ein paar Worte sagen, ich gebe weiter. Auf Wiederhören.«

Er reichte mir mit einem Raubtierlächeln den Hörer, und ich nahm ihn mit zitternden Händen und zugeschnürter Kehle entgegen.

»Guten Tag, Madeleine. Nein, ein bisschen müde, das ist alles. Ja, ich war hocherfreut, ihn wiederzusehen. Ja, ich verstehe. Das ist in der Tat sehr traurig. Sie wissen nicht zufällig, in welcher Klinik er war?« Hyacinthe schüttelte den Kopf. »Ja, wahrscheinlich. Ja, Hans amüsiert sich wie ein Schneekönig, ich werde es nicht vergessen. Ich drücke Sie auch. Bis ganz bald.«

Ich legte auf und reichte das Telefon meinem »Studienfreund«, der einen kleinen Pfiff zwischen den Zähnen ausstieß.

»Guter Versuch, Morgan. Und? Glauben Sie mir jetzt?«

Ich ließ mich schlaff in einen Sessel fallen und erinnerte mich an ein anderes Gespräch in Madeleines Küche kurz vor unserer Abreise:

»... mit fünfundfünfzig wird mich niemand mehr wollen.«

»Ich bin vom Gegenteil überzeugt.«
»Wie Bertrand. Er hatte mich sogar dazu überredet, wieder in den Dienst zu treten. Ein junger Mann aus seinem Bekanntenkreis, der nach einem schlimmen Unfall psychiatrische Hilfe brauchte. Schließlich hat Bertrand uns verlassen, und es ist nichts daraus geworden.«
Meine Brust war so eingeschnürt, dass ich gerade noch atmen konnte. Wie hätte ich damals einen Bezug zu meinem Bruder herstellen sollen? Das wäre mir niemals in den Sinn gekommen!
»Etti …«, seufzte ich, ohne es zu merken.
Amina legte mir in dem vergeblichen Versuch, mich zu trösten, die Hand auf die Schulter.
»Finden Sie die Rüstung«, sagte Hyacinthe mit sanfter Stimme, »und ich sage Ihnen, wo Sie Ihren Bruder finden.«
»Und wenn ich es nicht schaffe?«
Er zuckte die Achseln.
»Ich werde es Ihnen trotzdem sagen.« Ich richtete mich auf und schaute ihm tief in die Augen. Er schien es ernst zu meinen. »Man kann von niemandem etwas Unmögliches verlangen, und Helios ist kein Monster.«
»Und wenn ich mich weigere, Ihnen zu helfen?«
»Ich habe gesagt, dass er kein Monster ist, nicht, dass er blöd wäre. Tun Sie Ihr Bestes, und ob Rüstung oder nicht, Sie werden Etti wiedersehen. Sie haben sein Wort.«
»Wer sagt uns denn, dass Sie uns nicht aus dem Weg räumen, sobald Sie Ihre verdammte Rüstung in den Händen haben?«, mischte sich Hans ein.
»Man tötet kein Huhn, das goldene Eier legt, um aus ihm Pastete zu machen. Diese Rüstung ist nur ein Teil eines Puzzles, das Helios zusammenzusetzen versucht. In diesem Moment, in dem wir miteinander sprechen, durchqueren andere Morgans die Welt auf

der Suche nach anderen Stücken für Helios. Und sie haben es nie bereuen müssen.«
»Wer ist Helios genau? Ein Sammler? Ein Antiquitätenfreak wie Jürgen?«
»Nein. Und um Ihnen die Wahrheit zu sagen, Morgan, sogar ich habe ihn noch nie gesehen. Aber ich weiß, dass er Museumsstücke den Museen überlässt.«
»Die Rüstung des Achilles ist ein Museumsstück!«
»Nein, Morgan. Die Rüstung gehört ihm. Sie kommt ihm mit Recht wieder zu, wie die ganzen anderen Puzzleteile, die im Laufe der Jahrhunderte verstreut wurden.«
»Damit sie ihm gehört, müsste er Achilles heißen!«
Er stand auf und drehte mir den Rücken zu, um meinem Blick auszuweichen.
»Ich habe Ihnen schon mehr darüber gesagt, als mir erlaubt ist. Akzeptieren Sie die Abmachung, ja oder nein?«
»Habe ich denn eine Wahl?«
»Man hat immer eine Wahl.«
Amina drückte mir mit einem ermutigenden Lächeln die Hand, und Hans nickte mit dem Kopf.
»Wir können es schaffen, Morg. Wir werden diesen Schrotthaufen finden und Etti zurückholen, oder ich heiß nicht mehr Hans.«
Ich versetzte ihm einen freundschaftlichen Knuff gegen sein Kinn.
»Ich bin mit von der Partie«, murmelte Amina.
»Sie sollen sich aber nicht gezwungen fühlen.«
»Ich habe Lust dazu«, unterbrach sie mich. »Abgesehen von der Neugier, die mich juckt, glaube ich, dass ich mich allmählich an das angenehme ›Mademoiselle‹ und ›nach Ihnen, bitte‹ gewöhne.«
Ich stand mit einem etwas verwirrten Lächeln auf, da ich kein passendes Wort fand, um ihr meine Dankbarkeit auszudrücken, und hielt Hyacinthe die Hand hin.

»Ich bin einverstanden.«
Er schlug ein und drückte mir kräftig die Finger.
»Sie werden es schaffen«, sagte er. »Und Sie werden es nicht bereuen, Sie werden sehen.« Er zeigte auf den Flur zu seiner Linken. »Die Schlafzimmer sind dort. Nehmen Sie ein Bad und ruhen Sie sich aus. Sie finden frische Kleidung in den Schränken. Suchen Sie sich etwas davon aus.«
»Ich muss die Flugreservierungen stornieren«, sagte ich, während ich mir den Nacken massierte. »Und meinem Vater Bescheid geben, er wird sich Sorgen machen.«
»Ich habe Ihre Reservierungen gestern Abend storniert.«
»Vorausschauend, wie ich sehe«, spottete ich.
»Das ist mein Job. Was das Telefon angeht, so gibt es eins in jedem Zimmer. Sie werden nicht abgehört«, fügte er mit einem Augenzwinkern hinzu. »Handys funktionieren hier nicht. Aus Sicherheitsgründen. Wenn Sie irgendetwas brauchen, ich bin in der Bibliothek.«
Hans gähnte, und ich tat es ihm gleich. Die Aufregungen der Nacht und des Morgens hatten mich ausgelaugt. Tausend Gedanken gingen mir durch den Kopf, aber ich ließ sie ihren Kampf allein ausfechten und begab mich schweren Schrittes in eines der Schlafzimmer. Ich war zu erschöpft, um sie zu entwirren.

Gegen 15:00 Uhr fuhr ich aus dem Schlaf hoch, und ich brauchte einen Moment, um mich daran zu erinnern, wo ich war und was ich tat. Ich stand auf, um in eine Shorts aus Naturleinen zu schlüpfen, die ich in einem der riesigen Schränke gefunden hatte, ohne mir die Mühe zu machen, eine Unterhose zu suchen. Ich habe meine Kleidung schon immer gern direkt auf der Haut getragen. Nach einem Augenblick des Zögerns nahm ich auch ein T-Shirt, das ich in der Hand behielt.
Hans und Amina schliefen noch, die Türen zu ihren Zimmern

waren weit geöffnet, und ich begab mich in den großen Salon. Hyacinthe trank einen Kaffee, sein Blick verlor sich in dem wunderbaren Panorama der Küstenstraße, und ich setzte mich zu ihm, nachdem ich mir eine Zigarette aus der Packung angezündet hatte, die er – wahrscheinlich für mich – auf dem Tisch hatte liegen lassen.

»Haben Sie sich gut erholt?«, erkundigte er sich freundlich.

Er hatte seinen eleganten italienischen Anzug gegen eine Jeans und ein weißes, orientalisches Hemd ausgetauscht, das von der Meeresluft aufgebläht wurde. Ich sah, dass er sein Holster direkt auf der Haut trug.

»Trennen Sie sich nie davon?«

»Ohne fühle ich mich nackt«, scherzte er mit einem anzüglichen Lächeln.

Ich stützte mich auf das Geländer, um den Ausblick zu bewundern. Die jodhaltige Luft war warm, und ich spürte bereits Schweißperlen auf meiner Kopfhaut. Ich sah, wie Hyacinthes Augen über meine nackte Brust und meine Schenkel glitten, und schlüpfte in das T-Shirt, was ihn fast unmerklich zum Erröten brachte.

»Haben Sie Ihren Vater erreicht?«

»Ja.«

»Haben Sie ihm von Etti erzählt?«

Ich warf ihm einen mordlüsternen Blick zu.

»Natürlich nicht!«

Ich ging zurück in den klimatisierten Salon und setzte mich auf das Sofa.

»Sie haben immer noch Zweifel, nicht wahr?«, fragte Hyacinthe, der mir gefolgt war. »Warum also Helios' Angebot annehmen?« Als ich ihm nicht antwortete, verzog er das Gesicht. »Nun, ein paar Tage Hoffnung dürfte Ihnen mehr wert sein als ein derartiger Verlust …«

»Wie sieht das Programm aus?«, erkundigte ich mich, um es kurz zu machen.

»Ich werde es Sie wissen lassen, sobald Ihre Freunde aufgewacht sind. Haben Sie Hunger?«

Ich schüttelte den Kopf.

»Nicht wirklich, nein.« Ich drehte mich zu ihm um und blickte ihm direkt ins Gesicht. »Wie lange folgen Sie mir schon?«

»Seitdem wir erfahren haben, dass Sie es sind, den man mit der Inventur von Dottore Lechausseurs Eigentum beauftragt hat.«

»Padre Ilario?«

»Das war ich nicht.«

»Wer dann?«

»Wir wissen es nicht.«

»Jürgen?«

»Das ist wenig wahrscheinlich.«

»Wer sind denn nun diejenigen, die uns angegriffen haben?«, bohrte ich weiter, seiner scheinbaren Ruhe überdrüssig.

Er zuckte die Achseln.

»Wir versuchen, es herauszufinden.«

»Wer *wir?*«

»Wir. Ich, andere wie ich, Helios und andere wie Sie.«

»Rätsel über Rätsel!«, fuhr ich ihn an und drückte wütend meine Zigarette aus. »Immer und immer wieder Rätsel! Welche Rolle spielen Sie in dem Ganzen? Eine Art Schutzengel, der bereit ist, auf alles zu schießen, was stört? Ein Spion von Helios? Was?«

»Ein bisschen von alldem. Und ein bisschen mehr.« Ich stieß verärgert einen Fluch aus. »Ich bin nicht Ihr Feind, Morgan. Und Helios auch nicht. Wir …«

»Belassen wir es bitte dabei, ja?«, seufzte ich und massierte mir die Schläfen. »Ihre Litanei vom guten Mafioso geht mir auf die Nerven.«

»Wir haben mit der Mafia nichts zu tun. Wir …« Ich warf ihm einen gereizten Blick zu, und er verstummte und zündete sich eine Zigarette an. »Helios engagiert Männer wie Sie, um … bestimmte Objekte wiederzufinden«, sagte er und senkte dabei die Stimme. »Recht eigentümliche Objekte. Und Leute wie mich, um Ihnen zu assistieren, Sie zu beschützen oder Ihnen als Vermittler zu dienen.«

»Es handelt sich bei ihm also doch um einen Sammler.«

»Nicht wirklich, ich habe es Ihnen bereits gesagt.« Er stand auf und ging ein paar Schritte umher. »Es geschieht oft im Laufe unserer Recherchen, dass wir auf noch unbekannte Fundorte stoßen. Wenn wir es diskret machen können, weisen wir die betreffenden Instanzen auf ihre Existenz hin, damit Ausgrabungen unternommen werden und der Ort geschützt wird. Wir nehmen nur das, wofür wir hergekommen sind, nichts anderes. Das sind die Anweisungen. Wir sind keine Plünderer.«

»Und nach welcher Art von ›Dingen‹ suchen Sie genau?« Er biss sich auf die Lippe und wandte den Blick ab. »Raritäten?«

»Sozusagen.«

»Und was noch?«

»Sie wissen das Wesentliche, mehr sogar, als ich darüber hätte sagen dürfen.« Er schenkte sich noch einen Kaffee ein und bot mir ebenfalls einen an. Ich akzeptierte. »Zucker?«

Er setzte sich neben mich und leerte seine Tasse in einem Zug. Obwohl ich versuchte, mich zu beherrschen, konnte ich nicht umhin, die Frage zu stellen, die mir auf der Zunge brannte.

»Wie lange sind Sie bei meinem Bruder geblieben, wenn Sie ihn überhaupt jemals gesehen haben?«, fragte ich und musste die Worte förmlich aus meiner Kehle ausstoßen.

Ein mildes Lächeln glitt über Hyacinthes Lippen.

»Einen Großteil des Nachmittags. Er wird sehr gut behandelt. Wir sind im Park spazieren gegangen, und ich habe ihm Zeitschriften und Zeitungen gekauft. Die Krankenschwestern haben mir gesagt, dass er solche Sachen abgöttisch liebt.«

»Sie haben mir gesagt, er habe das Sprachvermögen verloren«, bemerkte ich misstrauisch.

»Das stimmt. Er liest sie nicht, sondern verbringt Stunden damit, sie durchzublättern, ohne dass er sie überhaupt zu sehen scheint. Die Ärzte haben Schwierigkeiten, dieses Verhalten zu deuten. Vielleicht ist es zwanghaft.«

Ich zündete mir eine weitere Zigarette an, um meine Fassung zu bewahren.

»Erklären Sie mir das«, sagte ich in einem Ton, von dem ich hoffte, dass er gleichgültig klang.

Hyacinthe stellte seine Tasse auf dem Couchtisch ab und schüttelte ungläubig den Kopf.

»Er nimmt eine nach der anderen in die Hand, blättert die Seiten in aller Eile um, legt einige ohne offensichtlichen Grund zur Seite und wirft die anderen auf den Boden. Es gibt einen ganzen Haufen davon in seinem Zimmer, und wenn die Krankenschwestern sich daranmachen, sie wegzuwerfen oder wegzuräumen, legt er eine große Nervosität, ja sogar Aggressivität an den Tag. Niemand weiß, warum er bestimmte Magazine und Zeitungen auswählt und andere nicht. Sie haben nichts miteinander gemein.«

Ich spürte, wie sich ein Lächeln auf meinen Lippen breit machte, und mein Herz begann mit bestürzender Heftigkeit zu pochen, als ich mich erinnerte:

»Morgan! Wo sind die Zeitschriften, die ich in den Keller geräumt hatte?«

»Man musste schon über sie hinwegsteigen.«

»Du hast sie doch wohl nicht weggeworfen?«

»Etti, ich finde ja selbst unterm Bett noch welche! Kannst du nicht die Seite herausreißen, die dich interessiert, anstatt den ganzen Papierkram aufzuheben?«

»Das ist der schnellste Weg, sie zu verlieren!«
»Dann hefte sie doch ab, bei allen Göttern.«
»Das wollte ich ja machen, aber nun hast du alles weggeworfen!«
»Das sagst du jedes Mal.«
Meine Kehle war vor Rührung wie zugeschnürt, und ich brach in ein nervöses Lachen aus, das melancholisch, aber auch von einer heftigen Freude geprägt war. Keiner konnte dies über ihn wissen, denn Etti sprach nie darüber, aus Angst, dass man ihn verspottete. Mein Bruder lebte. Etti befand sich irgendwo, ich wusste noch nicht, wo, aber er lebte, Hyacinthe hatte nicht gelogen.
»Morgan, ich schwöre Ihnen, dass ich die Wahrheit sage«, erklärte mein Gegenüber und hatte den Grund für meine Heiterkeit offenbar missverstanden. »Sie haben Madeleine gehört, Sie haben das Foto gesehen. Wir würden Sie nie in dem Glauben lassen, dass …«
»Küchenrezepte«, sagte ich zwischen zwei hysterischen Lachanfällen.
»Wie bitte?«
Ich atmete tief ein und versuchte, mich zu beruhigen.
»Die Gemeinsamkeit zwischen den Zeitungen und Magazinen«, keuchte ich, denn mein Herz schlug so wild, dass es wehtat. »Sie enthalten ein oder mehrere Küchenrezepte. Mein Bruder hatte – hat die verflixte Angewohnheit«, verbesserte ich mich, »Küchenrezepte aufzubewahren.«
Von Etti in der Gegenwart zu sprechen zu können war, als hätte ich wieder angefangen zu atmen, nachdem ich Monate unter Wasser verbracht hatte. Es war, als hätten die Erlebnisse der letzten Tage, die Dramen, deren Zeuge wir geworden waren, niemals stattgefunden. In diesem Augenblick vergaß ich Bertrand, Jürgen, Padre Ilario, den Mullah und die Gefahren, die uns drohten. Etti lebte, und nichts anderes war mehr wichtig.

Hyacinthe machte große Augen und prustete vor Lachen.
»Das war es also! Ich werde das seinem Arzt mitteilen, wenn ich ihn sehe, man weiß ja nie. Das könnte ein gutes Zeichen sein.«
»Es geht ihm also doch noch schlecht?«, murmelte ich, und ein Teil meiner Begeisterung war plötzlich wie weggeblasen.
»Er macht Fortschritte, und er wird noch weitere machen, sobald er bei Ihnen sein wird, davon bin ich überzeugt. Ich habe ihm gesagt, dass Sie ihn bald abholen kommen. Dass er sich noch ein bisschen gedulden muss.«
»Hat er verstanden, was Sie ihm gesagt haben? Wie hat er reagiert?«
Hyacinthe wandte den Blick ab.
»Ich weiß noch nicht einmal, ob er mich überhaupt gehört hat, Morgan. Er beschränkte sich darauf, mich mit seinen großen goldenen Augen anzustarren.« Er lächelte. »Etti hat sehr schöne Augen.«
»Ich weiß. Wann haben Sie vor, ihn wiederzusehen?«
»In zwei Tagen. Ich werde bis zu Ihrer Rückkehr auf ihn aufpassen.«
Ich zuckte zusammen.
»Ihre Arbeit als Schutzengel ist also beendet?«
Er schlug verlegen die Augen nieder.
»Ich habe Helios um die Erlaubnis gebeten, diesen Auftrag aufzugeben.«
»Aus welchem Grund?«
Er verzog das Gesicht zu einem ironischen Lächeln.
»Sie ziehen mir die Würmer ein wenig zu leicht aus der Nase, Morgan.«
Dieses Geständnis brachte mich aus der Fassung, und ich spielte nervös mit meinem Feuerzeug.
»Oh, und wie hat Helios reagiert?«
»Er hat mir angeboten, in seiner Villa auf Mykonos Urlaub zu

machen«, antwortete Hyacinthe und zog eine Grimasse. »Humor ist nicht die geringste seiner Eigenschaften.«
»Ich dachte, Sie hätten ihn noch nie gesehen.«
»Das stimmt. Für mich ist er nur eine Stimme am Telefon. Ich glaube, dass niemand ihn je gesehen hat. Niemand, den ich kenne zumindest.« Er stand auf und streckte sich. »Ihre Freunde werden sich bald zu uns gesellen. Ich werde dafür sorgen, dass man uns eine reichhaltige Mahlzeit bringt, und danach werden wir die letzten Details regeln.«
Er verschwand in einem Nebenzimmer, und ich zündete mir eine letzte Zigarette vor dem Essen an, den Kopf erfüllt von dem Bild meines lächelnden Bruders.
»Bald, Etti«, versprach ich und schloss halb die Augen. »Sehr bald.«

VIII

Hier sind Name und Adresse des Mannes, den Sie kontaktieren sollen«, sagte Hyacinthe und reichte mir ein Dossier. Es war 19:30 Uhr, und in weniger als drei Stunden sollten wir mit einem Privatflugzeug nach Çanakkale in die Türkei fliegen. Beim Abendessen bekamen wir unsere letzten Anweisungen.
»Professor Edward Tool«, las ich auf der ersten Seite des Dossiers. »Ich habe noch nie von ihm gehört.«
»Edward ist Konservator am Archäologischen Museum von Çanakkale«, erklärte unser Gastgeber. »Er war einer der Leiter der Ausgrabungen von Hisarlik vor zehn Jahren.«
»Dort, wo sich angeblich die Stadt Troja befand?«
»Ja. Er hat den Ausgrabungsplatz nach einem Unfall verlassen, der ihn beide Beine gekostet hat.«
»Was ist ihm passiert?«, fragte Amina und senkte ihren Löffel.
»Die Ausgrabungsstätte von Troja ist ein Hügel, auf dem neun antike Städte übereinander liegen. Neun archäologische Schichten, die mehrere Jahrhunderte repräsentieren. Das mythische Ilion entspricht den Schichten VI und VII. Bei den Ausgrabungen der sechsten ist Edward mehrere Meter tief gefallen. Zumindest hat er das gesagt.«
Ich nahm mir noch ein paar gegrillte Fleischbällchen und schenkte mir Tee nach.
»Davon scheinen Sie nicht sehr überzeugt zu sein.«
»Um von der Stelle hinunterzufallen, die er uns gezeigt und so, wie er es gesagt hat, hätte er fünfzig Zentimeter größer sein müs-

sen. Ein Mann von einem Meter siebzig kippt nicht über ein Mäuerchen von einem Meter zwanzig, ohne dass eine zweite Person die Finger im Spiel hat.«

»Denken Sie, dass man ihn hinuntergestoßen hat?«

»Ja. Aber er weigert sich, es zuzugeben. Vor drei Jahren haben wir versucht, ihn zu kontaktieren, als Dottore Lechausseur seine Recherchen begann. Vergeblich. Er will nicht ein Wort über seine möglichen Entdeckungen bei diesen Ausgrabungen verraten.«

»Und haben Sie ihn nicht dazu gezwungen?«

»Dottore Lafet, Folter gehört nicht in meinen Zuständigkeitsbereich.«

»Im Gegensatz zur Erpressung.«

Er ging nicht darauf ein und füllte sich erneut sein Weinglas.

»Die Spur des Grabes von Achilles endet vor seiner Tür. Nun liegt es an Ihnen, sie weiterzuverfolgen und mehr darüber zu erfahren.«

Amina wischte sich die Hände an ihrer Serviette ab und nahm eine Frucht aus dem Obstkorb.

»Warum haben Sie mit der Wiederaufnahme der Recherche so lange gewartet?«

»Ich habe es Ihnen gesagt, die Rüstung des Achilles ist nur ein Teil des Puzzles, keine Priorität. Helios ist ein geduldiger Mann, der in der Lage ist, den passenden Moment abzuwarten, um eine ruhende Arbeit wieder aufzunehmen.«

»Gelegenheit macht Diebe«, spöttelte ich.

»Vollkommen. Und diese Gelegenheit sind Sie.«

»Und wenn Professor Tool sich weigert, uns zu sagen, was er weiß, vorausgesetzt, er weiß etwas?«

Hyacinthe hob sein Weinglas in meine Richtung und ließ dann seine Lippen über den Rand gleiten.

»Er wird reden«, erklärte er. »Nicht Ihretwegen und auch nicht, weil er Helios fürchtet, sondern weil ich mir nicht vorstellen kann, dass das Schicksal Ihrer Freunde ihn kalt lässt. Er würde nicht eine Frau und einen Jugendlichen ihr Leben riskieren lassen, ohne sie nicht zumindest vor dem, was sie erwartet, zu warnen. Und diese Informationen können uns sehr nützlich sein, Dottore Lafet.«

»Sie sind abstoßend.«

Unser Gastgeber beschränkte sich auf ein Lächeln und reichte mir eine kleine Ledertasche.

»Sie finden darin eine Kreditkarte und Bargeld. Fragen?«

»Mit wem werden wir in Kontakt stehen?«, wollte ich wissen.

»Mit niemandem. Wir werden Sie kontaktieren, falls nötig.«

»Und wer wird der neue ›Schutzengel‹ sein, da Sie ja zurücktreten?«

»Gehen Sie davon aus, dass Sie keinen mehr haben. Sie wissen, um was es geht, Sie haben die Vereinbarung akzeptiert und müssen sich nun mit Ihren eigenen Mitteln zu helfen wissen.«

»Ich verstehe. Und wenn unsere Verfolger uns wieder angreifen?«

»Ich habe nicht gesagt, dass der Auftrag gefahrlos ist. Übrigens, da wir gerade davon sprechen, falls Ihre Verfolger Sie zwischen die Finger bekämen, Dottore Lafet, hätte es Helios sehr gerne, wenn sie Ihnen nichts entwenden könnten.« Er streckte mir die offene Hand entgegen, aber ich tat so, als verstünde ich nicht.

»Das Schwert und der Dolch, die in Ihrer Tasche sind, bitte. Sie sind bei mir besser aufgehoben als bei Ihnen.«

Hans fluchte, und Amina biss die Zähne zusammen, aber ich gehorchte wider Willen.

»Ich habe mich schon gefragt, wann Sie vorhatten, sie zurückzufordern«, zischte ich.

Er nahm die wertvollen Gegenstände an sich und ging aus dem Zimmer, wahrscheinlich um sie in einen Tresor oder irgendein

Versteck zu räumen. Ich würde so bald nicht mehr Schwertkampf spielen mit –

»Was ist das denn?«, fragte ich, als ich die Waffe entdeckte, die ganz unten in der Ledertasche versteckt war.

»Hundert Prozent Kohlenstoff, Munition inbegriffen«, sagte Hyacinthe, als er mir die Pistole aus der Hand nahm, sie entsicherte und sie geräuschvoll lud. »Sie funktioniert mit Pressluft.« Er schoss auf ein dickes Kissen, was uns alle zusammenfahren ließ. »Wirksam bis zu fünfzig Metern, und sie kommt durch alle Detektoren. Ein wahres Schmuckstück der Technik.« Er reichte sie mir, und ich nahm sie mit angewiderter Miene an mich.

Der Privatjet unseres neuen Mäzens brachte uns nach Istanbul. Von dort aus nahmen wir ein Taxi nach Çanakkale ins Hotel Troya, wo man Zimmer für uns reserviert hatte. Jedes Zimmer trug den Namen eines Helden des mythischen Krieges. Meines – humorvoller Einfall von Hyacinthe? – hieß Patrokles, der Achilles' treuer Begleiter war, Aminas hieß Helena, und das von Hans war nach Hektor benannt. Das Troya war ein kleines, bescheidenes Touristenhotel, das wahrscheinlich aus Diskretionsgründen ausgewählt worden war, und nach der luxuriösen Reise im Jet konnte Hans seine Enttäuschung nicht verhehlen.

»Es ist schmutzig!«

Die Zimmer waren nicht klimatisiert, und die Fenster gingen auf eine laute Straße hinaus. Doch das hielt uns nicht davon ab, nach einer erfrischenden Dusche zu schlafen wie die Murmeltiere, und es war Amina, die uns am nächsten Morgen gegen 10:00 Uhr weckte.

Wir nahmen im Hotel ein europäisches Frühstück ein, bevor wir in einen Bus stiegen, der uns zum Archäologischen Museum fuhr. Auf dem Weg dorthin kamen wir an den Docks vorbei, wo das geschäftige Treiben seinen Höhepunkt erreicht hatte, und am Hafen, in dem ein paar kleine Vergnügungsboote ankerten.

»Mädchen im Minirock!«, rief Hans aus und zeigte auf eine Gruppe junger Frauen auf der Terrasse eines Hotelcafés. »Lang, lang ist's her.«

Amina brach in Gelächter aus und stieß ihm leicht in die Rippen. »Leiser, Hans. Viele Türken sprechen Französisch.«

»Schau mal dort«, murmelte er.

Er deutete mit dem Finger auf eine Gruppe Frauen, von denen die jüngsten westliche Sommerkleidung und kurze Haare trugen, während die älteren in traditionelle Schleier gehüllt waren.

»Çanakkale war schon immer eine Stadt, in der sich die Welten begegnen, Hans«, warf ich ein, amüsiert über die großen neugierigen Augen, die er beim Anblick seiner Umgebung machte. »Aber ich dachte, du wärst schon mal zum Trekking in der Türkei gewesen.«

»Ja, aber nicht hier, das war auf dem Berg Ararat, an der Grenze zum Iran und zu Armenien. Was ist denn das da drüben?«, fragte er mich und deutete auf das andere Ufer der Meerenge.

»Europa«, antwortete Amina an meiner Stelle. »Du bist hier an der Grenze von zwei Kontinenten. Çanakkale wacht über die Meerenge der Dardanellen, die man früher den Hellespont nannte, und erstreckt sich über beide Ufer. Wir sind an der Verbindungslinie zwischen der Ägäis und dem Marmarameer, das wiederum mit dem Schwarzen Meer durch die Meerenge des Bosporus verbunden ist. Çanakkale blieb lange Zeit der bevorzugte Vorposten Konstantinopels und der Hafenstädte des Schwarzen Meeres, daher seine wesentliche Rolle im Ersten Weltkrieg.«

»Und wo ist nun Troja?«

»Etwa dreißig Kilometer von hier, in der Nähe des Dorfes Hisarlik«, sagte ich und zeigte auf einen Punkt am Horizont.

»Und in dem Museum, zu dem wir fahren«, präzisierte unsere Begleiterin, »werden die Objekte ausgestellt, die man dort gefunden hat.«

»Nicht das Pferd, nehme ich mal an.«

»Nein, leider. Nicht das Pferd.«

Nach einer Dreiviertelstunde Busfahrt kamen wir endlich am Museum an, das zwar klein, aber in einem bewundernswert guten Zustand war.

Nach einem Telefongespräch, das eine gute Weile dauerte, informierte uns einer der Konservatoren, dass Professor Tool im Augenblick mitten bei der Restaurierungsarbeit sei, dass er uns aber in einer knappen Stunde abholen würde, wenn er fertig sei. Wir hatten uns als französische Akademiker vorgestellt, die gerade auf der Durchreise in der Region waren und ihn begrüßen wollten. Die Tatsache, dass ich von einer Frau und einem blutjungen Mann begleitet wurde, hatte den guten Professor wahrscheinlich beruhigt, der – Hyacinthe zufolge – seit seinem »Unfall« allem und jedem misstraute.

Wir schlugen also die Zeit tot, indem wir die Galerien besichtigten, was im Übrigen nicht unangenehm war, denn das Museum beherbergte manch prächtiges Ausstellungsstück, und nach der Bruthitze, die draußen herrschte, war uns die Klimaanlage ziemlich willkommen. Ich war positiv überrascht, als ich sah, wie Hans beim Betrachten der Vitrinen Amina tausend Fragen stellte. Ich würde nicht so weit gehen zu sagen, dass ihn der Archäologie-Virus befiel – man sollte nichts übertreiben –, aber er legte eine Neugier an den Tag, die Gutes verhieß. Nicht alle Studenten hatten, wie Hans seit ein paar Tagen, die Gelegenheit, sich mit dem Beruf vertraut zu machen. Schatzsuche, Beschattungen, Verfolgungsjagden, Schlägereien, Kulturschocks – alle Ingredienzen eines Abenteuerfilms waren hier vereint. Die Toten und die Gefahren schien er vergessen zu haben mit jener Fähigkeit der Jugendli-

chen, unangenehme Erinnerungen in der Tiefe ihres Gedächtnisses zu vergraben, um ausschließlich in der Gegenwart zu leben.
»Professor Lafet?«
Wir drehten uns auf dem Absatz um und sahen aus dem Raum, in dem der antike Schmuck ausgestellt war, einen Mann von etwa sechzig Jahren im Rollstuhl auf uns zukommen. Pausbäckig, mit gegerbter Haut, Haare und Bart strähnig und grau, erinnerte mich Edward Tool unwiderstehlich an einen Gartenzwerg. Seine Gutmütigkeit und die Sanftheit seiner Stimme flößten mir sofort Vertrauen ein, aber als er mich betrachtete, hatten seine kleinen schwarzen Augen etwas Raubtierhaftes an sich. Er wirkte ein wenig wie jene Katzen, die beim Streicheln schnurren und dann plötzlich ohne Vorwarnung ihre Krallen ausfahren, um einem die Arme zu zerkratzen.
»Ja«, sagte ich und näherte mich ihm, um ihm die Hand zu geben, die er unbefangen schüttelte.
»Sind Sie eventuell der Sohn von Antoine Lafet, Professor?«
»In der Tat.«
Ein sphinxhaftes Lächeln machte sich auf seinem Gesicht breit.
»Ich hatte bereits die Gelegenheit, Ihren Vater kennen zu lernen.«
Nichts in seinem Tonfall ließ darauf schließen, ob das Treffen angenehm gewesen war oder nicht.
»Und das sind Frau Professor Amina Saebjam und Hans Peter, mein Assistent.«
»Peter? Wenn Sie diesem Mann assistieren, müssen Sie aus Ludwigs Familie sein, habe ich Recht?«
»Er ist mein Großvater«, sagte Hans unbehaglich.
»Ich wusste es! Er und Antoine halten zusammen wie Pech und Schwefel.«
Wie zuvor konnte ich nicht sagen, ob es sich um eine unfreundliche Bemerkung oder einfach nur um eine amüsierte Feststellung handelte.

»Sie kennen sich schon lange«, sagte ich vorsichtig.
Mit einer Geste bat er uns, ihm in die Bibliothek zu folgen, wo wir Platz nahmen.
»Sind Sie im Urlaub in der Region oder auf Studienreise?«
Der Moment der Wahrheit war gekommen, und ich zündete mir eine Zigarette an, während Hans sich auf seinem Stuhl vorbeugte.
»Wir sind extra Ihretwegen hergekommen, Professor.« Er plusterte sich auf. »Wir sind sozusagen auf einer Mission hier.«
»Ach? Neue Ausgrabungen? Mein Gott, ich bin im Moment sehr beschäftigt, aber wenn das Projekt interessant ist, werde ich mit Freude die Leitung übernehmen.«
Amina wandte den Blick ab, bestürzt über so viel Arroganz.
»Es geht nicht um Ausgrabungen, Professor. Sagen wir mal, dass ich meine Dienste einem wohlhabenden Privatmann anbiete.«
»Einem Sammler?«
»So kann man ihn bezeichnen.«
»Und Sie brauchen einen Experten zur Beglaubigung der Errungenschaften«, sagte er mit einem ironischen Lächeln. »In der Erde wühlen und Artikel schreiben ist eine Sache, mein Junge, aber wenn es darum geht, einem antiken Fundstück ein Datum und eine Stilrichtung zuzuordnen, dann wird's schon schwieriger, nicht wahr?« Er machte eine lässige Handbewegung. »Ich necke Sie nur! Das kommt mit der Zeit, Sie werden sehen. Schauen Sie mir dabei zu, und Sie lernen schon mal die Gr…«
»Das Grab des Achilles«, unterbrach ich ihn und beugte mich zu ihm hinüber.
Die Reaktion war unmittelbar und nicht weniger eindrucksvoll, als ich erwartet hatte. Seine Finger umklammerten die Armlehnen seines Rollstuhls, und ein Schauder hatte ihn gepackt.
Nach einem Schweigen, das mir ewig erschien, krächzte er mit kaum hörbarer Stimme: »Sie sind wahnsinnig. Geben Sie auf. Sie

wissen nicht, welcher Gefahr Sie sich aussetzen, welcher Gefahr Sie *sie* aussetzen«, fügte er hinzu und zeigte auf Hans und Amina.
»Ich habe keine Wahl, Professor. Ich muss das Grab des Achilles mit allen Mitteln f…«
»Seien Sie still!«, rief er von Panik überwältigt aus.
Er zog den Kopf ein und drehte ihn in alle Richtungen, als erwartete er, dass eine Horde Dämonen sich aus den Wänden befreien und auf ihn niederstürzen würde.
»Professor, ich weiß, dass Sie die Recherchen an der Ausgrabungsstelle von Troja geleitet haben, wo Achi…«
»Sprechen Sie diesen Namen hier nicht aus, Sie Wahnsinniger!« Er war kurz davor, seiner Hysterie freien Lauf zu lassen. »Wer weiß, ob sie uns nicht in genau diesem Moment zuhören? Ob sie nicht diesen Raum mit Mikrofonen gespickt haben! Sie sind zu allem fähig …«
»Wer?«, fragte Amina. »Von wem sprechen Sie? Wer sind diese Männer?«
Er fuhr seinen Rollstuhl dicht an die Wand der Bibliothek.
»Gehen Sie! Gehen Sie und geben Sie dieses wahnsinnige Projekt auf! Sie wissen nicht, zu was sie fähig sind! Gehen Sie!«
»Professor Tool, ich …«
»Gehen Sie! Gehen Sie, oder ich rufe den Sicherheitsdienst!«
»Das Leben meines Bruders steht auf dem Spiel! Sie müssen uns sagen, was Sie wissen!«
Tool fuhr an seinen Schreibtisch heran und griff nach dem Telefon, aber seine Hände zitterten so stark, dass ihm der Hörer entglitt. Ich wollte mich auf ihn stürzen, um ihn zu schütteln, aber Amina hielt mich davon ab.
»Morgan! Nein! Es ist zwecklos, er ist verschreckt.«
»Professor«, flehte ich.
Tool wählte bereits eine Nummer. Ich sprang auf und ließ meine Hand auf den Hörer niedersausen, um die Verbindung zu unter-

brechen, woraufhin der Professor einen erstickten Schrei ausstieß. Angesichts seines verzerrten Gesichts fürchtete ich einen Augenblick lang, dass er einer Herzattacke erlag.

»Es ist zwecklos«, rief ich aus. »Wir gehen. Aber ich komme wieder. Tag für Tag werde ich Sie belästigen, und früher oder später werden die Männer, die Sie so fürchten, misstrauisch werden. Ist es das, was Sie wollen?« Er schüttelte demütig den Kopf. »Also helfen Sie mir! Sagen Sie mir, was Sie wissen!«

»Tun Sie das nicht ...«, wimmerte er.

»Reden Sie! Sie haben das Leben eines Menschen in Ihrer Hand!«

»Sie verstehen nicht ...«

»Also gut«, knurrte ich. »Stellen Sie sich darauf ein, dass ich von heute an hinter Ihnen her sein werde wie der Jagdhund hinter seiner Beute!«

Ich wandte ihm den Rücken zu und verließ wütend im Gefolge meiner fassungslosen Begleiter das Museum.

»Morgan!«, schalt mich Amina. »Du hättest ihn nicht so behandeln dürfen!«

»Wir brauchen die Informationen, die er zurückhält!«

»Dieser Mann ist alt und sitzt im Rollstuhl!«

»Dieser Mann ist alt, egoistisch und borniert, und er ist bereit, einen jungen Mann im besten Alter zu opfern, der als Geisel festgehalten wird, um noch ein paar Jahre länger sein Lügen aufrechtzuerhalten. So ist das!«

Ich rief das erste Taxi herbei, das in Sicht kam, und wir nahmen stillschweigend darin Platz. Tool würde noch reden. Er war zu allem bereit, um seine elende Haut zu retten, und selbst wenn ich ihm eine Pistole an die Schläfe halten müsste – er würde auspacken.

Nach einem Mittagessen auf die Schnelle kehrten wir zur Siesta ins Hotel zurück. Die Temperatur betrug an die sechsunddreißig

Grad, und trotz der Nähe zum Meer machte uns die Hitze schlapp. Außerdem wusste ich nicht, was wir – außer warten und Tool erneut einheizen – im Moment tun konnten.
Ich streckte mich nackt auf meinem Bett aus und hoffte vergeblich auf Abkühlung durch den leichten Luftzug, der durch mein weit geöffnetes Fenster hereinwehte. Eine gute halbe Stunde lang drehte ich mich von einer Seite auf die andere und versuchte, trotz der lärmenden Autohupen Schlaf zu finden. Dann stand ich auf, um das Fenster zu schließen und die Vorhänge zuzuziehen und ließ mich seufzend auf das Bett fallen. Der Ventilator an der Decke gab beim Drehen ein kleines Geräusch von sich – frrt, frrt –, das mich an etwas erinnerte, das ich vier Jahre zuvor in einem Hotel in Delhi gehört hatte.

Es war damals wesentlich heißer gewesen als in Çanakkale, und die Fenster waren ebenfalls geschlossen, um den dicken Dunst abzuwehren, der aufgrund der Luftverschmutzung ständig über der Stadt schwebte. Die feuchte Hitze hatte Etti nicht davon abgehalten, in einen tiefen Schlaf zu versinken. Ich hatte die Augen noch nicht geschlossen, als mir in der Erinnerung wieder der Duft seiner kastanienbraunen Haut in die Nase stieg. Als wir – noch als Jugendliche – nach Frankreich zurückgekehrt waren, hatte ich mich oft mit fiesen Bengeln geprügelt, die sich die Nase zuhielten, wenn er vorbeiging, und sagten, er rieche schlecht. Ich hingegen liebte diese exotische Mischung aus Gewürzen, Zeder und Moschus. An jenem Morgen in Delhi ließ ihn das Geräusch eines Müllwagens zusammenfahren. Seine goldenen Augen weiteten sich, und er begann an allen Gliedern zu zittern.
»Etti? Was ist? Fühlst du dich nicht gut?«
»Ich hätte auf dich hören sollen«, murmelte er mit zitternder Stimme, die Kehle zugeschnürt. »Wir hätten nicht in diesen Teil der Stadt kommen dürfen …«

Er hatte unbedingt eines der Viertel wiedersehen wollen, in dem er einen Teil seiner Kindheit verbracht hatte. Eine halbe Stunde Fußmarsch vom Hotel entfernt, bearbeiteten Gerberhandwerker Hunderttausende von Viehhäuten. Es herrschte dort ein pestartiger Gestank durch den Urin, der für die Verarbeitung des Leders verwendet wurde und den die dalits in Eimern oder Kanistern beförderten. Eine Arbeit, die Etti mehrere Monate lang mit einem seiner Onkel für ein paar Rupien verrichtet hatte.

Das metallische Quietschen wurde lauter, und mein Bruder drückte sich an mich.

»Etti, das ist nur ein Müllwagen«, flüsterte ich und strich ihm über die Haare, wie bei einem erschreckten kleinen Jungen.

»Nein ...«, stöhnte er. »Wenn du nicht rechtzeitig aufwachst, spießen sie dich auf, und die Verletzung entzündet sich. Man darf nicht zu lange schlafen, niemals ...«

Ich nahm ihn bei den Schultern und versuchte, sein Kinn anzuheben, aber er kniff heftig die Augen zusammen und schüttelte den Kopf, als wollte er einen schlechten Traum verjagen. Ich fragte mich einen Moment lang, ob er nicht schon schlief und an einer Art Schlafwandel litt.

»Was erzählst du da? Etti, wach auf.« Er riss die Augen auf, die feucht waren von Tränen. »Etti ...«

»Das ist kein Müllwagen, Morgan. Das ist ... das ist der Fleischfresser«, sagte er schließlich mit kaum hörbarer Stimme.

»Was?« Ich hielt mich zurück, um nicht loszuprusten. »Etti, den Menschenfresser gibt es nicht. Auch nicht in Indien.«

Ich stand auf und ging zum Fenster.

»Morgan! Nein!«

»Das reicht, Etti, mach dich nicht lächerlich!« Ich zog die Vorhänge auf und öffnete weit die Fensterflügel. »Schau! Das ist nur ein ...«

Die Worte erstarben mir auf den Lippen. Ja, es handelte sich tatsächlich um eine Art Müllwagen. Eigentlich ein kleiner Lastzug aus einem anderen Zeitalter, und der Unrat, den diese seltsamen Menschen einsam-

melten, waren weder Plastiktüten voller Abfälle noch der Inhalt von Mülltonnen, sondern menschliche Leichen.

»Morgan! Mach das Fenster zu«, flehte Etti und zog sich die Decke über Mund und Nase.

Ich war dazu nicht in der Lage, ich stand da wie gelähmt, die Hand auf dem Fensterflügel. In den Armenvierteln von Delhi schliefen Tausende von Menschen auf der Straße, hauptsächlich Bettler und dalits. Ich hatte in Indien bereits schreckliche Dinge gesehen, mein Vater hatte mir nichts erspart, aber nie hatte er mir etwas Derartiges gezeigt, und ich verstand nun, weshalb. Die beiden Männer, die den kleinen Lastwagen abwechselnd fuhren, waren mit langen Stöcken bewaffnet, an deren Enden Metallspitzen befestigt waren. Sie benutzten sie, um schonungslos die Körper der Elenden aufzuspießen, die auf der Straße lagen. Wenn sie sich nicht bewegten, betrachteten sie sie als tot und warfen ihre Leichen auf den Anhänger.

»Große Götter«, ächzte ich.

Der Gestank fuhr mir plötzlich in die Kehle, und mir wurde übel.

»Morgan! Mach dieses Fenster zu!«

Ich gehorchte und war kurz davor, mich zu übergeben, als ich den Vorhang schloss. Etti lag zusammengekauert auf dem Bett, und ich stürzte zu ihm, um ihn an mich zu drücken. Noch nie hatte ich meinen Bruder so weinen sehen. Für einen Augenblick waren die Ängste seiner Kindheit wieder an die Oberfläche gekommen – jene unzähligen Nächte, die er auf der Straße unmittelbar auf dem Boden verbracht hatte, gegen den Schlaf ankämpfend, um nicht mit einem Metallspieß im Schenkel oder, schlimmer noch, unter einem Haufen Leichen verschüttet aufzuwachen.

»Morgan …«

»Es ist vorbei, Etti, es ist vorbei …«

»Morgan?«

Ich verstand seine Angst, ich konnte sie nun spüren. Man wird geschüttelt, aber man ist so müde …

»Morgan.«

Man möchte die Augen öffnen, aber es ist unmöglich. Und sie sind da mit ihren Spießen, und …

»MORGAN!«

»Ich schlafe nicht!«, rief ich aus und richtete mich mit klopfendem Herzen auf.

»Das sieht man!«

Amina war in mein Zimmer gekommen.

»Ich, ich bin eingeschlafen, entschuldige bitte.« Ich rieb mir benommen das Gesicht.

»Es ist für dich«, flüsterte sie und reichte mir mein Handy. »Da du nicht geantwortet hast, bin ich drangegangen.«

Ich fühlte mich wie vor den Kopf geschlagen und drückte, noch halb in den Eindrücken meines Albtraumes gefangen, das kleine Gerät an mein Ohr. Amina setzte sich auf mein Bett. Sie trug nur ein langes T-Shirt und war barfuß.

»Hallo?«

»Verzeihen Sie, ich habe Sie aus Ihrem Mittagsschlaf gerissen.«

Dieselbe Stimme wie in Italien, auf der Terrasse des *Di Rienzo*.

»Helios?«, fragte ich mit zugeschnürter Kehle. »Sie sind es, nicht wahr?«

Amina wurde blass.

»Konnten Sie Ihre Kontaktperson treffen?«

Ich schüttelte den Kopf, um meine Gedanken zu ordnen. Dann spürte ich, wie Wut in mir aufstieg.

»Das wissen Sie ganz genau!«

»Und?«

Ich hätte schwören können, dass seine Stimme belustigt klang, was meine Verärgerung noch steigerte.

»Edward Tool ist ein Clown!«

Ein samtiges Lachen ertönte im Hörer.

»Dieser *Clown*, wie Sie sehr richtig sagen, hatte das Glück, sich zur richtigen Zeit am richtigen Ort zu befinden. Der Zufall hat seine Schritte mit einem unverschämten Glück geleitet. Den Unschuldigen gehört das Himmelreich, wie es scheint.«
»Meinen Sie damit, dass er das Grab des Achilles durch Zufall entdeckt hat?«
»Er hat einen Tempel freigelegt, in dem ein Grab untergebracht war, wenn Sie mir diese kurze Zusammenfassung gestatten. Er wusste nicht, dass es sich um das Grab des Achilles handelte.«
»Wenn das Grab gefunden wurde, dann verstehe ich nicht, was ich …«
»Es war leer«, unterbrach mich Helios. »Und das schon seit langem. Dann war da dieser ›Unfall‹. Ich denke, dass Professor Tool weiß, worum es geht. Wie hat er auf Ihren Besuch reagiert?«
»Schlecht. Ich habe ihn bedroht und ihn am Rande eines hysterischen Anfalls zurückgelassen.«
Erneutes Lachen.
»Wenn es nur am Rande ist, dann ist ja alles bestens. Hyacinthe hätte ihm wahrscheinlich den Garaus gemacht.«
»Wo ist er?«
»Hyacinthe? Vermissen Sie ihn schon? Das müsste ihn ja hoch erfreuen.«
»Er hat mir versprochen, meinen Bruder zu besuchen«, erwiderte ich und versuchte, ruhig zu bleiben.
»Wirklich? Wollen Sie ihm zwei Worte sagen?«
»Ich habe ihm nichts zu sagen.«
»Ich sprach von Etti.«
Ich fühlte mich, als hätte mir jemand einen Schwall eiskalten Wassers übergeschüttet, doch meine Kehle war wie ausgetrocknet.
»Welches gemeine Spiel spielen Sie?«

Ich hörte ein Rascheln, als legte Helios des Telefon neben sich ab, und spitzte die Ohren. Plötzlich nahm ich eine weit entfernte Stimme wahr.
»…ti, es ist …rgan. Willst du ihm …n Tag sag…? …illst du das Telefo…?«
Erneutes Rascheln auf dem Mobiltelefon, und eine Stimme.
»Mor…gan?«
Die Rührung schnürte mir die Kehle zu, und einen Augenblick lang fürchtete ich, kein Wort mehr hervorbringen zu können, als ich den Klang einer Stimme wahrnahm, von der ich glaubte, sie nie wieder zu hören.
»Etti?«, stammelte ich. »Etti, hörst du mich? Hier ist Morgan!«
»Morgan … Morgan …«
»Ja, Etti, ich bin's. Geht es dir gut?« Schweigen. »Etti! Antworte mir! Geht es dir gut?«
»Mor…gan.«
Er wiederholte meinen Namen mehrere Male mit dumpfer Stimme, als würde er ein Mantra aufsagen, und mein Herz zog sich zusammen.
»Etti, ich komme dich holen. Bald. Sehr bald. Etti? Bist du da?«
Ich hörte ein kleines Glucksen, das sich wie ein Lachen anhörte.
»Etti, du glaubst mir, nicht wahr? Ich komme, und wir fahren nach Hause, so wie früher. Etti? Wir fahr…«
»Ja.«
»Ja? Verstehst du, was ich sage?«
»Ja.«
Ich musste wider Willen lächeln.
»Etti, du fehlst mir so, … ich …«
»Ja.«
Mein Lächeln erstarb.
»Ja, was?«
»Ja.«

»Du verstehst nicht ein Wort von dem, was ich dir gerade sage, nicht wahr?«
»Morgan ... Morgan ...«
»Ja, Etti, ich bin es, Morgan«, murmelte ich finster. »Dein Bruder«, fügte ich mit zugeschnürter Kehle hinzu.
Er wiederholte meinen Namen mehrere Male, und Helios nahm wieder das Telefon.
»Seien Sie nicht erschrocken, Morgan, die Ärzte betäuben ihn mit Medikamenten, damit er sich ruhig hält. Er weiß sehr wohl, wer Sie sind.«
Ich stand auf und ging in meinem Zimmer auf und ab. Ich glaube, wenn ich es nicht geschafft hätte, mir den letzten Rest Haltung zu bewahren, hätte ich mir die Haare ausgerissen.
»Sie sind der gemeinste Dreckskerl, mit dem ich je zutun hatte!«
»Er wartet auf Sie, Morgan.«
Ich wollte ihm gerade eine grobe Antwort geben, aber er legte auf, und hätte Amina nicht meinen Arm zurückgehalten, hätte ich das Telefon quer durchs Zimmer geworfen.
»Hast du mit ihm gesprochen? War er es wirklich?«
»Es war auf jeden Fall seine Stimme.« Ich ließ mich auf das Bett fallen, und mir fiel plötzlich wieder ein, dass ich nackt war. »Entschuldigung«, sagte ich und zog mir das Laken über die Hüften.
»Das schockt mich nicht«, sagte sie schalkhaft. »Was hat er gesagt?« Ich zuckte enttäuscht die Achseln.
»Ich verstehe. Ich bin sicher, dass sich sein Zustand verbessern wird, sobald du bei ihm bist, du wirst sehen.«
Sie lächelte und stand auf.
»War Helios bei ihm?«
»Aller Wahrscheinlichkeit nach. Wenn ich nur wüsste, wo.«
»Tool wird uns sagen, was er weiß, Morgan«, versicherte sie. »Und wenn ich ihm dafür die Haare einzeln mit einer Pinzette ausreißen muss.«

Ich lachte gezwungen.
»Das ist ja mal eine Art der Folter, deren Existenz mir bislang unbekannt war.«
»Wenn du dir die Augenbrauen zupfen müsstest, würdest du sofort ihre Grausamkeit begreifen. Ich gehe und wecke Hans«, sagte sie. »Es ist Zeit, dem lieben ›Professor‹ einen kleinen Hausbesuch abzustatten.«
Aber sie musste unseren jungen Assistenten nicht aus dem Schlaf reißen. In dem Moment, als sie die Hand auf die Türklinke legte, betrat er fertig angezogen das Zimmer, die Haare noch nass von der Dusche.
»Morgan! Ich – oh«, spottete er, als er bemerkte, dass ich völlig nackt war und Amina kaum etwas anhatte. »Störe ich vielleicht?«
Amina ergriff ihn am Kragen seines T-Shirts und zog ihn aus dem Zimmer.
»Nein, Hans, und bei der nächsten Anspielung dieser Art«, fügte sie mit einem drohenden Lächeln hinzu, »zieh ich dir bei lebendigem Leib das Fell über die Ohren.«
Er amüsierte sich über ihre Reaktion.
»Keep cool! Ich wollte nur Morg sagen, dass ein Junge das hier an der Rezeption für ihn abgegeben hat.«
Er reichte mir einen großen Umschlag aus dickem Packpapier.
»Ein Junge?«
»Ja, ein kleiner Knirps von acht oder neun Jahren, das hat mir zumindest die Rezeptionistin gesagt.«
»Zu Händen von Professor Lafet« las ich auf dem Umschlag. Er war mit einem blauen Wachssiegel verschlossen, auf dem man zwei ineinander verschlungene Initialen erkennen konnte: »E. T.«
»Nach den mysteriösen Verfolgern nun die Außerirdischen?«, versuchte Amina zu scherzen.
Ich öffnete den Umschlag und zog einen handgeschriebenen Brief heraus.

»Fast. Edward Tool.«
»Was sagt er?« drängte mich Hans und setzte sich auf das Bett. Ich las laut vor:

»Lieber junger Kollege,
ich habe meine Verfolger soeben vor meinem Fenster gesehen, und ich weiß, dass meine Stunden gezählt sind. Wahrscheinlich sind sie auch schon auf der Suche nach Ihnen. Sie sollten wissen, dass diejenigen, die mir meine Beine genommen haben, nicht zögern werden, Sie alle drei aus dem Weg zu räumen.
Falls Sie sich trotz meiner Warnungen entschließen – was ich befürchte –, Ihre Recherchen weiterzuverfolgen, sollten Sie wissen, dass Achilles seine Wächter hat und dass sie es sind, die Sie fürchten müssen. Wenn diese Männer vor Hunderten von Jahren harmlose Priester waren, so sind sie heute gefährliche Wahnsinnige, Fanatiker. Ich weiß nicht viel über sie, aber da ist ein Mann, der Ihnen vielleicht mehr darüber sagen kann. Sein Name ist Costas Sikelianos, ein orthodoxer Einsiedler, der – bevor er sich der Religion zugewandt hat – einer der größten Spezialisten für Alexander den Großen war.«

»Sikelianos?«, unterbrach mich Amina. »Ich dachte, er sei tot.«
Ich nickte zustimmend. Professor Sikelianos war in unserer Branche eine Größe, auf dessen Werke auch heute noch Bezug genommen wird. Seit etwa zehn Jahren hatte er keine Konferenzen mehr gegeben und seine Veröffentlichungen eingestellt. Wir glaubten ihn alle im Ruhestand oder vermuteten, dass er tatsächlich bereits verstorben sei.
Ich nahm meine Lektüre wieder auf.

»Der letzte Brief, den ich von ihm erhalten habe, ist vor sechs Monaten in der Stadt Lárnaka auf Zypern aufgegeben worden. Er

versichert mich darin seiner Gebete für meine Gesundheit, liefert mir aber keine weiteren Einzelheiten.
Das ist leider alles, was ich tun kann. Sie werden hier nicht mehr finden.
Der Sohn des Pförtners steht vor mir. Ich schicke ihn mit diesem Brief zu Ihnen.
Möge Gott über Sie und Ihre Begleiter wachen.
Edward Tool«

Ich steckte den Brief in den Umschlag zurück und schob ihn in meine Tasche, bevor ich in saubere Kleidung schlüpfte.
»Wir müssen zu ihm fahren! Wir brauchen noch genauere Angaben über diese Verrückten!«
Entschlossen nahm ich die Pistole, die Hyacinthe mir gegeben hatte, lud sie und schob sie in den Gürtel unter meinem T-Shirt.
»Tool weiß nicht mehr!«, rief Amina aus.
»Vielleicht ist ihm etwas entgangen. Ein Detail, das für ihn unwichtig, für uns aber wesentlich ist.« Sie wollte protestieren, aber ich legte ihr die Hand über den Mund. »Wir müssen packen. Ihr beide fahrt zum Flughafen nach Istanbul. Ich will, dass ihr Tickets für die erste Maschine nach Lárnaka bucht. Ich komme nach Istanbul nach; sollte ich euch verpassen, nehme ich den nächsten Flug nach Zypern.«
»Ich komme mit dir!«, warf Hans ein.
»Du bleibst bei Amina!«, befahl ich. »Wir können sie nicht allein lassen«, flüsterte ich in sein Ohr und packte ihn bei den Schultern. »Du musst sie beschützen«, fügte ich in vertraulichem Ton hinzu. »Sie braucht einen Mann an ihrer Seite.«
Mein Assistent nickte schließlich feierlich. Die Masche vom höflichen Ritter mochte vielleicht abgedroschen sein, sie funktionierte jedoch noch immer bei Jungen seines Alters.
»In Ordnung. Aber wir fahren nicht ohne dich los.«

»Beeilen wir uns!«
Wir packten unsere Sachen in weniger als fünf Minuten zusammen und gingen in die Eingangshalle hinunter, um unsere Rechnung zu bezahlen und zwei Taxen zu bestellen. Das erste Taxi, ein weißer Mercedes, der schon bessere Tage gesehen hatte, erschien fast sofort.
»Taxi for … äh … Miss Saebjam!«, rief der Fahrer dem Portier von der Straße aus zu, nachdem er auf seinen Notizblock geschaut hatte.
»Komm mit uns, Morgan«, flehte Amina.
»Nun fahrt schon«, befahl ich.
Amina und Hans stiegen mit unseren Reisetaschen in das erste Taxi ein, und das zweite, ein Ford in Grau-metallic, erschien ein paar Minuten später.
»Sind Sie Mister Lafet?«, fragte der Fahrer in einem ausgezeichneten Englisch.
»Ja. Danke, dass Sie so schnell kommen konnten.«
»Wohin fahren wir?« Ich gab ihm Tools Privatadresse, die in dem Dossier stand, das Hyacinthe mir gegeben hatte. »Der Verkehr fließt da nicht gut heute Abend«, sagte er und verzog das Gesicht.
»Ach ja?«
»Viele Staus.«
»Tun Sie Ihr Bestes.«
Er bot mir eine türkische Zigarette an, die ich annahm, während wir oberflächlich Konversation betrieben. Ich war nervös und hörte nicht auf, den Griff der kleinen Pistole unter meinem weiten T-Shirt zu betasten.
»Archäologe, das ist gut. Mein Sohn studiert Englisch. Er will Lehrer werden. Da haben wir's!«, brummte er. »Schauen Sie! Das fängt ja schon gut an.« Er fluchte auf Türkisch und versuchte laut hupend, den Wagen mitten auf der Straße zu wenden. »Was ist denn nur heute Abend los?«

Er musste sich seitlich einordnen, um einen Krankenwagen vorbeizulassen, und mich beschlich langsam ein düsterer Verdacht.
»Ein Unfall?«, fragte ich.
»Möglich. Die Leute fahren hier wie die Verrückten!«
Das sagt der Richtige, dachte ich, als ich sah, wie er einen Lieferwagen schnitt.
»Vorsicht!«
»Haben Sie keine Angst, Sir«, spottete er, »ich bin das gewohnt. Wir fahren über die …«
Er fluchte erneut und bremste plötzlich. Die Straße war gesperrt. Ein Feuerwehrmann näherte sich unserem Fahrzeug und wechselte einige Worte mit meinem Fahrer, der daraufhin erbleichte. Die Sirenen der Krankenwagen, die Rufe der Sanitäter und das laute Hupen waren ohrenbetäubend.
»Was gibt es?«, erkundigte ich mich mit erhobener Stimme, um mir Gehör zu verschaffen.
Der Taxifahrer wechselte noch ein paar Worte mit dem Feuerwehrmann, der mit dem Daumen auf mich zeigte. Mein Herz machte einen Satz, als der Unbekannte mir ein Zeichen gab, die Fensterscheibe herunterzufahren.
»Ja?«, fragte ich mit erstickter Stimme.
»Zu welcher Hausnummer wollten Sie, Sir?«, fragte er in stockendem Englisch.
Ich suchte in seinem Blick nach Anzeichen von Misstrauen, aber ich entdeckte nur Verlegenheit und Mitleid.
»Zur 47«, antwortete ich.
»Haben Sie in dem Haus Familie, Sir?«
»Nein, ich bin Archäologe, ich wollte mich von einem Kollegen verabschieden, bevor ich von hier aufbreche. Er ist der Konservator des Archäologischen Museums. Was ist los?«
Bevor er mir allerdings antworten konnte, erriet ich den Grund

seines Unbehagens. Rauchgestank drang durch das offene Fenster in meine Kehle.

»Eine Explosion, Sir. Wahrscheinlich Gas.« Er zog eine Liste mit Namen aus seiner Hosentasche. »Wie heißt Ihr Freund, Sir?«

»Tool. Edward Tool.«

Der Blick des Feuerwehrmannes glitt über die Liste, und er schüttelte traurig den Kopf.

»Es tut mir Leid, Sir. Er gehört nicht zu den Überlebenden.«

»Große Götter«, murmelte ich und ließ mich auf die Rückbank zurückfallen.

»Kommen Sie zurecht, Sir?«

Ich nickte betäubt mit dem Kopf.

»Ich, ja, ich – es geht schon, danke.«

»Verzeihen Sie, Sir, aber Sie dürfen hier nicht bleiben. Die Krankenwagen müssen ...«

»Ich verstehe. Wir fahren sofort los. Gab es viele Opfer?«

»Wir wissen es noch nicht genau, Sir. Zwanzig. Vielleicht mehr. Die drei letzten Etagen des Mietshauses sind eingestürzt, und daraufhin ist ein Feuer ausgebrochen.«

»Ich verstehe. Wir werden die Straße räumen. Danke für Ihre Zuvorkommenheit.«

»Zu Ihren Diensten, Sir.«

Er warf uns einen militärischen Gruß zu, und der Fahrer ließ den Motor an.

»Halten Sie durch, Sir?«

»Ja, danke.«

Wir verließen das Chaos auf der Straße, und ich drückte benommen meine Stirn gegen die Fensterscheibe.

»Soll ich Sie ins Hotel zurückfahren?«

Ich zuckte zusammen.

»Hm? Nein. Nein, meine Freunde erwarten mich am Flughafen. Können Sie mich dorthin fahren?«

»Istanbul?«
»Ja.«
»Na, dann mal los!« An einer Kreuzung bog er plötzlich ab. »Haben Sie kein Gepäck?«
»Sie haben es selber in den Wagen geladen.«
»Nur Ihr Rucksack?«
»Ja«, seufzte ich, der Fragen überdrüssig.
»Sie haben doch hoffentlich nichts Metallisches dabei?«
Ich fuhr hoch, und mein Herz begann heftig zu klopfen. Unsere angeblichen »Grabwächter« wussten nicht, dass ich nicht mehr im Besitz des Schwertes war.
»Warum?«
»Weil sich in Istanbul, sobald Sie wegen eines Knopfs den Metalldetektor auslösen, alle auf Sie stürzen werden, als hätten Sie einen Mord begangen«, versuchte er zu scherzen. »Ich sage das nur, falls Sie archäologische Gegenstände transportieren, Grabwerkzeuge oder so was.«
»Ich transportiere nichts dergleichen, das versichere ich Ihnen«, antwortete ich und schob unauffällig die Hand unter mein T-Shirt. Mein Puls jagte. »Warum fahren wir über die Docks?«
»Um den Staus auszuweichen. Ihre Freunde erwarten Sie am Flughafen? Fliegen Sie zurück nach Frankreich?«
»Ja«, log ich.
»Mit welchem Flug? Wir dürfen nicht zu spät kommen.«
»Halten Sie an«, befahl ich mit scharfer Stimme.
»Wie bitte?«
Bevor ich verstehen konnte, was ich tat, zog ich die Pistole aus meinem Gürtel und ergriff ihn bei den Haaren, um ihm den Lauf an die Kehle zu halten.
»Stopp!«, brüllte ich in sein Ohr. Er bremste abrupt. »Lass die Hände auf dem Steuer!«

»Ich – alles was ich habe, ist in meiner Brieftasche! Ich schwöre es!«
»Hände ans Steuer! Und halt mich nicht für blöd. Für wen arbeitest du?«
»Ich bin unabhängig, Sir, ich fahre Taxi seit ...« Ich drückte ihm den Pistolenlauf gegen den Adamsapfel, und er stöhnte auf. »Ich weiß nicht, wovon Sie reden.«
»Ans Steuer, hab ich gesagt!« Ich glitt mit meiner freien Hand unter sein Hemd und fühlte ein Holster. »Und das? Was ist das?«, schrie ich und zog die Pistole hervor. »Raus!«
»Aber ich ...«
»Raus mit dir!«
Mit gezückter Waffe stieg ich aus dem Auto aus, öffnete die Fahrertür und zog ihn am Nacken von seinem Sitz zu einem Lagerhaus hinüber. Die Docks waren menschenleer.
»Nun wirst du mir netterweise sagen, wer deine kleinen Freunde sind, oder ich jage dir hier und jetzt ein Loch ins Hirn.«
»In Ordnung«, stotterte er auf Französisch. »In Ordnung, aber nehmen Sie die Waffe runter.« Ich legte ihm den Lauf an die Schläfe, und er unterdrückte einen Fluch. »Ich arbeite für Helios!«, rief er. »Ich vertrete Hyacinthe! Ich bin da, um über Ihre Sicherheit zu wachen! In Gottes Namen, Lafet, nehmen Sie die Waffe runter!«
Ich senkte die Arme und wich einen Schritt zurück, als hätte er mich geschlagen.
»Schwachkopf!«, spie ich mit Verachtung aus. »Warum sind Sie bloß über die Docks gefahren?«
»Das habe ich Ihnen doch gesagt, wegen der Staus. Dieser Blödmann von Hyacinthe hat mir gesagt, dass er Ihnen eine Pistole gegeben hat«, erklärte er. »Sind Sie sich darüber im Klaren, was passiert wäre, wenn man Sie damit am Zoll erwischt hätte? Ich wollte Ihnen nur geschickt zu verstehen geben, dass Sie nicht ...«

Ich drückte ihn unsanft gegen die Wand des Lagerhauses und hielt ihm die Waffe unter die Nase.

»Das ist Kohlenstoff, Sie armseliger Idiot!«

Ich ließ ihn los, und er zupfte sich nervös das Hemd zurecht. Verzweifelt dachte ich an das Gespräch zurück, das ich mit Hyacinthe geführt hatte.

»Wer hat mir bloß einen solchen Schwachkopf auf den Hals gehetzt!«, rief ich wütend.

»Das Gleiche könnte ich von Ihnen sagen.« Ich rieb mir die Schläfen und widerstand dem Impuls, ihm den Hals umzudrehen.

»Könnte ich meine Waffe wiederhaben?«

Er streckte seine offene Hand in meine Richtung aus, aber ich schob beide Pistolen in meinen Gürtel.

»Fahren Sie mich zum Flughafen. Danach werden wir sehen. Sind Sie zumindest dazu in der Lage?«

Er stieg fluchend ins Taxi ein, als mein Handy klingelte. Es war Amina.

»Sehr gut. In zwei Stunden? Ich werde da sein. Das heißt, wenn alles glatt läuft«, fügte ich mit einem verächtlichen Blick in den Rückspiegel hinzu. »Ich werd's euch erklären.«

IX

Als wir gegen 23:00 Uhr auf Zypern aus dem Flugzeug stiegen, erwartete uns am Terminal eine Überraschung.

»Madame Saebjam wird an der Zollabfertigung erwartet«, verkündeten die Lautsprecher. »Ich wiederhole, Madame Saebjam wird an der Zollabfertigung erwartet.«

Wir zuckten zusammen.

»Mein Gott!«, stammelte Amina ängstlich.

»Du hast doch dein Gepäck nicht aus den Augen gelassen, oder?«, fragte ich beunruhigt.

»Nein.«

»Es hätte auch wirklich niemand etwas hineinschmuggeln können?«, bohrte ich weiter.

»Nein!«

Sie geriet in Panik.

»Madame Saebjam?«, fragte ein zypriotischer Polizist, an die Passagiere des Fluges gerichtet. »Ich suche Madame Saebjam.«

»Was hat das zu bedeuten?«, stöhnte sie und drückte mich am Arm.

»Das werden wir schon sehen.« Ich hob die Hand. »Hier!«

Der Polizist kam mit einem breiten Lächeln auf uns zu. Ich bekam einen kleinen Schock, als ich seine Hand zu seiner Pistole gleiten sah, aber er wühlte einfach nur in seiner Hosentasche, um daraus einen europäischen Pass hervorzuholen, den er auf der ersten Seite aufschlug. Nachdem er Amina eine Weile gemustert hatte, schloss er ihn wieder und reichte ihn ihr freundlich.

»Unsere türkischen Kollegen haben ihn uns übergeben, Madame Saebjam. Sie hatten ihn in Istanbul fallen lassen, und ein Mann hat ihn bei einem Zollbeamten abgegeben. Passen Sie in Zukunft auf, ohne ihn hätten Sie nicht in europäisches Gebiet einreisen dürfen.«

»Ich … äh … danke.«

»Zu Ihren Diensten, Madame. Einen schönen Aufenthalt bei uns.«

»Was ist denn das für ein Durcheinander?«, murmelte Amina und schlug den Pass auf, nachdem wir uns vom Gewühl entfernt hatten. »Amina Saebjam, geboren am 18. Februar 1968 in Kairo, Nationalität: Französisch.«

»Ein falscher Pass?«, murmelte Hans bewundernd vor sich hin. »Unser Helios denkt ja an alles.«

»Ausgestellt auf der Pariser Präfektur am 25. Juni«, las ich laut. »Vor drei Tagen. Das ist nicht sehr seriös.«

»Einem geschenkten Gaul guckt man nicht ins Maul, wie man bei euch sagt«, gab Amina zurück und steckte das wertvolle Dokument weg. »Fast hätte man mich zurück nach Ägypten geschickt. Ich frage mich, wie man mir überhaupt erlaubt hat, ins Flugzeug zu steigen.«

»Das war echt knapp«, nickte Hans und warf mir einen vorwurfsvollen Blick zu.

Hans hatte Recht. Ich hatte an alles gedacht, nur nicht an die Tatsache, dass Amina sich nicht frei auf europäischem Gebiet bewegen konnte, im Gegensatz zu uns.

Mit unserem Gepäck auf den Schultern durchquerten wir den Flughafen bis zum Busbahnhof. Von dort fuhr uns ein Shuttlebus bis zur Athinon-Allee in Lárnaka am Meer, wo wir sicher ein Hotel finden würden. Müde und mit den Nerven am Ende, ließen wir Paranoia Paranoia sein und nahmen eine Suite mit drei Zimmern im Sun Hall, einem der Luxushotels des Badegebiets.

Der Rezeptionist, ein kleiner Mann, der versuchte, seine fortgeschrittene Kahlköpfigkeit unter einem künstlichen Geflecht grauer und übertrieben gegelter Haare zu verstecken, reichte mir mit einem süßlichen Lächeln die Schlüssel. Er war schlank, fast mager, und seine gebräunte Haut bildete einen starken Kontrast zu seinem hellbeigefarbenen Anzug, der vom gleichen Farbton war wie der luxuriöse Fliesenbelag. Ein unaufmerksamer Gast hätte glauben können, er gehöre zum Dekor.

»Ich wünsche Ihnen einen ausgezeichneten Aufenthalt, Professor.«

Ich bedankte mich, und ein Hotelangestellter brachte unser Gepäck bis in die letzte Etage hinauf, wo sich die Suite befand.

Wir betraten mit unverhohlener Freude den großen Salon, ein überbordender Luxus in Blau- und Weißtönen, klimatisiert bis in den hintersten Winkel. Amina öffnete die Fenstertüren des Balkons, durch die das fröhliche Stimmengewirr von den Dutzenden von Cafés und Restaurants hereindrang, die die geräumige Fußgängerpromenade säumten.

»Es ist wundervoll«, murmelte sie und betrachtete das Meer und die Allee, die von ihren berühmten Palmen gesäumt wurde. »Stimmt es, dass es fünfundsechzig davon gibt?«, fragte sie mich und zeigte auf die langen Palmwedel.

»Willst du sie nachzählen?«, scherzte ich und zündete mir eine Zigarette an. »Ja, fünfundsechzig. Keine mehr, keine weniger.«

»Ihr – weiß ich nicht«, brummelte Hans und streckte sich, »aber ich werd Schafe nachzählen gehen.«

»Willst du nicht vorher etwas essen?«, fragte Amina mütterlich besorgt.

»Nein, geht schon. Ich hab im Flugzeug was geknabbert. Bis morgen.«

»Gute Nacht, Hans.«

Er huschte zu einem der Schlafzimmer, und meine Begleiterin runzelte die Stirn.
»Er macht mir Sorgen.«
»Hans?«
»Er hat während des Flugs nicht einen Mucks von sich gegeben. Das sieht ihm nicht ähnlich.« Sie seufzte und fuhr leise fort: »Ich hoffe, du hast Recht wegen Professor Tool, und dass es nur ein Unfall war.«
Ich nahm einen langen Zug an meiner Zigarette und wies mit dem Kinn auf den Flur, in dem der Junge verschwunden war.
»Ich habe gelogen.«
»Das hab ich mir gedacht.«
»Ich auch!«, schmetterte Hans. Ich drehte mich um und sah ihn wie aus dem Boden gewachsen spöttisch vor der Terrasse stehen. »Ich hatte meine Zahnbürste vergessen«, sagte er, seine Tasche schwenkend. »Gute Nacht!«
»Mein Gott, glaubst du wirklich, dass sie all diese Leute umgebracht haben, nur um ihn loszuwerden?«, murmelte Amina, als vom anderen Ende der Suite das Blubbern eines Whirlpools zu uns hinüberdrang.
»Schau dir Hyacinthes Dossier an. Tool wohnte im sechsten Stock, dem letzten des Gebäudes. Und ausgerechnet im letzten hat's geknallt.«
»Aber wer sind diese Verrückten, gütiger Gott? Glaubst du etwa an diese Geschichte von der Grabwächtersekte?«
Ich schüttelte den Kopf.
»Sollte es sich wirklich um eine Sekte handeln, dann ist das nur ein Vorwand. Geheime Bruderschaften, die jahrtausendelang religiöse Reliquien hüten, gibt es nur in Romanen.«
»Das denke ich eigentlich auch, aber was ist dann das Ziel dieser Maskerade?«
»Eine Deckung.«

»Wahrscheinlich, aber um was zu verstecken?«

»Vor ein paar Jahrzehnten hat es sich in Frankreich eine Bande kleiner Schlauköpfe in den Kopf gesetzt, den Templerorden wieder auferstehen zu lassen. Ihr ›Großmeister‹ hielt sich für einen Nachkommen von Jacques de Molay. Sie stellten seine verkohlten Gebeine, oder was sie als solche ausgaben, bei jeder Zeremonie zur Schau. Jedes seiner Schäfchen wäre im Fall eines Diebstahls bereit gewesen zu töten, um sie wiederzubekommen. Sie waren ihre heiligste Reliquie. Als der Guru festgenommen wurde, besaß er sieben Eigenheime, ein Palasthotel, ein Vergnügungsboot und mehrere Bankkonten in Steuerparadiesen.«

»Handelt es sich hier deiner Meinung nach um etwas Ähnliches?«

»Warum sollten sie sich sonst solche Mühe machen, das Schwert wiederzubekommen? Ich wüsste nicht, um was es sonst gehen könnte, außer um krankhaften Fanatismus oder um Menschen, die von einem Anführer manipuliert werden.«

»Das hätte uns gerade noch gefehlt …«

Sie unterdrückte ein Gähnen.

»Du solltest dich besser schlafen legen.«

»Und du?«

»Ich warte auf Helios' Anruf. Der Schwachkopf von einem Taxifahrer muss ihm Bescheid gegeben haben, wo wir hingefahren sind, und ihn von Tools Tod unterrichtet haben.«

Sie lächelte.

»Ich kann nicht glauben, dass Helios einen so ungeschickten Mann engagiert hat.«

»Er wird seine Gründe haben. Schau dir Tool an. So seltsam er auch gewesen sein mag, der alte Mann stand in Kontakt mit einem der größten Hellenisten des Jahrhunderts. Ich höre übrigens nicht auf, darüber nachzugrübeln. Es ist merkwürdig. Was konnte Sikelianos nur an einem Versager wie ihm finden?«

»Morgan! Sag nichts Schlechtes über einen Toten, das bringt Unglück.«
»Abergläubisch?«, neckte ich sie. »Du würdest dich gut mit Etti verstehen.«
Amina lehnte sich auf Zehenspitzen gegen die Balustrade und genoss seufzend und mit halb geschlossenen Augen die Meeresluft auf ihrer Haut. Sie trug ein kurzes Kleid aus geblümter Baumwolle, das ihre Schenkel kaum bedeckte und sich ihren schlanken Formen wunderbar anpasste.
Eine aufwallende Hitze setzte meinen Unterleib in Flammen. Ich zündete mir eine zweite Zigarette an, um meine Haltung zu wahren, und stellte mich vor die Balustrade, um meine Erektion zu verbergen.
Sie kam mit einem verführerischen Lächeln auf mich zu.
Die Zigarette, die ich gerade zum Mund führen wollte, glomm noch einmal auf, bevor sie zur Seite fiel. Amina legte die Hände auf meine Schultern und massierte sie sanft. Ich spürte, wie ihre feuchte, neugierige Zunge über meinen Nacken fuhr, ihre brennend heißen Lippen an der Haut an meinem Hals zupften und ihre frechen Zähne leicht in meine Schultern bissen. Ich zog mein T-Shirt aus, ließ ihr Kleid auf den Boden gleiten, dann fuhren meine ungeduldigen Lippen an ihren Beinen hoch über ihre Brust bis zu ihrem Hals, folgten den Konturen eines Ohrs und verirrten sich auf ihrer Wange, suchten ihren Mund. Ihre Zunge glitt langsam zwischen meine Lippen, und ich umschlang sie heftig, während ich auf ihren tiefen Kuss mit derselben Leidenschaft reagierte. Amina schmiegte sich an mich, wobei ihr glatter Bauch sich durch die Jeans an meinem geschwollenen Geschlecht rieb. Meine Hände umschlossen ihre vollen Brüste.
Diese Frau war eine Feuersbrunst, jeder Quadratzentimeter ihrer Haut schien mit ihrem Unterleib verbunden zu sein, und ich fand

Gefallen daran, dieses seltsame Instrument zum Erklingen zu bringen, dessen Lustseufzer mein Verlangen anfachte.
Ich entledigte mich meiner restlichen Kleider und zog Amina ungeduldig auf das große Sofa, mein Körper von erregter Vorfreude erfasst. Sie drehte mich mit einem Hüftschwung auf den Rücken, setzte sich auf mich, ein Knie auf jeder Seite meines Körpers, und ließ ihre Hände von meinen Brustmuskeln zu meinem Unterleib gleiten. Ich wollte nach ihren Brüsten greifen, aber sie hielt mich an den Handgelenken fest.
»Nein«, murmelte sie. »Auf meine Art …« Sie riss ein Zierband von einem der Seidenkissen ab und band mir die Hände über meinem Kopf zusammen. »Heute Nacht gehörst du mir …«
Als sie an meinen Brustwarzen knabberte, spannte ich mich wie ein Bogen an, wand mich zwischen ihren Schenkeln und biss mir in den Bizeps, um ein Stöhnen zu unterdrücken, da ich fürchtete, Hans zu wecken.
»Ich will dich hören, Morgan …«, murmelte sie und rieb ihren Po an meinem harten Schwanz, »ich will dich schreien, flehen und betteln hören …«
Sie umschloss mit der Hand meine Hoden und drückte sie sanft, während sie sich mit ihrem Po an meinem Geschlecht rieb, was mich aufseufzen ließ.
»Kannst es ja mal versuchen …«
»Ist es das, was du willst?«, fragte sie und legte meinen Schwanz an ihre brennend heiße Öffnung.
»Ja …«
»Nicht sofort«, flüsterte sie und fuhr sich mit der Zunge über die Lippen.
Sie drehte mir den Rücken zu und schob sich über meine Brust nach hinten, bis ihr Geschlecht meinen Mund erreichte, während der ihre sich meines Schwanzes bemächtigte, um ihn vollständig in sich aufzunehmen. Ich sah die fleischigen Pobacken, die ich

nicht ergreifen und spreizen konnte, die beiden brennend heißen Öffnungen, nach denen ich schmachtete, und spürte, wie Aminas Zunge über die empfindliche Haut meiner Hoden glitt. Nach einigen Augenblicken hielt sie inne, und ich knurrte frustriert.
»Noch mehr?«, fragte sie schelmisch und drehte sich zu mir um. Der Anblick ihrer geschwollenen Lippen und ihrer Wangen, die nun leicht gerötet waren, brachte mich zum Lächeln. Sie keuchte vor Verlangen auf, war nun in ihrer eigenen Falle gefangen.
Ich zog an meinen lächerlichen Fesseln, und das Seidenband zerriss mit einem Ruck.
»Wer dieses Spiel mit mir spielen will, muss entweder weniger anmaßend oder aber heimtückischer sein.«
Ich warf sie auf den Rücken und raubte ihr einen leidenschaftlichen Kuss, als ich mich auf sie legte. Sie schlang die Beine um meine Hüften und wölbte sich mir mit einem Stöhnen entgegen.
»Und wer fleht jetzt?«, neckte ich sie sanft.
»Morgan …«
Ich tauchte langsam in sie ein, und ein verräterisches Ziehen durchzuckte meine Lenden. Ich spürte, wie sich ihre Zähne in meine Schulter gruben, um einen Lustschrei zu unterdrücken, und dann ergoss ich mich mit einem rauen Seufzer tief in sie, bevor ich mich erschlafft und kraftlos auf die Seite fallen ließ. Amina hatte die Augen halb geschlossen, und ich spürte, wie ihr Herz heftig gegen meine Brust pochte. Mein Mund suchte den ihren, und sie erwiderte lächelnd meinen Kuss, während sie mein befriedigtes Geschlecht streichelte.
»Werde mich revanchieren«, murmelte sie.
»Das werden wir ja sehen …«

»Einen Eistee?«, bot Amina an, als sie den Kühlschrank der Bar öffnete.
»Lieber ein Bier. Ein blondes«, bat ich.

»Es ist 2:00 Uhr morgens«, seufzte sie und nahm neben mir auf dem Sofa Platz. »Ich glaube, er wird nicht vor morgen früh – das heißt nachher – anrufen.«

»2:00 Uhr hier, aber 1:00 Uhr in Frankreich.«

»Wenn er in Frankreich ist.«

Ich trank einen Schluck Bier und nickte.

»Da hast du allerdings Recht.«

Sie legte mir den Arm um die Schultern.

»Ich bin sicher, dass man sich gut um ihn kümmert.«

»Ich kann immer noch nicht glauben, dass er lebt. Er fehlt mir so …«

»Ich weiß, was du fühlst«, murmelte sie mit zugeschnürter Kehle. »Glaube ich zumindest.«

»Hast du vor, wieder in Ägypten zu leben, wenn alles vorbei ist?«

Sie schüttelte den Kopf.

»Nein. Ich denke, ich werde politisches Asyl beantragen. Bei diesem System glaube ich, dass mein Land nicht mehr zu retten ist, was die Rechte der Frauen angeht. Und bei allem anderen eigentlich auch nicht, auch wenn manche es versucht haben sollten.« Sie zog die Träger ihres Kleids zurecht. »Das letzte Mal habe ich bei Ausgrabungen in Europa vor fast zehn Jahren ein Kleid getragen. Wie sehr ich die Religion und ihre verdummenden Dogmen doch hasse … Und trotzdem liebe ich Gott. Ziemlich paradox, nicht wahr?«

»Nein, ich verstehe.« Ich hob die Augen zur Decke und zog dabei ein Gesicht. »Mein Bruder ist ein Kastenloser. Ein *dalit*. Fast ein Dämon bei den Hindus. Trotzdem verehrt und respektiert er seine Götter.«

»Die Hindu-Religion ist für ihre Toleranz und Gewaltlosigkeit bekannt.«

Ich hätte mich fast an meinem Bier verschluckt.

»Was?«, hustete ich und machte ein schiefes Gesicht.

»Das hat man mir immer gesagt«, stotterte sie.
Ich presste meine Lippen aufeinander und meine Zunge an meinen Gaumen, um nicht aufzubrausen.
»Mein Vater würde dir sagen, dass er nach zehn Weltumrundungen kaum jemanden gefunden hat, der diskriminierender, intoleranter und gewalttätiger ist als ein Hindu, der einer Kaste angehört. Einer von ihnen hat einmal meinen Bruder mit einem Stock halb tot geschlagen, weil er die Frechheit besessen hatte, seine dreckigen *dalit*-Pfoten in das Wasser eines Trinkbrunnens zu tauchen.«
Aminas Miene verfinsterte sich.
»Ich dachte, Gandhi hätte …«
»Vergiss das Klischee eines ganz in Weiß gekleideten Gandhi, der für den Weltfrieden predigt. Er wäre der Erste, der sagt, dass ein Unberührbarer nicht mehr Hirn habe als ein Tier. Und ein Brahmane, ein *kshatriya* oder sogar ein *dalit* würde lieber fasten, als von demselben Teller zu essen wie du und ich, denn für sie sind Nicht-Hindus noch unreiner als die Unberührbaren.«
»Und dein Bruder stimmt solchen Absurditäten zu?«
»Nein«, antwortete ich mit einem beruhigenden Lächeln. »Etti hat sich seine eigene Vorstellung vom Hinduismus geschaffen, seine eigene Religion. Ein bisschen so wie du«, fügte ich hinzu.
Aminas sinnliche Lippen verzogen sich zu einem sanften Lächeln.
»Er …«
Das Klingeln des Telefons ließ uns zusammenfahren.
»Hallo?«
Sie legte ihr Kinn auf meine Schulter und hielt ihr Ohr dicht an das Telefon.
»Morgan?«
»Hyacinthe? Ich dachte, Sie hätten auf Ihren Auftrag verzichtet.«
»Das ist der Fall. Ich wollte nur mal hören. Anscheinend haben Sie den lieben Michael kennen gelernt?«

»Wenn das der Name des Schwachkopfs ist, der mich mit dem Taxi abgeholt hat, dann habe ich ihn kennen gelernt, in der Tat.«
»Mmh ... es hat sechs Stunden gedauert, bevor er entlarvt wurde, damit steigt Michael in meinem Ansehen. Das schlägt sämtliche seiner Rekorde.«
»Warum hat Helios mir diesen Nichtsnutz geschickt?«
»Böse Zunge! Beschattung gehört normalerweise nicht zu seinen Zuständigkeiten. Er war vor Ort, das ist alles.«
»Und welche sind seine Zuständigkeiten?«
»Beten Sie darum, es nie zu erfahren. Hatten Sie keine Probleme am Zoll?«
»Nein, der falsche Pass war ein genialer Einfall, das gebe ich zu.«
»Falsch? Daran ist nichts falsch. Amina ist seit drei Tagen offiziell Französin. Ihr Personalausweis wartet in der Präfektur auf sie.« Amina stieß einen Schrei aus. »Was denn? Ist es nicht das, was sie wollte?«
»Ist das Ihr Ernst?«, stammelte ich.
»Selbstverständlich. Schauen Sie sich das Datum an. Helios hat noch ein paar Kontakte, wissen Sie, und nicht gerade die schlechtesten.« Amina presste sich die Hände auf das Gesicht und konnte nur schwer ihre Freude zurückhalten. »Also? Was gibt's Neues?« Ich erzählte ihm von unserem Besuch bei Tool, seinem Brief und der Explosion. »Eine Sekte? Heilige Jungfrau ... noch ein Problem. Costas Sikelianos sagen Sie? Der Hellenist? Ich werde unsere Dokumentalisten bitten, Nachforschungen anzustellen. Gegen 10:00 Uhr wird man Ihnen eine E-Mail mit den Ergebnissen schicken. Da wir gerade von E-Mails sprechen – Sie haben zwei von Ihrem Vater erhalten. Er macht sich Sorgen, Sie sollten ihn anrufen.«
»Und mal abgesehen davon, dass Sie meine Post lesen – wie füllen Sie Ihre Tage so aus im Moment?«
Er lachte.

»Sie vermissen mich, geben Sie's zu. Wie versprochen gehe ich morgen Etti besuchen. Helios hat mir gesagt, dass er ab und zu ein paar Worte von sich gibt. Ich werde mein Hindi-Englisch-Wörterbuch mitnehmen … Das war nur ein Scherz, regen Sie sich nicht auf.«

»Ich bin nicht im Geringsten zu Scherzen aufgelegt!«

»Spaß beiseite: Es war sehr unvorsichtig von Ihnen, sich von Ihren Freunden zu trennen, Morgan. Stellen Sie sich einen Augenblick lang vor, diese Wahnsinnigen hätten sie angegriffen und sie entführt, um Sie zu erpressen.«

»Unter zwei Erpressern auswählen«, spottete ich. »Schlauer Handel, wenn es denn einer ist.«

»Bisher hatten Sie doch keinen Grund, sich zu beschweren, soweit ich weiß!«

»Für wen hätte ich mich entschieden?«, fuhr ich streitlustig fort. »Für den fanatischen Guru oder das Phantom mit der samtenen Stimme?«

»Wir haben uns nicht die ganze Mühe gegeben, um das Schwert – und vielleicht sogar den Dolch – durch den Fehler eines verantwortungslosen Hitzkopfs zu verlieren!«, rief Hyacinthe wütend. »Denken Sie also ein wenig nach, bevor Sie Mist bauen!«

»Das Schwert? Aber Sie haben es mir doch abgenommen …« Ich sprang auf. »Sie wären also bereit gewesen, es abzugeben, falls …«

»Keine Initiativen dieser Art mehr!«, unterbrach er mich. »Sie bleiben zusammen, ist das klar?« Er hüstelte. »Wir setzen uns morgen wieder mit Ihnen in Verbindung.«

»Hyacinthe?«

»Ja?«

»Danke, dass Sie uns vor der Moschee aus der Affäre gezogen haben.«

»Bis morgen«, sagte er mit einer Stimme, die zu schroff war, um ehrlich zu sein.
Ich legte auf und warf lächelnd das schnurlose Telefon auf das Sofa.
»Der schöne Hyacinthe ist in dich verknallt«, spöttelte Amina amüsiert.
»Er wird sich schon in das Unvermeidliche fügen«, antwortete ich und streckte mich. »Männer sind noch nie mein Ding gewesen.«
Wir gingen zurück in unsere jeweiligen Zimmer, und ich brach auf meinem Bett zusammen, ohne auch nur meine Shorts auszuziehen.

»Was ist denn das für ein Pylon da unten?«
Wir frühstückten in einem der zahlreichen Restaurants am Meer. Trotz der morgendlichen Stunde drängten bereits zahlreiche Touristen an den Strand.
»Eine Marmorsäule, an deren Spitze sich die Büste von Kimon dem Athener befindet, Hans«, sagte ich, während ich meinen Kaffee hinunterstürzte.
»Wer?«
»Kimon. Ein griechischer General, der die Stadt vor mehr als zweitausendvierhundert Jahren besetzt hat. Auf der Säule steht: *Kitium an Kimon den Athener. Obgleich tot, so war er doch siegreich.*«
»Wer ist Kitium?«
»Das ist der ehemalige Name der Stadt Lárnaka.«
»Ah! Okay.«
Unsere Begleiterin studierte einen Stadtplan und bemühte sich, die Busfahrtzeiten herauszubekommen, während sie auf einem Brötchen herumkaute, das sie in ihren Tee tunkte. Sie war mit einer Jogginghose bekleidet, in die man zwei Aminas hätte stecken können, einem weiten T-Shirt und einem Paar Turnschuhe, Klei-

der, die sie sich von Hans geliehen hatte. Dazu trug sie eine Schirmmütze.

»Ich bezweifle, dass du als Junge durchgehst«, neckte ich sie und zündete mir die erste Zigarette des Tages an.

»Du rauchst zu viel!«

»Lenk nicht vom Thema ab.«

Sie stellte ihre Teetasse ab und rümpfte die Nase.

Aus der Mail, die Hyacinthe uns hatte zukommen lassen, ging hervor, dass er die Spur von Professor Sikelianos – beziehungsweise Bruder Costas – sehr leicht hatte aufnehmen können, da der gute Mann nichts tat, um sich zu verstecken. Außerdem erfuhren wir, dass Frauen der Aufenthalt in dem Kloster, in dem er diente, verboten war.

»Ich habe Ägypten nicht verlassen, um sexuelle Diskriminierung woanders zu akzeptieren!« Sie ließ mir keine Zeit, darauf einzugehen, und fuhr fort: »Das Ayia-Varvara-Kloster liegt wie ein Adlernest in siebenhundertfünfzig Metern Höhe.«

»Wundervoll«, seufzte ich.

»Das ist doch noch gar nichts«, warf Hans ein.

Wir warfen ihm einen finsteren Blick zu, und er grinste.

»Wir müssen den Bus nach Limassol nehmen, auf der Strecke dorthin aussteigen und schließlich zu Fuß weitergehen«, fügte Amina hinzu und fand allein diese Vorstellung ermüdend.

Ich bestellte einen zweiten Kaffee und brummelte vor mich hin. Eine Wanderung war das Letzte, worauf ich Lust hatte. Die Meeresluft war frisch, die Sonne angenehm, die Mädchen im Monokini charmant und das blaue Wasser unanständig verführerisch. Ich hätte liebend gern in dieser kleinen Ecke des Paradieses einen Tag Pause eingelegt, mich auf dem Sand ausgestreckt und zwischen zwei Badegängen im Meer, von hübschen Mädchen umringt, gebräunt. Dann dachte ich wieder an meinen Bruder, der, von Beruhigungsmitteln abgestumpft, im Zimmer einer Irrenan-

stalt saß und darauf wartete, dass ich ihn dort herausholte, und meine Lust zu faulenzen verflog.
Ich schaute auf meine Armbanduhr: 10:37 Uhr.
»Um wie viel Uhr fährt der nächste Bus?«, erkundigte ich mich.
»Es fährt einer alle zwanzig oder dreißig Minuten. Wenn wir sofort losgehen, kommen wir mit ein bisschen Glück da oben an, bevor uns die Sonne zu sehr auf den Kopf knallt.«
Resigniert bezahlte ich unsere Rechnung, kaufte für jeden von uns eine Flasche Mineralwasser sowie Sandwiches, die wir in unsere Rucksäcke packten. Dann brachen wir in Richtung Busbahnhof auf, nachdem wir den Kellner nach dem Weg gefragt hatten.
»Morg…«, flüsterte Hans nach ein paar Minuten Fußmarsch durch die Straßen von Lárnaka. »Ein Typ folgt uns seit vorhin.«
Mein Herz machte einen Satz, und ich sah, wie Amina sich versteifte.
»Bleibt nicht stehen«, sagte ich und prüfte, ob meine Pistole noch immer unter meinem Gürtel festgeklemmt war.
Ich tat so, als schaute ich nach dem Namen einer Straße, und warf einen diskreten Blick hinter uns. Ein dunkelhaariger Dandy mit sonnengebräunter Haut lief mit respektvollem Abstand, eine Hand in der Hosentasche, hinter uns her. Ein Mann von Helios? Oder einer der Verrückten, die uns verfolgten? Das sollten wir besser sofort herausfinden.
Ich gab vor, meine Schnürsenkel neu zu binden, und der Mann blieb stehen und richtete eine Strähne auf seiner Stirn, während er sein Spiegelbild im Schaufenster eines Geschäfts betrachtete. Ich wollte gerade mit der Hand am Gürtel auf ihn zugehen, um, falls nötig, schnell meine Waffe hervorziehen zu können, als ich sah, wie er jemandem in einem der Gebäude etwas zurief. Eine junge Frau streckte den Kopf aus dem Fenster, gab ihm ein Zeichen, dass sie herunterkäme, und unser »Verfolger« warf ihr eine

Kusshand zu. Dann lehnte er sich gegen das Eingangstor, um auf sie warten.
Amina stieß einen Seufzer der Erleichterung aus, und Hans fluchte. Wenn das so weiterginge, würden unsere Nerven bald blank liegen.
»Falscher Alarm dieses Mal«, kommentierte unsere Begleiterin. »Ich glaube, unsere Karosse ist vorgefahren!«, fügte sie hinzu und stürzte sich auf die Fahrbahn. »Beeilt euch!«
Sie überquerte die Straße und machte dem Fahrer wilde Zeichen, der freundlich auf uns wartete, bevor er weiterfuhr.
Nach einer halben Stunde Fahrt dauerte es fast zwei Stunden Fußmarsch und Kletterei, bis wir das Adlernest erreichten, wo sich das Kloster befand. Wenn wir als Touristen gekommen wären, hätte sich dieser Spaziergang schon allein der Aussicht wegen gelohnt. Von dort oben überblickten wir das gesamte Tal von Tremithos. Eine Zauberwelt von Farben und Düften umschmeichelte unsere Sinne.
Zypern zählt mehr als eintausendsiebenhundertfünfzig Pflanzenarten, und im Unterholz wucherten wilde Narzissen, Hahnenfuß, Hyazinthen und Tulpen. Je höher wir in das felsige Gebiet hinaufstiegen, desto häufiger waren der Boden und die Felswände von Thymian, Myrten und purpurnen Waldanemonen bedeckt, die den Alten zufolge aus dem Blut des Adonis entstanden sein sollen. »Die Insel der Düfte« machte ihrem Namen alle Ehre.
Wir erreichten den Gipfel, als die Sonne am höchsten stand, und wir hätten auf diesem steilen Pfad keine weitere hundert Meter mehr geschafft. Wir waren vollkommen erledigt.
»Ich frage mich, wie die's hingekriegt haben, das Baumaterial hier heraufzubringen«, bemerkte Hans außer Atem, als er das kleine Kloster betrachtete.
Die Spitze seines winzigen, weich geschwungenen Glockenturms ragte in den klaren Himmel und über gerundete Dächer aus oran-

gefarbenen Backsteinen auf. Die Mauern waren aus verkitteten Rohsteinen, und ein kleiner Balkon säumte eine der Fassaden.
Das Ayia-Varvara-Kloster stammte aus dem 13. oder 14. Jahrhundert und war eigentlich ein Anbau des Klosters Stavrovouni, das sich auf dem Berg des Kreuzes erhob. Was vor uns stand, war nicht das ursprüngliche Gebäude, da dieses mehrere Male abgebrannt – zuletzt im Jahre 1888 – und stets wieder aufgebaut worden war. Der Legende nach soll es, wie Hunderte von Kultstätten und Wallfahrtsorten rund um die Welt, ebenfalls ein Stück des wahren Kreuzes Christi hinter seinen Mauern beherbergen.
Um eine der Mätressen meines Vaters, eine glühende Anhängerin des Katholizismus, in Rage zu bringen, hatte Etti sich eines Tages einen Spaß daraus gemacht, alle Orte zusammenzuzählen, an denen angeblich ein Teil ebenjenes Kreuzes aufbewahrt wurde. Er war zu dem Schluss gekommen, dass Christus ein Riese von mehr als vierhundert Metern gewesen sein musste, da die Stücke aneinander gefügt ein Kreuz ergaben, das anderthalb Mal so groß wäre wie der Eiffelturm! Aber das ist noch nicht das Erstaunlichste. Durch das Addieren der heiligen Reliquien hatte er auch festgestellt, dass der Apostel Johannes acht Füße, sechs Schädel und fünfhundertsiebenundachtzig Zähne besaß. Der Apostel Paulus kam auf neunundzwanzig Finger, und Jesus Christus konnte sich damit rühmen, ganz allein den Rekord von vierzehn Penissen zu halten, deren Vorhäute in Reliquienschreinen auf der ganzen Welt aufbewahrt wurden – eine Welthöchstleistung. Die Christen dieser Welt können daher beruhigt sein, ihre Götter stehen den doppelköpfigen, dreiäugigen und vielbeinigen Hindu-Göttern in nichts nach.
»Ich nehme mal an, dass wir hier klingeln müssen?«, spottete Amina und zeigte auf eine kleine Glocke über einer massiven Tür. Ein Schäfer, dem wir während unseres Aufstiegs begegnet waren, hatte uns mitgeteilt, dass nur noch ein Mönch in dem Kloster

übrig geblieben war und dass dieser immer noch nicht bereit war, den Ort von Touristen besichtigen zu lassen.
»Sie steigen umsonst da hoch!«, hatte er hinzugefügt. »Der hat niemanden mehr reingelassen seit Ostern. Der is' ja vielleicht schon gestorben seitdem, wer weiß!«
Ich hatte ihm für seine Ratschläge gedankt, und er hatte gegrinst und seinen Hund, einen großen von Zecken zerfressenen Köter, zu sich gepfiffen.
»Mach schon!«, sagte Hans. »Wir wollen doch nicht hier stehen bleiben und wie Speckstreifen gegrillt werden.«
Amina zupfte an ihrem T-Shirt, rückte ihre Schirmmütze zurecht und versuchte, eine »männliche« Pose einzunehmen – breitbeinig, mit schräg noch vorn gebeugtem Oberkörper, eingezogenem Hals und den Händen in den Hosentaschen. Wenn das dem Bild entsprach, das Frauen von Männern hatten, dann kann ich nur sagen: Wir Ärmsten …
Ich zog an der Schnur, und das Bimmeln der Glocke hallte im ganzen Tal wider, als das Echo von Hügel zu Hügel zurückgeworfen wurde. Hans tat so, als würde er sich das Geräusch aus den Ohren schütteln.
»Diskrete Klingel. Schwierig, sich mit so 'nem Echo der Neugier von Schnüfflern wie Hyacinthe zu entziehen!«
Wir warteten ein paar Minuten. Nichts. Ich wollte gerade die Glocke ein zweites Mal betätigen, als sich über der massiven Tür eine kleine Klappe öffnete.
»Was wollen Sie?«, fragte eine raue Stimme auf Griechisch.
»Professor Sikelianos?«, erwiderte ich.
Ein Schweigen, dann: »Es gibt keinen Professor Sikelianos mehr.«
»Professor, ich bin Morgan Lafet, und das sind meine …«
»Das Kloster ist geschlossen! Gehen Sie.«
»Professor Tool schickt uns zu Ihnen«, rief ich. »Wir haben einen

weiten Weg zurückgelegt, um Sie zu sehen, und wir müssen Sie unbedingt sprechen.«

»Es gibt hier keinen Sikelianos, gehen Sie!«

Die Klappe schloss sich mit einem scharfen Geräusch wieder, und ich fluchte.

»Professor Sikelianos!«, schrie ich und trommelte mit geballter Faust gegen die Tür. »Edward Tool ist tot! Öffnen Sie diese Tür!«

Amina legte mir die Hand auf die Schulter.

»Morgan, es ist zwecklos.«

Ich hämmerte umso lauter.

»Er ist ermordet worden, Professor! Ich muss Sie sprechen!«

»Morgan, hör auf! Er ...«

Sie unterbrach sich, als sie das Geräusch eines Querbalkens hörte, der zurückgeschoben wurde. Wir wichen zurück, die schwere Tür öffnete sich, und ein alter Mann von mittlerer Größe mit Bart und rasiertem Kopf, der ganz in Schwarz gekleidet war, kam zum Vorschein.

»Treten Sie ein«, murmelte er.

Wir gehorchten, und er schloss die Tür direkt hinter uns wieder. Hans half ihm, den riesigen Querbalken wieder in die Eisenringe zu schieben, und Professor Sikelianos – beziehungsweise Bruder Costas – drehte sich zu uns um und musterte uns. Sein sonnenverbranntes Gesicht war faltig wie eine alte Pflaume, und er schien ein etwas steifes Bein zu haben.

»Normalerweise ist Frauen hier der Zutritt nicht gestattet«, sagte er und wies mit dem Kinn auf Amina.

Diese wandte den Blick ab, und ich mischte mich ein.

»Ich glaube, dies ist nicht mehr der Zeitpunkt, sich um Klosterregeln und Doktrinen zu kümmern, Professor.«

»Bruder Costas«, verbesserte er mich. »Kommen Sie.«

Wir folgten ihm durch einen kleinen Hof und betraten die kühlen

Gänge des Klosters. Jede Wand war von staubbedeckten, religiösen Ikonen verziert, ebenso der Großteil des spärlichen Mobiliars. Spinnweben hingen von der Decke, und der kleine Gemüsegarten hätte etwas Pflege nötig gehabt.

»In diesem Teil des Klosters lebt niemand mehr«, sagte unser Führer, als wollte er sich für den Zustand des Ortes entschuldigen. »Die Brüder waren bekannt für ihre Ikonenmalerei, aber nach ihrem Tod gab es niemand, der die Nachfolge antrat. Niemand will hier herkommen.«

»Sie leben allein?«, fragte Amina.

»Ja, seit über fünf Jahren nun schon.«

»Jetzt verstehe ich besser, warum Professor Tool von Einsiedelei gesprochen hat«, bemerkte ich.

»Dieses Leben entspricht mir vollkommen. Ich bitte Sie, treten Sie ein.«

Wir betraten einen kleinen Raum, der vor Sauberkeit glänzte und aller Wahrscheinlichkeit nach als Küche, Wohn- und Arbeitszimmer diente. Auf dem massiven Holztisch drängten sich Farbtöpfe, Pinsel und eine Staffelei.

»Es ist entzückend«, sagte Amina, die eine fast vollendete Ikone bewunderte.

Es handelte sich um eine ländliche Darstellung des Gartens Eden. Engel pflückten im Klang der Trompeten und Tamburine mehrere Arm voll goldenen Getreides.

»Ich verkaufe sie an Touristenläden, damit ich mir ein paar unentbehrliche Produkte und Lebensmittel kaufen kann«, erklärte unser Gastgeber ruhig und stellte Brot, Käse und einen Krug Schafsmilch auf den Tisch. »Essen Sie, Sie müssen Hunger haben nach Ihrem Aufstieg. Es ist nicht sehr prunkvoll, aber die Milch ist frisch, und Käse und Brot mache ich selbst.«

»Wir haben Sandwiches mitgebracht, machen Sie sich keine Umstände«, mischte sich Hans verlegen ein.

Sikelianos warf ihm ein Lächeln zu.
»Sie essen mir nichts weg, mein Junge, keine Sorge. Das hier ist nur ein recht bescheidenes Mahl. Bedienen Sie sich.«
Ohne seine Antwort abzuwarten, schnitt der gute Mann drei dicke Scheiben Brot ab, auf die er ein großes Stück frischen Ziegenkäse legte, und füllte unsere Gläser.
»Das schmeckt verdammt gut«, sagte Hans, der sich über das schmackhafte Brot hermachte.
Er hatte nicht Unrecht. So bescheiden es auch war, das improvisierte Mahl war köstlich.
»Das ist doch mal was anderes als Fastfood, wie man heutzutage sagt, nicht wahr?«, neckte Sikelianos ihn freundlich und schenkte ihm ein weiteres Glas Milch ein. Mein Assistent nickte nachdrücklich, und Amina brach in Gelächter aus. »Edward hat uns also verlassen«, seufzte er und faltete die Hände. »Gott sei seiner Seele gnädig.«
»Sie kannten ihn anscheinend gut.«
»Es ist nicht sehr barmherzig von mir, das zu sagen, aber er hat mich amüsiert. Armer Mann …«
Ich legte mein Stück Brot ab und stürzte einen Schluck Milch hinunter.
»Wissen Sie, wer diese Männer waren, die er so fürchtete? Jene, die er ›die Grabwächter‹ nannte.«
Der ehemalige Professor stieß einen tiefen Seufzer aus, schüttelte den Kopf und verzog dabei das Gesicht.
»Ich weiß, wer sie waren, nicht, was sie jetzt sind.«
»Was meinen Sie?«
»Dass sie vor sehr langer Zeit lebten«, sagte er mit sanfter Stimme. »Dreizehn oder vierzehn Jahrhunderte vor unserer Zeit …«
Er machte es sich auf seinem Stuhl bequem, verschränkte die Arme, und sein Blick schweifte in die Ferne. Die Sonne wurde von einer Wolke verschleiert, eine wohlriechende Brise drang

kaum spürbar durch die Fensterläden aus Zypressenholz und wehte der fröstelnden Amina durch das Haar. Staub wirbelte in einem allerletzten Lichtstrahl auf, der bald darauf verschwand und das Zimmer in eine samtene Dunkelheit tauchte. Ein Zimmer, das von alten Erinnerungen und Geistern aus einem anderen Zeitalter bewohnt war. Hans ließ sein Brot an einer Ecke des Tisches liegen, legte das Kinn auf seine verschränkten Arme, und wir lauschten dem Gemurmel der Zeit.

»Zehn Jahre. Das Viertel eines Lebens zur damaligen Zeit. Die Dauer eines mythischen Krieges, der vor dreitausendfünfhundert Jahren stattgefunden und die blühende Stadt Troja in Schutt und Asche gelegt hat. Viele Helden haben am Fuße der gigantischen Stadtmauern ihr Leben gelassen, aber der berühmteste all dieser Helden war unbestritten der legendäre Achilles. Wie allgemein bekannt, war sein Ruf so groß sein Mut, sodass nahe dem Hellespont ein Tempel zu seinem Ruhm errichtet wurde, um seine sterblichen Überreste zu empfangen. Zahlreiche Huldigungen wurden der Erinnerung an den großen Achilles dargebracht, und noch zahlreicher waren die Pilger, die die Meere überquerten, um ihre Opfergaben seinen Priestern, den Wächtern seines Grabes, zu Füßen zu legen. Doch dienten diese wirklich als Vermittler zwischen den Gläubigen und der berühmten Persönlichkeit, über die sie wachten? Sprach der junge Krieger bei den Zeremonien wirklich durch ihren Mund? Die Alten bestätigen dies, und dass jeder Staatsmann, der seine letzte Ruhestätte besuchte, seinen Geist um Rat fragte. Bis auf einen.«

»Alexander …«, flüsterte Hans.

»Alexander«, nickte der Mann. »Ja, mein Junge. Alexander, der an der Spitze einer Armee stand, wie niemand sie seit König Xerxes gesehen hatte. Alexander und sein Durst nach Eroberungen. Alexander, der davon überzeugt war, dass die Rüstung des Achilles, von Hephaistos selbst geschmiedet, ihn unbesiegbar machen würde. Und er bemächtigte sich ihrer vor den Augen der Grabwächter, die aus Furcht vor Repressalien nicht wagten einzuschreiten, denn wie hätten diese armen Männer, die dem Kult eines Helden geweiht waren, Tausenden von Soldaten die Stirn bieten können? Achilles wurde daher seines kostbarsten Eigentums entledigt, aber trotz dieser großen Schändlichkeit setzten die Wächterpriester ihre unermüdliche Wache fort, Jahr für Jahr, Jahrhundert für Jahrhundert. Der Tempel wurde häufig frequentiert, jeder betete dafür, dass die Götter das Sakrileg wieder gutmachen würden. Priester, Herolde, Prinzen und Botschafter begaben sich nach Alexandria, um die Rüstung des Achilles zurückzufordern, aber ihr Anliegen wurde jedes Mal abgelehnt, nachdem es angehört wurde. So vergingen vier Jahrhunderte, und als niemand es mehr erwartete, geschah das Wunder. Keiner sah es kommen, denn es nahm weder die Züge eines Priesters noch die eines Prinzen, sondern die eines ehemaligen Sklaven an.«

»Helikon?«, warf Hans ein.

»Nein, mein Junge. Jener Mann, ein ehemaliger, in Palästina von einer phrygischen Mutter geborener Sklave, nannte sich Appellus, und er war Schauspieler. Ein nichtiges Nichts. Ein Außenseiter in einer Stadt, in der Schauspieler gesellschaftlich geächtet wurden – Rom. Trotz seines Status hatte sich Appellus in der Ewigen Stadt einen guten Ruf gemacht, denn sein Talent war groß und sein Ehrgeizig enorm. Er zählte zu den engsten Freunden von Kaiser Caligula, der sich mit Schauspielern, Sängern, Dichtern und Mimen umgab und das Geschwätz der Leute verachtete. Anlässlich einer prunkvollen Inszenierung, einer Art Militärparade, hatte Kaiser Caligula die Idee, die Rüstung aus dem Grab des Alexander zu holen. Appellus – war er von den Göttern inspiriert? – berichtete ihm daher, was ihm eines Tages seine Mutter erzählt hatte, die es wiederum von ihrer Mutter gehört hatte, etc. Caligula, von der Erzählung heftig erschüttert, schickte seinen

Vertrauensmann, Helikon, zum Hellespont, um Appellus' Aussagen zu überprüfen und sich bei den Tempelwächtern nach der Wahrheit zu erkundigen. Diese bestätigten natürlich, dass Alexander sehr wohl das Grab geschändet hatte, indem er die göttliche Rüstung stahl. Man sagt, dass der junge Kaiser daraufhin von maßloser Wut erfasst wurde. Es war eine Sache, die Waffen eines Alexander zu nehmen, aber eine andere, einen Halbgott zu bestehlen. Die Grabwächter flehten Caligula an, Achilles sein Eigentum zurückzugeben, die Alexandriner aber behaupteten, Cäsar, Nachkomme der Venus und daher von göttlichem Wesen, habe das Recht, es zu behalten. Der junge Mann hörte nur auf seinen Instinkt und traf eine Entscheidung. Er gab die Rüstung den Priestern des Helden zurück und bestrafte die Alexandriner. *Cäsar vergibt manchmal den Dieben, niemals den Schmeichlern*, sagte ihnen Helikon, bevor er sie töten ließ. Die Rüstung kehrte somit in das Grab des Achilles zurück – bis auf das Schwert, das verschwand. Die Jahrhunderte gingen dahin, und das Grab des Achilles geriet nach und nach in Vergessenheit, bis vor einigen Jahrzehnten die Türkei und Griechenland vom Krieg entzweit wurden.«

»Was ist denn passiert?«, fragte Amina.

Der Mönch zuckte die Achseln.

»Ein paar alte Frauen aus den Dörfern nahe bei Çanakkale erzählen jedem, der ihnen noch zuhören will, dass sie als Kinder mit eigenen Augen gesehen haben, wie die Wächter selbst von den Toten auferstanden seien, um die sterblichen Überreste des Helden wegzuschaffen. Gott allein kennt die Wahrheit, aber es steht fest, dass Professor Tool ein leeres Grab vorgefunden hat. Die Gebeine des Achilles sind aber sehr wohl sichergestellt worden.«

»Wissen Sie, wo?«

»In Griechenland natürlich. In einer Stadt, die es würdig war, einen Krieger vom Schlag eines Achilles zu empfangen …« Sikelia-

nos beugte sich mit einem rätselhaftes Lächeln zu mir hinüber.
»Was meinen Sie, Professor Lafet?«
Ich biss mir auf die Wange.
»Athen wäre eine logische Möglichkeit«, warf Amina ein. »Die Kriegsgöttin Athene ist die Schutzpatronin der Stadt.«
Sikelianos' und mein Blick kreuzten sich, und in seinen haselnussbraunen Augen tanzte eine kleine belustigte Flamme.
»Athen ...«, murmelte ich, »Stadt der Raffinesse und der Philosophen. Nein, Achilles war ein Krieger, der nur durch und für den Krieg lebte.«
Ein breites Grinsen zeichnete sich auf den Lippen unseres Gastgebers ab.
»Professor Lafet ... Sie, der das Thema so ausgiebig studiert hat. Sie sollten sich schämen.«
»Sparta?«, stammelte ich.
Sikelianos strahlte mich an.
»Der Legende nach hat Achilles die Partei der Griechen gegen Troja ergriffen, weil Prinz Paris die Frau des Königs von Sparta geraubt hatte. Ja, in Sparta müssen Sie suchen, Professor Lafet. Sparta, die Kriegerische. Die Stadt ohne Stadtmauern.«
»*Jene, die keine Mauern aus Stein, sondern aus Fleisch besaß*«, rezitierte ich, »ein Hoplit* pro Bruchstein.«
»Ganz genau«, meinte der ehemalige Professor und zog ein altes Notizbuch hervor, in das er etwas schrieb. »Wenn Sie das Thema interessiert, rufen Sie diesen Mann an. Sie müssten ihn kennen, er ist ein Spezialist auf seinem Gebiet. Als er vor zwei Monaten zu mir kam, war er eben gerade auf der Suche nach Informationen über Alexander; aber es würde mich nicht weiter wundern, wenn er seine Studie zugunsten von Ausgrabungen auf

* griechischer Fußsoldat. Sein Name wird von *hoplon*, einem runden Schild, abgeleitet.

der Peloponnes abgebrochen hätte, denn das Thema schien ihn zu begeistern. Hier. Ich habe Ihnen auch die Adresse von Phano Varnalis aufgeschrieben, der Leiterin der Ausgrabungen in Sparta.«

Amina fiel es ziemlich schwer, ihre Freude zu verstecken, und Hans rutschte ungeduldig auf seinem Stuhl hin und her.

»Danke, Bruder Costas«, sagte ich und nahm die herausgerissene Seite. »Ich kenne Phano gut. Ich weiß nicht, wie ich Ihnen dan…«

Meine Danksagungen erstarben auf meinen Lippen. Auf dem Zettel hatte Costas Sikelianos den Namen und die Anschrift von Bertrand Lechausseur notiert …

Ich hatte mich in den kleinen Innenhof gesetzt und rauchte dort eine Zigarette nach der anderen. Die Sonne neigte sich und besprenkelte den verwilderten Garten mit blutroten Tupfern.

»Allmächtiger Gott, allmächtiger Gott …«, hörte der ehemalige Professor, dem wir nun alles erzählt hatten, nicht auf zu wiederholen.

Sikelianos ließ sich neben mich auf die Steinbank fallen, ein Ausdruck tiefer Besorgnis lag auf seinem faltigen Gesicht.

»Genau deswegen habe ich die Welt verlassen«, sagte er mit schwacher Stimme. »Gewalt, Habsucht, Lüge und … barmherziger Gott, hab Erbarmen mit deinen Kindern.«

Ich schüttelte den Kopf.

»Ich wusste gleich, dass bei Professor Lechausseurs Notizen etwas nicht stimmte. Er wollte John Jürgen nicht auf Achilles' Spur bringen, eben deswegen hat er so viele Erklärungen zum Grab des Alexander abgegeben und eine weitere Reise nach Alexandria geplant! Deswegen hat er seine Arbeit gegen Ende hingepfuscht! Falls der Schakal auf sein Tagebuch gestoßen wäre, hätte er sich nichts dabei gedacht!«

»Morgan …«, zischte Amina, »du bist in einer heiligen Festung, mäßige deine Worte.«
»Entschuldigung«, sagte ich zu Bruder Costas.
»Verzeihen Sie«, warf Letzterer ein, »aber falls Sie Recht haben, widerspricht sich Ihre Theorie.« Ich hob eine Augenbraue. »Sie haben vor ein paar Minuten gesagt, Professor Lechausseur sei von diesem Monsieur Jürgen ermordet worden, weil er seine Recherchen nicht weiterführen wollte. Und nun behaupten Sie, er habe alles getan, um seinen Mäzen auf Alexanders Spur zu bringen.«
Hans rieb sich mit einer Grimasse das Gesicht.
»Was für ein beschi… äh verflixtes Chaos!«, verbesserte er sich im letzten Moment. »Und wenn es nicht Jürgen war, der ihn getötet hat?«
Sikelianos machte eine Geste, als fiele ihm etwas gerade wieder ein.
»Habe ich Ihnen schon gesagt, dass sich Professor Lechausseur nach seinem Besuch bei mir nach Sparta begeben hat, um die Varnalis zu befragen?«
»Er ist zu der Stelle gegangen, wo Achilles ruht?«, fragte Amina überrascht.
»Wenn er wirklich dort ruhen sollte, meine Tochter.«
»Und der Prof zu neugierig gewesen ist?«, fragte Hans. »Unsere kleinen Freunde haben es bestimmt nicht geschätzt, dass ein Schnüffler daherkommt und seine Nase in ihre Angelegenheiten steckt …«
»Moment mal, Moment mal«, sagte ich und stand mit brodelndem Gehirn auf. »Das würde einiges erklären.«
Hans runzelte die Stirn.
»Bruder Costas, was brachte Professor Lechausseur auf die Idee, zu Ihnen zu kommen?«, fragte ich und ging vor ihm in die Hocke.
»Wir haben oft zusammengearbeitet, und er hatte mir schon vor mehreren Jahren davon erzählt, dass er in Alexandria Recherchen

in Angriff nehmen wollte. Bei der Lektüre von Plutarch hat er die Parallele zwischen Achilles und Alexander gezogen, und da ich anscheinend ein Spezialist für dieses Thema war, als ich noch in der Welt weilte, kam er, um mich zu befragen. Ich habe ihm bestätigt, dass er in der Tat die Rüstung wahrscheinlich nicht im Grab des Alexander vorfinden würde, sollte es ihm gelingen, es ausfindig zu machen. Ihn schien das zu beruhigen, und nach Ihrem Bericht begreife ich auch die Gründe dafür.«

»Ich glaube, ich verstehe, was passiert ist«, sagte ich nickend.

»Was meinst du?«, fragte Amina.

»Jürgen, der nichts von Achilles und dem Diebstahl wusste, der vor zweitausenddreihundert Jahren begangen wurde, engagiert den Professor unter dem Vorwand, die Suche nach dem Grab des Alexander zu finanzieren, wo er die restlichen Teile der Rüstung zu finden glaubte. Lechausseur beginnt seine Nachforschungen, und als er die Stelle fast lokalisiert hat, wird ihm klar, dass die von Caligula entwendete Rüstung vielleicht nicht dorthin zurückgebracht wurde, was ihm die einmalige Gelegenheit bot, Jürgens Begehren zu entkommen. Zur Bestätigung dieser Theorie besucht er Bruder Costas und reist dann nach Sparta in der Hoffnung, die Varnalis könnte ihm ein paar Informationen geben. Er besichtigt die Stelle, befragt die Archäologen, die Historiker, und fatalerweise kommt seine Neugier unseren kleinen verrückten Freunden zu Ohren. Die Falle schnappt zu. Bevor er nach Alexandria reisen kann, um Jürgen Sand in die Augen zu streuen und ihm ein Grab anzubieten, von dem er weiß, dass es nicht die Rüstung enthält, wird er ermordet.«

Amina wurde blass.

»Du glaubst also, dass es diese Verrückten sind, die Professor Lechausseur getötet haben?«

»Das erscheint mir plausibel, oder nicht? Sie räumen einen Neugierigen aus dem Weg. Aber als er von Bertrands Tod erfährt, hat Jürgen …«

»… hat Jürgen seine Männer losgeschickt, um das Haus zu durchsuchen, aber sie haben weder das Schwert noch das Heft gefunden«, schloss Amina. »Nur die Pläne.«
»Die Helios' Leute tatsächlich bei Jürgen wiedergefunden haben«, fügte ich hinzu.
Sikelianos zuckte zusammen.
»Da haben Sie ja ein ordentliches Problem, mein Junge«, sagte er tonlos.
»Welches?«
»Ihre Verfolger müssen annehmen, dass das Schwert noch in Ihrem Besitz ist. Im Augenblick haben sie vielleicht Ihre Spur verloren, aber wenn Sie nach Sparta gehen, begeben Sie sich direkt in die Höhle des Löwen.«
Wir wechselten alle vier einen sorgenvollen Blick.

Wir kehrten gegen 20:00 Uhr ins Hotel zurück. Nach dem Abstieg vom Kloster hatten wir fast eine Stunde, am Straßenrand sitzend, auf den Bus gewartet.
»Ich bin kaputt!«, rief Hans uns zu und ließ sich auf das Sofa im Salon der Suite fallen.
Da war er nicht der Einzige. Ich spürte meine Füße nicht mehr und hatte große Lust auf ein kleines Nickerchen. Amina hingegen schien zu nervös zu sein, um schlafen zu können, trotz des wiederholten Gähnens, das sie nicht zurückhalten konnte.
»Was sollen wir tun?«, fragte sie.
Ich holte eine Zigarette hervor, besann mich aber eines Besseren. Vor lauter Hitze und Nervosität hatte ich bereits einen Geschmack von Aschenbecher im Mund.
»Ich vertraue Phano nicht.«
»Frau Professor Varnalis? Die Ausgrabungsleiterin? Kennst du sie gut?«
»Oh ja! … Sie hasst mich.«

»Ich hab sagen hören, sie wäre nicht mehr ganz bei Verstand.«
»Sie ist manisch-depressiv. Nachdem sie vor sechs Jahren einen tot geborenen Sohn zur Welt gebracht hat und ihr Mann abgehauen ist, dopt sie sich mit Antidepressiva und lebt nur noch für ihre Arbeit.«
Hans richtete sich auf einem Ellbogen auf.
»Was hast du ihr getan, dass sie dich nicht ausstehen kann?«
»Ich? Nichts. Sie war total verrückt nach Etti, aber mein Bruder … na ja, egal. Phano trägt mich nicht in ihrem Herzen, das ist alles. Gehen wir duschen, wir werden über alles Weitere beim Abendessen sprechen.«
Wir schlurften zu unseren jeweiligen Badezimmern, und ich stieß einen herzzerreißenden Seufzer aus. Phano … Sie hatte gerade noch gefehlt, um das Bild zu vervollständigen. Ich sah diese Hysterikerin wieder vor mir, wie sie mir während der Ausgrabungen in Amykles Szenen gemacht hatte:

»Kannst du deinen Bruder nicht mal fünf Minuten in Ruhe lassen? Er hat ein Recht auf ein eigenes Leben, er gehört dir nicht!«
»Ich kann nichts dafür, wenn Etti dich nicht will! Er ist ein freier Mensch.«
»Glaubst du, dass ich blind und taub bin? Ich weiß, dass du ihm ein Horrorbild von mir gezeichnet hast, man muss sich nur das kleine Lächeln anschauen, das ihr jedes Mal austauscht, wenn ich an euch vorbeigehe.«
»Phano … Raus mit dir!«
»Ich weiß, dass du es bist, der ihm verbietet, mich zu sehen!«
Ich verließ daraufhin den Raum, aus Furcht, mich zu einer gewalttätigen Geste hinreißen zu lassen. Als ob ich meinen Bruder auch nur zu irgendetwas zwingen könnte …
»Etti, sprich mit ihr!«

»Ich weigere mich, mit dieser Halbverrückten mehr als drei Worte zu wechseln.«
»Sag ihr ein für alle Mal, dass sie dich nicht interessiert, damit endlich mal Schluss ist mit dieser blödsinnigen Geschichte!«
»Ich habe es ihr gesagt!«
»Nein, Etti. Du hast ihr eine Schaufel voll Schlamm mitten ins Gesicht geschleudert.«
»Das ist dasselbe.«
»Geh und sprich dich mit ihr aus. Ihr vermiest die Stimmung!«
»Nein! Ich will nicht, dass sie sich mir nähert, ich will nicht ihren Nelkenatem riechen, vor allem will ich nicht, dass sie mich anfasst mit ihren von Sonnencreme fettigen Händen voller Armbänder und Ringe!«
Diese Komödie hatte zwei Monate angedauert und in einer Schlägerei geendet. Zwischen Phano und mir natürlich. Als Etti sah, wie sie sich an mir festklammerte, um mich zu beißen, hatte er ihr einen Kanister kaltes Wasser über den Kopf geschüttet, woraufhin der ganze Ausgrabungsplatz in schallendes Gelächter ausgebrochen war. Trotzdem hätte nichts unsere Vorgesetzten dazu bringen können, sich von der jungen Frau zu trennen oder ihr auch nur einen längeren Krankheitsurlaub anzubieten. Phanos Vater, Nicos Varnalis – oder vielmehr Senator Varnalis –, finanzierte zu drei Vierteln die Ausgrabungen von Sparta und Amykles. Seine Tochter konnte ruhig fantasieren, im wahrsten Sinne des Wortes. Und ausgerechnet diese Frau musste ich davon überzeugen, mich an *ihrer* Ausgrabungsstelle herumschnüffeln zu lassen. Die Partie war nicht gewonnen …

Helios rief mich gegen 1:00 Uhr morgens an, und ich erzählte ihm von unserem Besuch bei Costas Sikelianos. Alles, was ihm dazu einfiel, war: »Seien Sie vorsichtig«, »Ich werde sehen, was ich finden kann«, und: »Sie werden Ihre Tickets nach Sparta morgen früh an der Hotelrezeption vorfinden.« Springen Sie mit beiden Beinen zugleich in die Schlangengrube, mal sehen, was dabei herauskommt. Das sollte das heißen. Für ihn war es nicht weiter wichtig, ob wir dabei unsere Haut riskierten. Nun, da wir die Spur der Rüstung wiederaufgenommen hatten, zählte nichts anderes mehr. Schluss mit den Ratschlägen, Ermutigungen oder einem irgendwie gearteten Schutz. Während ich die Rechnung bezahlte und unsere Flugtickets abholte, fragte ich mich, inwiefern Hans mit der Behauptung Recht hatte, Helios würde uns eine Kugel in den Kopf jagen, sobald er die Rüstung in den Händen hielt.

Wieder einmal versuchte ich, Hans und Amina von einer Rückkehr nach Frankreich zu überzeugen, aber es nützte nichts …

X

Wir landeten in Athen am späten Vormittag, und nach der guten Luft der zypriotischen Berge glaubten wir unter der Dunstglocke, die die Stadt ständig bedeckte, zu ersticken. Dabei befanden wir uns noch nicht einmal im eigentlichen Herzen der Stadt. Zwei Stunden später sprangen wir mit Erleichterung in den ersten Reisebus, der in den Süden der Peloponnes fuhr. Die Fahrt nach Sparta dauert vier Stunden.

Wir fuhren durch Lakonien, eine der fruchtbarsten Regionen Griechenlands, mit dem Taygetos-Gebirge im Westen, das sich über etwa hundert Kilometer bis zum Cap Tenaros erstreckt und an manchen Stellen eine Höhe von bis zu zweitausendvierhundert Metern erreicht, und dem Parnon-Gebirge im Osten, das etwas weniger schroffe Hänge besitzt. Von der Straße aus konnte man den ewigen Schnee perfekt erkennen, wie er in der Sonne glitzerte und einen Kontrast zu dem grünenden Tal des Eurotas bildete, des Flusses, der Sparta durchzog.

Hans hielt die Nase gegen die Scheibe gedrückt, beobachtete die lakonischen Täler in der strahlenden Sonne und spielte dabei mit einer Münze in seiner Hand.

»Sind das Olivenbäume?«, fragte Amina.

»Ja. Und Oleander. Die Eurotasufer sind voll davon. Wir sind gleich da«, fügte ich hinzu und zeigte auf einen Punkt am Horizont. Hans bekam große Augen.

»Die Ebene von Sparta.«

»Das ist ja klein!«

»Zweiundzwanzig Kilometer Länge und zehn Kilometer Breite ungefähr. Man kann schon die Flachdächer der Stadt erkennen.«
»Das ist ja winzig!«
»Man kann's auch übertrei … Was ist das denn?«, fragte ich und schnappte mir etwas, das ich für ein kleines Geldstück gehalten hatte.
»Hey!«
Hans versuchte, es mir wieder abzunehmen, aber ich schloss meine Faust darum.
»Wo hast du das her?«, knurrte ich und betrachtete das kleine Goldamulett, mit dem mein Praktikant bis vor einer Weile gespielt hatte.
»Ja, was glaubst du wohl? Nach der ganzen Mühe, die wir uns gegeben haben, hatte ich doch wohl das Recht auf ein kleines Souvenir, oder nicht?«
»Hans!«
»Was denn? Willst du, dass ich in die Moschee zurückgehe und es wieder an seinen Platz lege?«
Ich gab ihm wider Willen das kleine Amulett zurück, und Amina klopfte mir belustigt auf die Schulter.
Der Bus setzte uns mitten in der Innenstadt ab, die meinen Praktikanten schrecklich enttäuschte.
»Soll das alles hier etwa alt sein?«, bemerkte er und musterte die flachen Gebäude und die schnurgeraden Straßen, die von Palmen gesäumt waren. »Wo sind denn die Ruinen?«
»Außerhalb der Stadt.«
»Es ist entzückend«, bemerkte Amina.
Wir liefen durch die sonnenbeschienenen Straßen zum Hotel Maniatis, wo ich unsere Zimmer reserviert hatte, bevor wir Zypern verlassen hatten. Es war ein Ort, den ich gut kannte, da ich dort schon mehrere Male untergekommen war, und ich schätzte seine Servicequalität, auch wenn es sich nicht um eine Luxusein-

richtung handelte. Zu dieser Jahreszeit war es von Touristen überfüllt.

Auf der Paleologu-Allee quatschten mich vom gegenüberliegenden Bürgersteig her zwei entzückende junge Frauen auf Griechisch an, sie waren sich sicher, dass ich nichts von ihren frechen Worten verstehen würde. Höchstwahrscheinlich hielten sie mich für einen Skandinavier im Urlaub.

»Dein Platz ist da unten, *homoi*!«, rief die Kleinere und zeigte mit dem Finger auf die antike Stadt, woraufhin ihre Begleiterin vor Lachen losprustete. »Komm heute Nacht wieder, ich werde dir meine Tür öffnen!«

Ich brach in Gelächter aus. Die *homoioi* waren die alten spartanischen Krieger, die man an ihrem langen Haar erkennen konnte. Sie lebten unter sich, das heißt unter Männern, und wenn sie den Wunsch verspürten, eine Geliebte oder ihre junge Ehefrau zu treffen, mussten sich in der Nacht davonschleichen, um vor Sonnenaufgang ebenso unauffällig wieder zu ihren Kameraden zurückzukehren.

»Ich habe die dreißig überschritten!«, rief ich ihnen auf Griechisch zu. »Ich muss mich nicht mehr verstecken! Ich komme!«

Überrascht, mich ihre Sprache sprechen zu hören, lachten sie noch schallender.

»Morgan!«, schalt mich Amina mit roten Wangen, was die Heiterkeit der beiden Unbekannten noch verdoppelte.

Ich zuckte die Achseln in Richtung der hübschen Spartanerinnen, die sich mit einem freundschaftlichen Gruß entfernten.

»Diese Art von Flirt ist hier üblich.« Sie hob die Augen zum Himmel. »Eifersüchtig?«

Sie betrat das Hotel, vor dessen Tür wir stehen geblieben waren, und knallte mir Letztere vor der Nase zu.

»Eifersüchtig«, bestätigte Hans, woraufhin ich ihm einen finste-

ren Blick zuwarf. »Hast du mit ihr geschlafen?«, fragte er und schlug mir auf den Rücken. »Du Glückspilz!«
Unsere Begleiterin erwartete uns mit verschlossenem Gesicht an der Rezeption, wo ich die Empfangsdame um unsere Schlüssel bat, eine appetitliche Brünette, die zu Aminas Enttäuschung darauf bestand, uns zu begleiten.
»Das Doppelzimmer ist für …?«, fragte sie in einem Französisch, das von einem charmanten Akzent gefärbt war.
»Mich und meinen Assistenten.«
»Folgen Sie mir, Monsieur Lafet. Thyia, spring bitte für mich ein«, rief sie ihrer Kollegin zu.
Sie ging an mir vorbei, berührte dabei mit ihrem Busen leicht meinen Arm, und Hans warf mir ein Augenzwinkern zu, das er für unauffällig hielt.
»Was für 'ne Bombe …«, bedeutete er mir mit stummen Gesten.
Bekleidet mit einem kurzen Sommerkostüm aus weißem Leinen, stelzte besagte »Bombe« hüftwackelnd zum Aufzug, wo sie sich an mich drückte und sich dabei für die Enge der Kabine entschuldigte.
»Hier entlang bitte«, fuhr sie freundlich fort, als sich die Türen auf Etage Nummer vier öffneten. »Die Klimaanlage …«
»Wo ist mein Zimmer?«, unterbrach Amina sie schroff.
»Dort, Mademoiselle«, antwortete die Angesprochene und zeigte mit einem manikürten Finger auf eine der kirschbaumholzfarbenen Türen.
Unsere Begleiterin riss ihr buchstäblich den Schlüssel aus den Händen und ging, ohne sich auch nur bedankt zu haben, um sich in ihren »Gemächern« einzuschließen.
Die hübsche Brünette schob den Schlüssel ins Schloss der Tür Nummer zweiundfünfzig und bat uns mit einer eleganten Geste, ihr vorauszugehen.
Das Zimmer war geräumig, hell und makellos. Sein kleiner Bal-

kon, der über die Allee hinausragte, war von bunten Geranien geschmückt.
»Es ist perfekt«, sagte ich und setzte mich auf das bequeme Doppelbett.
Unsere Hostess machte eine kleine Verbeugung und warf mir ein unwiderstehliches Lächeln zu.
»Sollten Sie irgendetwas brauchen, Monsieur Lafet, mein Name ist Delphia.«
Ich bedankte mich bei ihr, überrascht von so viel Aufmerksamkeit, dann verließ sie auf ihren hohen Absätzen das Zimmer.
»Ssollten Ssie irrgendetwas brrauchen, Mossiö Lafee«, äffte Hans sie mit einer Schnute wie ein Entenpopo nach. »Und ich? Immer dieselben, die Glück haben.« Ich zuckte die Achseln, und er ging unter die Dusche.
Blitzsauber geschrubbt nahm ich etwas später all meinen Mut zusammen und klopfte an Aminas Tür.
»Ich bin's, kann ich reinkommen?«
»Es ist offen.«
Mit Shorts und einem rückenfreien Oberteil bekleidet, saß sie auf ihrem Bett und machte sich in einem Heft Notizen.
Ich schloss sanft die Tür hinter mir und setzte mich neben sie.
»Wo ist Hans?«
»Unten am Büfett. Ich habe ihm gesagt, er soll mit dem Abendessen nicht auf uns warten.«
Sie nickte, schob die Verschlusskappe auf ihren Stift und sah mich durchdringend an.
»Es tut mir Leid, Morgan, ich habe wie eine Idiotin reagiert.«
»So weit würde ich nicht gehen.« Sie wandte verlegen das Gesicht ab. »Amina … ich würde es mir übel nehmen, wenn ich dich in dem Glauben ließe, was zwischen uns passiert ist, könnte mich …«
»Hör auf«, unterbrach sie mich und stand auf, um die Röte zu

verstecken, die ihr soeben ins Gesicht gestiegen war. »Ich habe dir gesagt, dass ich mich entschuldige, sprechen wir nicht mehr darüber.«

Ich streckte meine Hand aus, um die ihre zu ergreifen und sie zu zwingen, mir ins Gesicht zu sehen.

»Ich mag dich sehr, Amina, ehrlich, aber verlange nicht mehr von mir.« Sie nickte nachdrücklich mit einem schmerzlichen Lächeln und kämpfte gegen die Tränen an. »Falls ich dich in dem Glauben gelassen haben sollte, es könnte anders sein, dann …«

»Nein, Morgan. Es ist meine Schuld, ich … ich habe mich einen Augenblick lang von einem Anfall zügelloser Romantik hinreißen lassen. Es ist allerdings nicht in meiner Natur, so zu reagieren. Ich bin die Erste, die überrascht ist.«

»Da dieses kleine Missverständnis nun geklärt ist – sollen wir nicht zu Abend essen?«

Sie zog ihre Hand aus der meinen zurück und schüttelte den Kopf.

»Ich falle um vor Müdigkeit und bin nicht sehr hungrig. Ich glaube, dass diese vier Stunden Busfahrt mir ein wenig den Magen durcheinander gebracht haben. Wir sehen uns morgen früh wieder.«

»Alles klar. Ruf mich an, falls nötig«, sagte ich und klopfte auf mein Mobiltelefon, das am Gürtel meiner Jeans befestigt war.

Sie bedankte sich, und ich ließ sie allein, nachdem ich ihr eine gute Nacht gewünscht hatte. Ein wenig verdrossen ging ich zu Hans ins Hotelrestaurant. Mein Praktikant war bereits beim Dessert angelangt.

»Und?«, fragte er und legte seinen Löffel beiseite. »Ist sie immer noch sauer?«

»Nein.«

Er verschränkte die Arme und lehnte sich mit einem Schmollmund auf seinem Stuhl zurück.

»Und warum ist sie dann nicht mit runtergekommen?«
Ich hob die Augen zur Decke und bestellte beim Kellner einen gemischten Salat.
»Du kennst doch die Frauen, oder nicht?«, spöttelte ich etwas schärfer, als ich gewollt hatte.
»Sie ist verliebt, ja?« Ich zuckte die Achseln. »Das hat uns gerade noch gefehlt.«
Er aß fluchend seinen Aprikosenkuchen auf und spülte ihn mit einem großen Glas Orangensaft hinunter.
»Morg… Warst du schon mal verliebt?«
»Nein«, gab ich nach einem Moment des Nachdenkens zu. »Das heißt, ich denke nicht.«
»Du hast also nicht die geringste Ahnung, was Amina fühlt.«
»Sie muss nur ein bisschen allein sein, um sich wieder zu fangen. Morgen wird nichts mehr davon zu merken sein.«
»Weißt du was, Morg?« Er schob seinen Stuhl zurück und stand auf. »Du bist vielleicht ein unvergleichlicher Hellenist und ein sehr kompetenter Archäologe, aber vom wahren Leben checkst du nichts!«
»Hans, ich …«
»Ich geh ins Bett, ich bin kaputt.«
Er verließ das Restaurant, ohne mir auch nur eine gute Nacht zu wünschen, und ich stieß wütend meinen Salat von mir. Mein Appetit war verflogen.
»Monsieur Lafet, alles in Ordnung?«
Ich hob die Augen und sah die draufgängerische Hostess, die uns empfangen hatte. Sie hatte ihr weißes Kostüm gegen einen kurzen Rock und eine Bluse ausgetauscht, die ihren entzückenden Busen kaum verdeckte.
»Ja, danke.«
»Mein Dienst ist beendet, aber falls Sie irgendetwas brauchen, ich stehe Ihnen zur Verfügung.«

Man musste über keine göttlichen Fähigkeiten verfügen, um die Art dessen zu verstehen, was sie mir anbot. Wenn ich besserer Laune gewesen wäre, wäre ich bestimmt bereitwillig darauf eingegangen, aber nun hatte ich wirklich keine Lust zu flirten.
»Nein. Es geht schon, danke noch mal. Alles bestens.«
Ich ließ sie stehen, genau wie mein Abendessen, das ich kaum angerührt hatte, und ging hinaus, um eine Zigarette zu rauchen. Es war 20:00 Uhr, und die Allee begann sich mit Spaziergängern und Touristen zu füllen, die die abendliche Frische genossen.
Es war noch viel zu früh, um ins Bett zu gehen, und ich war sowieso viel zu nervös, um schlafen zu können. Nach einem kurzen Zögern bog ich in die Allee in Richtung Archäologisches Museum ein.
Phano wohnte nicht weit vom Museum von Sparta entfernt, dessen leitende Konservatorin sie war, und musste – falls sie ihre Gewohnheiten nicht geändert hatte – noch bei der Arbeit sein.
Ich ging an der großen Leonidas-Statue vorbei, an deren Fuß eine Gruppe junger Leute scherzend Eis schleckte, und klopfte an die Glastür des Archäologischen Museums. Ein Wächter näherte sich und machte mir große Zeichen.
»Das Museum ist geschlossen, Sir«, informierte er mich hinter der Scheibe auf Englisch.
»Ich komme, um Frau Professor Varnalis zu sehen«, antwortete ich ihm auf Griechisch. »Ich bin Morgan Lafet. Ist sie noch in ihrem Büro?«
Er machte große Augen und bat mich zu warten, bevor er sich in Richtung Empfangstheke entfernte. Ich sah, wie er das Telefon abnahm, mit dem Kopf nickte und mit einem Lächeln wiederkam, um mir eine der Türen aufzuschließen.
»Treten Sie ein, Professor, und seien Sie willkommen. Ich bin neu hier, verzeihen Sie.«
»Kein Problem. Nein, lassen Sie, ich kenne den Weg.«

Ich stieg die schmale Treppe zur ersten Etage hinauf und atmete einmal tief ein, als ich meine Schritte zum Büro der Konservatorin lenkte. Die Tür war angelehnt, ich stieß sie auf und steckte meinen Kopf durch den Türspalt. Eine entzückende, rothaarige junge Frau machte sich eifrig an einer Computertastatur zu schaffen, ihre langen Haare waren zu einem eleganten Knoten geschlungen, aus dem einige widerspenstige Strähnen entkamen.
»Darf ich?«
Sie hob den Kopf und nahm ihre Brille ab.
»Morgan!«
»Phano?«, fragte ich mit belegter Stimme.
Sie ließ ein perlendes Lachen vernehmen und stand auf, um mich herzlich zu umarmen.
»Du hast dich nicht verändert!«, sagte sie fröhlich und wich zurück, um mich zu mustern. »Siehst immer noch so gut aus!«
Ich betrachtete sie von oben bis unten, ohne dass ich zu glauben wagte, was ich sah. Die Verwandlung war erschütternd. Wie hatte sich die mollige, mürrische und jähzornige Brünette, die ich kannte, in diese rothaarige Waldelfe mit dem strahlenden Lächeln verwandeln können?
»Ich erkenne dich nur mit Mühe wieder, Phano …«
Sie machte eine wegwerfende Geste und nahm meine Hand, um mich zu einem der Sessel zu führen.
»Es ist viel passiert, seitdem du weg bist«, sagte sie und wandte sich zur Kaffeemaschine, um mir einen Espresso zu servieren. »Ich habe das mit Etti erfahren«, fügte sie traurig hinzu. »Es tut mir Leid.« Ich wollte ihr gerade sagen, dass mein Bruder am Leben sei, besann mich aber eines Besseren. Man wusste ja nie. »Amykles … ich habe heute den Eindruck, das war in einem anderen Leben.«
»Was hat dir denn solche Lebensfreude gegeben? Man erkennt dich ja nicht wieder.«

Sie zuckte die Achseln.

»Ich konnte nicht so weitermachen – mich mit Medikamenten voll stopfen und aller Welt das Leben zur Hölle machen. Eines schönen Morgens habe ich die Dinge in die Hand genommen und eine Kur in einer Spezialeinrichtung gemacht, das ist alles. Und ich habe wieder geheiratet«, fügte sie mit einem Augenzwinkern hinzu.

»Herzlichen Glückwunsch.«

»Danke. Was verschafft mir die Freude, dich wiederzusehen, Morgan? Laufende Recherchen? Du bist doch nicht als Tourist hier, denke ich mal.«

»Nein …« Ich stellte meine Tasse auf ihrem Schreibtisch ab und zündete mir eine Zigarette an. »Erinnerst du dich an Professor Lechausseur?«

»Natürlich! Er kam bei mir vorbei, das war vor … War es im April? Nein, im Mai. Anfang Mai, ja. Der arme Mann war davon überzeugt, dass die Gebeine des Achilles hier hergebracht worden wären. Wie geht es ihm?«

»Er ist gestorben, Phano.«

Sie wurde blass.

»Wann?«

»Letzten Monat. Ein Unfallsturz vom Balkon seines Hauses«, log ich.

»Mein Gott …«

»Ich wollte dich wegen seiner Recherchen sehen. Ich habe das Dossier übernommen.«

Meine Kollegin schüttelte unwillig den Kopf.

»Ich kann dir nur wiederholen, was ich ihm bereits gesagt habe. Wir haben kein einziges Grab neueren Datums gefunden, zumindest nicht in den letzten fünfzig Jahren.«

»Keine Galerie, kein Tempel, der gerade ausgegraben wird, in dem ein Grab versteckt sein könnte?«

»Nein, ich denke nicht. Wir haben die Ausschachtungen um den Tempel der Artemis Orthia wieder aufgenommen, wenn du willst, kannst du einen Blick darauf werfen.« Sie sah aus dem Fenster. »Die Sonne geht unter, wir würden heute Abend nichts mehr sehen, aber komm doch morgen früh am Ausgrabungsplatz vorbei, und wir werden uns auf die Suche machen.«
»Ich bin in Begleitung von Ludwig Peters Enkel und Frau Professor Saebjam, einer ägyptischen Archäologin, gekommen.«
»Kein Problem. Hast du zu Abend gegessen?«
»Ich ... nein«, antwortete ich, als ich an meinen Salat dachte, den ich auf dem Tisch des Hotelrestaurants zurückgelassen hatte.
»Soll ich dich ins *Mitra* einladen, wie in guten alten Zeiten?«
»Geht in Ordnung.«
Wir verbrachten einen angenehmen und fröhlichen Abend und erzählten uns von Ausgrabungen und Freunden, die wir jeweils aus den Augen verloren hatten. Gegen 23:00 Uhr schloss sich Phanos Ehemann, ein eleganter Mann von etwa vierzig Jahren, uns zum Kaffee an. Er war von Beruf Richter, begeisterte sich für die Antike und hatte eine sowohl herzliche als auch unkomplizierte Art. Sie brachten mich mit dem Auto zum Hotel zurück und fuhren erst wieder los, als ich in der Eingangshalle verschwunden war.
Ich hätte niemals damit gerechnet, dass unser Wiedersehen so gut verlaufen würde, und ich würde mich sicher nicht darüber beschweren. Dieses angenehme Zwischenspiel hatte mich die angespannte Atmosphäre vergessen lassen, die sich zwischen meinen Begleitern und mir eingestellt hatte. Als ich allerdings das Zimmer betrat, das ich mit Hans teilte, konnte dieser eine säuerliche Bemerkung nicht zurückhalten.
»Und? Ist die Rezeptionistin gut im Bett?«
Ich zog es vor, nicht zu antworten, und drehte ihm den Rücken zu.

Am nächsten Morgen hatte sich Amina, wie ich es erwartet hatte, wieder gefangen. Ich entdeckte mit Erleichterung die begeisterte und fröhliche junge Frau wieder, mit der ich mich angefreundet hatte, was Hans natürlich aus dem Gleichgewicht brachte.

»Du machst aber ein Gesicht«, bemerkte unsere Begleiterin. »Hast du etwa eine schlechte Nacht verbracht?«

»Nein, es geht schon. Was hofft ihr eigentlich in den Ruinen zu finden? Ein Schild mit einem Pfeil *Hier ruht Achilles*?«

»So etwas in der Art«, seufzte ich. »Auf geht's.«

Die Sonne stand noch tief, und wir nutzten die milde Frische, um uns die Beine zu vertreten, und gingen die Paleologu-Allee bis in den Norden der Stadt hinauf. Wir kamen am Stadion vorbei, dann bogen wir rechts in Richtung Eurotas ein.

Die Ruinen der antiken Stadt wurden durch einen Gitterzaun geschützt, daher wandten wir uns an einen Wächter.

»Ja, Frau Professor Varnalis hat mir Bescheid gesagt. Kommen Sie, Professor Lafet.«

Wir folgten ihm bis zu den Ruinen des Tempels der Artemis Orthia, wo die Archäologen hin und her liefen wie die Termiten. Die meisten von ihnen waren ungefähr in Hans' Alter, und ich erkannte niemanden wieder.

Der Ausgrabungssektor war sorgfältig in quadratische Parzellen eingeteilt, die durch Seile und etikettierte Pflöcke voneinander abgegrenzt waren. Nicht weit von dort erhoben sich zwei Arbeitsbungalows, aber ich bezweifelte, dass dort viele Fundstücke aufbewahrt wurden. Sparta war eine Ausgrabungsstätte von ernüchternder archäologischer Armut, wenn man erst einmal über die ersten Schichten hinaus war, und die Archäologen hatten die Grundmauern bereits vor einer Weile in Angriff genommen, wie ich an der Tiefe der Gräben erkennen konnte.

»Ist das etwa deine antike Stadt?«, murmelte Hans mürrisch.

»Was hast du denn erwartet?«, fragte Amina.

»Säulen, Tempel, was weiß denn ich. Es gibt keinen einzigen Gebäudeteil, der noch steht!«
»Du übertreibst. Schau doch mal hinter dich.«
»Stücke eines Mäuerchens? Is' ja Wahnsinn!«
Phano kam aus einem der Bungalows und machte uns ein Handzeichen. Nachdem wir uns schnell gegenseitig vorgestellt hatten, bot sie uns eine Führung über den Ausgrabungsplatz an.
»Wir denken, dass der Altar des Achilles, was Sie am meisten interessieren dürfte, oberhalb der Akropolis dort drüben neben dem Heiligtum der Musen stand.«
»Entschuldigen Sie, aber wo sehen Sie denn eine Akropolis?«, mischte sich Hans ein.
»Dort. Direkt vor Ihnen. Im Nordwesten.«
Mein Praktikant betrachtete den kleinen Hügel, den Phano ihm zeigte und der von wenigen, versetzt aufeinander gestellten Steinblöcken übersät war, und ließ die Schultern sinken.
»Ah ... Ich verstehe ...«
»Warten Sie, Sie werden es gleich begreifen.« Phano, die die Enttäuschung unseres jungen Begleiters amüsierte, zog einen Plan der Ausgrabungsstelle aus ihrem Gürtel und entfaltete ihn. »Hier ist der Altar des Achilles. Und hier der Tempel des Herakles.«
Je öfter Hans' Blick zwischen den sorgfältigen Linien und seiner Umgebung hin und her huschte, umso mehr verzerrte sich sein Gesicht.
»Entweder haben Sie eine überschäumende Fantasie«, sagte er, »oder ich brauch eine Brille, denn ich seh nur Schutt und Erdhügel. Haben Sie keine richtigen Ruinen?«
Meine Kollegin machte große Augen, und ich brach in Gelächter aus.
»Dieser Plan ist nach den Grundmauern und antiken Quellen erstellt worden, Hans«, mischte ich mich ein. »Ein Blick von einem

Flugzeug aus könnte dich … Was ist das?«, fragte ich und legte den Finger auf ein Geflecht aus roten Linien um den Artemis-Tempel.
»Die Pfade, die wir seit fünf Monaten an der Arbeitsstelle des Tempels freilegen. Wahrscheinlich kleine Straßen, an denen entlang Häuser gebaut worden waren, aber von Letzteren gibt es leider keine Spur mehr.«
»Ich hab das schon mal gesehen«, versicherte ich.
»Unmöglich, wir haben niemanden von diesen Linien in Kenntnis gesetzt, und wir werden sie nicht vor Ende der Ausgrabungen veröffentlichen.«
Ich zerbrach mir den Kopf.
»Im Tagebuch?«, wagte sich Amina vor.
Hans schüttelte den Kopf.
»Nein, daran würde ich mich erinnern, das ist wie 'n Labyrinth mit 'nem Kreis in der Mitte, schaut her.«
»Das ist der Altar der Artemis«, erklärte Phano.
»Ein Wirrwarr aus kleinen Straßen mit einem Kreis in der Mitte …«, murmelte ich, ohne es zu merken. »Aber ja doch! Das Tagebuch!«
»Und ich sage dir, nein«, wiederholte mein Praktikant nachdrücklich.
Aber ich hörte ihm nicht mehr zu. Ich wühlte in meinem Rucksack, als hinge mein Leben davon ab.
»Morg?«, fragte Phano. »Von was sprecht ihr? Was für ein Tagebuch?«
»Das ist es!«, sagte ich und schwenkte das billige Stück Papier, auf dem Bertrand Namen und Telefonnummer seiner Alexandriner Assistentin notiert hatte. »Schaut her. Das war nicht der Plan von Aminas Viertel, sondern der des Artemis Orthia-Tempels.«
»Du hast Recht«, nickte meine Kollegin. »Er muss ihn abgezeichnet haben, als er hergekommen ist.«

»Soll das bedeuten, dass sich das Grab des Achilles dort befindet?«, erkundigte sich Hans.
Ich zuckte die Achseln.
»Achilles und Artemis? Das hätte keinerlei Sinn«, versicherte Phano, »und ich wüsste auch nicht, wo es sich befinden sollte, wir graben im Moment in den Schichten, die etwa zweitausendsiebenhundert Jahre alt sind, und wir haben nichts gefunden, was einem Grab ähnelt. Kommen Sie her und sehen Sie.«
Amina, Hans und ich liefen bis zum Abend über den Ausgrabungsplatz und nahmen uns kaum Zeit, uns zum Mittagessen hinzusetzen. Vergeblich.
»Das Stück dahinten ist noch nicht untersucht worden«, erklärte uns ein junger Mann, der von Sommersprossen übersät war.
»Nein«, antwortete ich und schlug die Spitze eines Spatels in den weichen Boden, »das sind Schlamm und Anschwemmungen. Wir sind zu nah am Eurotas.«
Phano, die zu uns gestoßen war, seufzte, ebenso enttäuscht wie wir.
»Es tut mir Leid, Morgan. Ich wüsste nicht, wo man in diesem Gebiet noch suchen soll. Meiner Meinung nach sollten wir es auf der Akropolis versuchen, das wäre das Logischste.«
Amina nickte.
»Sie hat Recht, Mor…«
Ein dumpfes Brummen unterbrach sie, und der junge Archäologe fluchte.
»Es ist so weit«, sagte er und schaute auf seine Uhr. »Es geht wieder los.«
»Was ist das?«, fragte ich.
»Die Säuberungsanlage«, antwortete Phano.
»Die war vor drei Jahren aber nicht so laut.«
»Letztes Jahr haben sie die Turbinen ausgewechselt. Sie schalten sich um 17:00 Uhr ein, wenn wir Glück haben, und machen einen

Höllenlärm. Willkommen im modernen Sparta, Morgan. Schluss für heute!«, rief sie ihrer Mannschaft zu und bewegte die Arme. »Es ist Zeit, nach Hause zu gehen!«

Hans ließ sich auf einen Marmorblock fallen und tupfte sich die Stirn mit seinem T-Shirt ab.

»Und? Ziehen wir uns das morgen noch mal rein?«

»Wir haben nicht unbedingt die Wahl, Hans. Wir werden sehen, was wir bei der Akropolis finden können.«

Zerschlagen verabschiedeten wir uns von den Archäologen, und ich dankte Phano herzlich.

»Soll ich euch mit dem Auto zurückfahren?«, bot sie an.

Sie setzte uns am Hotel ab, und nach einer Dusche ließ sich Hans auf sein Bett fallen. Ich ging daher mit Amina ins Restaurant hinunter, und wir aßen in einer Art Halb-Schweigen, zu erschöpft, um ein Wort zu wechseln. Die anderthalb Jahre im Louvre hatten mich einrosten lassen, und ich hielt keiner Anstrengung mehr stand.

Sobald ich allerdings im Bett lag, war es mir unmöglich, Schlaf zu finden. Ich drehte mich in meinem Bett hin und her, so oft und so heftig, dass Hans aufwachte.

»Geh 'ne Zigarette rauchen oder spazieren, dein Bett quietscht!«

»'tschuldigung ...«

Ich zog mich an und ging in die Eingangshalle hinunter, aber dann überfiel mich das Bedürfnis, ein wenig zu laufen. Während ich noch über die Gründe nachsann, die Bertrand dazu bewogen haben könnten, einen Teil von Phanos Plan abzuzeichnen, ging ich die von Palmen gesäumte Allee hinauf, und schon bald wurde mir klar, dass mich meine Schritte zum Ort meines Nachdenkens geführt hatten.

Nach einem Blick nach rechts und links schob ich mich unter den Augen des Wächters, der zwanzig Meter weiter vor sich hin schlummerte, unter dem Gitterzaun hindurch und betrat den Ausgrabungsplatz.

Die Nacht war frisch, ohne kühl zu sein, und ich setzte mich ins Gras, den Rücken gegen eines der Ruinenmäuerchen gelehnt, den letzten Resten des Artemis-Tempels.
Ich hob die Augen zum Himmel und zählte die Sterne, eingelullt vom Plätschern des Eurotas. Die Turbinen der Anlage schwiegen, und die Luft roch köstlich nach Pinien, Olivenbäumen und Oleander, die hier und da auf der Böschung wuchsen. Ich versuchte, mir das Lachen und die Rufe vorzustellen, die vor über zweitausend Jahren an diesem Ort widergehallt haben mussten. Dutzende von Spitzbuben hatten sich hier mit Ohrfeigen und List gegenseitig die Stirn bieten müssen. Der Mythos von der Geißelung von Kindern auf dem Altar der Artemis Orthia hielt sich hartnäckig, und viele Professoren erzählten ihren Studenten davon, wobei sie vergaßen zu erklären, dass diese Praktik nur während der römischen Periode durchgeführt worden war. Als das große Imperium Griechenland annektierte, war Sparta bereits nur noch ein Schatten seiner selbst. Es versuchte daher, mit allen Mitteln an legendäre Traditionen von tyrannischer Härte anzuknüpfen, die eigentlich nur in der Vorstellung romantischer Athener Autoren existierten.
Der Tempel, gegen den ich mich lehnte, hatte zur Zeit seiner Pracht nie die Tränen eines zu Tode geschlagenen Kindes gesehen oder das Klatschen der Ruten auf einem geschundenen Rücken vernommen. Allenfalls einige Schlägereien unter Kindern, die zwar erbittert, aber kaum tödlich waren. Alles Käse also … und um den ging es damals wirklich. Zu der Zeit, als der berühmte Leonidas sich anschickte, zur Legende zu werden, wurden kleine Käse auf dem Altar der Artemis verteilt, vielleicht sogar an der Stelle, an der ich saß. In bestimmten Zeitabschnitten wurde eine Gruppe Kinder damit beauftragt, sie zu überwachen und ihre Kameraden davon abzuhalten, sie verschwinden zu lassen. Wenn man sich einen ergattern wollte, musste man entweder

sehr stark oder sehr schlau sein, und eine solche Trophäe hatte zur Folge, dass der mutige Spitzbube mit Hochachtung überschüttet wurde. Dies zum Mythos der rituellen Geißelungen …
Richtigstellungen wie diese hatten mir oft den Zorn bornierter Akademiker wie Edward Tool eingebracht. Ich habe nie verstanden, warum diese Leute hartnäckig die grausamsten Theorien vertraten, wenn die Realität doch oft so viel witziger und amüsanter war. Nehmen wir zum Beispiel den Fall von Sokrates. Wie viele …

Meine Gedanken wurden von einem Knacken unterbrochen, und ich zuckte an meinem Mäuerchen zusammen. Eine Katze? Davon gab es viele in den Ruinen. Mit klopfendem Herzen kauerte ich mich in einer Ecke zusammen und versuchte, durch einen Riss in die Dunkelheit zu sehen. Ein kleiner roter Punkt tanzte zwischen den Bäumen, etwa zwanzig Meter entfernt. Was ich gehört hatte, war das Ratschen eines Streichholzes. Ich wartete mit angehaltenem Atem, eine Hand auf der Pistole, von der ich mich nicht mehr trennte. »Krrkkk«, »krrkkk«, »krrkkk«. Die Geräusche regelmäßiger und entschlossener Schritte. Wer konnte mitten in der Nacht hierher kommen? Ein Wächter? Ein Polizist? Der Ausgrabungsplatz war für die Öffentlichkeit verboten, was bedeutete, dass auch ich mich nicht dort befinden sollte.

Der Sternenhimmel war klar, und im Mondlicht sah ich eine Silhouette, die sich zwischen zwei Pinien abzeichnete. Ein Mann von etwa dreißig Jahren, schlank und elegant gekleidet. Er lehnte sich gegen einen der Baumstämme, um seine Zigarette zu genießen, und wenn er den Rauch einsog, erhellte das weiß glühende Ende ein Gesicht mit regelmäßigen Zügen. Ich hatte diese Person schon einmal gesehen, aber wo?

Ich beobachtete ihn misstrauisch, da ich befürchtete, von ihm bemerkt zu werden, aber dann veränderte er seine Haltung, und die Ecke des Mäuerchens entzog ihn meinem Blickfeld. Nach ein

oder zwei Minuten hörte ich wieder das Geräusch seiner Schritte. Er kam in meine Richtung.
Still fluchend schob ich meine blonden Haare in den Ausschnitt meines schwarzen T-Shirts, das ich mir über den Kopf zog, und hielt den Atem an. Der Mann setzte sich auf das Mäuerchen, sozusagen über meinen Kopf. Glücklicherweise hatte er nicht die Idee gehabt, darum herum zu gehen …
Meine Hand krampfte sich um meine Pistole zusammen, und das Blut pochte mir in den Schläfen. Was machte dieser Typ hier? Ich hob den Kopf ein wenig und beobachtete ihn durch den Ausschnitt meines T-Shirts. Ich sah nur seinen Rücken. Wenn ich die Hand ein wenig ausgestreckt hätte, hätte ich seinen Po berühren können.
Es fehlt nur noch, dass mein Telefon anfängt zu klingeln, dachte ich mit einem Anflug von Galgenhumor.
Der Unbekannte zog ein letztes Mal an seiner Zigarette und warf sie dann einfach hinter sich, ohne sie auch nur auszumachen. Sie landete einige Zentimeter von meinem rechten Fuß entfernt in einem kleinen Strauch trockener Gräser. Ich biss die Zähne zusammen und widerstand dem Drang, die Kippe auszudrücken.
Hau ab …, betete ich schweigend.
Ich wagte nicht, auch nur die geringste Bewegung zu machen, während die dünnen Zweige einer nach dem anderen Rot aufglühten. Sie würden sich bald entzünden, und dann würde mich der Mann unweigerlich bemerken.
Doch Fortuna hatte Mitleid mit mir, und kurz darauf hörte ich, wie der Mann wegging. Nach einigen Sekunden, die mir vorkamen wie Stunden, trat ich wütend den kleinen Schwelbrand aus. Ich atmete tief ein, um mein Herzklopfen zu beruhigen, zog den Kopf aus meinem T-Shirt und riskierte schließlich einen Blick über das Mäuerchen. Der Unbekannte verschwand gerade zwi-

schen den Pinien. Dort hinten gab es aber nichts, die Stadt befand sich auf der anderen Seite.
Ich zögerte einen kurzen Augenblick, in dem mein Verstand mich dazu anhielt, die Flucht zu ergreifen, meine Neugier mich aber vorantrieb, und schlüpfte dann so leise wie möglich zwischen den Bäumen hindurch.
Der Boden war stellenweise steinig, und es war daher recht einfach, keine Zweige zum Knacken zu bringen, was den Mann, den ich verfolgte, nicht im Geringsten zu kümmern schien. Es kam ihm scheinbar nicht eine Sekunde lang in den Sinn, dass er verfolgt wurde. Aber wohin wollte er? Er lief direkt auf den Gitterzaun zu, der den Ausgrabungsplatz umgab. Dahinter floss nur noch der Eurotas.
Überrascht sah ich, wie er sich unter das Gitter schob, in eine Olivenplantage einbog und dann das Zementhäuschen der Säuberungsanlage betrat. Ich wartete eine ganze Weile, versteckt hinter einem mehrere hundert Jahre alten Olivenbaum, aber ich sah ihn nicht wieder herauskommen. Des Wartens überdrüssig, näherte ich mich dem Häuschen und warf durch die einzige vergitterte Dachluke einen Blick hinein. Ich konnte zwei dicke Rohrleitungen erkennen, ein großes Metallgehäuse, aus dem Elektrokabel und Schläuche hingen – wahrscheinlich die Kontrolltafel der Anlage – und ... das war alles. Wohin war er nur verschwunden? Ich versuchte leise, die Panzertür zu öffnen, die sich nicht einen Millimeter bewegte. Sie war abgeschlossen.
»Da haben wir ein neues Problem ...«, murmelte ich.
Ich wartete noch eine gute Stunde zusammengekauert am Fuß eines Baumstamms, die Augen auf das Häuschen gerichtet, aber niemand ging hinein oder hinaus. Dann schaute ich auf die Uhr. Mitternacht. Vermutlich war es klüger, bei Tageslicht zurückzukommen.
Den Kopf voller Vermutungen und Fragen schlug ich die Rich-

tung des Hotels ein. Ich hielt an einem öffentlichen Brunnen an, um zu trinken, und das Heiligenportät, das man auf den steinernen Bogen gesetzt hatte, als wollte man ihn segnen, sah mit diesem gewissen Lächeln auf mich herab, das alle religiösen Ikonen an sich haben.

Die Religion, antik oder nicht, hing mir langsam zum Halse heraus. Natürlich vergaß ich nicht jene, die für ihre Hilfe mit dem Leben bezahlt hatten, und wenn ich nicht ohne einen Stich im Herzen an Padre Ilario und den Mullah denken könn …

»Der Vatikan!«, begriff ich plötzlich und richtete mich wie eine Sprungfeder auf, wobei ich mir fast den Hinterkopf am Brunnen gestoßen hätte.

Genau da hatte ich diesen Mann gesehen und ihn deshalb nicht sofort wiedererkannt. Er hatte seine Soutane gegen einen italienischen Anzug ausgetauscht. Es gab keinen Zweifel – die Hasenscharte, der verkniffene Ausdruck und die knochigen Schultern, bei denen ich mich gefragt hatte, ob er es mit dem rituellen Fasten nicht übertrieb, waren die des persönlichen Sekretärs von Padre Ilario …

»Padre Ilario hat uns verlassen, Monsieur. Heute Nacht, Monsieur, Gott möge ihm verzeihen. Ich habe ihn gefunden. Er hat sich in der Bibliothek erhängt.«

»Dreckskerl …«

Ich kehrte im Laufschritt zum Hotel zurück, um Hans und Amina zu wecken. Die Angelegenheit war zu schwerwiegend, als dass sie bis zum Sonnenaufgang warten könnte. Ich hatte einem der Verrückten, die uns verfolgten, vielleicht endlich einen Anschein von Identität zuordnen können …

»Bist du dir sicher?«, wiederholte Amina und rieb sich die Reste des Schlafs aus den Augen. »Es war doch bestimmt dunkel, und …«

»Ganz sicher! Er war es.«

Hans, den ich aus dem Bett geworfen hatte, damit er mich zu Amina begleitete, lief im Zimmer auf und ab. Unsere Begleiterin wäre bei unserem Eindringen in ihr Zimmer fast einer Herzattacke erlegen.

»Vielleicht gibt es einen geheimen Eingang, einen Tunnel oder so was in der Art«, meinte Hans.

»Es muss zumindest eine Falltür geben«, fügte Amina hinzu. »Ein Zugang zum Untergeschoss ist notwendig im Falle einer Panne. Man muss die Verkabelung und Schläuche reparieren können, die von der Kontrolltafel bis zur Säuberungsanlage laufen. Du sagst, dass er den Schlüssel zur Panzertür hatte?«

»Ja, ansonsten wüsste ich nicht, wie er hätte hineinkommen können.«

Hans setzte sich auf das Bett und biss sich auf die Lippen.

»Ich wüsste gern, was er in dem Tempel getrieben hat. Ist er aus dem kleinen Häuschen gegangen, um eine Kippe zu rauchen? Aber warum musste er in dem Fall zu den Ruinen gehen? Das Flussufer ist schließlich keine Nichtraucherzone!«

»Er kam von der Akropolis«, erklärte ich. »Aus dieser Richtung jedenfalls.«

»Oder aus der Stadt«, meinte Amina.

»Das ist möglich, ja. Er wohnt dort vielleicht, so wie wir.«

»Und falls er uns gefolgt ist?«, murmelte Amina.

»Nicht von Rom aus. Ich hatte ihn am Telefon, als ich Padre Ilario angerufen habe, bevor wir nach Alexandria geflogen sind.«

»Ich …«

Sie wurde von einem ohrenbetäubenden Knall unterbrochen, und wir warfen uns aus Reflex auf den Boden. Die Fensterscheiben des Zimmers erzitterten, gaben aber nicht nach. Nach einigen Sekunden gespenstischer Stille ertönten im ganzen Hotel hysterische Schreie.

»Was war das?«, keuchte Hans.
»Man könnte meinen, eine Explosion.«
Als wir die Zimmertür öffneten, bot sich uns ein apokalyptischer Anblick.
»Allmächtiger Gott«, stöhnte Amina.
In dem schwarzen, dichten Rauch schrien Menschen, liefen auf dem Korridor in alle Richtungen und überrannten sich fast gegenseitig, um aus dem Hotel zu kommen. Die Explosion hatte einen Teil der eingezogenen Decke beschädigt, aus der mehrere Elektrokabel knisternd herabhingen.
»Ein Attentat! Das ist ein Attentat auf die Touristen!«, schrie eine Frau, die fast nackt inmitten der Trümmer und der benommenen Leute herumlief.
»Drängeln Sie nicht! Bitte nicht drängeln!«, riefen die Hotelangestellten verzweifelt, während sie mit Feuerlöschern bewaffnet durch die Flure schritten. »Das Gebäude steht nicht in Flammen! Drängeln Sie nicht!«
Man sah nicht viel in der rußgeschwängerten Luft, aber die Flammen, die ich am Ende des Ganges sehen konnte, sahen in der Tat nicht sehr gefährlich aus.
»Wir müssen hier raus!«, rief Amina.
»Warte!« Ich schubste sie zurück ins Zimmer. »Die Leute überrennen sich, wir riskieren, dass man uns über den Haufen läuft. Lassen wir sie rausgehen. Es gibt viel Rauch, aber die Schäden scheinen nicht gravierend zu sein.«
»Alles in Ordnung, Monsieur?«, schrie mir einer der Angestellten zu, der mit einem Feuerlöscher vor mir auftauchte.
»Ja. Was ist passiert?«
»Eine Explosion, Monsieur! In einem der hinteren Zimmer. Die Feuerwehr kommt. Wir haben den Brandherd unter Kontrolle gebracht, es sind die Matratzen, die diesen Rauch abgeben, Sie haben nichts zu befürchten.«

Mein Herz machte einen Satz.
»Ein hinteres Zimmer? Welches?«
»Die 52, Monsieur.« Amina stieß einen Schrei aus, und ich stürzte mich in den Rauch, Hans auf den Fersen. »Nein! Monsieur, kommen Sie zurück! Wir müssen warten, bis die Feuerwehr alles überprüft hat. Kommen Sie zurück! Ich sage Ihnen doch, dass da hinten niemand ist!«
Amina schlüpfte schnell in eine Jeans und ein T-Shirt, nahm ihre Reisetasche und stieß an der Tür zu uns. Drei weitere Hotelangestellte mit einem Stück Stoff über der Nase, hielten ihre Feuerlöscher auf die Überreste der Betten und den Boden gerichtet. Alles war von einem grauen Schaum bedeckt.
»Gehen Sie raus, mein Herr!«, rief mir einer von ihnen auf Griechisch zu.
»Das ist mein Zimmer!«
»Es tut mir Leid, mein Herr.«
Hans ging an uns vorbei und schlug seine Hände vors Gesicht, als er den Schrank sah. Die Sperrholztüren waren an der oberen Seite buchstäblich geschmolzen.
»Meine Tasche ist da drin, Morg! Meine Papiere!«
»Warten Sie«, sagte einer der Angestellten und nahm ein Trümmerteil des Bettes, um die Schranktür zu öffnen, die ihm vor die Füße fiel. »Bleiben Sie stehen, ich schaue nach. Sie könnten sich verletzen.«
Er holte unsere Reisetaschen hervor und reichte sie uns, nachdem er überprüft hatte, dass nichts darin brannte. Der Synthetikstoff hatte bewundernswert gut gehalten, auch wenn er stellenweise angeschmolzen war.
»Räumen Sie das Zimmer!«, brüllte eine kräftige Stimme auf Griechisch. »Räumen Sie das Zimmer!«
Ich fühlte mich von einer monströsen Pranke nach hinten gezogen. Ein Feuerwehrmann.

»Das sind Ihre Sachen!«, sagte der Angestellte, der nun ebenfalls den Raum verließ.
»Nehmen Sie Ihre Sachen und verlassen Sie das Hotel!«, befahl der Feuerwehrmann.
Wir gehorchten und traten auf den Gang hinaus, in dem es von Männern in Feuerwehruniformen nur so wimmelte.
»Hier entlang, mein Herr!«, rief ein Fünfzigjähriger, der ein Schild mit dem Hotellogo hochhielt. »Ihre Freundin ist unten, machen Sie sich keine Sorgen.«
Wir folgten ihm auf die Treppe, wo sich mehrere Feuerwehrmänner und Krankenpfleger um die Touristen kümmerten, denen die Drängelei hart zugesetzt hatte. Auf einem Treppenabsatz stöhnte eine Frau, deren gebrochenes Bein vollkommen verdreht war, und Hans wurde übel.
Wir verließen schließlich das Gebäude und atmeten draußen tief die frische Luft ein.
»Morgan!«
Amina stürzte auf uns zu und warf sich weinend in meine Arme.
»Sie hat einen schweren Schock erlitten«, erklärte ein Krankenpfleger, der ihr gefolgt war, und reichte mir ihre Tasche.
»Ich kümmere mich um sie«, sagte ich und drückte Amina an mich.
»Setzen Sie sich da drüben hin.«
Er zeigte auf eine der Restaurantkneipen, die ihre Türen weit geöffnet hatten, um die erschrockenen und verletzten Touristen zu empfangen, die gerade überall auf dem Gelände versorgt wurden. Die Straße war ein Chaos aus Polizeiautos und Krankenwagen.
»Warum gibt es denn so viele Verletzte?«, fragte Hans panisch, während wir auf eines der Restaurants zugingen. »Der Typ hat doch gesagt, es gäbe keinen großen Schaden.«
»Sie haben sich auf der Treppe gegenseitig über den Haufen gerannt, um aus dem Gebäude zu kommen.«

Ein Mann mit einer Kellnerschürze gab mir ein Zeichen, mich auf eine Bank neben die Theke zu setzen.
»Ich spreche Griechisch«, sagte ich zu ihm, als ich merkte, wie er sich verzweifelt auf Englisch abmühte.
»Holen Sie Ihre Gattin her. Ich werde Ihnen Wasser bringen. Sind Sie verletzt?«
»Nein, nein, danke.«
Er entfernte sich wieder, und dann sah ich mich in einem der Spiegel, die an den Wänden hingen. Ich bot den Anblick eines Bergarbeiters, der gerade frisch aus dem Schacht gestiegen war, und die meisten anderen Leute, die in dem Lokal Schutz gesucht hatten, sahen nicht besser aus. Viele von ihnen waren fast nackt oder mit einem Pyjama bekleidet. Die Kellner sowie die Gäste in Abendkleidung versuchten, diese seltsamen Gestalten zu trösten, indem sie ihnen frisches Wasser, eine Serviette, eine Decke oder einen Kaffee anboten.
»Bist du sicher, dass alles in Ordnung ist?«, fragte ich unsere Begleiterin.
Sie nickte und lächelte mich an.
Der Wirt stellte ein Tablett mit drei kleinen Gläsern, einer Flasche Ouzo, einer Schale Oliven und Käsewürfeln vor uns hin.
»Das wird Ihnen gut tun, Sie werden sehen«, sagte er. »Kommen Sie schon, trinken Sie. Auf ex.«
Ich übersetzte für Hans und leerte mein Glas in einem Zug. Der Alkohol brannte mir in der Kehle, aber seine Wärme beruhigte mich ein wenig. Ich ermutigte meine Begleiter, es mir gleichzutun, und sie fügten sich mit einer Grimasse, die den kleinen Wirt zum Lächeln brachte.
Als er wieder gegangen war, hustete Hans wie ein Ertrinkender.
»Das reißt dir ja alles raus, das Zeug!«
Ich reichte ihm die Schale mit den Oliven, und er stöberte ohne große Überzeugung darin herum.

»Auf jeden Fall«, murmelte Amina, »haben wir nun die Antwort auf unsere Frage.«
»Und die wäre?«
»Wir wissen jetzt, von wo Ilarios Sekretär kam, als du ihn gesehen hast. Er muss die Bombe während des Abendessens gelegt und sich über einen Umweg zur Ausgrabungsstelle begeben haben.«
Mir lief es eiskalt den Rücken hinunter, und ich schenkte mir noch ein Glas Ouzo ein. Hans und ich waren gerade noch einmal davongekommen ...
Meine Begleiter schliefen schließlich auf der Bank ein, und bei Morgengrauen hatten die meisten Touristen eine neue Unterkunft gefunden. Wir wollten uns ebenfalls gerade ein neues Zimmer suchen, als der Hotelchef wiederkam und sich unauffällig zu mir hinunterbeugte.
»Sie sind doch Morgan Lafet?«
»Warum?«
»Kommen Sie«, murmelte er und gab mir ein Zeichen, ihm zu folgen. »Ihre Freunde auch.«
Ich runzelte misstrauisch die Stirn.
»Wir gehen nirgendwo hin, bevor Sie uns nicht gesagt haben, warum«, sagte ich und schob meinen Daumen unter den Gürtel meiner Jeans.
Ich spürte den Griff der Pistole, die gut an ihrem Platz saß. Wenn man bedenkt, dass ich bisher einer der Ersten war, wenn es darum ging, die Verbreitung von Feuerwaffen zu beklagen und drastische Kontrollen zu loben ...
»Man sagte mir, dass ich Ihnen sagen soll ...« Er führte seinen Mund dicht an mein Ohr. »Helios. Sie würden schon verstehen«, fügte er lauter hinzu.
Ich zögerte. Und wenn es eine Falle war? Kannten unsere Feinde – denn anders konnte ich sie nicht mehr nennen – diesen Namen? Hatten wir überhaupt eine Wahl? Sie wussten, dass wir

in Sparta waren, wahrscheinlich auch dass ihr Anschlag misslungen war. Wir waren lebende Zielscheiben.
»In Ordnung, wir folgen Ihnen.«
Er ging auf eine Tür zu, die die Aufschrift *»private«* trug, und ließ uns den Vortritt, bevor er sie wieder hinter uns schloss. Es handelte sich um ein Büro, und in einem der Sessel saß bequem ein Mann, von dem ich gehofft hatte, ihn nie wiederzusehen.
»Ich stelle euch den Beschattungskönig von Çanakkale und Umbegung vor«, sagte ich mit ironischer Stimme zu meinen Begleitern, als ich Michael, Hyacinthes »Stellvertreter«, erkannte.
Hans zog eine Grimasse, und Amina warf ihm einen verwirrten Blick zu.
»Spaß beiseite, Professor Lafet. Du kannst uns allein lassen«, sagte er zu dem Kneipenchef, der sich stillschweigend aus dem Staub machte.
Der arme Mann war zweifellos verängstigt.
»Was haben Sie ihm gesagt, um ihn so zu verschrecken?«
»Im Gegensatz zu Ihnen hat nicht jeder das Glück, Helios als Schutzschild zu haben, Professor Lafet. Sie können mir glauben, dass, wenn dieser Schild fällt, ich mich Ihnen in einem anderen Licht zeigen werde, das Sie kaum schätzen werden.«
Ich seufzte, denn ich war in keiner Weise beeindruckt von seiner Prahlerei.
»Abgesehen davon, dass Sie mir drohen – was haben Sie vor?«
»Ich bringe Sie in den Süden der Stadt, in Sicherheit. Die Polizei wird Sie bald suchen, um Sie zu der Explosion zu befragen, und das müssen wir unbedingt vermeiden, solange Helios nicht das Nötige getan hat.«
»Und das wäre?«
»Die Nachforschungen einstellen.«
»Vielleicht indem Sie mich aus dem Weg räumen?«
»Seien Sie nicht dumm! Obwohl, wenn es nur nach mir ginge …«

Er zog eine Packung Zigaretten aus der Hosentasche. »Heute Nacht haben wir Arbeit, Professor.«

»Was … wovon reden Sie?«

Michael klemmte sich eine Zigarette zwischen die Zähne und zündete sie lächelnd an.

»Natürlich von Ihrem Freund, dem Saubermann im Anzug, Professor.«

»Sind Sie mir gefolgt?«, fragte ich mit erstickter Stimme.

Ich hatte überhaupt nichts bemerkt. Michael war vielleicht doch nicht so ungeschickt, wie ich geglaubt hatte.

»Es handelt sich um Bruder Giovanni, oder vielmehr um Anselmo Vitto. Ehemaliger Soldat. Ein Profi in Sachen Minenräumung. Wir sind über seine Akte gestolpert, als wir zum Tod von Padre Ilario ermittelt haben. Er ist im Alter von siebenundzwanzig Jahren dem Orden beigetreten und dank der Unterstützung eines Monsignore, einem Freund seiner Familie, mit einer erschreckenden Geschwindigkeit die Karriereleiter hinaufgestiegen. Bruder Giovanni ist nach dem kürzlichen Tod seines Gönners von einem Tag auf den anderen aus der Vatikanstadt verschwunden«, fuhr Michael fort.

»Und nun ist er unter uns«, sagte Amina mit tonloser Stimme.

»Nicht mehr lange, fürchte ich.« Ich wurde blass, und er zuckte die Achseln. »Wer durch das Schwert lebt, wird durch das Schwert umkom…«

Ein ohrenbetäubendes Detonationsgeräusch ertönte, und Amina stieß einen Schrei aus.

»Noch eine Explosion?«, fragte Hans mit erstickter Stimme. »Haben die denn mehrere Bomben im Hotel gelegt?«

Es trommelte nervös an die Bürotür.

»Monsieur Michael! Monsieur Michael!«

Letzterer runzelte verärgert die Stirn.

»Was gibt es, Georgios?«, fragte er schroff.

»Monsieur Michael … es gab noch einen Anschlag auf der Straße! Ein Auto!«
»Lass uns in Ruhe! Komm schon, lass uns in Ruhe, die Polizei wird darum kümmern, hör auf zu zittern!« Die Tür schloss sich wieder, und Michael schaute erneut auf seine Uhr. »Friede seiner Seele. Unser Mönchlein war ein Frühaufsteher. Wussten Sie, dass er ein Zimmer Ihrem Hotel gegenüber genommen hatte, um Sie zu überwachen?«
Ich ballte die Fäuste.
»Was haben Sie getan?«, murmelte ich ausdruckslos.
»Meine Arbeit, Professor. Helios mag es nicht, wenn man seine Männer schlecht behandelt, und ich bin da, um aufzuräumen. Das heißt, wenn ich nicht Kindermädchen spiele«, fügte er hinzu. »Auf geht's. Wir müssen abhauen.«
Wir standen alle drei auf, als hätten wir soeben einen Keulenschlag auf den Schädel bekommen, und folgten ihm zu einem Auto mit getönten Scheiben, das hinter dem Restaurant geparkt war. Die Sirenen ertönten erneut von weitem, und Amina hielt sich die Ohren zu.
Wie er bereits angekündigt hatte, fuhr uns Michael in den Süden der Stadt, in eine unauffällige Wohnung im vierten Stock eines Wohngebäudes. Sie war nicht sehr groß, aber bei weitem gemütlicher als mein Apartment, und schmucklos in Rot- und Orangetönen möbliert. Die Klimaanlage surrte ununterbrochen und verbreitete diskreten Zitronenduft, der wahrscheinlich die Mücken verjagen sollte.
»Die Maschine nach Athen geht in sieben Stunden«, sagte er und hielt Amina und Hans eine Wasserflasche und ein paar Tabletten hin.
»Was ist das?«, erkundigte sich Hans.
»Schlaftabletten. Nach der Nacht, die Sie verbracht haben, werden Sie ein wenig Schlaf nötig haben.« Als er sah, dass sie zöger-

ten, legte er sie auf den Couchtisch. »Sie entscheiden. Das Bad ist am Ende des Ganges, und die Schlafzimmer liegen daneben.«
Er setzte sich auf das rostfarbene Sofa, das mitten im Wohnzimmer thronte, und zündete sich eine Zigarette an.
»Da sich niemand entschließen kann, gehe ich halt unter die Dusche«, sagte ich und sah, wie meine Begleiter misstrauische Blicke tauschten.
Das lauwarme Wasser weckte mich auf, und ich entledigte mich mit Freuden der Asche und des Rauchgestanks. Nachdem ich in saubere Kleidung geschlüpft war, überließ ich Amina den Platz und ging zu Hans, der sich mit Michael unterhielt. Letzterer hatte eine wahre Sammlung an Feuerwaffen auf dem Couchtisch ausgebreitet und hielt eine Lobrede auf Maschinengewehre.
»Dieses hier hat ein Laserzielfernrohr«, sagte er und richtete es auf mich. »Siehst du?« Ein kleiner roter Punkt fuhr mein Bein hoch und hielt auf der Höhe meines Schritts an. »Und peng!«
Ich warf unserem Gastgeber einen säuerlichen Blick zu.
»Räumen Sie Ihre Artillerie weg!«, kanzelte ich ihn ab. »Dieser Junge ist gerade mal zwanzig, bei allen Göttern! Denken Sie nicht, dass er so schon genug Schrecken gesehen hat?«
Mein Assistent verzog das Gesicht, und Michael brach in Gelächter aus.
»In seinem Alter habe ich schon mehr als ein Opfer kaltgestellt.«
»Im Ernst?«, fragte Hans.
»Hans!«, rief ich aus.
»Was denn? Ich hab schließlich nicht jeden Tag die Gelegenheit, mich mit ’nem Cleaner zu unterhalten.«
»Einem … was?«
»Einem Cleaner, Morg«, wiederholte er, als unterhielte er sich mit einem Zurückgebliebenen. »Weißt du nicht, was das ist?«
»Ich weiß sehr wohl, was das ist!«
»Na ja, das ist sein Job halt.«

Ich rieb mir fassungslos das Gesicht.

»Hans, sei so nett und geh dich waschen.«

»Red nicht mit mir, als wär ich 'n Kind!«

»Geh dich waschen!«, bellte ich und brachte Michael zum Lächeln.

Mein Assistent gehorchte protestierend, und ich durchbohrte Meister Proper mit meinem Blick.

»Was fällt Ihnen ein?«, knurrte ich, als ich hörte, wie eine der Schlafzimmertüren zufiel.

»Er ist kein Kind mehr, Professor.«

»Und wenn ein Schuss losgegangen wäre?«

»Die Waffen sind nicht geladen, für wen halten Sie mich? Wenn Sie ihn weiterhin so bemuttern, machen Sie einen Waschlappen aus dem Jungen!«

»Ihn bemuttern?«

Eine plötzliche Müdigkeit überfiel mich, meine Beine gaben unter mir nach, und ich ließ mich in einen Sessel fallen. Hans wäre kurz zuvor in meinem Zimmer fast in die Luft gesprengt worden. Durch meine Schuld. Ebenso wie er am Ausgang der Moschee von Mae fast eine Kugel in den Kopf gekriegt und sich in Rom fast das Genick gebrochen hätte.

»Wenn ich ihn nur dazu bewegen könnte …«, seufzte ich.

Michael hörte auf, seine Pistolen zu polieren, und zog einen Umschlag aus seiner Jackentasche.

»Hier.«

»Was ist das?«

»Tickets für Ihre Freunde. Ich wollte mit der Ankündigung warten, bis sie sich ausgeruht haben. Es kostet mich was, dies zuzugeben, aber Sie haben Recht. Die Lage wird zu gefährlich für sie. Ich bin nicht dazu imstande, Sie alle drei zu beschützen.«

»Sie werden niemals akzeptieren, nach Frankreich zurückzufliegen.«

»Das sind Bustickets. Sie werden in Helios' Athener Residenz wohnen, die ständig überwacht wird.«
Ich legte den Umschlag auf den Tisch und rieb mir die Lider. Zum ersten Mal, seitdem ich Paris verlassen hatte, war ich wirklich am Ende.
»Dürfte ich mir eine Zigarette nehmen?«, fragte ich. Er hielt mir seine Packung und sein Feuerzeug entgegen. »Danke.«
Ich rauchte stillschweigend, und als ich die Zigarette ausdrückte, bemerkte ich, dass Michael mich musterte.
»Die anderen sagen, dass es immer so ist«, sagte er.
»Wie bitte?«
»Dass sie Monate, manchmal Jahre mit der Schatzsuche verbringen, und dann, auf der Zielgeraden – floff! Der Durchhänger.«
»Wer sind diese ›sie‹?«
»Die anderen wie Sie. Helios' Schäfchen.«
»Ich bin nicht Helios' Schäfchen.«
Er grinste.
»Das sagen sie alle. Am Anfang …« Ich zog es vor, nicht darauf einzugehen, und nahm mir eine zweite Zigarette. »Bei ihm dreht sich immer alles nur um sie«, fuhr er verbittert fort. »Wenn einer der Archäos niest, dann schnäuzt sich das ganze Team!«
»Wie viele sind es?« Er machte eine umfassende, ausweichende Geste. »Haben Sie Helios schon mal gesehen?«
»Niemand hat ihn je gesehen. Aber er ist in Ordnung. Und er zahlt gut. Sehr gut sogar. Die Hauptsache dabei ist, so in Ordnung zu sein wie er.«
»Und wenn das Gegenteil der Fall ist?«
»Niemand ist von da oben runtergekommen, um von den Einzelheiten zu berichten. Sie sollten sich vielleicht besser ein wenig schlafen legen, Professor.«
Ich warf ihm einen schiefen Blick zu.

»Für jemanden, der mich vor fünf Minuten noch entmannen wollte, scheinen Sie mir recht zuvorkommend zu sein.«
»Ich schlage niemals einen Mann, der bereits am Boden liegt, und Sie wirken auf mich wie ein Typ, der den Grund erreicht hat und zu graben anfängt.«
Ich musste wider Willen lächeln.
»Ich hätte Ihnen in der Türkei ja gerne eins draufgegeben, als Preis für den Schrecken, den Sie mir eingejagt haben.«
Er machte große Augen.
»Schrecken?«
Ich nickte.
»Ich habe mit Ihren Schatzsucher-›Schäfchen‹ nichts gemein. Ich bin nicht Indiana Jones, kein kobrawürgender Archäologe mit der Pistole in der einen und der Peitsche in der anderen Hand.«
»Wer's glaubt, Prof. Sie sind ein gebranntes Kind, wie sie. Vielleicht nicht gerade das schärfste Messer in der Schublade, aber …«
»Ich fürchte, dass das nicht ausreicht, um den Auftrag zu Ende zu bringen«, sagte ich und stand auf.
Er ergriff meinen Arm und sah mich eindringlich an.
»Okay, Prof. Spielen wir mit offenen Karten. Dass Sie sich in Çanakkale von Ihren Freunden getrennt haben, war dumm. Dass Sie sich in einem Palasthotel auf Zypern eine Suite unter Ihrem richtigen Namen genommen haben und durch die Lande spaziert sind, ohne eine Kugel in den Kopf zu bekommen, war ein Glücksfall, wie ich ihn selten gesehen habe. Dass Sie sich in Sparta wie Blumen aufgepflanzt und gehofft haben, diese Typen würden Ihnen nicht über den Weg laufen, war glatt lebensmüde. Aber dass Sie denken, nach alldem auf der Zielgeraden nicht durchhalten zu können, das ist ja nun mal der größte Blödsinn, den ich je gehört habe. Wir werden da runtersteigen, Prof. Sie werden uns diese verdammte Rüstung raufholen, und

danach gönnen wir uns einen Inselurlaub umringt von Tahitimädchen!«
»Sie vergessen diejenigen, die die Rüstung bewachen.«
»Höchstens eine Hand voll halbverrückter Geisteskranker. Ihr Job ist es, sich eine dreitausend Jahre alte Antiquität nach den Regeln der Kunst zu beschaffen, ohne etwas zu beschädigen. Meiner ist es, die erste Mücke platt zu machen, die es wagt, sich auf Ihren Pinsel zu setzen, und darin bin ich besser als jeder andere, Prof. Kümmern Sie sich um den Toten, ich übernehme das Ungeziefer. Was meinen Sie dazu?«
»Habe ich denn eine Wahl?«
Er reichte mir die Hand, wie um einen Vertrag zu besiegeln, und ich wollte sie gerade schütteln, als sein Handy klingelte.
»Hallo? Ja, Monsieur, sie sind in Sicherheit. Nein, ich ...« Eine Stimme brüllte ins Telefon und schnitt ihm das Wort ab. »Aber ich ...« Er erhob sich und ging in ein Nebenzimmer, an dessen Tür ich daraufhin lauschte. »Natürlich nicht! Aber woher hätte ich denn wissen sollen, dass er eine Bombe legen würde? Nein, das habe ich nicht überprüft. Ich war davon überzeugt, dass ... Ja, aber wie hätte ich denn nun ... Ich ... Ja, Monsieur. Ich habe Tickets für den Reisebus um 13:45 Uhr genommen. Wie bitte? Gestern. Ich wüsste nicht, warum. Sie ... Was? Gut, Monsieur. Wenn Sie denken, dass das besser ist. Sehr gut, ja. Ich werde darauf achten, Monsieur. Ja, gewiss.«
Ich hätte fast gelacht, wenn die Situation nicht so dramatisch gewesen wäre. Fast hätte ich ihn für die Dauer eines Augenblicks sympathisch gefunden. Dieser Mann war lediglich gut darin, ohne nachzudenken die Opfer zu eliminieren, die man ihm zeigte. Warum hatte Helios mir so einen Dummkopf auf den Hals gehetzt?
Erschöpft streckte ich mich auf dem Doppelbett neben Hans aus, der bereits den Schlaf des Gerechten schlief, und schloss die Au-

gen, aber mein Telefon klingelte, und ich beeilte mich dranzugehen, um meinen Assistenten nicht zu wecken.
»Hallo?«, sagte ich und ging aus dem Zimmer, um mich im Bad einzuschließen.
»Morgan? Halten Sie durch?«
Helios … Er schien verärgert. Er war es also tatsächlich gewesen, der in Michaels Telefon gebrüllt hatte.
»Schwer, ich gebe es zu.«
»Ich kann Sie verstehen. Haben Sie noch Ihre Waffe?«
»Ja.«
»Behalten Sie sie auf jeden Fall bei sich.«
»Warum haben Sie mir diesen Unfähigen aufgedrückt?«, fragte ich mit gedämpfter Stimme.
»Sie werden ihn nicht mehr lange ertragen müssen, Morgan. Er hat Anweisungen erhalten, die Verstärkung ist unterwegs, vertrauen Sie mir.«
»Ihnen vertrauen …«, spottete ich. »Wie geht es Etti?«
»Sehr gut. Anscheinend verbringt er Stunden damit, das Kommen und Gehen in der Klinik zu überwachen. Ich bin davon überzeugt, dass er auf Sie wartet.«
»Sollte Ihnen nichts Besseres eingefallen sein, um meinen Stress zu erleichtern – das hat geklappt.«
»Nein, Morgan. Das bedeutet einfach nur, dass er verstanden hat, was Sie ihm versprochen haben und was Hyacinthe ihm gesagt hat. Er macht große Fortschritte.«
»Und falls ich nicht kommen könnte?«
»Reden Sie keinen Quatsch. Es wird alles gut laufen.«
»Nichts sagt Ihnen, dass die Rüstung immer noch da unten ist, wenn sie das überhaupt je war.«
»Eine Mannschaft studiert genau in diesem Moment Bodenproben von dem Sektor, wo Sie Anselmo Vitto gesehen haben, Morgan. Während des Krieges sind dort anscheinend so etwas wie

Luxusbunker gegraben worden, nicht weit von der Stelle entfernt, an der im Moment die Ausgrabungen stattfinden. Die antiken Fundamente sollen für diese Höhlen als Verstärkung gedient haben, wo die Menschen Munition und Nahrungsmittel versteckten. Am Ende der Feindseligkeiten sind viele der Bunker eingestürzt und wurden aus Sicherheitsgründen zugeschüttet. Das ist zumindest die offizielle Version. Ich bin bereit zu wetten, dass Sie diesmal den Finger auf die richtige Stelle gelegt haben.«

»Helios ... sollte nicht alles so laufen wie vorgesehen – was werden Sie mit Etti machen?«

»Er wird behandelt, wie es sich gehört, Sie haben mein Wort.«

»Ich will, dass Sie ihn meinem Vater anvertrauen.« Ein langes Schweigen. »Hallo? Sind Sie noch da? Können Sie mich hören?«, fragte ich nach.

»Es wird alles gut laufen.«

»Ich will Ihr Wort, dass Sie ihn meinem Vater anvertr...«

»Ich muss auflegen, Morgan. Viel Glück. Ich werde mich im Laufe des Abends noch einmal melden und Ihnen die Informationen mitteilen, die wir sammeln konnten.«

»Warten Sie!«

Er legte auf, und fast hätte ich umgehend meinen Vater angerufen, um ihm alles zu erzählen – um ihm zu sagen, dass Etti irgendwo am Leben war, dass er seine Spur wieder aufnehmen müsste, aber ich besann mich eines Besseren. Und wenn Helios ihm etwas antun würde?

Ich steckte das Telefon wieder in meine Hosentasche, ging zurück ins Zimmer, um mich wieder hinzulegen, und hoffte, dass ich das Versprechen würde halten können, das ich meinem Bruder gegeben hatte.

»Nach Hause ... so wie früher.«

Paris schien in diesem Augenblick so weit weg zu sein.

XI

Es war fast 2:00 Uhr morgens, und die Luft hatte etwas von ihrer Schwüle verloren. Der Oleander und die Olivenbäume erfüllten die Ufer des Eurotas, dessen frisches Plätschern in unseren Ohren sang, mit Wohlgeruch. Am tiefsamtenen Himmel funkelten die Sterne wie nie zuvor, und der Mond zeigte eine hübsche, fast volle Platinscheibe, die hier und da von bläulichen Ziselierungen gesprenkelt war. Eine oder zwei Nymphen hätten diese ländliche Idylle wunderbar vervollständigt. Ich musste mich allerdings mit einem in eine Pseudo-Kommandouniform gekleideten Michael zufrieden geben, der sich das Gesicht geschwärzt hatte und bis zu den Zähnen bewaffnet war.

Vier Stunden zuvor hatten wir trotz ihres lebhaften Protests Hans und Amina in einen Wagen mit Chauffeur gesetzt, der sie nach Athen fuhr. Helios hatte Michael offensichtlich – und auf energische Weise – darauf aufmerksam gemacht, dass der Kauf von Bustickets unter richtigem Namen keine gute Idee war, wenn einem eine Bande rasender Verrückter an den Fersen klebte.

Meine Begleiter in Sicherheit zu wissen erleichterte mich auf eine Weise, die mich regelrecht überraschte. Bis zur Abfahrt des Wagens war mir nicht klar gewesen, wie sehr die Angst, dass ihnen etwas zustoßen könnte, mich belastete.

Direkt nach ihrer Abfahrt hatte mir Michael angekündigt, Helios habe seine Anweisungen bestätigt, und ich folgte ihm fast leichten Herzens zwischen den Bäumen hindurch, als wir uns vorsichtig der Säuberungsanlage näherten. Wenn ich vorsichtig sage, dann

meine ich damit auf leisen Sohlen für mich und fast kriechend für ihn.
An dem kleinen Häuschen der Anlage angekommen, zog er mich am Ärmel meines T-Shirts, um mich gegen die Wand zu pressen, und beobachtete eingehend die Umgebung, bereit auf alles zu schießen, was sich bewegte.
Ohne seine Überwachung zu vernachlässigen, öffnete er den Rücksack, den ich trug, und holte daraus ein hochentwickeltes Gerät hervor, das eines Einbruchkönigs würdig gewesen wäre. Und er wusste damit umzugehen – wie ich widerstrebend anerkennen musste. Innerhalb von knapp drei Minuten gab die Tür nach, und er schubste mich ins Innere, wobei er mir Rückendeckung gab.
Sobald wir in Sicherheit waren – nicht ohne vorher einen letzten Blick auf die Umgebung zu werfen –, schloss er leise wieder die Tür. Ich holte eine Taschenlampe aus dem Rucksack und suchte das Häuschen mit dem Lichtkegel ab. Michael packte mich plötzlich brutal beim Arm und richtete die Taschenlampe auf den Boden.
»Nicht auf die Dachluke!«, knurrte er. »Man könnte uns von draußen sehen.«
Mit einem erbitterten Seufzer untersuchte ich den Boden. Beton. Allerdings, wie Amina bereits erraten hatte, befand sich unter dem an der Wand befestigten Kontrollgehäuse eine Falltür aus Metall. Zu unseren Füßen öffnete sich ein Gully, der ungefähr das Ausmaß von einem Quadratmeter hatte und dessen Grund man nicht erkennen konnte. Rostige Metallstäbe waren in regelmäßigen Abständen im Beton befestigt und bildeten so etwas wie eine Leiter. Ich richtete die Taschenlampe darauf und sah in etwa acht oder zehn Metern Tiefe eine Art Betonplattenbelag.
»Nach Ihnen«, murmelte ich und machte meinem Begleiter ein Zeichen.

Er gehorchte mit größter Vorsicht, indem er darauf achtete, dass seine Füße sich nicht in den Stromkabeln und Schläuchen verhedderten, und als er unten war, sah ich, wie er in die Hocke ging und mir ein Zeichen gab. Ich hängte mir den Rucksack über die Schulter und begann meinen Abstieg, nachdem ich die Falltür wieder hinter mir geschlossen hatte …

Michael lehnte sich an die Notleiter, leuchtete mit der Taschenlampe in einen kleinen Tunnel, der uns gegenüberlag, und richtete den Pistolenlauf in dieselbe Richtung. Es war eine Sackgasse. An den Wänden waren verschiedene elektrische Installationen angebracht, aus denen Dutzende bunter Kabel hingen.

»Hören Sie diesen Lärm?«, murmelte mein Begleiter.

»Hört sich an wie ein Generator.«

Ich ging weiter in die Sackgasse hinein, an deren Ende ich eine Panzertür entdeckte. Über einem roten Logo, das über die möglichen Risiken eines Elektroschocks informierte, stand in Augenhöhe die Warnung »GEFAHR«.

»Aus dem Weg, Prof.«

Er machte sich daran, das Schloss aufzubrechen, aber es hielt stand.

»Was gibt es?«, erkundigte ich mich.

»Drei Riegel, und zwar kein Ramsch.« Ich stampfte ungeduldig mit dem Fuß auf. »Möchten Sie's an meiner Stelle machen?«

Nach einiger Zeit leistete die Tür schließlich keinen Widerstand mehr und gab den Blick auf einen einfachen Raum frei, in dem ein großer Stromgenerator brummte. Michael suchte den Raum mit der Taschenlampe ab. Weder Tür noch Falltür im Boden, und vor uns der Kontrollbildschirm der Höllenmaschine.

»Etwas muss uns entgangen sein«, schloss ich.

»Ich wüsste nicht, was. Es ist winzig.«

Ich hob einen Zigarettenstummel vom Boden auf und zog eine

Grimasse. Es gab gut zehn Stück davon, und nicht alle waren von derselben Marke. »Winzig« in der Tat, für einen Versammlungsort.

Michael wurde ungeduldig.

»Gehen wir raus hier. Dieser Krawall geht mir auf 'n Zeiger.«

Ich runzelte die Stirn und beobachtete aufmerksam die Skalenscheiben der Kontrolltafel. Der Generator lief auf Hochtouren.

»Michael ... haben Sie etwas gehört, bevor wir hinuntergegangen sind?«

»Wir stehen mehrere Meter unter einer Betondecke, Prof. Sie können dieses Spektakel von draußen nicht hören.«

»Nein, ich sprach von der Säuberungsanlage.« Er hob eine Augenbraue. »Haben Sie das Geräusch der Turbinen gehört, als wir hinuntergestiegen sind?«

»Nein, es war alles still.«

»Weil die Anlage auf Stand-by steht.«

»Ja, und?«

»Ja, und?«, fragte ich und zeigte mit dem Finger auf die Skalenscheiben. »Können Sie mir sagen, wo der ganze Saft hingeht, wenn sie im Moment nicht läuft?«

Michael rieb sich das Kinn, er verstand nun, worauf ich hinauswollte.

»Vielleicht versorgt der Generator ein oder mehrere Gebäude der Stadt.«

»Es ist doch gerade der Sinn eines Generators wie diesem, einen Anschluss ans städtische Stromsystem zu vermeiden.«

Ein grelles Licht erhellte plötzlich die Kammer, und mir gefror das Blut in den Adern. Michael riss mir die Taschenlampe aus den Händen, um sie rasch auszuknipsen, legte einen Finger auf den Mund und deutete auf die Decke. Bestürzt sah ich ein Gitter, durch das das Licht hindurchfiel, und vier Füße. Zwei Männer unterhielten sich auf Griechisch über die Filme, die sie zuletzt gesehen hatten, und ihre Lieblings-Pin-ups. Sollte es sich um unsere Wächter handeln, dann gehörte Keuschheit nicht zu ihrer Doktrin. Als ihre Unterhaltung beendet war, ließen sie ihre Zigarettenstummel durch das Gitter fallen, die sich zu dem anderen Dutzend gesellten, die ich beim Hereinkommen gesehen hatte. Sie entfernten sich schließlich, das Licht ging aus, und wir hörten deutlich eine Tür zufallen.

»Bingo«, sagte mein Begleiter und knipste die Taschenlampe wieder an.

»Wie kommt man Ihrer Meinung nach da hoch?«

»Wie groß sind Sie, Prof?«

Ich stellte mir vor, wie er auf meine Schultern kletterte, und zog eine Grimasse.

»Nein, es muss einen anderen Eingang geben. Der, den unser Bombenleger-Freund benutzt hat, um sich zu seinen kleinen Kameraden zu gesellen. Ich kann ihn mir schwer beim Klettern in einem Zweitausend-Euro-Anzug vorstellen.«

»Wir sollten lieber hier durchgehen als durch die große Tür. Die Chancen, dass man uns entdeckt, wären geringer. Bücken Sie sich!«

Ich ging wider Willen in die Hocke, und er stieg rittlings auf meine Schultern. Michael musste bei seiner Größe von einem Meter fünfundsiebzig gut und gerne an die siebzig Kilo wiegen, und mir fiel es ein wenig schwer, mich aufzurichten. Als es mir gelang, hätte er sich fast um zwanzig Zentimeter ducken müssen.

»Vorsichtig, Prof … Wollen Sie mich k.o. schlagen, oder was?«

Das Gitter ließ sich an einer Seite ohne das geringste Geräusch hochklappen.

Michael stemmte sich durch die Kraft seiner Arme hoch.

»Und ich? Wie steige ich hoch?«

»Ich habe ein Seil in meiner Ta… in Gottes Namen.«

»Was ist los?«

»Gehen Sie ein Stück zur Seite, Prof.«
»Was?«
»Gehen Sie zur Seite, Sie brauchen kein Seil.«
Ich hörte ein leises Pfeifen, und mit weit aufgerissenen Augen sah ich, wie sich von der Decke eine Aluminiumleiter bis zu meinen Füßen ausklappte, wo sie einige Zentimeter vom Boden entfernt mit dem typischen Geräusch einer hydraulischen Winde anhielt.
»In Zeus' Namen …«
»Kommen Sie hoch.«
Ich gehorchte. Wenn auch ein bisschen wackelig, so war die Leiter doch stabil, und in ein paar Schritten hatte ich Michael erreicht, der auf einen weiteren Knopf auf der kleinen Tafel an der Wand drückte. Die Leiter klappte sich darauf freundlicherweise wieder zusammen, und das Gitter verschloss sich wieder von allein.
»Ich bin baff«, murmelte ich.
»Ich bin mir da nicht so sicher, aber dem Logo zufolge«, flüsterte mein Begleiter und zeigte auf einen anderen Knopf, »scheint dieser hier ein System zu betätigen, das das Gitter verdeckt. Sie werden es wohl tagsüber benutzen.«
Ein starker Feuchtigkeitsgeruch lag in der Luft. Wir waren in einem kleinen Raum mit Betonwänden, der mit zwei Gartentischen und acht Stühlen ausgestattet war. In einer Ecke war ein Kühlschrank angeschlossen, auf dem eine neue Espressomaschine thronte, mit Bechern, Servietten, Plastiklöffeln und Zucker. Auf einem kleinen Regal stapelten sich Pappteller, Plastikgläser und -besteck sowie einige Flaschen Alkohol, Salzgebäckpackungen und Gewürze.
»Ein Warteraum, könnte man meinen«, murmelte ich. »Eine Schenke neben einem Grab? Na ja, Geschmacksache …« Michael, ebenso fassungslos wie ich, untersuchte eine weitere Pan-

zertür, die den Raum verschloss, und zog eine Grimasse. »Ein Problem?«

»Allerdings, ja.«

»Können Sie sie nicht aufbrechen?«

»Wollen Sie versuchen, Ihren Daumen draufzulegen?« meinte er spöttisch und zeigte mir einen kleinen elektronischen Bildschirm an der Seite.

»Wie bitte?«

»Das ist ein Öffnungssystem mit digitaler Fingerabdruckerkennung. Versuchen Sie mal, sie aufzubrechen, und Sie lösen eine ganze Reihe Alarmsirenen aus.«

»Was kann man in diesem Fall tun?«

Er stellte sich neben die Tür, gab mir ein Zeichen, zu ihm zu kommen, schraubte einen Schalldämpfer auf den Lauf seiner Waffe und löschte die Taschenlampe.

»Warten, Prof«, antwortete er und lud seine Pistole.

Wir warteten nicht sehr lange. Ein Viertelstündchen später öffnete sich die Tür, und ein Mann in einem schwarzen Anzug kam herein. Er betätigte den Lichtschalter, aber als er uns sah, war es bereits zu spät. Kaum hatte er den Mund geöffnet um Alarm zu schlagen, drang ihm eine Kugel mitten in die Stirn. Schwer fiel er zu Boden.

Ich hatte törichterweise angenommen, Michael würde ihn zwingen, mit uns eine Führung zu unternehmen oder … ich weiß nicht, aber nicht das. Nicht dass er ihn kaltblütig umbringen würde, ohne ihm Zeit zu lassen, mit der Wimper zu zucken.

»Geben Sie mir meine Tasche, Prof. Schnell.«

Ich reichte ihm den Rucksack, und er zog ein langes Messer daraus hervor. Als ich sah, wie er die Hand der Leiche ergriff, wandte ich den Blick ab.

»Sie sind ja wahnsinnig …«, stieß ich zwischen den Zähnen hervor.

Michael beschränkte sich auf ein Lächeln und schleifte die Leiche in eine Ecke bis zur Falltür.
»Machen Sie sie auf«, befahl er mir.
»Ihn runterwerfen? Sie sind verrückt, jemand könnte ihn sehen.«
»Wir haben unten bereits Spuren hinterlassen, als wir sämtliche Türen aufgebrochen haben. Ein bisschen mehr oder weniger – was spielt das schon für eine Rolle?«
»Aber …«
»Man wird ihn da unten nicht so schnell finden. Aber wenn Sie sich nicht endlich mal rühren, wird er auf dem Beton ausbluten«, fügte er mit einem mörderischen Blick hinzu.
Ich gehorchte und öffnete die Falltür, kurz davor mich zu übergeben.
Mein Begleiter warf die Leiche in den Generatorraum, als handelte es sich um einen gewöhnlichen Müllsack.
»Und jetzt?«
Er schwenkte den von der Leiche abgeschnittenen Daumen.
»Schauen wir doch mal, was hier so vor sich geht.«
Die Pistole auf die Tür gerichtet, legte er seine makabere Trophäe auf den Digitalbildschirm, und die Tür entriegelte sich. Nach einem Blick durch den Spalt gab er mir ein Zeichen, ihm zu folgen und die Tür wieder hinter mir zu schließen.
Wir befanden uns am Ende eines finsteren Betonganges ohne Öffnung, der sich über zwei, drei Meter oder mehr erstrecken musste. Am anderen Ende fiel grelles Neonlicht durch die Scheiben einer Doppelschwingtür, wie man sie in Krankenhäusern findet.
Michael hielt die Pistole in der Hand und stürzte sich ohne die Spur eines Zögerns hinein. Ich folgte ihm mit großen Schritten. Er hockte sich an die Wand, wartete, dass ich es ihm gleichtat, dann riskierte er vorsichtig einen Blick durch die Scheibe. Ich sah, wie er zusammenfuhr und ihm ein überraschter Ausruf entwich.

»Was denn?«, murmelte ich mit kaum hörbarer Stimme.
Da ich es nicht mehr aushielt, warf ich ebenfalls einen Blick durch die Scheibe. Wir befanden uns auf dem höchsten Punkt einer Art ultramoderner Arena, eines Labors, und die Tür, hinter der wir uns versteckt hielten, ging auf eine Plattform hinaus, die die Arena umrundete und von bewaffneten Männern in Anzügen bewacht wurde. Ich zählte insgesamt fünf. Ihr Blick war auf das Zentrum der Arena gerichtet, wo etwa zehn weiß gekleidete Personen – zweifellos Wissenschaftler – in einem Labor hin- und herliefen, wie ich es noch nie zuvor gesehen hatte. Computer, Scanographen, Abtastungsmikroskope, Spektralanalysegeräte, Laser, Magnetkästen, Öfen – nichts fehlte.
Michael wies auf etwas im hinteren Teil des Labors. In großen Glasröhren, bei denen man sich vorstellen konnte, dass Druck und Feuchtigkeit von einem komplexen elektronischen System kontrolliert wurden, befanden sich die sechs Gründe für die Zurschaustellung dieser beeindruckenden technischen und wissenschaftlichen Möglichkeiten. Die Stücke, aus denen sich die Rüstung des Achilles zusammensetzte: Brustharnisch, Helm, Schild, Lanze und die beiden Beinschienen. Zwei leere Röhren warteten auf das Schwert und den Dolch.
Ich stand mit offenem Munde da. Und ich hatte doch damit gerechnet, ein staubiges Grab und einen schwächlichen mumifizierten Körper vorzufinden, bewacht von Anhängern einer Sekte, der es an Spiritualität mangelte …
»Wir hauen ab«, flüsterte Michael. »Das hatte ich nicht vorausgesehen.«
Ich spürte plötzlich etwas Kaltes in meinem Nacken.
»Lassen Sie Ihre Hände schön sichtbar erhoben, Professor«, rief mir in meinem Rücken eine Frauenstimme auf Griechisch zu.
Michael hatte keine Zeit zu reagieren: Ein untersetzter Mann

hatte ihm eine Pistole an die Schläfe gelegt und ihm seine Waffe abgenommen.
Die Frau zwang mich dazu, mich zu ihr umzudrehen, und ich erkannte unter Schock die hübsche Angestellte aus dem Hotel wieder.
»Überraschung, Professor!«
»Koba!«, rief ihr Freund von der Tür aus. »Wir haben Bes…«
Er hatte keine Zeit, seinen Satz zu beenden. Michael hatte aus einer seiner Hosentaschen eine zweite Pistole hervorgeholt und ihn mit einem Schuss getötet, der im ganzen Gebäude widerhallte.
Ich wollte den Überraschungseffekt nutzen und ergriff die Waffe der jungen Frau, um sie zum Aufgeben zu bewegen, aber sie brach in meinen Armen zusammen. Michael hatte ihr eine Kugel zwischen die Schulterblätter geschossen.
Durch die Scheiben sah ich die Männer über die Plattform laufen, bereit sich auf uns zu stürzen. Aber es waren nicht mehr fünf. Diejenigen, die unten gestanden und die wir nicht bemerkt hatten, stiegen, vier Stufen auf einmal nehmend, die Treppe hinauf, die zum Laufsteg führte. Durch eine der Scheiben, die er zerbrach, traf mein Begleiter drei von ihnen.
»Schießen Sie, Prof!«, brüllte Michael und legte sein Maschinengewehr an.
Ich fügte mich mit klopfendem Herzen. Ich zerbrach die zweite Scheibe, zielte auf den Nächsten und drückte auf den Abzug. Er fiel nach hinten, und die anderen brachten sich in Sicherheit. In genau diesem Moment bekam mein Begleiter eine Kugel in die Schulter und brach zusammen.
»Michael!«
In meinem Rücken ertönte plötzlich eine Explosion, die einen Alarm auslöste, woraufhin ein Teil der Männer auf der Plattform erstarrte und allgemeine Panik ausbrach.

In dem Gang, durch den wir hereingekommen waren, hatten sich in dem dicken Rauch etwa zehn Männer in schwarzer Hose und T-Shirt materialisiert, die mit Maschinengewehren bewaffnet waren.
»Morgan!«, brüllte einer von ihnen. »Auf den Boden!«
»Hyacinthe …«
Die Scheiben und der obere Teil der Türen zerbrachen in tausend Stücke, als sie alle zugleich die Flügeltüren mit MG-Feuer belegten, und ich warf mich zu Boden, um den Kugeln zu entkommen und Michael Deckung zu geben, der unter mir lag.
»Was ist das hier für ein Ort?«, schrie einer der Männer in Schwarz, bevor er seine Waffe neu lud.
»Das werden wir ja sehen!«, gab mein ehemaliger Schutzengel zurück und stürzte sich auf die Plattform, ohne das Feuer einzustellen.
Sie sprangen über uns hinweg, als wären wir einfach nur umgeworfene Stühle, und ich konzentrierte mich auf Michael, um mir das Gemetzel nicht ansehen zu müssen. Er blutete stark.
»Halten Sie durch«, sagte ich und zog mein T-Shirt aus, um es ihm auf die Wunde zu drücken.
»Ich spüre meine Arme nicht mehr«, stöhnte er zwischen den Schüssen und dem Gebrüll. »Ich spüre meinen rechten Arm nicht mehr!«
»Halten Sie still!«
Sein schmerzverzerrtes Gesicht verzog sich noch mehr, und er spuckte mir ins Gesicht.
»Du … hast auf sie gewartet, hm? Deswegen … hast du auch so getrödelt, du Hurensohn!«
»Was?«, stammelte ich und wischte mir mit dem Handrücken über das Gesicht.
»Hattet ihr Angst … dass ich dem nicht gewachsen wäre, ihr Schweinebande? Wolltet ihr … mich deswegen fallen lassen?«

»Von was reden Sie? Hören Sie auf zu schreien und halten Sie still! Sie …«
Die Wucht der Kugel verschlug mir den Atem, und ein unerträgliches Brennen durchbohrte mir die Seite. Ich versuchte aufzustehen, aber ich fiel nach hinten gegen die Wand. Mein Blick wanderte von meinen Fingern, die mit meinem eigenen Blut bedeckt waren, zu der Pistole, die Michael mit seiner linken Hand umklammert hielt. Er hatte auf mich geschossen. Dieser Dreckskerl hatte auf mich geschossen –
»Ich mag es nicht, wenn man mich … für blöd hält, Prof!«
Er zielte erneut auf mich, und ich schüttelte verzweifelt den Kopf, unfähig ein Wort herauszubringen.
Aber er hatte keine Zeit, auf den Abzug zu drücken. Hyacinthe, der sich plötzlich über ihm aufrichtete, durchsiebte ihn von Kopf bis Fuß mit Kugeln.
»Morgan …« Er kniete neben mir nieder und brachte mich dazu, mich hinzulegen. »Morgan? Holen Sie Luft.« Der Schmerz entriss mir einen Schrei. »Reden Sie mit mir! Morgan!«
»Er hat … auf mich geschossen …«
Ich atmete ein, aber ein nebliger Schleier fiel vor meinen Augen nieder.
»Morgan! Reden Sie mit mir! Bleiben Sie bei mir! Morgan!«
Dann wurde alles ganz schwarz …

Das Erste, was ich sah, als ich die Augen öffnete, war das Neonlicht an der Decke. Es erhellte das Zimmer, ohne in den Augen zu schmerzen, und verströmte ein angenehmes weißes Licht. Äthergeruch kitzelte mir in der Nase; und als ich mich kratzen wollte, zog etwas an meinem Arm. Ich senkte den Blick auf meine Armbeuge und sah ein Heftpflaster, aus dem ein kleiner Plastikschlauch voll Flüssigkeit hing. Eine Infusion? Ich schüttelte den Kopf, um mich aus meiner Benommenheit zu reißen, aber mein

Gehirn war wie in Watte gepackt. Dann spürte ich ein Brennen in der Seite, und mir fiel alles wieder ein.
»Bewegen Sie sich nicht, Monsieur Lafet«, sagte eine sanfte griechische Stimme. »Sie sind im Krankenhaus, im Aufwachzimmer, haben Sie keine Angst. Sie hatten einen Unfall.«
Einen Unfall … von was redete sie bloß? Welcher Unfall? Man hatte auf mich geschossen.
»Wo sind … die anderen?«
»Die anderen? Welche anderen, Monsieur Lafet? Kommen Sie schon, beruhigen Sie sich, versuchen Sie sich auszuruhen. Die Wirkung der Narkose wird vergehen, und Sie werden sich wieder an alles erinnern können.«
»Ich kann mich … sehr gut erinnern.«
»Beruhigen Sie sich.«
Ich kämpfte darum, wach zu bleiben, musste aber feststellen, dass das über meine Kräfte hinausging, und ich versank in Schlaf.

Das nächste Mal wachte ich in einem geräumigen Zimmer auf, das in blassen Blautönen gestrichen und mit Trockenblumen, Seesternen und Wasserbildern geschmückt war. Das Bett war bequem, und ich spürte das Ziehen in meinem Arm nicht mehr. Das weiche Licht, das durch den sandfarbenen Rollvorhang fiel, streichelte mir angenehm über das Gesicht.
»Monsieur Lafet?«
Ich wandte den Kopf und sah einen etwa zwanzigjährigen Krankenpfleger. Dunkelhaarig, hoch aufgeschossen, feines Gesicht und schön wie ein Epheber, der auf den Vasen seiner Vorfahren eine gute Figur gemacht hätte.
»Wo bin ich?«, fragte ich.
»In der Lemessos-Klinik, Monsieur Lafet. In Sparta. Sie sind vor zwei Tagen eingeliefert worden.«
»Zwei Tage?«, fragte ich erstaunt.

»Ja. Haben Sie Schmerzen?«

Ich versuchte, mich vorsichtig zu bewegen. Ich spürte immer noch einen akuten Schmerz in der Seite, als hätte ich mich mit einer Zigarette verbrannt, aber das war offensichtlich nichts Unerträgliches.

»Nein, ich … Es scheint zu gehen.«

»Umso besser, denn man hat Ihnen heute Morgen die Infusion entfernt, und die Beruhigungsmittel dürften nicht mehr wirken.«

»Wie spät ist es?«

»16:00 Uhr, Monsieur Lafet. Haben Sie Hunger oder Durst?«

Meine Kehle war wie ausgetrocknet, und ich hätte ein ganzes Rind verschlingen können.

»Ja.«

»Ich werde Ihnen etwas zu essen bringen. Aber seien Sie nicht überrascht, nach ein paar Bissen werden Sie den Eindruck haben, voll gestopft zu sein, das ist normal.«

»War meine Verletzung schlimm?«, wagte ich schließlich zu fragen.

Der Epheber mit der Honigstimme setzte sich auf mein Bett und drückte meine Hand.

»Nein, Monsieur Lafet. Seien Sie unbesorgt. Die Kugel hat Ihre Rippen gestreift und ist zwischen zweien von ihnen stecken geblieben. Kein einziges inneres Organ wurde getroffen, aber Sie haben viel Blut verloren, und Sie müssen sich ausruhen. Hier, trinken Sie in bisschen Wasser«, sagte er und füllte ein Wasserglas. »Ich werde Ihnen frisches bringen, die Karaffe ist bereits lauwarm.« Er stand auf und klopfte sich mit dem Zeigefinger gegen den Kopf. »Fast hätte ich's vergessen. Zwei Männer sind da und wünschen Sie zu sprechen. Polizisten, soweit ich verstanden habe. Ich werde sie hereinbitten.«

Er verschwand, bevor ich auch nur Zeit hatte, den Mund aufzumachen. Was würde ich ihnen schon sagen können?

Ich hatte keine Zeit, auch nur die Ansätze eines Drehbuchs zu erfinden, denn der Epheber kam einige Minuten später mit ihnen zurück.
»Ermüden Sie ihn nicht zu sehr, er ist gerade erst aufgewacht«, sagte er mit strengem Gesicht, bevor er uns allein ließ.
Die beiden Männer, zwei Inquisitoren mit kurz geschorenen Haaren in makellosen Anzügen, stellten sich jeweils an einer Seite meines Bettes auf; ihre Mienen waren wenig zuvorkommend und ihre Lippen zusammengekniffen. Der Kleinere zeigte mir seine Karte, und mein Herz begann schneller zu schlagen, als ich das Logo darauf sah – eine Hand, die eine Fackel vor einem Erdball schwenkte. Sie waren nicht wirklich Polizeiinspektoren, sondern Agenten des E.Y. P., des griechischen Geheimdienstes.
»Meine Herren?«
Der Agent, der mir seine Karte gezeigt hatte, setzte sich auf mein Bett und versuchte zu lächeln, was er offensichtlich nicht gewohnt war.
»Wie geht es Ihnen, Monsieur Lafet?«
»Gut, danke.«
»Umso besser«, sagte sein Kollege. »Denn Sie werden in drei Tagen nach Hause zurückkehren. Wir sind davon überzeugt, dass Sie das alles hier schnell vergessen wollen.« Ich runzelte die Stirn.
»Was meinen Sie damit?«
Der Kleinere beugte sich zu mir herunter.
»Sie haben nichts gesehen. Es ist nichts passiert, und Ihre Verletzung war ein Unfall, was uns sehr Leid tut, das können Sie mir glauben.«
»Was?«, rief ich aus.
»Ein Wärter hat Sie mitten in der Nacht am Ausgrabungsplatz gesehen und Sie nicht erkannt, deswegen hat er auf Sie geschossen. Ein bedauernswerter Unfall.«

»Es tut uns Leid«, überbot ihn sein Kollege.
Wut überkam mich.
»Wer waren diese Leute?«
»Sie müssen sich ausruhen, Monsieur Lafet. Sie fabulieren noch.«
»Wahrscheinlich der Schock«, bekräftigte sein Begleiter. »Es ist manchmal schwer, sich zurechtzufinden, wenn man aus dem Koma erwacht.«
»Aber ich war nicht im Koma!«
»Doch, Monsieur Lafet. Das steht schwarz auf weiß in Ihrer Krankenakte. Ihr Gehirn ist ein wenig benebelt.«
Ich richtete mich trotz des Ziehens in meiner Wunde in meinem Bett auf.
»Was wird hier gespielt?«, knurrte ich. »Wen beschützen Sie?«
»Sie vielleicht«, meinte der Größere mit einschmeichelnder Stimme. »Ruhen Sie sich aus, Monsieur Lafet.«
»Und gehen Sie fort«, fügte der andere hinzu und legte ein Flugticket der ersten Klasse auf den Nachttisch. »Unnötig sich Sorgen zu machen, niemand wird Ihnen mehr wehtun.«
»Drei Tage. Gute Besserung, Monsieur Lafet.«
»Auf Wiedersehen, Herr Lafet, und vergessen Sie nicht: Sie haben nichts gesehen.«
Sie gingen so schnell fort, wie sie gekommen waren, und ich musste mich zusammennehmen, um nicht die Wasserkaraffe gegen die Tür zu werfen. Was waren das für Geschichten? Was hatte der griechische Geheimdienst damit zu tun?
»Monsieur Lafet?« Mein Krankenpfleger steckte sein lächelndes Gesicht durch den Türspalt. »Ich bringe Ihnen etwas, das Sie wieder auf die Beine bringt.« Er trat ein und stellte das Tablett auf einen erhöhten Rolltisch. »Haben sie Sie verärgert? Sie sehen genervt aus.«
»Wer hat mich hierher gebracht?«
»Ein Krankenwagen. Der Polizist hat gesagt, ein Wächter der

Ausgrabungsstätte an der Akropolis habe auf Sie geschossen, weil er Sie nicht erkannt hat. Wissen Sie was? Man vertraut heutzutage jedem eine Waffe an. Haben Sie die Wächter im Archäologischen Museum gesehen? Die sind stärker mit Alkohol getränkt als ein Öllampendocht! Dass sie auf ihrer Bank einschlafen, geht ja noch, aber dass sie jetzt anfangen, auf Archäologen zu schießen …«

»Ist … ist ein gewisser Hyacinthe hergekommen?«

»Ihr Kollege? Ja, natürlich. Gestern. Ein sehr netter Herr. Er hat Ihnen Ihre Sachen gebracht. Sie sind im Schrank. Möchten Sie etwas?«

»Wenn es Ihnen nichts ausmacht, würde ich gerne einen Blick darauf werfen.«

»Hier klaut niemand, wissen Sie«, sagte er beleidigt.

»Nein, nein, Sie liegen ganz falsch. Ich wollte nur nachsehen, ob Hyacinthe nicht mein Tagebuch und ein wichtiges Dokument vergessen hat, das ich so schnell wie möglich studieren muss.«

Er brach in Gelächter aus.

»Sie Wissenschaftler sind ja vollkommen verrückt. Es wird auf Sie geschossen, und kaum kommen Sie wieder zu sich, sind Sie auch schon wieder in Ihre Studien vertieft!« Er wühlte in meinem Rucksack und in meiner Reisetasche. »Ist es das?«, fragte er und zog einen Block heraus.

»Nein, es ist ein kleines dickes Heft und eine Papprolle.«

Ich reckte den Hals, um das Innere meines Gepäcks unter die Lupe zu nehmen, aber ich sah nur meine Ausrüstung und frische Kleidung. Die Rolle mit dem Vatikandokument war zu groß, um nicht aufzufallen.

»Ich kann nichts anderes finden, Herr Lafet.«

Ich lachte bitter auf.

»Das Gegenteil hätte mich überrascht …«

»Ihr Freund befüchtete wahrscheinlich, dass Sie sich übernehmen würden, und er hat Recht.«

»Warten Sie, würden Sie mir bitte meinen Kulturbeutel reichen?«
»Möchten Sie, dass ich Ihnen helfe?«, fragte er und reichte ihn mir.
»Nein, danke, ich komme schon klar.«
»Rutschen Sie vor allem nicht in der Dusche aus.«
Ich wartete, bis er hinausgegangen war, und wühlte in dem Beutel auf der Suche nach einem kleinen Ledertäschchen, das ich eingeklemmt zwischen einer Zahnpastatube und einem Stück Seife fand. Ein unfreiwilliges Lächeln zeichnete sich auf meinen Lippen ab, und ich ließ den kleinen Gegenstand, den es enthielt, in meine Hand fallen. Mein Lächeln erstarrte, als ich sah, was ich in der Hand hielt. Hyacinthe hatte den Titanring aus dem Grab Alexanders des Großen durch die Nachbildung einer antiken Goldmünze ausgetauscht. Sie stellte Apollo dar, der den Kopf seines Liebhabers Hyazinth, der von einem Zephir getötet wurde, auf den Knien hält. Auf einer der Kanten stand eingraviert auf Griechisch: »Von einem Windstoß davon getragen … auch er.«

Ich blieb noch zwei weitere Tage in der Klinik, ohne Nachrichten oder Anrufe zu erhalten. Ich war wahnsinnig vor Sorge, da ich nicht wusste, was aus Hans und Amina geworden war, und ich wagte es nicht, meinen Vater anzurufen, aus Angst, ihm einen Schrecken einzujagen. »Hallo? Papa? Ich habe eine Kugel abbekommen, bei einer Schießerei mehrere Menschen getötet und Hans aus den Augen verloren, aber ansonsten ist alles in bester Ordnung. Ach übrigens, du wirst lachen: Etti ist am Leben.«
Am Morgen des dritten Tages war ich es leid, von Sorgen gequält zu werden, und zog mich an, nahm meine Sachen und unterschrieb die Entlassungspapiere – zur großen Verzweiflung meines verliebten Krankenpflegers, der ebenfalls anfing, mir auf die Nerven zu gehen.

Mein Flugzeug ging mittags, aber ich konnte nicht fort, ohne dass ich nicht zumindest versucht hätte zu erfahren, was geschehen war. Ich nahm daher ein Taxi in Richtung Ausgrabungsstätte. Während der Fahrt versuchte ich wieder einmal, Hans auf seinem Handy zu erreichen, aber ich stieß nur auf die Mailbox.
Ich bezahlte den Fahrer und ging auf den Eingang der Stätte zu. Unmöglich, sie zu betreten. Die Armee besetzte den Sektor. Tarnnetze waren auf dem Gitterzaun befestigt, der die Stätte umgab, und bis zu den Zähnen bewaffnete Männer entmutigten die Neugierigen, die versuchten, einen Blick hindurchzuwerfen.
»Was ist los?«, fragte ich einen Wächter
Er zuckte die Achseln.
»Sie haben anscheinend Bomben aus dem Krieg gefunden. Sie haben alles abgeriegelt.«
Ich wollte mich nähern, um einen Blick zu riskieren, aber ein Soldat trat dazwischen.
»Durchgang verboten«, sagte er auf Englisch. »Es ist gefährlich, es kann jeden Moment in die Luft gehen.«
»Ich bin Archäologe. Ein Freund der Ausgrabungsverantwortlichen, Frau Professor Varnalis.«
»Die Stätte ist geschlossen, und Frau Professor Varnalis ist bis nächsten Donnerstag in Prag. Gehen Sie«, befahl er mit schroffer Stimme.
Als ich sah, dass es zwecklos war, darauf zu bestehen, gab ich nach und rief grummelnd ein neues Taxi herbei. Bomben aus dem Krieg … Wie waren die Behörden alarmiert worden, und warum verschwiegen sie die Schießerei? Mindestens zwanzig Leichen; die Presse hätte daraus große Überschriften machen sollen. Verdammt! Helios konnte doch keine so wichtigen Kontakte haben!
Die Fragen, die ich mir stellte, bereiteten mir Kopfschmerzen, und meine Nahtstelle tat mir weh. Im Bus zog ich mein Flugticket

hervor, um die Ankunftszeit in Paris nachzulesen, und steckte es wieder in meine Tasche.

»Hatten Sie einen schönen Aufenthalt in Sparta?«, fragte mich mein Sitznachbar in gebrochenem Englisch.

Es handelte sich um einen jener sympathischen, kleinen alten Männer in eleganten, naturfarbenen Anzügen und einem Stock in der Hand, die noch auf Reiseführern und touristischen Werbeplakaten für Griechenland abgebildet sind. Einer von jenen, bei denen man sich sagte, dass er für das Foto angezogen und zurechtgemacht worden ist, doch diese folkloristischen Persönlichkeiten existierten scheinbar doch.

»Wunderbar«, antwortete ich auf Griechisch. »Unvergesslich.«

»Oh! Wie kommt es, dass Sie unsere Sprache sprechen?«

»Ich bin Hellenist.«

»Haben Sie unser Archäologisches Museum besucht? Es besitzt sehr schöne spartanische Sammelstücke. Vor allem der große Kelch mit den Jägern. Man kommt aus der ganzen Welt hierher, um ihn zu fotografieren, wissen Sie.«

»Er stammt aus Amykles, nicht aus Sparta.«

»Ah! Nein, mein Herr«, sagte er stolz. »Er wurde aus der Akropolis von Sparta geholt. Schauen Sie sich beim nächsten Mal das Schild an.«

»Da muss bei der Inventur ein Fehler unterlaufen sein. So was passiert schon mal.«

Er grinste.

»Sie sind aber ein Dickschädel! Warum glauben Sie nicht, dass er von hier stammt? Sind die Spartaner etwa Ihrer Meinung nach zu ungeschickt, um ihn bemalt zu haben?«

»Nein.«

»Warum dann?«, bohrte er weiter.

»Ich bin es, der ihn gefunden hat.«

Das brachte ihn einen Moment zum Schweigen, dann brach er in ein ansteckendes Gelächter aus. Ich fragte mich, wie viele Tabletten Phano am Tag der Inventur der Töpferwaren aus Lakonien intus gehabt hatte.

»In diesem Fall – bravo, junger Mann! Und was führt Sie zu dieser Jahreszeit zu uns, inmitten der Touristen?« Er beugte sich vor. »Gehören Sie vielleicht zu dem historischen Beraterteam für den Film?«

»Wie bitte?«

»Sie wollen einen Film über Leonidas und die Schlacht der Thermopylen drehen. Die Amerikaner«, erklärte er humorvoll. »Sie haben ihr Auge auf ›Leonidas den Helden‹ geworfen. Soll er sich doch von sämtlichen Dämonen im Jenseits die Füße anknabbern lassen, der Schwachkopf. Die große Schlacht, wie sie sagen. Ignoranten …«

»Nein, davon wusste ich nichts.«

»Schade, Sie hätten ihnen erklären können, was es wirklich damit auf sich hatte.«

»Sie scheinen sich für die Geschichte Ihres Landes zu begeistern.« Er nickte, begierig darauf, das Gespräch über das Thema wieder aufzunehmen. »Wie zum Teufel haben Ihre Vorfahren auch nur einen Moment lang glauben können, sie würden diese Schlacht gewinnen?«

»Wie, *sie würden diese Schlacht gewinnen?* Neunundneunzig Prozent von ihnen glaubten sie bereits gewonnen! Durch den Willen Gottes und des Heiligen Geistes wahrscheinlich. Wissen Sie was … Wenn wir noch einen Namen auf der Karte Europas haben, dann weil die Götter da oben sich gesagt haben müssen, dass die Spartaner zu halsbrecherisch und amüsant sind, um sie untergehen zu lassen. Dass wir noch von dieser Welt sind, trotz der Anzahl armer Jungs, die wir im Laufe der Jahrhunderte in den Tod geschickt haben, grenzt an ein Wunder!«

Ich lachte aus vollem Herzen und nahm dabei die Schmerzen

meiner Narbe bereitwillig in Kauf, denn dank der Gesellschaft dieses fröhlichen, gebildeten Alten konnte ich für einige Stunden meinen finsteren Gedanken entfliehen.
Wir trennten uns vor einem Café in Athen. Mein Flugzeug sollte mit mehr als zwei Stunden Verspätung abfliegen. Ich musste also in den Gängen des Flughafens warten, wobei ich eine Zigarette nach der anderen rauchte und zwischendurch zweimal versuchte, Hans anzurufen. Mailbox, immer und immer wieder. Was war ihnen nur zugestoßen?
Meine Bauchschmerzen kehrten zurück, ohne dass ich wusste, was ich sie zuzuschreiben hatte – der Angst, meiner Verletzung, oder den Anfängen eines Magengeschwürs.
»Die Passagiere des Fluges 548 nach Paris werden gebeten, sich am Abflugschalter zu melden …«
Ich sprang von meinem Sitz auf und stellte mich in die Warteschlange. Ein Teil von mir starb vor Verlangen, nach Frankreich zurückzukehren, der andere trieb mich dazu, ans andere Ende der Welt zu flüchten, um meinem Vater und Ludwig nicht erzählen zu müssen, was geschehen war.
»Monsieur?« Ich fuhr zusammen, als ich an der Reihe war. »Dürfte ich Ihre Bordkarte sehen, Monsieur?«
Ich reichte sie dem Steward.
»Entschuldigen Sie, ich war mit den Gedanken woanders.«
»Gute Reise, Monsieur Lafet.«
Ich bestieg das Flugzeug, und ein Steward wies mir meinen Platz.
»Dürfte ich Ihnen bis zur Ankunft der anderen Passagiere etwas bringen, Monsieur? Eine Erfrischung? Ein Glas Champagner?«
Er entfernte sich mit verkniffener Miene, und ich schlummerte bis zum Start vor mich hin. Meine Nerven ließen mir keine Ruhe und zehrten das bisschen Energie auf, das mir blieb.

»Legen Sie Ihren Sicherheitsgurt an«, sagte eine Männerstimme an meinem Ohr. »Wir starten gleich.«
»Mmh?«, stammelte ich und fuhr hoch. »Ja, danke, ich ...« Ich musterte den aufmerksamen Passagier, der auf dem Sitz neben mir Platz genommen hatte. »Hyacinthe!«
Er begann zu lachen.
»Wenn Sie Ihr Gesicht sehen könnten!«
»Monsieur, wenn Sie bitte Ihren Sicherheitsgurt anlegen würden«, sagte eine Stewardess freundlich.
Ich gehorchte und musste mich zurückhalten, um meinen Nachbarn nicht beim Hemdkragen zu packen, als sie sich entfernt hatte.
»Wo sind Hans und Amina?«, knurrte ich.
»Immer mit der Ruhe, *Dottore* Lafet«, sagte er und schaute auf die Uhr. »Es geht ihnen sehr gut, und sie müssten in weniger als einer Stunde in Paris landen.«
»Warum geht Hans nicht ans Telefon? Ich versuche seit zwei Tagen, ihn zu erreichen.«
»Mobilfunknetze funktionieren in Helios' Residenzen nicht. Haben Sie das vergessen?«
»Er hätte mich anrufen sollen! Ich war verrückt vor Sorge.«
»Wir haben ihnen aus Sicherheitsgründen verboten zu telefonieren. Sie durften nicht die Möglichkeit haben, Informationen über den Ort, an dem sie sich befanden, weiterzugeben.«
Das Flugzeug hob ab, und ich wartete, bis wir unsere Flughöhe erreicht hatten, bevor ich das Gespräch wieder aufnahm. Hyacinthe nahm das Glas Champagner an, das ihm die Stewardess anbot, und ich bat sie um einen Eistee.
»Was ist dort unten passiert?«, murmelte ich.
»Leiser, *Dottore* Lafet.«
»Antworten Sie!«
»Helios hat die Rüstung wieder, sie ist nun in Sicherheit.«

»In den Labors der griechischen Armee?«

»Sicherlich nicht! Nein, Helios hat sie, gemäß der mit dem E.Y. P. getroffenen Vereinbarung.«

»Wie, zum Teufel, haben Sie den Geheimdienst in die Tasche gesteckt und die Affäre vertuscht?«

»Helios hatte Argumente sowie die nötigen Kontakte. Und fragen Sie mich nicht, welche, ich weiß es nicht.«

»Die Armee hat den Sektor eingekreist.«

»Das weiß ich. Neun Leichen fanatischer Wissenschaftler in einem Geheimlabor, das stiftet Unordnung, da muss man Verständnis haben. Nein!«, sagte er, als er sah, wie ich den Mund öffnete. »Keine Fragen zu dem Thema.«

»Warum haben sie die Rüstung so gründlich untersucht?« Er zuckte die Achseln. »Bin ich also dazu verdammt, nach all den Gefahren, denen ich ausgesetzt war, nur Teilantworten zu bekommen?«

»Sagen Sie sich nur, dass diese Rüstung in keine anderen als in Helios' Hände fallen durfte und dass diese Gefahr nun gebannt ist.«

»Aber was ist denn so Außergewöhnliches an ihr, außer der Epoche, in der sie hergestellt wurde?«

»Die Art und Weise, auf die sie hergestellt wurde«, gab er schließlich zu.

»Und die will Helios herausfinden?«

»Er will vermeiden, dass man sie herausfindet.«

»Warum?«

»Er hat seine Gründe.«

Ich seufzte genervt.

»Sehr beeindruckend, Ihre kleine Kommandoaktion«, sagte ich nach einem Moment des Schweigens.

»Michael hatte den Befehl, nichts zu unternehmen, sondern auf uns zu warten«, sagte er und wandte den Blick ab. »Helios vertraute ihm nicht mehr. Sie hätten niemals alleine da runtergehen dürfen. Wir hätten niemals geglaubt, dass er es wagen würde, nicht zu gehorchen. Das war Wahnsinn. Sie hatten Glück, dass wir rechtzeitig gekommen sind.«

»Jetzt verstehe ich …«

»Er hat bei seinem letzten Auftrag in Mexiko einen dicken Fehler gemacht. Helios wollte ihn für einige Zeit aus dem Verkehr ziehen, aber Michael wollte lieber weitermachen, auf die Gefahr hin, sich ein bisschen weniger einzubringen. Das ist der Grund, weshalb er in der Türkei zu Ihrem Schutz bestimmt wurde. Ich glaube, er hat es nicht ertragen, verdrängt zu werden. Er wollte beweisen, dass er noch zu etwas taugte. Es tut mir Leid, Morgan. Er hätte Helios' Anweisungen nicht übergehen dürfen. Man muss den Verstand verloren haben, um sich dafür zu entschließen«, fügte er mit einem Schaudern hinzu. »Apropos …«

Er hielt mir eine Visitenkarte hin.

»Was ist das?«

»Der Ort, an dem Sie Ihren Bruder finden. Wir hatten eine Vereinbarung getroffen.«

»In Korinth?«, hauchte ich. »Die ganze Zeit ist er von dort nicht weggekommen …«

Die Stewardess brachte uns unser Essen, aber ich war unfähig, auch nur einen Bissen hinunterzubringen.

»Da sind sie!«

Hans' und Aminas Schrei ließ mich zusammenfahren. Sie erwarteten uns in der Ankunftshalle am Flughafen Orly, begleitet von einer Frau in einem eleganten Hosenanzug, die Hyacinthe mir unter dem Vornamen Akesha vorstellte.

Was meine Begleiter betrifft, so warfen sie sich buchstäblich auf mich, aber ich brachte es nicht übers Herz, sie zurückzustoßen, trotz meiner schmerzenden Narbe.

»Akesha hat uns gesagt, du hättest dir ’ne Kugel eingefangen?«, bedrängte mich Hans. »Ja und? Erzähl! Los! Wir haben dich nicht anrufen können. Zu riskant anscheinend.«
»Hans«, mischte sich Amina ein, »er ist müde! Lass ihm Zeit anzukommen.«
Hyacinthe lächelte, und seine Kollegin schüttelte amüsiert den Kopf.
»Also?«, fragte sie. »Wo gehen wir hin?«
»Zu allererst zu Morgan für die Nachbesprechung. Danach werden wir sehen.«
»Akesha hat uns bereits darüber informiert, was wir sagen sollen und was nicht«, brummte Hans.
»Eine kleine Erinnerungsspritze kann nie schaden.«
Während wir zum Parkplatz gingen, bombardierten Amina und Hans mich mit Fragen, und nachdem wir Akeshas prächtigen BMW abgeholt hatten, fuhren wir in Richtung Paris. Auspuffgase, Autohupen und Pariser Luftverschmutzung … Gott, welch ein Glück!

XII

Am nächsten Morgen um 9:00 Uhr klingelte Amina an meiner Tür. Ich kam gerade aus der Dusche und war nervöser als ein Jugendlicher bei seinem ersten Rendezvous.
Um Punkt 8:00 Uhr hatte Ludwig seinen Enkel abgeholt, der die Nacht bei mir verbracht hatte, und ich glaubte einen Moment lang, dass er vor Erleichterung weinte. Zur Stunde erzählte Hans ihm sicherlich das von Hyacinthe und Akesha vorgekaute Gewäsch. Ihre Anweisungen ließen sich mehr oder weniger zusammenfassen in: »Wer? Kenn ich nicht. Nein, wirklich, nicht dass ich wüsste.«
»Bist du noch nicht fertig?«
Ich ließ sie eintreten und schlich wie ein Löwe im Käfig in meiner Wohnung umher. Ich wusste nicht mehr, wo meine Unterhosen waren, meine Kleider, das Bad – kurzum, ich wusste nicht mehr, wo ich war noch auf welchem Planeten ich lebte.
»Morgan! Beruhige dich. Man könnte glauben, du hast dich mit Amphetaminen gedopt! Du bist es, den sie einsperren werden.«
»Bist du sicher, dass du mit mir kommen willst?«
»Selbstverständlich. Los, zieh dich an.«
In weniger als zwei Stunden würde unsere Maschine nach Griechenland abheben, und wir hätten bereits in der Schlange zum Einchecken stehen müssen.
»Wirst du nun eigentlich wirklich für Helios arbeiten?«, fragte ich, um von etwas anderem zu reden, und schlüpfte in eine Jeans.
Akesha hatte Amina vorgeschlagen, probeweise bei einem der

Dokumentalistenteams zu arbeiten, die uns indirekt bei unseren Recherchen geholfen hatten.

»Ich liebe es, in Archiven und Bibliotheken herumzuwühlen, das stimmt schon, aber ich fürchte, ich wäre dem nicht gewachsen. Gestern Abend habe ich ihr Pariser Team besucht. Alles was ich bisher habe tun können, erscheint mir lächerlich neben den Dossiers, die sie behandeln, der Schnelligkeit, mit der sie sie bearbeiten. Wenn du die Mittel sehen könntest, über die sie verfügen … Es ist unfassbar!«

»Das heißt?«

Sie kniff mit einem verlegenen Lächeln die Lippen zusammen und schüttelte den Kopf.

»Du weißt genau, dass ich darüber nicht sprechen kann.«

Ich nickte, wenn auch ein wenig beleidigt. Kein Zweifel, Helios wusste sich seine Mitarbeiter auszuwählen, und Diskretion schien die erste der erforderlichen Eigenschaften zu sein.

»Ich glaube, ich bin fertig.«

»Man könnte meinen, du gehst zum Zahnarzt!«

»Glaubst du, er wird mich wiedererkennen?«, murmelte ich mit einem Knoten im Magen.

»Da bin ich mir sicher. Los, komm schon.«

Ich nahm meine Tasche, und wir stiegen, vier Stufen auf einmal nehmend, die Treppe hinunter. Das Taxi, mit dem meine Begleiterin gekommen war, erwartete uns vor dem Haus, und ich stieg mit klopfendem Herzen ein. Ich würde Etti wiedersehen …

Am Flughafen Orly waren die Passagiere so zahlreich, dass das Einchecken des Gepäcks für den Flug nach Athen endlos dauerte. Wir für unseren Teil transportierten lediglich eine Sporttasche für meinen Bruder, denn wir hofften, am selben Abend mit ihm zurückzukommen. Ich hatte seine Lieblingskleidung hineingelegt, einige Zeitschriften, einen tragbaren DVD-Player sowie zwei *massala movies*, damit ihm die Zeit auf der

Rückreise nicht lang wurde. Hyacinthe zufolge konnte er unvorhergesehen Wutanfälle bekommen oder grundlos unruhig werden. Allein die Vorstellung, er könnte uns im Bus oder im Flugzeug eine Szene machen, ängstigte mich, denn ich wusste überhaupt nicht, wie ich reagieren sollte oder was man tun musste, um ihn zu beruhigen. Und wenn man es uns nicht erlaubte, an Bord zu gehen?

»Die Ärzte werden dir sagen, was du tun musst«, versuchte Amina mich zu beruhigen, als wir im Bus nach Korinth saßen, das knapp hundert Kilometer von Athen entfernt lag.
»Ja, du hast bestimmt Recht.«
»Ganz ruhig, Morgan. Es wird alles gut werden, es gibt keinen Grund, sich aufzuregen, eher im Gegenteil. Denk daran, wie glücklich er sein wird, dich zu sehen.«
Eine Gruppe italienischer Jugendlicher stimmte ein selbst erfundenes Lied an, in dem es um Prostituierte und Göttinnen ging. Meine Begleiterin lachte aus vollem Herzen. Es handelte sich aller Wahrscheinlichkeit nach um Geschichtsstudenten. Korinth war in der Antike für seine heiligen Prostituierten bekannt gewesen, die im Tempel der Aphrodite dienten.
»Die Ablösung ist vielversprechend!«, scherzte sie.
Ich versuchte, ihre Belustigung zu teilen, aber ich war dazu nicht in der Lage. Mein Blick verlor sich im Saronischen Golf, den wir entlangfuhren, und ich kam bis Megaros um vor Sorge. Dort stieg eine Folkloregruppe ein, der es durch ihre Gesänge und gute Laune gelang, mich ein wenig auf andere Gedanken zu bringen bis Korinth, wo wir am späten Nachmittag eintrafen.
»Mein Gott, was für eine Hitze!«, seufzte Amina, als wir die klimatisierte Atmosphäre des Reisebusses verließen.
Wir holten unsere Tasche aus dem Gepäckraum des Busses und gingen zum nächsten Taxistand. Korinth schnürte mir die Einge-

weide zu. Meine Erinnerungen daran waren zu schlecht, als dass es hätte anders sein können.
»Geht's, Morgan?«, fragte meine Begleiterin, besorgt von meiner plötzlichen Blässe.
Ich nickte wortlos mit dem Anflug eines Lächelns und legte ihr meinen freien Arm um die Schultern.
Ich war glücklich, sie an meiner Seite zu haben, und dankbar dafür, dass sie sich dazu entschlossen hatte, mich zu begleiten. Allein, ohne jemanden, mit dem ich sprechen und dem ich meine Ängste anvertrauen konnte, hätte ich, glaube ich, nicht durchgehalten.
In der Warteschlange für die Taxen verließ mich allerdings der Mut.
»Willst du, dass wir irgendwo was essen gehen, bevor wir hinfahren?«, erkundigte ich mich und betete darum, dass sie ja sagen würde.
Sie warf mir einen Blick aus dem Augenwinkel zu und kniff mich in den Arm.
»Je eher du ihn siehst, desto eher bist du beruhigt«, sagte sie sanft und öffnete die Tür eines Mercedes. »Nach dir«, sagte sie.
Ich kletterte in das Fahrzeug und reichte dem Fahrer die Karte der Klinik, die sich am Stadtrand befand, auf einem Anwesen an der Küste.
»Hübsche Ecke!«, kommentierte der Mann. »Kennen Sie jemanden dort?«
Nein, ich liebe es, Irrenanstalten zu besichtigen, dachte ich bitter.
»Ja«, antwortete Amina an meiner Stelle, »aber wir waren noch nie da.«
»Die Christofias-Klinik ist sehr bekannt, wissen Sie. Und es ist ein sehr schöner Ort. Meine Großmutter war dort, und das hat meinen Vater ein Wahnsinnsgeld gekostet! Sie sprechen sehr gut Griechisch, haben Sie Verwandte hier?«
Sie führten ihre fröhlich-harmlose Unterhaltung die gesamte

Fahrt hindurch fort, aber ich nahm nicht daran teil, da ich von einer inneren Unruhe gequält wurde, die sich verzehnfachte, als das Taxi auf dem Parkplatz der Klinik anhielt.
»Da sind wir! Es ist schön, nicht wahr? Ich hab's Ihnen ja gesagt.«
Ich fuhr die Fensterscheibe hinunter, nahm eine Zigarette aus meiner Tasche und zündete sie an. Die Besorgnis lähmte mich. Ich hatte Angst zu sehen, in welchem Zustand mein Bruder sich befand, Angst, dass er mich nicht wiedererkannte, Angst, nicht zu wissen, wie ich mich um ihn kümmern sollte, Angst vor allem.
»Es wird schon gehen, Morgan«, ermutigte mich Amina. »Du wirst sehen.«
Der Fahrer beobachtete uns mitfühlend im Rückspiegel. Ein großer Kerl wie ich, der zitterte wie ein junges Mädchen, musste ein rührender Anblick sein.
»Rauchen Sie ruhig Ihre Zigarette, mein Herr«, sagte er und stellte das Taxameter aus, um sich ebenfalls eine anzuzünden. »Niemand hat es hier eilig, wissen Sie. Wir sind hier nicht in Athen. Wir Spartaner wissen, wie man sich Zeit zum Leben nimmt.«
Ich warf ihm ein dankbares Lächeln zu und überflog mit dem Blick den großen schattigen Park, während ich die jodhaltige Luft einatmete.
Die Ärzte hatten den Kranken einen Aufenthalt im Garten gestattet, wo eine alte Frau kopfschüttelnd Selbstgespräche führte und ein junges Mädchen mit Hilfe einer Krankenschwester auf dem Gras Würfel übereinander stapelte. Andere marschierten umher und machten dabei große Gesten, überwacht von Pflegepersonal in blauen Kitteln.
Ich wandte den Blick ab, unfähig sie auch nur eine Sekunde länger anzuschauen. Mein Bruder konnte nicht so sein wie sie. Nicht er, nicht Etti …
Amina legte mir den Arm um die Schultern.

»Willst du, dass ich mich erkundigen gehe? Ich werde dir sagen, in welchem Zustand er ist.«

»Warten Sie hier auf uns«, sagte ich beim Aussteigen zu dem Fahrer, bevor mich der Mut verlassen konnte.

»Natürlich, mein Herr.«

Meine Begleiterin legte ihre Hand in meine Armbeuge und drückte sie.

Wir gingen den kleinen Kiesweg hoch bis zur Eingangstür der Klinik, und ich schaute starr geradeaus, um die Kranken nicht sehen zu müssen.

Wir betraten die Eingangshalle und wandten uns an die Krankenschwester am Empfang, die sich gerade mit einem Arzt unterhielt.

»Mein Herr?«, fragte mich die Krankenschwester freundlich.

»Ich … ich komme, um meinen Bruder abzuholen«, schaffte ich es mit Mühe hervorzubringen.

»Wie heißt er, mein Herr?«

»Etti. Entschuldigung, Lafet. Etti Lafet eben«, stotterte ich und zog meinen Personalausweis hervor.

Der Arzt, der mit aufgestützten Ellbogen vor der jungen Frau gestanden hatte – ein Mann mit heiterer, pausbäckiger Miene, der etwa in meinem Alter sein musste –, drehte sich um.

»Sie sind Morgan, nicht wahr?«, fragte er.

»In der Tat. Mit wem habe ich die Ehre?«

Ein Lächeln machte sich auf seinem Gesicht breit.

»Verzeihen Sie.« Er drückte herzlich meine hingehaltene Hand. »Ich bin Doktor Apostolos Yannitsis. Etti ist einer meiner Patienten. Ihr Kollege hatte mich über Ihren Besuch informiert.«

»Mein Kollege?«

»Hyacinthe Bertinelli.«

»Oh …«

»Und Ihr Vater sagte mir doch tatsächlich, dass Sie Ihren Bruder

nicht sehen wollen! Kommen Sie, Professor, ich werde Sie zu seinem Zimmer führen.«
»Danke.« Ich folgte ihm mit klopfendem Herzen. »Bertrand Lechausseur war nicht mein Vater, Doktor Yannitsis, er …«
»Ich sprach von Antoine Lafet«, unterbrach er mich.
Ich blieb mitten in der Halle stehen.
»Mein Vater kann Ihnen nichts dergleichen gesagt haben. Er weiß nicht, dass Etti bei Ihnen ist.« Der Arzt zog eine Grimasse. »Hören Sie, ich weiß nicht, warum Bertrand sich für meinen Vater ausgegeben hat, aber ich versichere Ihnen, dass weder Letzterer noch ich wussten, dass Etti hier ist. Im entgegengesetzten Fall wären wir ihn bereits abholen gekommen, glauben Sie mir.«
Apostolos Yannitsis fuhr sich mit der Zunge über die Zähne und schien zu überlegen.
»Wer hat Sie darüber informiert, dass Ihr Bruder bei uns ist?«
»Mein Kollege hat nach Bertrands Tod seine Spur wieder aufgenommen«, antwortete ich, ohne wirklich zu lügen. »Professor Lechausseur zahlte seinen Aufenthalt.«
»Ich glaube, ich fange an zu begreifen …«, murmelte er. Er schob mich sanft zu einer kleinen Teakholzbank nahe der Kaffeemaschine. »Setzen wir uns doch.« Ich nahm neben Amina Platz, und der Arzt ging vor uns in die Hocke. »Bertrand Lechausseur, möge er in Frieden ruhen, begleitete Ihren Vater, als er uns Etti hergebracht hat. Er war aus einem langen Koma erwacht und …«
»Das ist unmöglich!« Er wollte gerade protestieren, aber ich kam ihm zuvor. »Mein Vater und ich glaubten, Etti sei tot.«
Yannitsis schüttelte verlegen den Kopf.
»Warten Sie einen Moment, bitte.«
Er flitzte zum Empfang, um sich mit der Krankenschwester zu unterhalten, die von ihrem Stuhl aufstand und in dem großen Schrank herumwühlte, der von Akten überquoll. Sie zog einen roten Ordner hervor, dem der Arzt ein Aufnahmeformular ent-

nahm. Er reichte es mir, als er zurückkam und sich neben mich setzte.
»Es handelt sich doch um Antoine Lafet?«, fragte er.
Die Fotokopie eines Personalausweises war an die Akte geheftet, und auf dem Foto lächelte mein Vater in die Kamera. Seine Unterschrift befand sich unten auf dem Formular.
Das Blatt fiel mir aus den Händen. Ich fühlte mich, als hätte ich einen Gewehrschuss mitten in die Brust erhalten. Wenn ich nicht gesessen hätte, ich glaube, dass meine Beine unter mir nachgegeben hätten.
»Er ist es …«, sagte ich mit tonloser Stimme.
Der Arzt hob ruhig das Formular vom Boden auf, um es in den Ordner am Empfang zurückzulegen. Er wechselte einige Worte mit der Krankenschwester, deren Gesicht sich verzerrte, dann kam er zu uns zurück.
»Morgan?«, erkundigte er sich mit sanfter Stimme. »Geht es?«
Ich nickte, die Kiefer bis zum Zerbrechen angespannt. Überraschung und Unverständnis machten einer tauben Wut Platz. Sie brodelte in mir mit der Gewalt einer Sturmflut. Wenn mein Vater in diesem Moment da gewesen wäre, ich glaube, ich hätte ihn mit bloßen Händen umbringen können.
»Was für ein Schweinehund …«
Yannitsis drückte mir beruhigend den Unterarm.
»Professor Lafet … So verwirrend die Haltung Ihres Vaters Ihnen auch erscheinen mag, sie ist nicht ungewöhnlich. Viele Leute glauben, dass der Tod eines Angehörigen von seiner Familie leichter zu akzeptieren ist als eine vielleicht unheilbare Geisteskrankheit.«
»Doktor«, murmelte Amina. »Wenn Antoine Lafet Ihnen seinen Sohn anvertraut hat, warum war es dann Bertrand Lechausseur, der seinen Aufenthalt bezahlte?«
Der Arzt zuckte die Achseln.

»Er hat unbedingt darauf bestanden, aber ich kenne den Grund dafür nicht.«
»Etti hatte den Unfall, der ihn hierher gebracht hat, während einer Ausgrabung, die von Bertrand geleitet worden war«, stieß ich zwischen zusammengebissenen Zähnen hervor.
Apostolos Yannitsis nickte.
»Ich verstehe … Über diese Einzelheit war ich nicht informiert.«
»Wann war mein Vater das letzte Mal hier, um Etti zu besuchen?«, erkundigte ich mich und ballte die Fäuste.
»Im Mai, zu seinem Geburtstag. Wir haben bei der Gelegenheit erfahren, wer dieser ›Morgan‹ ist, nach dem Ihr Bruder ständig fragt.« Amina sprang in einem Satz auf und drehte uns wutentbrannt den Rücken zu. »Monsieur Lafet hat mich über Ihre Weigerung informiert, Etti derart gesundheitlich geschwächt sehen zu müssen. Als Ihr Kollege kam, um mir Ihren Besuch anzukündigen, habe ich lediglich angenommen, dass Sie noch einmal darüber nachgedacht hatten, wie es in solchen Fällen oft geschieht.«
»Hyacinthe …«
»Er hat viel Zeit mit Etti verbracht, als dieser anfing, aus seinem Schweigen zu erwachen. Und nun, da Sie da sind, bin ich davon überzeugt, dass … Ah! Wenn man vom Teufel spricht!«
Ich folgte seinem Blick, und mein Herz begann zu rasen. An der Hand der Krankenschwester vom Empfang, die ihn holen gegangen war, stand Etti in seinem weißen Pyjama wie erstarrt vor mir, seine schönen Augen waren weit aufgerissen, und seine halblangen Harre fielen ihm in seidigen Locken in den Nacken. Seine Züge waren noch immer so fein, so ausdrucksstark, seine Haltung noch immer so würdevoll.
Er machte einen zögernden Schritt in meine Richtung, aber ich hatte den Eindruck, eine dicke Eisschicht hielt meine Füße am Boden zurück. Vor Rührung gaben meine Beine unter mir nach.
»Mor…gan …«, artikulierte er lautlos.

Da sprang ich von meinem Sitz auf, um mich auf ihn zu stürzen und ihn an mich zu drücken.
»Etti …«
»Morgan!«
»Pscht, es ist vorbei, ich bin jetzt da. Es ist vorbei …«
Er klammerte sich an meinem Oberkörper fest, als befürchtete er, dass ich verschwinden könnte. Das Gesicht gegen seinen feinen Hals gedrückt, atmete ich den vertrauten Duft seiner kastanienbraunen Haut ein. Er war immer noch Etti. Er war immer noch mein Bruder. Was zählten da schon ein paar Ausspracheprobleme oder seltsame Reaktionen?
»Morgan … nimm mich mit … nach Hause. Ich will zurück … nach Hause.«

Die Tür öffnete sich, und mein Vater kam in einem schwarzen Kimono zum Vorschein.
»Morgan …« Er starrte mich einige Sekunden lang verblüfft an, dann erhellte sich sein Gesicht, und die Erleichterung gewann Oberhand über die Überraschung. »Alle Götter seien gelobt«, murmelte er mit feuchten Augen. »Ludwig hat mir gesagt, dass du zurück wärst, aber als ich versucht habe, dich zu erreichen, da … Ist ja auch egal, jetzt bist du da. Aber mein Gott, wo kommst du denn her?«
Ich war gerade aus dem Flugzeug gestiegen und sofort zu ihm gehetzt, ohne mir auch nur die Zeit zu nehmen, mich frisch zu machen. Schmutzig, schlecht rasiert, mit geröteten Augen, hohlen Wangen, zerzausten Haaren und von Schweiß und Staub befleckten Kleidern, musste ich aussehen wie ein Penner.
Er streckte den Arm aus, machte einen Schritt auf mich zu, um mich an sich zu drücken, und eine blinde Wut überkam mich. Wie von selbst erhob sich meine Hand und sauste auf sein Gesicht nieder.

»Du Dreckskerl!«

Mein Vater musterte mich mit weit aufgerissenen Augen, eine Hand auf der Wange, und wagte nicht zu glauben, dass ich ihn geohrfeigt hatte.

»Morgan ... was fällt dir ein?«, stammelte er.

Ich schubste ihn brutal in den Flur seiner Wohnung, was ihn fast zum Stolpern gebracht hätte, und knallte die Tür lautstark mit einem Fußtritt zu.

»Du hast mir gesagt, er sei tot!«, brüllte ich und kämpfte gegen das Verlangen an, ihn erneut zu schlagen. »Du hast mir gesagt, er sei tot, dabei hast du ihn in einem Irrenhaus in Griechenland vergammeln lassen!«

Benommen lief er rückwärts bis zum Wohnzimmer und schüttelte dabei den Kopf, ohne mich aus den Augen zu lassen.

»Was ... von was sprichst du?«

In einem Satz war ich neben ihm. Ich packte ihn vorne an seinem Morgenmantel und drückte ihn gegen das Bücherregal, wobei ich eine alte chinesische Vase umwarf, die auf dem Parkett zerbrach.

»Warum?«, schrie ich ihm ins Ohr. »Warum hast du mir gesagt, er sei tot?«

»Du erwürgst mich«, stöhnte er mit puterrotem Gesicht.

Ich ließ ihn angewidert los, und er kam wieder zu Atem und massierte sich die Kehle.

»Und du wagst es, dich als seinen Vater zu bezeichnen! Du bist nicht mehr wert als die, denen du ihn weggenommen hast!«

»Morgan«, bettelte er mit der Stimme eines alten Mannes, die Augen von Tränen verschleiert.

Er streckte eine flehende Hand in meine Richtung aus, und ich wich mit angewiderter Miene zurück.

»Komm bloß nicht auf den Gedanken, mich je wieder anzufassen!« Ich zog Ettis Entlassungsschein aus der Hosentasche meiner Jeans und hielt sie ihm hin. »Du wirst mir das da unterschrei-

ben und aus unserem Leben verschwinden. Ich will dich nie wiedersehen noch von dir hören, und solltest du dich Etti nähern oder wieder versuchen wollen, ihn einzusperren … mögen die Götter mir verzeihen, aber ich schwöre, ich bring dich um.«
Er schlurfte bis zum Sofa, auf das er sich fallen ließ, und dann hörte ich ihn schluchzen.
»Unterschreib!«, befahl ich und hielt ihm das Formular hin.
Er hob den Kopf, und ich bekam einen Schock, als ich seinen Ausdruck, seine trüben Augen und sein faltiges, tränenüberströmtes Gesicht sah. Mein Vater war zweiundsiebzig. Ich begriff zum ersten Mal, dass er ein alter Mann war. Wenn ich an ihn dachte, zeichnete sich vor meinem geistigen Auge das Bild eines kraftvollen Kerls von hoher Statur, mit leuchtend weißen Haaren und donnernder Stimme ab; aber mein Vater war nicht mehr dieser Mann, das wurde mir nun klar. Seine Hände waren knotig und von braunen Flecken übersät, wie sein Gesicht. Die Haut seiner Brust und seiner Arme schlug Falten über das, was einmal eine eindrucksvolle Muskulatur gewesen war, und sein Hals erinnerte an ein Bündel Kabel, über das man einen Cellophanfilm gespannt hatte. Elegant gekleidet, heiter und dynamisch wie ein Jugendlicher, streute er jedem Sand in die Augen, aber hier auf diesem braunen Ledersofa, im schlecht sitzenden, unordentlichen Kimono, fiel das Trugbild in sich zusammen. Mein Vater war nicht mehr der, den ich jahrelang bewundert hatte. Vor mir saß ein Greis, der vor Traurigkeit verging.
»Unterschreib«, wiederholte ich mit einem Geschmack von Galle in der Kehle.
»Nein, Morgan.«
»Unterschreib, oder ich kann für nichts mehr garantieren!«
Langsam richtete er sich auf, klappte sein großes Gerippe aus, bis seine Augen auf derselben Höhe waren wie meine. In wenigen Augenblicken wurde er wieder zu dem Mann, der mein Va-

ter gewesen war – stolz und entschlossen –, und ich glaube, wäre ich nicht so wütend gewesen, wäre ich einen Schritt zurückgewichen.

»Ich werde dir dieses Papier nicht unterschreiben! Damals habe ich es akzeptiert, allein diese Bürde zu tragen, weil ich mich geweigert habe, dir deine Karriere zu verbauen, indem ich zulasse, dass du dich um einen Behinderten kümmerst, und ich werde meine Meinung nicht ändern, und solltest du mir auch jeden Knochen einzeln brechen.«

Hätte er mich geohrfeigt, hätte mich das nicht mehr aus dem Gleichgewicht bringen können.

»Etti ist mein Bruder …«

»Etti ist mein Sohn. Und du auch. Ich habe euch gegenüber Pflichten, und ich werde mich ihnen heute nicht mehr entziehen als gestern.« Ich öffnete den Mund, um zu protestieren, aber er unterbrach mich. »Ich weigere mich, das Leben des einen zu zerstören, um das des anderen zu erleichtern, Morgan. Und wenn du an seiner Stelle gewesen wärst, hätte ich genau dasselbe getan.«

»Du hast sie beide zerstört, indem du uns voneinander getrennt hast! Verstehst du das denn nicht?«

Er schüttelte traurig den Kopf.

»Etti ist nicht mehr der junge Mann, mit dem du deine Jugend geteilt und Dumme-Jungen-Streiche ausgeheckt hast, Morgan. Er braucht Pflege und ständige Aufmerksamkeit.«

»Er hat enorme Fortschritte gemacht, seitdem du ihn das letzte Mal gesehen hast. Und er hätte bestimmt noch mehr gemacht, wenn du ihn ein bisschen öfter besucht hättest«, konnte ich nicht umhin hinzuzufügen.

»Glaubst du, es ist leicht für einen Vater, seinen Sohn in diesem Zustand zu sehen? Denkst du denn, ich bin so unsensibel, dass ich Stunden mit ihm verbringen könnte, ohne in Tränen auszubrechen oder die ganze Welt zu verfluchen? Vielleicht werde ich verdammt sein dafür, denn ich verdiene es sicher, aber es liegt jenseits meiner Kräfte.«

»Aber ich kann es, also unterschreib mir diesen Schein!«

Er ging mit gebeugtem Rücken einige Schritte im Raum umher, als hätte sich der Energiestoß, der ihn einen Moment lang getragen hatte, mit seiner Revolte aufgelöst.

»Morgan … wie willst du dich um ihn kümmern? Du bist weder Psychiater noch Krankenschwester. Du wirst ihn überwachen müssen, ihn füttern, ständig bei ihm bleiben, ihn …«

»Papa«, unterbrach ich ihn und klammerte mich an seinen Unterarmen fest, um ihn zu zwingen, mir ins Gesicht zu sehen. »Etti hat große Fortschritte gemacht, habe ich dir gesagt. Ich habe den gesamten gestrigen Abend und den Morgen in seiner Gesellschaft verbracht. Er wäscht sich allein, isst allein, räumt sein Zimmer auf, kämmt sich, spricht, lacht und ist ebenso ausdrucksvoll wie du und ich. Er braucht nur ein bisschen Unterstützung und Zeit, um sich von neun langen Monaten im Koma zu erholen.«

»Zeit? Wie viel Zeit, Morgan? Sechs Monate? Zehn Jahre? Du hast eine vielversprechende Karriere, und du bist jung! Wenn du jetzt alles aufgibst, um dich um Etti zu kümmern, dann ist es für dich vorbei, denn du wirst ihn nicht einen Augenblick lang allein lassen können. Hast du ernsthaft gehofft, ihn in den Louvre oder zu Ausgrabungen mitzunehmen? Nein, mein Junge. Was also? Von was werdet ihr leben?«

»Der Betrag, den dich die Klinik kostet, würde unsere Ausgaben bei weitem decken.«

»Ich bin zweiundsiebzig, Morgan. Ich kann morgen sterben. Natürlich habe ich Geld, und es steht dir zu, aber stell dir vor, Etti wird nicht wieder gesund. Selbst wenn du dein Erbe bis zur letzten Nippsache verkaufst, könntet ihr nicht bis zum Ende eurer Tage davon leben!« Ich ließ ihn los und schlurfte schwer bis ans Fenster, als wäre mir soeben der ganze Himmel auf die

Schultern gefallen. »Morgan ... glaubst du, ich hätte das Problem nicht von allen Seiten beleuchtet, bevor ich meine Entscheidung getroffen habe? Es vergeht nicht eine Nacht, ohne dass ich mich frage, ob ich nicht etwas vergessen habe, ob es nicht eine Möglichkeit gibt – und sei sie auch noch so winzig –, die ich ausgelassen habe.«

Ich presste meine Stirn gegen die Fensterscheibe. Draußen begann die Sonne sich zu senken, und die Menschen gingen nach einem Arbeitstag in aller Ruhe nach Hause zu ihren Familien. Ein paar Touristen schlenderten umher, und zwei junge Mädchen kreischten vor dem Schaufenster einer Konditorei. Dabei streichelten sie den Kopf eines großen, gutmütigen Hundes, der geduldig auf sein Frauchen wartete und einen Caddie bewachte, der von Vorräten überquoll.

»Ich habe es ihm versprochen, Papa ...«, murmelte ich. »Ich habe ihm versprochen, dass ich ihn da raushole.«

Mein Vater stieß einen tiefen Seufzer aus und legte mir die Hand in den Nacken, um mir den Hals zu massieren, wie er es immer tat, wenn ich niedergeschlagen war.

»Falls er nicht wieder gesund wird, Morgan, wirst du ihm vorwerfen, dein Leben vergeudet zu haben. Du brauchst gar nicht zu protestieren, das ist menschlich. Ihr werdet einander zerfleischen und beide darunter leiden.« Ich antwortete nicht, mein Blick verlor sich in der Leere, und meine Kehle war zugeschnürt. »Nun gut ... Machen wir einen Versuch.« Ich drehte mich mit klopfendem Herzen zu ihm um. »Fünf oder sechs Monate«, sagte er mit einem ermutigenden Lächeln. »Passt dir das? Wir werden schon sehen, ob etwas dabei herauskommt.«

Ich nickte mit dem Kopf, wesentlich gerührter, als mir lieb war.

»Danke ...«

»Wenn wir aber feststellen, dass er keine Fortschritte macht, dann will ich, dass du diesen lächerlichen Job im Louvre aufgibst

und ernsthaft deine Recherchen und Kurse wieder aufnimmst, hast du mich verstanden?«
»Abgemacht«, sagte ich und ließ ihn mich an sich drücken.
»Nichts kann dich davon abhalten, deinen Bruder von Zeit zu Zeit aus der Klinik zu holen«, murmelte er und glättete mir dabei die zerzausten Haare. »Vielleicht sogar mit ihm in Urlaub zu fahren, warum nicht?«
Ich musste wider Willen lächeln.
»Immer das letzte Wort, nicht wahr? Du wirst dich nie ändern, Papa ...«
Aber – so schwer es auch war, dies anzuerkennen – ich wusste, dass er Recht hatte.

Als ich gerade auf der Suche nach Kleidung für Etti in den Schränken wühlte, hörte ich, wie sich mein Vater in der Küche räusperte.
»Morgan! Seit wann hast du in diesem Dreckloch nicht mehr aufgeräumt?«
»Keine Zeit.«
»Die Schränke sind leer! Wann hast du das letzte Mal eingekauft?«
»Keine Ahnung.«
Er tauchte im Flur auf, eine Packung Kekse in der Hand. Trotz seines Alters gelang es ihm noch, in Jeans und Safarihemd elegant auszusehen.
»Seit acht Monaten abgelaufen«, sagte er angeekelt.
Ich hob gereizt die Augen zur Decke und wählte eine weite Leinenhose, die Etti überaus gerne trug.
»Ich werde heute Abend aufräumen, wenn wir zurückkommen.«
»Nein, mein Junge. Wir werden sofort aufräumen. Und einkaufen.«
»Papa! Es ist schon 9:30 Uhr, und das Flugzeug geht um eins.«

»Möchtest du etwa Etti in diesem Chaos unterbringen, pingelig wie er ist, seitdem er Indien verlassen hat? Was hattest du vor, ihm zu essen anzubieten? Abgelaufene Waffelkekse und … was war das?«, fragte er und griff nach dem Obstkorb, in dem eine verschimmelte Banane lag. Ich zog eine Grimasse. »Ich werde meine Verabredung auf der Bank verschieben, und du machst dich bereit, die Ärmel hochzukrempeln. Da ich gerade dabei bin«, fügte er hinzu, als er das Telefon abnahm, »hast du ausreichend Geld?«

»Ich denke schon.«

»Na, dann überprüfe es, zum Teufel! Man sieht schon, dass dein Bruder sich hier um alles gekümmert hat!«

Ich biss mir auf die Zunge, um keine scharfe Antwort zu geben, und erinnerte mich daran, warum Etti und ich beschlossen hatten, nach unserem ersten Universitätsdiplom von zu Hause auszuziehen.

Während mein Vater seinen Finanzberater anrief, wählte ich auf meinem Handy die Nummer meiner Bank.

»Drücken Sie auf die Sterntaste … geben Sie Ihre Kontonummer ein und drücken Sie auf die Kreuztaste … geben Sie Ihre Geheimnummer ein … Am heutigen Tag weist Ihr Konto ein Guthaben von 301 259 Euro und 82 Cents auf …«

Ich verschluckte mich am Rauch meiner Zigarette, und mein Vater runzelte die Stirn.

»Ist dein Konto doch so schimm überzogen?«, flüsterte er, die Hand auf dem Hörer.

Ich bewegte die Hand und schüttelte den Kopf, während ich eine Bestätigung des Kontostands verlangte.

»… weist Ihr Konto ein Guthaben von 301 259 Euro und 82 Cents auf. Für die Einzelheiten der letzten Aktionen drücken Sie die 1.«

Ich fügte mich mit klopfendem Herzen, und die computerisierte, eintönige Stimme verkündete abgehackt:

»Den … 28. Juni, im … Soll: Bankeinzug … Stromrechnung Nr. 125487B über … 124 Euro 52. Den … 2. Juli, im … Soll: Bankeinzug … UGT-Versicherung – die Versicherung, bei der man sich wohl fühlt von … 87 Euro 50. Den … 6. Juli, im … Haben: Überweisung … Glückwunsch, Helios von … 300 000 Euro. Den … 7. Juli, im …«
Ich legte verblüfft auf und bemerkte, dass mein Vater mir wilde Zeichen machte.
»Warten Sie einen Augenblick, Madame Chassieux, da ist er.« Er legte seine Handfläche über die Sprechmuschel. »Wie viel soll ich dir überweisen?«
»Nichts«, sagte ich blöde. »Es ist bei weitem genug da.«
Ich ließ mich auf das Sofa fallen, und mein Vater legte auf, bevor er die Klinik anrief. 300 000 Euro … Ich verstand nun besser, warum Helios' Männer so froh waren, für ihn arbeiten zu dürfen.
»Also?«, fragte mein Vater und ließ mich zusammenfahren. »Gehen wir nun einkaufen?«
Ich folgte ihm bis zu dem kleinen Supermarkt, der nicht weit von meiner Wohnung entfernt lag, und wir kamen bepackt wie die Maulesel wieder zurück. Papa konnte es immer noch nicht fassen.
»Zwei Millionen Francs … Mein Gott … Wenn die anderen auch so gut bezahlt werden, dann muss dieser Mann an der Spitze eines unermesslichen Reichtums sitzen!«
»Man geht davon aus, dass ich dir nichts davon gesagt habe«, insistierte ich.
»Ich weiß, ich weiß. Ich frage mich, wer er ist.«
»Das würde ich auch gerne wissen.«
»Man bedenke, dass zwei Millionen Francs für eine Kugel in den Bauch echt nicht teuer bezahlt ist!«
Wir wollten gerade die Treppe hochsteigen, als die Concierge uns rief.

»Monsieur Lafet, Ihre Post! Oh! Monsieur Lafet senior, welch eine Freude, Sie wiederzusehen. Wie geht es Ihnen?«
Ich zog eine Grimasse. Die Tüten waren schwer, und meine Narbe schmerzte.
»Madame Risoti … wir sind ein wenig beladen.«
»Ja, ja, hier«, sagte sie und klemmte mir meine Post unter den Arm. »Ich habe übrigens immer noch Ihre kleine Maske!«, rief sie von unten ins Treppenhaus hoch. »Sie ist wirklich entzückend. Und so realistisch. Jeder fragt mich, woher sie stammt.«
Mein Vater prustete vor Lachen und beugte sich über das Treppengeländer.
»Aus einem amazonischen Dorf, werte Madame. Ich wäre in diesem verflixten Dschungel sogar fast von einem Tiger angegriffen worden.«
»Ach ja?«
»Ja. Man findet nur dort noch Kannibalenstämme, die in der Lage sind, Schrumpfköpfe zu machen, die diesen Namen auch verdient haben.«
Ich hörte, wie die Concierge einen erschreckten Schrei ausstieß, und konnte ein Lachen nicht mehr länger zurückhalten.
»Das war ja clever«, sagte ich und schob den Schlüssel ins Schloss. »Man merkt schon, dass du ihr nicht jeden Tag über den Weg läufst. Tiger in Amazonien …«
»Weißt du, dass ich für das verdammte Ding ein kleines Vermögen bezahlt habe? Ich habe sie bei einem Antiquitätenhändler in Kanada gefunden.«
Ich stellte die Tüten in der Küche ab und machte mich daran, unsere Einkäufe in die Schränke zu räumen, während mein Vater meine Post zerpflückte.
»Eine Postkarte von … Bénédicte? Na so was, von der hast du mir ja noch nie was erzählt.«
»Eine Empfangshostess.«

»Die Grundgebühr fürs Telefon ist wieder teurer geworden. Bald kostet sie mehr als die Gespräche. Ah! Ein Termin zur Wartung des Boilers. Ist er kaputt?«

»Nein, er spinnt nur ein bisschen. Häng's an den Kühlschrank.«

»Verdammt, die haben ja wirklich keine Zeit verloren …«

»Was denn?« Ich hob den Kopf und sah, wie mein Vater sich mit verzerrtem Gesicht auf einen Stuhl setzte. »Was ist denn?«

»Bertrands Güter sind vorgestern versteigert worden«, sagte er tonlos und hielt mir den Inhalt eines DIN-A4-Umschlags hin.

»Der Rechnungshof hat vor kurzem seine Nase in die Konten des Louvre gesteckt«, sagte ich, während ich das Dokument überflog. »Sie müssen alles bis zum letzen Cent zusammenkratzen, um die Löcher zu stopfen, diese Schakale. Wenn der arme Bertrand wüsste, zu was sein Vermögen dient …« Ich verzog das Gesicht. »Ich verstehe aber trotzdem nicht, inwiefern mich dieser Verkauf betrifft. Hat der Louvre mir das geschickt?«

Mein Vater drehte den Umschlag in alle Richtungen und zuckte die Achseln.

»Ich sehe nur deinen Namen auf dem Umschlag. Keine Briefmarke oder Adresse.«

Ich blätterte in dem Katalog herum, und auf der Seite, auf der eine Beschreibung von Bertrands Haus mit mehreren Fotos zu sehen war, fand ich ein kleines Bündel zusammengehefteter Papiere. Als ich verstand, was es war, musste ich mich setzen, um nicht zu schwanken.

»Was denn?«, fragte mein Vater besorgt.

Unfähig ein Wort herauszubringen, reichte ich ihm die Dokumente. Eine für rechtsgültig erklärte Urkunde, auf der der Name des neuen Eigentümers von Bertrands Haus stand: ich.

EPILOG

Sie sind da!«, rief Hans und stürzte sich auf uns, um uns beim Ausleeren des Kofferraums meines nagelneuen Geländewagens behilflich zu sein, den Amina geöffnet hatte.

Es war Mitte Juli, und die Düfte des Waldes von Fontainebleau erfüllten ganz Barbizon mit Wohlgeruch.

»Die Balustrade ist endlich repariert«, bemerkte mein Vater, als er aus dem Haus trat. »Die haben ganz schön Zeit gebraucht, um ein paar Steine aufzustellen.«

Ein kleines verärgertes Geräusch ließ uns herumfahren, und ich brach in Gelächter aus. Etti klopfte zornig gegen die Heckscheibe des Autos und verzog dabei das Gesicht wie ein kleiner Junge. Ich entriegelte die Kindersicherung und öffnete die Tür.

»’tschuldigung.«

Er zuckte die Achseln und schälte sich aus dem Wagen, um mich von oben herab anzusehen.

»Ich wollte nicht … unterwegs hinausspringen!«

»Da ist er ja!«

Madeleine kam mit einer Schürze um die Hüften nun ebenfalls aus dem Haus und lief uns entgegen. Mein Bruder drückte sich ängstlich an mich. Ich legte ihm einen beruhigenden Arm um die Schultern.

»Etti, das ist Madeleine. Sie wird sich um dich kümmern. Beziehungsweise um uns.«

»Guten … Tag«, sagte er schüchtern und reichte ihr die Hand.

Madeleine legte unter dem skeptischen Blick meines Vaters die

wahre Kunst der Diplomatie an den Tag, um ihn für sich zu gewinnen, und nach einer Viertelstunde war Etti erobert und hatte sein schönes Lächeln wiedergewonnen.
»Komm, Hans wird dir dein Zimmer zeigen, und du sagst mir dann, wie du es einrichten willst.«
Sie nahm ihn bei der Hand, um ihn in den ersten Stock zu führen, und mein Bruder beobachtete hingerissen seine Umgebung. Die Sonne, die durch die Buntglasfenster fiel, bedeckte seinen Körper mit farbenfrohen Flecken.
»Da ist Morgans Zimmer, und da … schau«, sagte Hans und schob ihn sanft in das Zimmer, das früher das Gästezimmer gewesen war. »Das ist dein Reich. Ich hab sogar das Hindu-Teil wieder aufgebaut, das du im Apartment hattest«, fügte er hinzu und zeigte ihm den kleinen Votivaltar, den er mit großer Sorgfalt umgeräumt hatte.
Etti dankte ihm mit einem Lächeln und setzte sich vorsichtig aufs Bett.
»Klein«, sagte er, als er sich darauf ausstreckte.
»Klein?« mischte sich mein Vater ein. »Es ist größer als jenes, das du in der Klinik hattest.«
»Ja …«
»Gefällt es dir?«
Mein Bruder stand abrupt auf und verließ das Zimmer, um den Flur hinunterzugehen und sich am höchsten Punkt der großen Treppe aufzustellen, von wo aus er sich einen Gesamteindruck des Hauses verschaffen konnte. Ich ging zu ihm und legte ihm die Hand auf die Schulter.
»Willkommen zu Hause, Etti.«
»Gehört es … dir?«
»Es gehört uns. Ein richtiges Haus – wie das, von dem du immer geträumt hast, mit Dachboden und Garten.«
»Unser … Haus …«

Sobald unsere Sachen eingeräumt waren, servierte uns Madeleine ein Abendessen, das meinen Vater mästete, was ihn als Genießer aber nicht davon abhielt, sich zweimal Kuchen nachzunehmen. Amina, Hans und er brachen kurz vor Mitternacht beladen mit Keksdosen auf, und Madeleine versicherte, dass es Etti an nichts fehlte, bevor sie sich in ihre eigene Wohnung fünfzig Meter von unserem Haus entfernt zurückzog. Unser Haus … ich konnte immer noch nicht begreifen, was geschehen war.
Ich ging hinaus, um im Garten eine Zigarette zu rauchen. Als ich den Kopf hob, sah ich Ettis Schatten durch den Vorhang. Er räumte Kleidungsstücke in die Schränke.
Immer noch so pedantisch …
Doch sein Tun hatte etwas Beruhigendes, bewies es doch, dass das Trauma, das er erlitten hatte, ihn nicht verändert hatte. Er würde seine Fähigkeiten wiedererlangen, davon war ich überzeugt. Es war nur eine Frage der Zeit.
Mein Telefon klingelte in dem Moment, als ich mich zu ihm gesellen wollte, um ins Bett zu gehen.
»Morgan?«
»Helios …«
»Ich habe mir sagen lassen, dass Etti seine Penaten in sein neues Haus verlegt hat?«
Ich spürte, wie ein Lächeln meine Lippen verzog.
»Ich weiß nicht, ob ich mich bei Ihnen für dieses Geschenk bedanken oder für das, was ich ertragen musste, verfluchen soll.«
»Hatte ich Ihnen nicht versichert, dass Sie es nicht bedauern würden, für mich zu arbeiten?«
»Doktor Yannitsis hat mir bei seinen großen Göttern geschworen, dass kein Fremder außer Hyacinthe Etti besuchen gekommen war. Wie konnten Sie unbemerkt hereinkommen, mit einem Wächter auf jedem Gang?«

»Diskretion ist nicht die geringste meiner Eigenschaften, wie Sie wissen.«
»Wer sind Sie? Und warum suchen Sie all diese Objekte?«
»Hyacinthe hat Recht, Professor. Sie stellen zu viele Fragen.«
»Die immer noch ohne Antwort bleiben.«
»Mit der Zeit, wenn ich Sie besser kenne … Bis dahin: Ruhen Sie sich aus und kümmern Sie sich um Ihren Bruder. Die Streichung Ihrer Stelle im Louvre kommt da wie gerufen.«
»Waren Sie das?«
»Nein. Aber auf jeden Fall verdienen Sie mehr als das. Sie sind ein Mann der Tat, Professor, und ich brauche Männer wie Sie.«
»Soll das ein Angebot sein?«
»Der Test war beweiskräftig. Haben Sie Pläne für das kommende Frühjahr?«
»Was schlagen Sie vor?«
»Eine Schatzsuche. Eine antike Maske, die mir abhanden gekommen ist.«
»Welchen Typs?«
»Ägyptisch.«
»Seien Sie etwas genauer.«
Ein samtiges Lachen ertönte aus dem Hörer.
»Bestimmt nicht. Zumindest noch nicht. Ein bisschen Geduld, Morgan.«
Ich seufzte.
»Helios … Warum hat Hyacinthe gesagt, dass die Rüstung Ihnen gehört?«
»Weil das der Fall ist.«
»Ich …«
»Nutzen Sie diese paar Monate, um sich auszuruhen, Morgan. Ich werde Sie zu gegebener Zeit kontaktieren. Und grüßen Sie Ihren Bruder von mir.«
»Warten Sie!«

Aber er hatte bereits aufgelegt, und ich warf das Telefon wutschnaubend ins Gras.
»Ist es … kaputt?«
Ich drehte mich zu Etti um, der in einen Pyjama mit kurzer Hose geschlüpft war und barfuß auf dem Rasen stand.
»Nein, ich … das Gespräch wurde unterbrochen, und ich bin wütend geworden.«
Mein Bruder hob das Handy auf und reichte es mir.
»Es ist spät.«
»Ja, wir gehen jetzt schlafen. Etti …« Er riss seine goldenen Augen weit auf. »In der Klinik hast du einen Mann gesehen, nicht wahr?«
Sein Gesicht hellte sich auf.
»Hyacinthe. Er ist … nett. Er hat … Zeitschriften mitgebracht.«
»Ja, er ist sehr nett. Aber du hast noch jemand anderen gesehen. Als ich mit dir am Telefon gesprochen habe, erinnerst du dich?«
Er nickte. »Komm und setz dich«, sagte ich und nahm auf einem Gartenstuhl Platz. Er ließ sich mir gegenüber nieder, und ich zog eine weitere Zigarette aus meiner Packung. »Was ich dich fragen werde, ist sehr wichtig, ich möchte also, dass du gut überlegst, bevor du antwortest.« Er nickte und runzelte die Stirn. »Wie sah dieser Mann aus?«
»Groß … Stark …«
»War er jung? Alt? Dunkelhaarig? Blond?«
Mein Bruder schien verzweifelte Versuche zu unternehmen, sich zu erinnern.
»Ich weiß es nicht mehr«, sagte er jämmerlich. »Er war … charmant.«
»Ist er allein in dein Zimmer gekommen? Hat ihn niemand gesehen?«
»Nein. Es war … es war spät.«
»Hieß er Helios?«

»Nein.«
»Er hat dir nicht einmal seinen Namen genannt?«
»Doch. Er heißt Hephaistos.« Mein Feuerzeug fiel mir aus der Hand, und ich fluchte. »Du bist abgespannt. Ich bin auch … müde.«
»Ja, Etti«, stotterte ich. »Wir gehen rein.«
Ich nahm ihn beim Arm, um ins Haus zurückzugehen, und als ich die Tür schloss, bemerkte ich, dass meine Hände zitterten.
»Wer war das … am Telefon?«
»Ich weiß es nicht, Etti«, sagte ich tonlos. »Auf jeden Fall im Moment nicht …«

DANKSAGUNGEN

Danke an Maureen, Stéphanie, Virginie und Sandie für ihre Geduld, ihre Unterstützung und ihre unglaubliche Energie.

Danke auch und vor allem an Cristina Rodriguez, meine Schriftstellerin von einer Ehefrau, die es verstand, ihre kleine Schnüffelnase jedes Mal in den Roman zu stecken, wenn ich sie brauchte – das heißt, mindestens dreimal am Tag …

Thomas Thiemeyer

Medusa

Roman

Tief im Herzen der Sahara, inmitten jahrtausendealter Felsmalereien, macht die erfahrene Archäologin Hannah Peters eine seltsame Entdeckung: Eine Medusen-Skulptur, verziert mit Landkarten und Symbolen, kündet von einem Kultgegenstand von sagenhafter Schönheit und dunkler Kraft. Und das Volk, das ihn schuf, scheint sich selbst ausgelöscht zu haben. Als ein Team der National Geographic Society mit ihr auf Schatzsuche gehen soll, beschleicht Hannah starker Widerwille. Ein Alptraum beginnt: Was das steinerne Auge der Medusa vermag, ist mit menschlichen Sinnen nicht zu greifen. Es ist nicht bestimmt für die Lebenden …

Knaur Taschenbuch Verlag